# 完美世界9

# PERFECT WORLD

辰东◇著

山东画报出版社
济南

**图书在版编目（CIP）数据**

完美世界. 第9册 / 辰东著. — 济南 :山东画报出版社, 2016.2（2023.8重印）
ISBN 978-7-5474-1657-0

Ⅰ. ①完… Ⅱ. ①辰… Ⅲ. ①长篇小说—中国—当代
Ⅳ. ①I247.5

中国版本图书馆CIP数据核字(2015)第218426号

WANMEI SHIJIE 9

# 完美世界 9

辰东 著

**责任编辑** 郑丽慧
**装帧设计** 周艳芳

**主管单位** 山东出版传媒股份有限公司
**出版发行** 山東畫報出版社
社　址 济南市市中区舜耕路517号 邮编 250003
电　话 总编室（0531）82098472
市场部（0531）82098479
网　址 http://www.hbcbs.com.cn
电子信箱 hbcb@sdpress.com.cn
**印　刷** 湖南天闻新华印务有限公司
**规　格** 169毫米×233毫米 16开
20印张 357千字
**版　次** 2016年2月第1版
**印　次** 2023年8月第7次印刷
**书　号** ISBN 978-7-5474-1657-0
**定　价** 34.80元

CONTENTS

# 目录

# 第298章 成亲

在晚霞的照耀下，巍峨的皇宫宛若远古的神灵居所，每一块石料上都染着淡金色的光彩，更显辉煌。

中央天宫内，一场婚礼正在举行。这么宏大的殿宇，金碧辉煌，无比壮观，可是婚礼是如此简单，只有寥寥数人参加。

一对新人自然是石昊与月婵仙子，高堂之上坐着的是石子陵和秦怡宁，堂下坐着的除了一脸冷漠的秦昊，就只有鹏九和战王这两个宾客。

事关重大，补天教的圣洁仙子与人族成亲，这事如果传出去的话，恐怕会引起上下两界的年轻一代共伐石国。

月婵仙子号称人间第一仙子，名扬天下，傲世而行，不沾红尘，始终都是那么超凡脱俗，在很多人心中不容亵渎。除此之外，补天教实力强大，自古不朽，是来自上界的传承，他们的圣女从不嫁人，这是一个禁忌。

此时外界无人知晓，在这个傍晚有人在打破禁忌，于石国皇宫中与世人眼中的绝丽仙子成亲。

“一拜天地，二拜高堂……”

战王在这里当证婚人，鹏九则负责宴会的筹备，就连准备晚宴酒水这等小事，都是他亲自安排的。

“月婵来自上界，据我所知，其身份贵不可言。昊儿你要珍惜，莫要辜负了她，我觉得应封她为贵妃，这样才能与她的身份相符。”秦怡宁嘱咐道。

到了这一刻，婆媳二人还在争斗。

“我不承认这场婚礼！”月婵仙子道。她把莹白的下巴扬得很高，高傲地斜睨着她眼中的恶圣女。

“你还想当皇后不成？肯定不行！”秦怡宁道。

战王与鹏九最为尴尬。他们本是外人又都是臣子，对于这场婆媳间的争斗，不管说什么都不合适，只觉得待在这里浑身不自在。

明月高悬，星光点点，这场婚礼虽然人少，但持续的时间并不算短，这主要是因为两代圣女争斗得比较激烈，你一言我一语互不退让。

“昊儿，带你媳妇去洞房，早点给我生出一个孙儿来！”秦怡宁没好气地说道，显然是再次遭遇了杀敌一千自损八百的惨烈状况。

月婵仙子的脸色也很难看，一番唇枪舌剑下来，她也被气得不轻。她本来还想继续还击，可秦怡宁的这句话，让她的脸瞬间变得惨白。

“秦前辈，我向你道歉，结束这一切吧。”月婵仙子服软了，示弱地说道。

秦怡宁露出心满意足的笑容，点了点头，对石昊道：“昊儿，还不快将你媳妇带走！”

“秦怡宁，你就不怕进入上界后被我补天教镇压吗？”月婵仙子脸色大变，大声说道。

“不怕！到时候他们一定会很欢喜，因为他们会得到一个天资盖世的外孙。”秦怡宁微笑道。

大红灯笼高挂屋外，洞房内喜气洋洋，只是此时这殿宇十分寂静，只有一对新人。被送到洞房后，月婵仙子难以平静，谨慎地坐在那里，戒备着屋内的那个人。

“唉，惆怅！”石昊坐在玉石桌旁，独自饮酒，在那里咕哝着。

月婵仙子竖起耳朵仔细听着，紧张地观察着石昊。

“大壮、二猛和皮猴他们的孩子都在满地跑了，现在终于轮到我了吗？可是我哪有时间去照顾几个小东西啊。”石昊轻语道。

月婵仙子听得汗毛倒竖，细嫩的肌肤上起了一层鸡皮疙瘩，心道：“这混账在说什么？要生几个小东西……”

她听得心中一阵发毛。身为圣洁仙子，别说生娃，就是在这里坐上一夜她都感觉受到亵渎，比杀了她还要难受。

想一想那可怕的场景，月婵仙子打了个冷战，早先的镇定与从容霎时荡然无存。

“月婵，来喝杯酒吧，一会儿还得遵从我娘的命令。”石昊朝月婵仙子招了招手，平静地说道。

“什……什么命令？”月婵仙子话都说不清楚了，言语中带着一种深深的惧意，这是她平生第一次如此失态。

“她说，让我们早生子嗣，一个不行，要三个以上。”石昊道。

月婵仙子倒吸了一口凉气，眼睛瞪得很大，心中恨恨地想道：“这恶圣女太可恨了，她这是在报复我吧，我绝不会让她得逞的！”

“你怎么不说话？”石昊问道。

“谁……谁要给你生，找别人去！”月婵仙子的脸虽然依旧光滑如玉，但毫无血色。

“我跟你成亲，为什么还要去找别人？”石昊面露异色，问道。

“你是故意吓我的吧？”月婵仙子镇静了一点后，做出了这样的判断。

“大喜的日子，我吓你干吗，堂堂仙子傲视红尘，怎会有这样的想法？”石昊笑道。他招了招手，示意月婵仙子过去与他对饮，意思是要喝交杯酒了。

月婵仙子自然不肯，她将头扭向一旁，坐在床边一动不动，无视石昊。

“喂，仙子，你就这么喜欢床吗，稍稍移步又能如何？”石昊问道。

月婵仙子闻言，气得满脸通红，斥道：“你乱说什么，谁喜欢床？如果可以，我想立刻离开。”

“你不愿意过来，那我便到床头陪你。”石昊笑着说道。

虽说石昊笑得很灿烂，可在月婵仙子的眼中显得格外恐怖。她觉得像是有一个大魔头在接近自己，浑身汗毛倒竖，立马站起身来，道：“你别动，我过去！”

月光如水，从窗口倾泻进来。两人对饮，夜光杯散发的光晕，再加上皎洁的月光，将两人的容颜映衬得很柔和。

“孩儿他娘……”石昊刚一开口就被打断了。

月婵仙子实在气不过，哪有这样称呼的，别说她没有认可，就算是同意了这场婚礼，也不能直接这样称呼。

“娘子……”石昊换了另一个称呼，见她还是不理，而且有所戒备，他不禁笑了笑，道，“补天教的仙子斩妖除魔，傲视八域，纵横天下，而今怎么在一个小小的洞房中这般紧张？”

“小石，我们心平气和地坐下来商量一些事行吗？”月婵仙子调整呼吸，让自己平静下来，想与石昊平心静气地谈一谈。

“我一直很平静，是你自己在紧张。不过真是让我有些感动啊，没有想到补天教的仙子竟然要和我商量事情。”石昊调笑道。

“请你庄重一些，我要谈的事很重要。”月婵仙子说道。

石昊立马变得严肃起来，认真地看着月婵仙子，道：“确实要生三个，这是我娘第一次这样嘱咐我，我不能让她失望。”

“三个？！”月婵仙子尖叫道。

“那就两个吧，真的不能再少了！”石昊严肃地说道。

“你在说什么，谁和你生？我要跟你说的不是这些，你别打岔！”月婵仙子气得满脸通红，恨恨地说道。她觉得石昊肯定是在故意捣乱。

“不是你和我生吗？媳妇，你该不会是身体有问题吧，没关系，我这里有黄金液可以治好你。”石昊很认真地说道。

“你……”月婵仙子气得扭过头去，话都说不出来了。

“你是我媳妇，当然是你和我生。”石昊不知何时已经牵起了月婵仙子的一只手，在月光下那只手雪白晶莹，美若玉石，纤细修长。

月婵仙子修为被封，元神被镇，神觉的灵敏度自然严重下降，石昊牵着她的玉手过了好一会儿，她才意识到。她急忙将手从石昊的手中抽出，站到了一旁，美丽无瑕的脸上写满了不安与担忧，她担心今日可能会难以脱身。

“石昊，你要娶我也不是不可以。”月婵仙子轻咬银牙，这般说道。石昊见她忽然松口，不禁感到十分惊讶。

“你是认真的？”石昊不太相信月婵仙子会答应嫁给他，他觉得这其中肯定有什么阴谋。

“自然，只要你答应我一个条件。”月光下，月婵仙子格外美丽，一层清辉落在她身上，让她显得更加绝世清丽。

“不答应！”石昊坚决地回绝道。不用想也知道，那个条件肯定十分苛刻，而且他也没必要去答应什么条件。

“你都不想听一听吗？保证对你没有坏处，反而还是一桩美事。”月婵仙子说道，语气平淡。

“我可不信。”石昊摇头，喝下一杯酒，站起身来，道，“娘子，夜已深，我们该休息了。”

月婵仙子的心怦怦直跳，身上生出一层鸡皮疙瘩，她紧张地说道：“我是想教你如何捉到魔女。”

“咦，你说的是这个条件？”石昊惊异地说道，双目闪动别样的光彩。

“只要你将魔女捉来，让她也在皇宫中伴你左右，我便承认今日的婚礼。”月婵仙子说道，美眸中光彩熠熠。

石昊微微一笑，心道：“这魔女得多招人恨，竟能让月婵以终身大事为条件，让我把她捉来。这两位女子真不愧是对手，都到了这般境地，月婵还想将魔女拖下水，要与她‘同甘共苦’。”

“怎么捉她？”石昊笑着询问道。

“你答应了？”月婵仙子双眸中光彩点点，她自然希望能拖延时间。

“不答应。不过我对捉魔女这件事还是很感兴趣的，要知道，在你的识海中，她可是想将我也一起镇压了的。”石昊道。

“你没有诚意。”月婵仙子扭过头去，乌黑秀发披散，衣裙在夜风中飘舞，让她显得更加美丽动人。

“我很有诚意。我们是夫妻，你恨魔女，我们现在商量如何镇压她，这不是很正常吗？”石昊笑道，露出洁白的牙齿，显得很真诚。

月婵仙子转过头来看着他，美眸闪动，一言不发，最后瞪了他一眼。

“娘子，今日我们有分歧，不如明日再议，现在还是安歇去吧。”石昊笑着说道，笑容无比灿烂。

“就这一个条件，你都不答应吗？”月婵仙子说道，浑身荧光闪烁。虽然她的修为被封，但其肌肤亦有晶莹光泽。

“捉住魔女可不是那么容易的事，要是我真答应了你，估计得过许多年才能娶到你。”石昊说道。

此时此刻，月婵仙子黛眉轻皱，内心忐忑。她从未遇到过这种超出自己掌控的事情，心中不禁有些慌乱。

“娘子放松。”石昊调笑道。不知何时，他又拉住了月婵仙子的手，引她在玉石桌旁坐下，而后亲自将酒杯送到她的玉手中，自己亦举杯，道，“我们还没有喝交杯酒。”

“什么？”月婵仙子心中一惊，慌忙把手中的酒杯放下。刚才她神情恍惚，竟差点与石昊交杯，现在被石昊的话一惊，清醒过来，警惕地看着石昊。

石昊笑了笑，道：“你平日缥缈若仙，明慧空灵，现在怎么这么紧张？不就是生几个娃吗，比你苦修蜕变出主次两个神胎要简单得多了。”

“都说人间夫妻同心同根，你连我提出的第一个心愿都不能满足，如何让我对你倾心？”月婵仙子说道。

说话间，月婵仙子眉心发光，一股神圣气息弥散而出。接着，她通体透亮，散发一阵清新的体香，其体内仿佛有一位神灵在复苏。

石昊有些吃惊，凝神观察着月婵仙子。月婵仙子的识海在发光，那个圣洁若神灵的元神女子纹丝不动，只从体表漾出些许圣光。原来是月婵仙子在试着冲开元神的封禁，不过这显然是徒劳的。

“说着夫妻同心，却想恢复战力，你是要对我出手吗？”石昊笑道。

月婵仙子拢了拢额前的秀发，体表的光辉暗淡下去，她心中一叹，暗道：“真是一点办法也没有了吗？若是能动用神通，我肯定能立刻冲破封禁。”

“好吧，我不求别的，只愿你捉住魔女。”月婵仙子淡淡地说道，边说边拿起了手边的酒杯。

“她这是在示弱吗？”石昊有些疑惑。别看他之前嘻嘻哈哈的，其实也一直在戒备，因为月婵仙子太不简单了。

“当！”

两只夜光杯碰在一起，发出清脆的响声，而后他们各自饮下美酒。之后，在石昊的坚持下，月婵仙子皱着眉头，答应跟他交杯，喝下了一杯美酒。

“我怎么觉得，喝下这杯酒比让你突破为真神都难？”石昊说道，第一次怀疑自己像一头太古凶兽。因为他明显感觉月婵仙子在跟他饮下这杯酒时，汗毛根根倒竖，就像在面对一个大魔头。

“想我天资神武，英雄盖世，今夜居然成婚了，唉，真是迷惘与惆怅啊！”石昊叹了口气，故作深沉地说道。

“你这么自恋，脸皮又这么厚，可以考虑不成婚。”月婵仙子知道自己今晚多半在劫难逃，便也没有太多顾忌了。

石昊忽然笑了笑，道：“仇敌成为媳妇，还真是不可思议。在接下来的日子里，我们是继续争斗，还是相濡以沫呢？”

月婵仙子撇了撇嘴，她没有说话，转过身去，算是表明了态度。

石昊哑然，而后笑道：“你的意思是说这两种状态都不是，是吗？那就换成另一种状态吧，成为孩儿他娘。”

“你……”月婵仙子依旧没有转身，背对着他，道，“你若放我走，我们可以成为一生的朋友，不然就是敌手。”

“没关系，让敌手成为媳妇，这样争斗一生，我觉得是一种很有成就感的挑战。”石昊神气地说道，眼中神光闪烁。

月婵仙子哼了一声，表示不屑。

石昊哈哈大笑道：“这些先不说了，现在也不早了，我们该休息了。”边说着，他边站起来，走过去拉住月婵仙子的手，准备将她引到床边。

月婵仙子自然不肯就范。她甩开石昊的手，坐在玉石桌旁，一语不发，整个人尽显庄严与神圣。

“喂，这可是洞房花烛夜，我怎么觉得你像是上了战场啊？”石昊摸了摸她柔软的秀发，无奈地说道。

“别碰我！”月婵仙子转过头去，轻喝道。

突然，石昊发现月婵仙子在暗自诵真经，使她自己投入到经文的世界，这样她才不会分心。

“月婵，既然你对魔女念念不忘，那么我们就来慢慢谈如何镇压她。”经此一说，月婵仙子果然将心神从经文中收回，看向石昊。

“呀！”她突然惊叫一声。原来石昊趁她分神的刹那，把她拉到了床边坐下，这让她觉得十分难堪。

月婵仙子羞恼万分，她磨动贝齿，忽然张口，朝着石昊的肩头直接咬去。

“喂，喂，你咬不动，当心伤到自己。”石昊漫不经心地说道。月婵仙子用力地咬住他的肩头，但是对石昊来说，这一点都不痛，因为他的肉身十分强大。而且，他还得收敛神力，不然真怕伤到身边的仙子。

“咦，不对！”石昊警觉地看向窗外，这般说道。月婵仙子也是一惊，松开了石昊的肩头，往窗外望去。

石昊神觉敏锐，感觉远方有一股细微的波动，向他们这边袭来。

“调虎离山之计？”石昊自语道。他拉着月婵仙子一起轻盈地从窗口跃出，循着那股波动追去。很快，他在一座宏伟的宫阙上，见到了一个女子的身影，那个女子正在对月轻饮美酒。

石昊警惕地往那座宫阙靠近，待他看清那个女子的容貌后，顿时尴尬无比。

“母亲你……”石昊既惊讶又疑惑，轻声地问道。

秦怡宁很淡定，道：“娘怕你吃亏。越漂亮的女子越危险，尤其是圣女。”她的确有点不放心，怕月婵仙子耍手段，故此深夜出行守在远处，以免石昊出意外。

石昊见自己的娘亲似乎有些尴尬，但还在故作淡定，他实在是哭笑不得。而月婵仙子则羞愤无比，俏脸一阵红一阵白，咬牙切齿道：“恶圣女，你太过分了！”

“天气不错，我赏完星月，该回去睡了。”秦怡宁强装镇定，飘然而去。事实上，天空中不知何时出现了一片乌云，把月亮和星星都遮住了。

“可恶！”月婵仙子气愤地说道。她觉得秦怡宁是故意来看自己笑话的，因此格外生气。

“喂，那是咱娘，注意语气。”石昊说道。

警报解除。石昊抬头望向那片乌云，又看向远方的天际，没有发现什么异常，便再次露出笑容，道：“如此良辰美景，我们还是赶紧回去吧。”

“你……”月婵仙子满脸通红，气得说不出话来。

石昊揽着她，轻盈地在夜色中迈步，很快便回到了洞房。

“小石，我告诉你一个秘密。”月婵仙子推开石昊，坐在玉石桌旁，这般说道。

“什么秘密？”石昊自然不会相信，再次拉住月婵仙子的手。

“主身会来！”月婵仙子说道。

“什么？”石昊有些惊讶，但没有放开月婵仙子，也坐在了玉石桌旁。

“你想不想将她捉住？”月婵仙子问道。

石昊不相信月婵仙子会教他捉住主身，摇头道：“你在乱说什么？”

“我没有乱说！”月婵仙子认真地说道。

“我可不相信！”石昊笑道。

“为什么我说真话时你总是不相信呢？”月婵仙子美眸眨动，洁白美丽的面庞上闪耀着一种让人难以抗拒的神圣光辉。

石昊蹙眉道：“那你说，我听着。你和你的主身明明同为一体，为何要告诉我这些？”在说这些话时，他也在认真思量，判断她所说的是真的还是在故意拖延时间。

月光消失，天空中的乌云更浓了。天地间漆黑一片，一阵风吹过，将洞房中的蜡烛吹熄，洞房中霎时黑暗无比。不过，石昊双目中神光湛湛，依旧可以看清一切。

“她是她，我是我，在分成两个神胎后，我们不可能还始终如一。”月婵仙子说道。

“再怎么说你们也是一体的，难道你真会背叛主身投向我吗？你刚刚说的并没有什么说服力。”石昊嗤笑道。

“我担心她会来杀我。”月婵仙子说出这样一句话。

“要杀也是来杀我，怎么会针对你，救你倒还差不多。”石昊漫不经心地说道。不过，他嘴上虽这样说，心中却在认真思量，并未把月婵仙子的话当成虚言。

# 第299章 月婵主身

“若杀你不成，多半会将我斩掉，这样便能解决所有的问题。”月婵仙子说道，眼中闪动明亮的光彩，全身紧绷。

主身与次身都是真正的血肉之躯，只要其中一个活着，便可以再造出另一个无瑕神胎。不过前提是，主身与次身必须有一个先殒命，否则就无法再造神胎。

“放松，别紧张，她不敢出现，也不会这么巧在今日前来。退一万步说，即便她有这种气魄，也会先对付我。你是我媳妇，我会保护好你的。”石昊取笑道。

“你有没有认真听我说话？”月婵仙子见石昊这般漫不经心，心中很是懊恼。

“我在听，你说吧，最好一次性说完，否则实在是浪费了良宵。”石昊调笑道。

忽然，石昊心头一阵悸动，身体紧绷，双目射出灿烂神芒，如两盏明灯般照亮整座殿宇。他此刻的眼神冷厉无比，如同一位少年战神，整个躯体散发着金光，实力强大而惊人。

下一刻，石昊如灵猫般跃到窗边，迎着夜风，仰望那苍穹，一头乌黑的发丝披散，道：“要下雨了吗？”

乌云压得越来越低，让人心中压抑。

“轰！”

突然，一道闪电划过天空，波动剧烈，神能惊人。石昊瞳孔急剧收缩，目不转睛地盯着长空。这道闪电很诡异，没有横劈长空，也没有弧度，而是垂直落下来，并且光芒照耀天空，十分惊人。

皇宫内，一些强大的侍卫有所警觉，霍地仰头，警惕地看着这道妖异的闪电。

“是陨星！”有人大叫道。

宁静的深夜被这声喊叫打破，很多人从梦中惊醒。这是一场难以想象的天灾，所有侍卫都如临大敌。

“果然要下雨了，不过下的是陨星雨！看来有事情要发生了。”石昊眸光慑人，看着夜空，冷静地说道。

一大片陨星从乌黑的云层上方垂直落下，速度极快，光束如虹，拖着长长的尾光，威势惊人。这些陨星十分密集，全部集中落向一地——石国皇宫，没有一颗脱离轨道落到宫外。

这自然不是天灾，而是人为操控所致。这种威势别说是石国皇宫，就算是石都也会被击毁，简直可以毁灭无尽的生灵。

“她……居然真的来了！”月婵仙子站起身来，走到窗口，仰望天空，眸光闪动。

“这么说来，你刚才不过是在敷衍我，并不能确定她会来？”石昊回头看着月婵仙子，质疑道。

月婵仙子的美眸中神辉点点，变幻莫测，里面浮现诸多画面，她不知在想些什么，竟然有些出神。

她冰肌玉骨，此时在电光下莹白生辉，整个躯体如最完美的艺术品般，美丽得没有一点瑕疵。

“你刚才与我周旋，当罚。”石昊说罢，在其纤细的玉手上轻轻拍了一下。

月婵仙子惊醒，神色有些慌乱，也有些惊异。她想不通为何情况这般危急，石昊还这么镇定，竟还有心情调侃自己。

“以后慢慢惩罚你！”石昊调笑道，揽着她的腰，并不松手，以免她真在今晚脱困。

陨星如瓢泼大雨，都集中向皇宫倾泻而下，多少年来，从未有这么可怕的“天灾”。皇宫大乱，无数惊呼声响起。这种景象太吓人了，所有人都觉得这是末日来临的前兆。

“即使是神灵法阵也会被击穿吧？”月婵仙子看着那陨星雨，惊异地想道。很显然，这场天灾准备充足，其浩瀚神威简直无人能够抵挡。

“轰！”

终于，第一颗陨星落下，在宏伟的殿宇上方，爆发绚烂的神辉，那种剧烈的波动恐怖无边。这一刻，人们几近窒息，连心跳都快停止了。

那颗陨星威能无量，准备与殿宇硬撼。不过它刚要触到殿宇时，突然炸开了，一时间，光雨迸溅，冲向四方。

地动山摇，神辉无尽，耀眼的光将这座殿宇淹没，整片皇宫都在颤抖。

“没有击穿！”许多人在害怕的同时，亦大声惊呼。

与此同时，皇宫中的每一座宫阙都在发光，它们被各种古老的符文笼罩着，像是巨大的法器在复苏，上面镌刻着古老岁月的印记和法阵的纹络。

陨星如瀑，像要灭世一般，从那乌黑的云层中不断坠落。一道道白茫茫的光束，贯通天上地下，宏大无边。这种神威，人力简直无法与之抗衡，即便是尊者都会化成灰烬。

不过值得庆幸的是，石国皇宫的神灵法阵抵挡住了这一神威。那一颗又一颗陨星在虚空中炸开，化成璀璨光芒，并没有危及皇宫中的一切。

皇宫内，众人欢呼雀跃。石昊微眯着双眼，眼中精光慑人。若不是他从玄域回来后，立刻动用从不老山带回来的大量神料，让打神石多布下几重神灵法阵，石国皇宫有可能真要被攻破。

就在这时，月婵仙子身体一颤，望向某一个方向，目不转睛地看着云层中的一点光晕。石昊循着月婵仙子的目光，抬头望向那片云层。他神目如电，透过陨星雨见到了云层中的一道身影。那道身影神姿玉骨，被朦胧光辉笼罩，超凡脱俗，像是一位神灵在俯视着苍茫大地。

她身上的那股神圣气息，比石昊眼前的月婵仙子身上的还要浓，而且更为强大。她高高在上，似乎已经成仙，身上没有一丝尘世气息。她被光辉包裹，没有露出真容。在石昊望向她的那一刻，她也望向石昊，眼中眸光点点，没有丝毫波动。

看着那高高在上的圣洁身影，石昊露出雪白的牙齿，灿烂一笑，而后扭过头去，在身旁的月婵仙子的额上吻了一下。石昊知道主身与次身若相距较近，便能彼此交感，如为一体，这是他故意为之。

这一刻，不光是石昊身旁的月婵仙子心中一惊，那俯视下方的圣洁身影也是一颤，散发出剧烈的能量波动。

云层中，陨星不断坠落，一道朦胧的身影，闪动晶莹光泽，颤抖不已。她像是被人从九天上击落般，再也难以保持那种从容与超然。

刹那间，她浑身上下仙光暴增，强大的气息澎湃，无量符文密布，宛若璀璨的星河环绕在其周围，将其包裹。

此时，她切断了与下方的联系，让自己万法不沾身，而后以神识内视，观真我，诵仙经，让自己愤怒的心平静下来。

石昊刚才的举动与其出世的心不符，更与其空灵的气韵相冲，对她来说，那片刻像是在地狱中走了一遭。她是仙子，超凡脱俗，心中从不会有任何波澜，可是刚才经历的那场不可想象的遭遇，让她的道心都震动了。

白衣飘动，符文灿烂，她被守护在天地中心，高立云端上，心中动了一丝真怒。敢这样亵渎她，不可饶恕。

她努力静下心来，向下望去，只见石昊揽着月婵仙子，正对着她笑。石昊皓齿晶莹，笑容灿烂，似在回味芬芳，充满了别样的意味。这对她来说，是一种最直接的挑衅。

云端上那道美丽的身影是月婵主身，她看起来缥缈空灵，似乎已经化道，与仙共存。她的表情越发清冷，身上的洁白光辉洒向四方。不过，细看的话可以发现，她的瞳孔中有点点神芒闪动。这是谪仙的愤怒，没有横眉冷对，也没有冷言相向，只有一种强大的波动在扩散。

“哧！”

月婵主身抬起手，手中浮现密密麻麻的星辰，而后这些星辰化成一条线，沿着她的指端飞向下方的石国皇宫。

陨星成雨，其中一道光束格外璀璨，那是上百颗陨星化成的一道光束，它们沿着同样的轨迹向石昊撞击而来。这是一种惊人的手段，天空中的出尘女子抬手间便能凝聚星光，操控陨星，其威能深不可测。

阵纹烙印在虚空中，守护着这片自上古就存在的宫阙。各种强大的符文发光，对抗天上的陨星攻击。陨星绽放，化成绚烂烟花。“砰砰”声不绝于耳，很多陨星落下，与法阵相撞，碰撞出刺目的神光和可怕的波动。

仅一瞬间而已，便有二三十颗陨星落在石昊所在的那座殿宇的上方，它们轰在同一片符文上，造成难以想象的冲击。“咔嚓”一声，法阵裂开了一条缝，后方连成一线的陨星疾速冲至，要突破大阵，将下方的石昊轰杀。

这是云层上那个圣洁仙子的愤怒，她虽然没有呵斥，也没有怒容，但其有力的行动比什么都可怕。

石昊神色凝重，揽着月婵次身，跃到一座高台上。“锵”的一声颤音发出，他拔出金色的神灵法剑，遥指高天。

石国皇宫内的龙气顿时汹涌澎湃，若海洋般浩瀚无边，全部集中向他的手臂，化成无量秘力。

石昊手中的神灵法剑被熊熊神火包裹，如一轮大日般光芒灿烂，“轰”的一声，爆发一道粗大的光束，射向高天。

一颗又一颗陨星被剑气贯穿，于空中爆碎。一时间，霞光无穷，齑粉飘散，空中宛若降下了一场粉尘雨。

与此同时，皇宫中的神灵法阵隆隆作响，刚才那道裂开的缝隙自行闭合。人皇印出现在石昊的头顶上方，上面符文闪耀，又激活了几重神灵法阵，守护着皇宫。

石昊持剑遥指高天，剑锋所向，正对云层中的圣洁身影。

“哧！”

一道剑光飞出，化成一道龙形气柱，逆冲上天，撞碎几颗陨星，袭至月婵主身近前。那圣洁的身影上方，有一个秘宝散发荧荧光辉，加持在她的身上，而她自己亦很从容，伸出一指，点在那道剑气上。

“哗”的一声轻响，剑气炸开，在虚空中绽放彩光，若烟花般美丽而又短暂。

月婵主身俯视下方，瞳孔内神辉闪烁。石昊亦剑指天穹，与其对峙。两人虽然相隔很远，但是都感应到了彼此身上的那股森寒的杀气。

“昊儿，你没事吧？”身影闪动，石子陵夫妇二人赶到。

“我没事！”石昊答道，依旧望着高空。他神色凝重，心想，这样下去也不是办法，她直接攻击石国皇宫，自己怎能不还手。

秦怡宁循着石昊的目光看去，立时明白了一切。她冲空中挥了挥手，聚拢神识，传音道：“儿媳，不得无礼。”

“你这恶圣女！”皇宫中，月婵次身最先反应过来，恨恨地骂道。她对秦怡宁的怨念极重。

“要是小塔在就好了。”石昊皱着眉头想道。小塔虽只有寸许高，但对外界有强大的威慑力，可是它去追魔女后消失了快一天一夜，还没有回来。

石昊心中一震，他忽然觉得自己太过于依赖小塔了。在知晓小塔的威能后，他便没有了压力，也没有了要尽快变强大的紧迫感。

他意识到这是一个大问题，最近太过于倚仗外力，要是再这样下去的话，他会渐渐丧失那种勇往直前的动力。

而且他已知道柳神要进入混沌深处的原始之门，而小塔也可能会跟着离去，一旦他们都离开了，他便只能靠自己了。

“不能再这样下去了！我要变强，在这天地间，终究是要靠自己的。”意外遭袭，小塔不在，却让他有了这般醒悟，这也算是一种收获。

石昊眸子中光芒流转，有生灭之气出现。他仔细凝视高空，估量月婵主身的战力，发现她十分了不得。

“比你还要厉害？”他回头看着近前的佳人，询问道。

月婵次身轻哼了一声，没有回答。相对而言，这次身充满了朝气与生气，而云层上方的主身才是真正的出世与近仙。那种圣洁与傲然是深入骨髓的，似乎没有什么能够动摇她的道心。

石昊能够感应到那月婵主身十分强大，她不仅有秘宝加持，而且能召唤陨星，使自己立于不败之境。

“昊儿，你要去做什么？”石子陵吃惊道。他发现石昊准备冲上天去对战。

“父亲请放心，我心中有数！”石昊平静地说道。他召来鹏九，让他主持宫中的各种法阵，而后冲霄而上。

石子陵夫妇都很担心，仰望着天空，神情有些紧张。要不是鹏九苦苦相劝，他们肯定也要跟着上去。

石昊用一条符文化成的绳索将月婵次身固定在背上，然后背着她一起冲向

高空。

在此过程中，陨星不断向他砸来，好在他施展了鲲鹏法，以极速逐一避过，并迅速站在了云端，与月婵主身对峙。

云层上，月婵主身的背后有一座巨大的法阵，那座法阵召来了许多天外的巨石以及荒域的一些山峰。她果然准备充足。石昊皱着眉头思忖着，魔女刚走，小塔追去，而后月婵主身就到了，怎么会这么巧。

“她跟你的容貌不一样吗？”石昊询问背上那月婵次身。

月婵次身没有理会石昊，她看着对面的那道身影，眼中霞辉湛湛。主身与次身距离这么近，相互间又有了莫名的感应。

石昊淡淡一笑，背着月婵次身，在虚空中迈步，仔细打量着对方。

云层上，月光如水，前方的女子淡雅朦胧，缥缈空灵，她分明近在咫尺，却又仿佛远在九天上，给人一种永远无法接近的感觉。她太过出世，那种清丽，那种淡然，皆不属于人间。

“月婵，你是来闹洞房的吗？”石昊直视着她，话语平静，挑衅道，“闹自己的洞房，感觉一定很特别吧。”

对面的仙子亭亭玉立，嗓音如天籁般动听，道：“我心向道，心净若明月。”

她的声音很轻柔，若仙音般让人如沐春风，显然她是在告诉石昊，这样的挑衅难以扰乱她的心绪。

石昊平静地说道：“仙子风采过人，气度非凡，不如去皇宫一坐，与我等把酒言欢，对月畅谈如何？”

在朦胧的光晕中，那道缥缈而修长的身影散发荧荧光辉，她淡然一笑，道：“我是来杀你的。”

“可惜，你难如意。”石昊笑着回应道。

“不试过怎能知道？明月高悬，斩你形神，明我道心！”清冷的月光下，她身上出现一层薄雾，让她看起来越发祥和神圣，缥缈灵动。

一股莫大的危机感涌上石昊心头，他再次肯定眼前的这个女子强得难以想象。不灭金身战衣闪烁乌金光泽，早已覆在他的身上，人皇印亦悬在其头顶，落下一缕缕皇道龙气笼罩着他。石昊手持神灵法剑，看向前方，战意已起。

“哧！”

月婵主身抢先出手，一指点出，竟是万道剑芒，每一道剑芒都透亮如水晶，蕴含着强大的神意。

这一战就这样爆发了，两人都没有多说什么，全身心地投入到了战斗中。

仅一瞬间而已，他们已经交手千百次。云层上，宝术横飞，两道光影化成不朽的光疾速闪动，让明月都黯然失色。

“哧！”

两人交错而过，月婵主身体内冲出一只火红的神凰。这只神凰无比艳丽，轻灵展翅，向石昊斩去。

“咦？”石昊疾速避过，心中一惊。刚才这只神凰的赤羽横击，竟是要斩杀他背上的月婵次身。还好，石昊施展鲲鹏法，以世间极速避开，让背后的佳人避过死劫。

“你对我出手，你是放弃我了吗？”月婵次身的莹白俏脸上布满惊容，眼中既有伤感又有愤怒。

她神色变化不定，不一会儿，她那美丽的脸庞恢复了平静。她非常果断，趴在石昊的背上，在他的耳畔轻语道：“我帮你捉她！”

“好！”石昊只说了这样一个字，接着在她的身上用力捏了一把，痛得她大声惊叫。

两者相距如此之近，即便那月婵主身斩断了与次身的联系，也还是能够清晰地感应到这种疼痛。

月婵主身觉得浑身一阵难受，不禁身体一僵，感觉自己再次被亵渎，不过，她很快又反应了过来，疾速倒退。

“哧！”

剑光横空，石昊杀至月婵主身近前，并且祭出惊世宝术，向前镇压。

## 第300章 一身两面

月婵主身受到惊扰，道心不稳，心绪波动，此时石昊这般勇猛地杀来，让她顿时陷入险境。

“哧！”

剑气如虹，纵横激荡。石昊到了这种境界，一剑挥出，可让长空震颤。

月婵主身连连倒退，满头秀发舞动，全身每一寸肌肤都在绽放瑞霞，成片的符文从其体内冲出，化成一块盾牌挡在身前。剑气飞舞，铮铮而鸣，每一道剑气若闪电般刺目，全都击在那块由符文化成的盾牌上。

仅一瞬间而已，盾牌上便出现了晶莹的裂痕。这神符盾牌仓促显化，难挡无敌剑气，眨眼间便被切裂，化成霞光溃散在虚空中。

几道剑气划过，月婵主身被斩落几绺秀发，还有几道剑气正向其雪白的颈项与脸颊斩去。就在这一刻，她的体表秘力流转，出现水波般的光晕，将那通天剑气扭曲，使其从她的脸颊一侧飞过，没有给她致命一击。

“月婵，你的脸皮可真厚，连剑气都奈何不了它。”石昊喊道，已冲到近前。

他挥出左拳，拳头前出现一只金翅神鸟。这只金翅神鸟若黄金铸成般，阳刚霸气，向前方那道美丽的身影冲去。

月婵主身不断飞退，脸上有热流淌落，那倾城容颜上竟有一道伤口，伤口中有鲜血流出。在这最为紧急的关头，她动用秘宝，护住已身，避过一劫。

“轰！”

石昊祭出至强宝术，通体爆发金色霞光，又杀到了近前。月婵主身失去先手，无比被动，在这种危机中很难扭转局面，十分危险。

忽然，一团火焰腾起，月婵主身面前出现了一幅画卷，上面只画着一团火焰。这一刻，整幅画卷都烧了起来，释放出一股强大的气息，似乎能够焚尽九重天。

石昊进攻的脚步被阻，而月婵主身则驾驭神火，离开了战场中心，停在了远空。不一会儿，那幅画卷烧成了灰烬，消散在虚空中，一件十分强大的秘宝就这样被毁掉了。

这一次交锋结束，两人相距足够远的距离，彼此对峙。

清冷的月光洒落，月婵主身用手抚向脸颊，莹白精致的面容上有一道伤口。她眸光闪动，神情凄凄，似乎十分伤感。

自出生以来，这是月婵主身第一次负伤流血。她竭力让自己平静下来，通体发光，弥散出一股神圣气息，其发出的波动越发强大。

“斩你形神，明我道心。”月婵主身轻语道，玉指轻轻一抹，脸上的伤口便愈合了。她双目中光彩绽放，抬起一条藕臂，身后随之浮现一道龙影。

眨眼间，一条真龙显现，环绕着她，既在保护她的真身，又在准备进攻。这是龙族的攻击神通，显然，她动了真怒。

“可惜，你难以如愿。”石昊说道，而后转过身去与月婵次身交流道，“想当仙子，都要这么皮厚心黑兼无情吗？”

月婵次身哼了一声，心想，这不是在讽刺她自己吗？为了刺激对面的仙子，石昊背着月婵次身，手脚自然不会老实。然而令他惊讶的是，那主身的身上绽放一缕缕道光，似乎丝毫没受到他的干扰。

就连他轻浮地捏了捏次身的琼鼻，主身都平静无比，身上的气息越发圣洁，而且体外的真龙的力量也在暴增。石昊皱了皱眉，严肃起来。他浑身被黑雾覆盖，其身后有太阴之力狂涌，一条鲲鱼浮现，震慑前方。

不出手则已，若要再战，两者必定会动用至强之力，很可能会一招决生死。

突然，“嗡”的一声，这片虚空似一幅画卷在抖动，两者间爆发灿烂的神光。大战就此开始。

月婵主身周围，一条真龙强壮无比，鳞片发光，龙爪森然，头上双角晶莹，各种符光绽放，昂首冲来。石昊的周围，黑雾涌动，一条黑色的鲲鱼跃起，化成金色神鹏，张开巨翅，向真龙俯冲而去。

古有传言，大鹏每日都要食龙，故此，石昊才选择了此术来与之相斗。

“轰！”

天崩地裂，金色的鹏爪与真龙的巨爪相撞，两者都剧震不已。这种攻击力在此境界来说，无人能敌。这是一次恐怖的大碰撞，虚空扭曲，真龙摇头摆尾，鹏鸟振翅而鸣。两者间，神力滔滔，符文燃烧，毁灭之光不断爆发。这是太古至强宝术的碰撞，其威力足以惊世。

一声龙吟响起，那条真龙翻飞了出去，其身上的鳞片脱落不少。而另一边，金色的鹏鸟亦哀鸣，羽毛纷飞，踉跄后退。它们同在太古十凶之列，两者的实力着实不相上下。

“笨，鹏鸟所食的龙其实为大蛇，并非真龙，你这样是压制不了的。”月婵次身在石昊的耳畔轻语道。

“轰隆！”

石昊的身后，鹏鸟化成璀璨的金色光团，变成一轮大日，太阳神力暴增。石昊的脚下，黑色雾海浩荡，鲲鱼摆尾，太阴之精汹涌。一上一下，二气相合，构筑阴阳，这个地方犹若开天般，爆发最为可怕的波动。

石昊向前冲去，准备一战。月婵主身被洁白的光辉笼罩，圣洁而缥缈，其体外的真龙昂首长啸，引诸天星辰之力，聚集无上秘力。

真龙身上的每一片龙鳞都对应一颗大星，漫天星斗各自垂落一道光束，与真龙相通，让它绽放不朽神光。石昊十分惊异，他曾听说单以攻击力来论，真龙宝术排在第一，由此看来这种说法果然有一定的道理。

“轰！”

这一次撞击宛若在开天辟地，天穹抖动，无穷的神辉洒落，茫茫无边。

“她的真龙宝术不完整，下一步即将有缺，快向左迈步，攻真龙腹部。”月婵次身伏在石昊的背上指点道。

石昊眸光闪动，向前攻去，再演鲲鹏法。

“哎呀，你怎么不听我的呢，错过了绝好的机会。现在她补上了那处缺陷，真龙宝术又连贯了起来。”月婵次身摇了摇头，遗憾地说道。

鲲鹏扑击，与真龙再撞，无量神光再次爆发。

“这次横移出去，击真龙头部。”月婵次身再次指点道。

石昊眸光闪动，能量爆发到极尽，操纵鲲鹏向真龙的头部冲去。果然在那真龙回首时，其头顶出现破绽，被鲲鹏冲了进去。

“轰！”

月婵主身剧震，满头发丝凌乱，莹白的俏脸上浮现血色。接连遭受轰击，她十分被动，连雪白衣裙都破碎不堪，差点遭劫。

月婵主身眸光闪动，杀气腾腾，瞟了一眼石昊背后的丽影。她的真龙宝术有缺，石昊借鲲鹏法与之对决，能从这些破绽中攻进去，但不可能这么快，因此她敢确定是那次身从中作梗。

“看啥？这是我媳妇，你别想打她的主意。”石昊说道，攻击更猛烈了。

“小心，她故意留下破绽，可能想引你入陷阱。”月婵次身提醒道。

不过，在这瞬息万变的战局中，她的声音无法快过接下来的变化。

真龙守护在月婵主身前方，昂首长鸣，引星辰之力，与此同时她的体内腾起熊熊的赤霞，一只神凰从赤霞中冲出，扇动巨翅，与真龙和鸣。

龙凤合击，天地万物都要战栗。

“向左退，以太阴之力化解凤凰真火，攻真龙之心！”月婵次身叫道。她的这一指点与石昊的判断差不多。

“轰！”

在灿烂的光芒中，两道身影舞动，进行激烈厮杀。一时间，这片虚空化成了神力的海洋，神通无量，符文闪耀。

月婵主身非常被动，因为对面有个十分了解她的“叛徒”。她目光深邃，几次对次身出手，但都被石昊避过。

“最了解她的人，自然是我。”月婵次身轻语道，神情复杂。

“放心，我会护你周全，日后你便可再造神胎，成为主身。”石昊许诺道。

突然，在两者交错而过之际，石昊终于寻到了最佳的绝杀机会。他催动至尊骨，体内神光大盛，密密麻麻的符文浮现，烙印在虚空中。一个小人儿盘坐在他的胸口，吟诵真经。一道奇异的光从他的胸口射出，威势无穷，神秘莫测。

这道光笼罩月婵主身，光中浮现密密麻麻的符文，这些符文环绕着她逆向转动，像是在时间长河中逆流。透过符文可以清楚地看到，月婵主身正在慢慢变小，无论是容颜还是身体都比之前要稚嫩许多。这是“轮回之力”在起作用。

突然，一道耀眼的光划过长空，落在月婵主身身上。这是补天术，是号称可以改变战局的惊天神通，可以让施法者消除加在其身上的攻击一次。

两种至尊宝术碰撞，爆发无尽神能。

“咦？”月婵主身一惊，发现“轮回之力”在自己身上的影响并未完全消除。突然，她的头上浮现一个黄金小鼎，鼎中垂落朦胧光辉，阻挡“轮回之力”。

“轰！”

这是一件神秘的法器，它在“轮回之力”的攻击下，非但没有破碎，反而更加璀璨了。

“咦，这口黄金鼎怎么明净透亮了一些，仿佛刚刚祭炼而成一样？”石昊疑惑地说道。

“这口鼎非常古老，是一件至宝，它可以借那‘轮回之力’，变得更为‘年轻’。”月婵次身在他的耳畔说道。

遇到这样一件古怪而灵性十足的可怕的法器，石昊一时想不出应对之策。

“哧！”

与此同时，补天术朝石昊飞来。补天术不仅可以“有悔”，还具有强大的攻击力，号称能开天辟地。

“轰！”

石昊以“轮回之力”与之硬撼，两者剧烈碰撞，大道之音隆隆而鸣。在此过程中，月婵次身几次指点石昊，让那主身差点陷入绝境。

“你即我，何至于此？”月婵主身厉声说道，眸光越发冷厉。

“既然你即我，那为何要分主次，还要以你为主？而且，刚才是你先要斩我的。”月婵次身说道。

“斩了你，是为了让你解脱，你还能再生。”月婵主身平静地说道。

“再生？那还是我吗？”月婵次身轻语道。

石昊凝神倾听，心有所悟。即便是传说中的无上古法，也还是有瑕疵的，两个神胎分离后，便不能齐心了。

“隔绝气机！”月婵次身传音道。石昊周身浮现光晕，将月婵次身和自己笼罩，以免他们之间的谈话被那主身听到。

“给我一点时间推演，今日我便帮你将她镇压。”月婵次身坚决地说道。

“有把握吗？”石昊问道。

“她即是我，我知道她的宝术，了解她的手段，能预料她的一切。你我合力，只需片刻，便能将她擒住。”月婵次身轻语道。

乌云之上，月光皎洁，月婵主身秀发飘舞，仙肌玉骨，缥缈空灵。她施展缩地成寸这种大法，将速度提升到极尽，不断祭出补天术，攻向石昊。

若非石昊有鲲鹏神速，在这场对决中一定会吃大亏。在石昊的背上，月婵次身眸子中光彩变幻，她在不断推演，认真琢磨，并不时指点石昊，将那主身的弱点告诉他。

“你如此执迷不悟，是要与我作对到底吗？”对面那个清冷的仙子开口道，语气平淡，嗓音很有磁性。她很美，在如水的月光下显得更加空灵。

“既已分开，你是你，我是我，若要斩我尽管来。”月婵次身淡淡地说道。她已经下定决心和主身一刀两断。

“那好，斩断这份缘，你我就此陌路，道尽情终。”月婵主身轻语道。在月光的照耀下她通体散发无量神光，显得越发晶莹。

“当心！她体质特别，可以沟通银月，衍生无量神力。”月婵次身提醒道。

太阳与月亮距离大地更近，沟通起来所获得的神能比其他的星辰之力要强大得多，有时甚至能与神罚等同。

“轰！”

月婵次身话音刚落，主身便通体发光，与这片天地融为一体。与此同时，天空中那轮明月仿佛一下子变大了上千倍。

无量月辉洒落，这片云层仿佛变为了仙乡，银白透亮，神圣缥缈。月婵主身站在中心，月光如水波向她汇聚，不一会儿，她的身后出现了一轮神月，让她看起来像传说中的月神一般。

“咦？”石昊能够明显地感觉到，月婵主身的身上散发的神力异常强大，所以对此十分惊讶。

“哧！”

月婵主身一指点出，一道银白光束划过虚空，释放强大的神能波动，若一道闪电向石昊疾速劈去。

石昊掌心发光，轰出一道真正的闪电，与那道银白光束相撞，刹那间，虚空中神辉迸溅，波动滔天。

天空中，茫茫无尽的洁白光辉汹涌而来，汇聚在月婵主身周围，化成一轮神月，将她裹在当中。成片的符文在其体表交织闪烁，她宛若月宫中的仙子，显得越发超凡。

月婵主身步履轻盈，向前迈步，一挥右手，喝道：“镇压！”在她挥手的刹那，神光炽盛，聚集成束，威能浩瀚，从天穹上方不断劈落。

石昊见状，觉得非常不可思议。那些光都是从月亮上直接落下来的，像是一场神罚。他疾速躲避，与此同时，其头上的人皇印发光，消解着漫天的月华，削弱这种天威。

“你要当心，这才是开始。有了月华的加持，她的力量将急剧增强，甚至会将真龙宝术和神凰宝术相融，那样的话，她的力量会更加恐怖。”月婵次身提醒道。

石昊点了点头，化成一只金鹏，在那通天神光中穿行，向月婵主身冲去。

突然，虚空中响起一声震天龙吟，在耀眼的银白月华中，一条巨大的真龙凝聚成形，它横亘在天穹上，显得勇猛雄武。这一次的真龙宝术，伴着月之圣力，威能叠加，恐怖无比。

与此同时，虚空中出现一只神凰，它的羽毛赤色中带着银白，将赤焰与月华叠加，气息惊人。

此刻，石昊觉得月婵主身似乎已经突破了尊者境的极限，她仿佛能调动天地大道，强大无比。

“轰！”

这一击，龙凤交颈，同时扑杀，威力无穷。石昊被轰飞，嘴角淌血，这是他与同辈人交战时遭到的最强攻击。

“有意思！”石昊擦掉嘴角的血，眸光大盛。

“坚持住，她虽然能调动浩大的月之圣力，但也只能持续片刻。”月婵次身提醒道。

“没什么。”石昊平静地说道。说罢，他开始演化《原始真解》的符文之力，让自身进入到极尽空灵的境界。

“金莲遍地！”月婵次身惊讶道。

此时此刻，虚空中生出一株又一株金莲，看起来十分神秘。石昊紧闭双眼，其肉身散发着清香。只有与大道亲近者才能演化这等异象，即便是尊者都很难做到。

“这种大道异象即便是在尊者境也不可能用来参战吧？”月婵次身问道。

石昊沉默不语，继续演化符文之力。仅一瞬间，皇宫中的皇道龙气滚滚而上，注入这些金莲内。与此同时，他头上的人皇印中传出龙吟声，数不清的巨大天龙从中飞出，全都没入金莲内。

这些金莲越发璀璨，爆发无量神能。紧接着，所有金莲剧烈摇动，带着大道的气息，腾空而起，向着月婵主身冲去。

“轰！”

大道金莲与真龙、神凰相遇，碰撞出剧烈的波动，高天都被震得猛烈摇动。这是一次恐怖的大对决，最终符文燃烧，月光溃散，金莲暗淡。

两道身影倒飞，全都狼狈不堪。石昊再次咯血，月婵主身也好不到哪里去。她口中咯血，白衣破碎，露出修长的玉腿和莹白的藕臂。

“就是现在，速速镇压！”月婵次身传音道。她告诉石昊，月之圣力消退时，主身将进入短暂的衰弱期。

“好！”石昊回应道，疾速冲了上去。

他一声长啸，祭出狻猊宝术。他的周身电芒闪耀，电光间浮现无数的大星，这些大星全都是闪电构筑的，威力滔天。在各种神力中，雷电之力毫无疑问具有相当强的爆发力，用以攻击虚弱的敌人最适合不过。

此外，石昊还催动了一株草的剑意和鲲鹏法。雷电中悬着一株又一株草，一只金色的大鹏在当中展翅长啸。

仅这一瞬间，他便同时施展三大神通，每种神通都强大无边，足以将同代中的翘楚镇压。这三种神通齐出，即便是尊者也难逃被轰杀的命运。

月婵主身色变，疾速倒退，不过她很快就被雷电淹没，电芒与她的护体符文碰撞，隆隆作响。

“哧！”

一株草的剑意爆发，锋锐无比。月婵主身祭出宝术进行阻挡，但还是被斩伤了双臂。眼看另外几株草爆发的绝世剑意就要斩到她的颈项、头颅等要害部位，月婵主身再次施展补天术。

她无法连续施展补天术，只能隔一段时间才能施展，不过她似乎仍处在衰弱期，这一次施展的补天术的威力不是很强。她的肩头再次中了一剑，受伤不轻，嫩白的藕臂在滴血。

与此同时，石昊的拳头不断挥出，金色的大鹏挟强大神力迅速向前冲去，月婵主身疾速倒退，匆忙躲避。

在这一次的交锋中，她一直处于下风，难有反击之力。若非其头上的黄金小鼎不断垂落神芒，阻挡住了石昊的攻击，她很可能会被斩杀在此。

不过，石昊头上的人皇印也是上古神器，它爆发神威，与那黄金小鼎相撞，将那黄金小鼎撞得剧烈摇动，险些跌落。就在这一刻，石昊的至尊骨又能动用了。他凝聚精神力，准备催动至尊骨，施展最后一击，将月婵主身镇压。

“嗡！”

突然，密密麻麻的陨星闪耀着灿烂的光辉，向石昊砸来。月婵主身利用这个机会，转身就走。

“追！月之圣力散尽，她又遭受重创，正处在最衰弱的时刻，这正是镇压她的最佳时刻。”月婵次身轻语道。

石昊望了一眼头顶的陨星，发现这座陨星大阵虽然威力超凡，但布得有些粗糙，只能朝一个方向攻击，他觉得若自己以鲲鹏身法游走，绝对可以避过，故决定继续追下去。

“向左百丈，而后向前疾驰！”月婵次身指点道。石昊越过陨星大阵，速度飙升，快速接近月婵主身。

“小心，这法阵虽然粗糙，但也有些变化，别走错，千万不要把她追丢了。”月婵次身指点道。她让石昊迅速逼近主身，立刻开始镇压。在这片陨星密布的苍穹上，大战再次爆发，虚弱的月婵主身不断咯血，再次遭创。

“轰！”

前方传来巨响，一片霞光绽放。月婵主身似在燃烧潜能，要与石昊生死对决。

“她要拼命了，快将我送回世界宝盒内，不然我可能会在你们最后的决战中被神力镇压。”月婵次身说道。生死对决，必定惨烈无比，她现在修为被封，若没有得到保护肯定会殒灭。

石昊微笑道：“你不说，我也会将你送进世界宝盒中。这最后一击，我将会动用至尊骨，将她斩杀。”

说罢，他通体发光，符文密布，与此同时将月婵次身送进世界宝盒中。前方，月婵主身似乎预感形势不妙，疾速倒退，并未前来跟他对决。

下一刻，天地突然剧烈地震动。这一次，石昊的至尊骨的威能超乎想象，竟传出洪大的诵经声，冲出无量符文。逃出去一段距离后，月婵主身忽然停住了，她看着那道密布符文的人影，淡然一笑，竟变得十分从容了。

“咦？”石昊符文遍体，浑身发光，像是在燃烧。他突然止步，露出惊容，因为他无论如何都无法接近前方的丽影。两者明明相距很近，却像隔着一道天堑，始终无法挨在一起。

石昊惊愕不已，疾速倒退。

“晚了。”月婵主身绽放无量神光，身上的伤口迅速愈合，通体变得莹白透亮。她秀发披散，灵动若仙，道，“你以为我真的不敌你吗？与同辈对战，我从未败过！什么衰弱期，只不过像你我这样的人若硬撼的话，几乎无法决出胜负，我只是故意示弱而已。”

# 第301章 劫

石昊的四周腾起无量神光，虚空中闪耀无尽符文，八重法阵接连复苏，爆发惊天波动。

“神级大阵，八座……你真看得起我。”石昊非常吃惊，咬牙道，“这么说来，你的次身在欺骗我？”

“她虽然有了异心，但我们毕竟同源，之前只不过是为了引你入瓮罢了。刚才你已经将她送进世界宝盒，那么现在我便可以送你上路了！”月婵主身冷笑道。

“其实法阵早就可以启动了，只是不把你引入中心，我们终究还是不放心啊！”月婵主身轻语道。

“等一等！”石昊叫道。

月婵主身十分果断，不给石昊任何机会，瞬间激活了这些法阵。“轰隆”一声巨响，神级气息暴增，当场将中心的那道身影击碎，爆发绚丽的光芒。

当神级气息消失时，那道身影早已湮灭，原地只留下一个青铜宝盒，悬在布满符文的虚空中。

月婵主身飞过去，伸出一只纤纤玉手，将那青铜宝盒捡起，道：“想要打开这个宝盒确实有很大的难度，不过去上界请一位大师出手，还是能开启的。”

她深吸了一口气，在这里站立良久，如水的月光落在她身上，让她显得更加飘逸出尘。之后，她开始收拾阵旗，拆掉了神级法阵的各大法旗，这些法旗很多都藏于陨星中。

“小石不过如此。”她轻笑道，笑容无比灿烂，让人看了神魂颠倒。收拾完阵旗后，她停了片刻，心神轻松地准备离开此地。

忽然，一颗陨星炸开，释放一片密密麻麻的符文，这片符文伴着“轮回之力”向月婵主身冲来。

“咦？”月婵主身大惊，美丽的瞳孔急剧收缩，她没想到自己会再次见到石昊。只见石昊的胸部近似透明，当中的一块骨头发出无量神光，骨上盘坐着一个小人儿。那个小人儿忽然起身，疾速冲出体外，并且迅速变大，最后变得与石昊一模一样，挟至尊神威杀来。

这一刻，月婵主身的心中一阵冰凉，她立时便明白，刚才毁掉的是石昊的至尊骨上盘坐的身影，并非石昊的真身。

“轮回！”石昊大喝一声。他屹立在苍穹中，一头黑发乱冲向天，若一位魔神复生。

石昊胸部的至尊骨正在发光，那个小人儿急骤变大，挟无量神纹冲出，向月婵主身扑杀而去，其速度快到极致。

月婵主身瞳孔收缩，脊背生寒，浑身汗毛倒竖。她一声轻叱，从体内释放各色神光，竭尽所能动用一身的道行去防御。

可是，石昊的袭击太突然了，一位少年至尊的袭杀，怎么可能这么容易就被化解。此时，至尊符文已经冲到了近前，将月婵主身笼罩。她再想反击却来不及了。

“哧！”

她那刚冲出体表的真龙、神凰、饕餮、金乌等符文，还没有化成真形，便全部被压制，瞬间溃散，而后生生退回肉身中。

这对月婵主身来说是一个非常不好的现象，她的宝术被石昊截住了大部分。

“补天术！”月婵主身喝道，明净的美眸变得很深邃，其中有神人补天的壮观景象出现，九天十地的苍生都在其中跪拜，这等异象简直震古烁今。

可是这一次石昊的宝术异常强大，比他以前祭出的要强上数倍。其至尊骨上盘坐的小人儿亲自出击，小人儿的四周腾起成片的符文。

“轰！”

那小人儿一拳轰出，与补天术碰撞在一起，那修补天地的壮阔异象顿时模糊，这片虚空也扭曲了，似乎就要塌陷了。

光雨飘舞，天地震动。这分明是一场生死决斗，却有一种凄艳的美。那小人儿冷眸如电，以睥睨九天之势，挥舞缭绕着璀璨符文的拳头，向补天术连击数次。

月婵主身嘴角淌血，疾速倒退。她这次的迎击太仓促了，补天术没有发挥到极尽，并且就要消散了。

最后，她拼尽力气，催动补天奥义，她想凭此重来一回，改变这一战的结果。她秀发飞舞，衣裙破碎，如一位女神，散发圣洁光辉，其体内最深处的潜能熊熊燃烧，以施出制胜一击。

补天术原本就要消散了，经此加持后，得以再次凝聚，要改变她被斩的局面。洪大的诵经声响起，石昊与月婵主身皆祭出最强宝术。两者的宝术属于两种不同的经义，在碰撞、交锋后，化成最为原始的真义。

“轰！”一声开天般的巨响，补天术消耗得差不多了，而对面那小人儿也暗淡了，即将化为乌有。

“成了！”月婵主身展露笑颜，虚空都被她这灿烂一笑给照亮了。只要撑过这一关，她便能施展其他手段。然而，那小人儿虽然已经消失，但那无尽的至尊符文依旧在轰鸣，并向月婵主身冲了过来。

过去，石昊在施展至尊宝术时，只是祭出符文，从未将骨上那个小人儿祭出，唯有这一战才动用。第一次时，那个小人儿替他挡劫，殒灭在神级法阵内，而这第二次则耗掉了月婵主身很多的精神力。

“不！”

月婵主身大喝一声，竭尽全力进行对抗。她全身上下若烈焰燃烧般绽放光芒，阻挡那片可怕的法则符文。她深知这依然是石昊的至尊宝术，其威力较之刚才更加强大。刚才那个小人儿是至尊宝术深层次的显化，为的就是层层递进，渐显威能。

此时，月婵主身通体晶莹透明，若烈焰中的神女，喷薄瑞霞，如浴火重生般，绽放不朽的气机。可惜，她终究是消耗太多，此刻已然力竭。那些符文虽然破灭了不少，但她还是被淹没其中。

最后，至尊符文光芒渐散，月光洒落，照亮了月婵主身。在一声尖叫声中，那曲线曼妙的身影消失不见，原地只剩下一个八九岁的女孩，模样幼小稚嫩。

她发丝乌黑，双眼水汪汪的，眼中虽然透着灵气，但有着深深的不安。她紧张地攥紧了拳头，一身破碎的衣服显得十分宽松，似乎马上就要滑落在地。

“石昊！”那个女孩大声叫道，而后又尖叫了起来，似乎是被自己的声音给吓住了。

石昊擦去嘴角的血，眼神如电，注视着那个女孩。这一次是他出道以来少有的苦战，这月婵主身着实厉害，毁了他那至尊骨上的小人儿两次，让他险些殒灭。

月婵主身变小了，看起来柔美纤弱，两只眼睛滴溜溜地转动着，惊慌地向四周张望着。此时的她是真的害怕了，她完全没有想到会出现这种局面。

此前她非常果断，直接动用神级法阵来击杀石昊，为的就是不让他有任何生还的机会。她没想到自己苦心算计，却落得这样一个结果。

“轰！”

石昊探出一只大手，向前拍去。月婵主身色变，目光闪烁不定，思索着应对之法。可是，她此时的状况糟糕透顶，又如何去对抗呢？

“拼了！”

月婵主身一咬牙，牵引神魂之力，使之拼命燃烧，以对抗石昊的袭击。她这是在透支其封印的潜能，可能会产生意想不到的威力。

成片的符文从月婵主身的体内冒出，将其笼罩在内，对其进行守护。不过，可惜的是，由于这些潜能是其临时汲取的，而且她此时已是幼童之身，因此其威能远没有之前的强大。

“啪！”

石昊的一只大手拍在她的身上，击穿成片的符文。月婵主身横飞而起，滚落一旁，口中咯血连连。

“咦，竟然未死？”石昊惊讶道。他没想到自己以轮回之力将月婵主身打回幼年，对方竟然还能调动出无穷的神秘潜能。

迷你版的月婵主身失声尖叫，羞愤中带着一种惧意，与她平日端庄圣洁的样子大不相同。

“我叫你淘气，不听话！”石昊嘴角翘起，露出笑容，向前走去。

“啪！”

石昊伸出大手，在迷你版的月婵主身的屁股上打了一下，就像长辈教训最顽劣的孩童一般。

月婵主身有点发蒙，随后，她惊醒过来，美目喷火，大声惊叫。她是补天教的仙子，居然被人用宝术化成一个幼稚孩童，而后还被这样教训。这是最严重的亵渎，她绝对不会饶恕。

“小东西，叫你不听话，看我家法伺候。”石昊眯缝着眼睛，带着畅快的笑意，再次挥手。

“啪！”

迷你版的月婵主身横飞了出去。她努力调动潜能，虽然浑身发光，可是依旧毫无用处，根本抵挡不了石昊的攻击。

她再也难以保持平日的淡定与超然，月光下，她的尖叫声传得格外远，虚空仿佛都要被震碎了。从她此时的羞怒与愤慨便可知道，这是她从未经受过的屈辱。

与之相反，石昊的嘴咧得很大，他的笑声比月婵主身的尖叫声还要大。他大笑着调侃道：“小屁孩儿，你再淘气啊！”

虽然得意，但石昊自然不会大意。他深知轮回之力的作用时间有限，当下目光坚定，决定彻底打败月婵主身。他猛地探出右手向前拍去，金色符文缭绕着这只大手，这一掌足以轰杀前方的丽人。

月婵主身拼尽全力调动神秘潜能，但依旧无法阻止这一切。这一掌将她震倒在地，其体内的所有法器和珍物全都掉了出来，其中还有不少当场就被损毁了。月婵主身挣扎着想爬起来，却没有丝毫力气，只得瘫在地上。

石昊见了十分吃惊，要知道，即便是尊者在他这一掌下也会当场毙命的。

“想来你一定服食了大量的金身液，才能让肉身坚固到这一步吧。”石昊说完，迅速扬起右手，向前击去。

“咦，那是什么？”石昊惊道。月婵主身的体内，有一个小玉瓶被震碎了，瓶内漏出一滴赤霞冲霄的血。那滴血落入一口黄金小鼎中，与月婵主身的肉身相融。一时间，无尽的生命气息弥漫，月婵主身充满了强大的生命力。

“凤凰真血?!”石昊惊呼道，向月婵主身击去。那口黄金小鼎竟自动发出无量光，裹着月婵主身疾速倒退。

石昊探出双手，一手击向月婵主身，一手收起月婵主身掉出的所有法器和珍物。与此同时，他催动人皇印，祭出大量符文向前轰去。那口黄金小鼎十分特别，它迅速变大，将月婵主身收入鼎中，自身抵住石昊的所有攻击，而后冲向天际。

这黄金小鼎为上古至宝，平日总在蛰眠，从未离开过月婵主身，她没想到在这危急关头它竟会救了她一命。她身在鼎中，回首向后望去，眼中有遗憾，有沮丧，更有羞愤。最后，她将所有的情绪化为坚毅的信念，转过头去，随着黄金小鼎向前飞去。

那黄金小鼎击穿了虚空，就此逃遁而出。石昊虽在后追击，但依旧无法追上。

“小婵婵，要乖哦，再不听话，下次见面还打你屁股！”石昊向远空传音道，说完便哈哈大笑起来。

月婵主身满脸通红，气得浑身颤抖。她感觉臀部火辣辣的疼，心中的羞愤之情难以抑制。

乌云渐散，月光洒落，石国皇宫上空的陨星都已不见。此时已是后半夜，但石国皇都中却喧闹异常，发生了这么大的事情，整座都城的民众自然都十分震惊，众人的心中都生出极大的恐慌。

“人皇！”

当石昊从天而降时，城中传出欢呼声。许多人看到乌云散尽，明月再现，而石昊浑身发光，如神临世，便知道他打赢了这场战斗。

众人大呼“人皇”二字，对石昊的崇敬之情十分强烈。石昊看到更加浓郁的皇道龙气，向着皇宫和他聚拢。不知道过了多久，喊声才渐渐变小，石昊也回到了中央天宫。

“孩子你负伤了？”秦怡宁冲来，一脸的焦急之色，看起来十分担心石昊。

“母亲，我没事，只是轻伤而已，一会儿就好。”石昊笑着说道。此时，他通体发光，强大的宝血在他体内流转，能够清楚地听到有如雷鸣般的轰鸣声从其体内传出。

宫内的修士皆能感觉到，石昊的血气汹涌澎湃，一股强大的生命气息笼罩着他，给人一种惊人的气势。

秦昊站在一旁心中也是一震，不禁暗叹道：“这位哥哥果然了不得。”

半个时辰后，石昊体内的雷鸣渐消，体外的光辉转淡，迫人的神力开始收敛。

“鹏九，宫中可有损失？”石昊问道。

“有法阵守护，陨星不曾毁掉任何一座建筑，也无人伤亡。”鹏九答道。

这场陨星雨带来的唯一的麻烦，便是那些陨星碎石与粉末都撒落在皇宫周围，几乎要将城门给堵住了。不过，鹏九已经安排了人手前去清理。好在石国皇宫中有强大的法器能装下山河，因此那些碎石很快就清理干净了。

“昊儿长大了！”石子陵感叹道。

秦怡宁露出笑颜，揉了揉石昊的头。多日的相处，秦怡宁对石昊仍心怀愧疚，但毕竟是自己的孩子，因此也没有早先那么客气了。

不久后，众人散去。月光明亮，繁星点点。石昊盘坐在皇宫内的一间密室内，清点此战的收获，其中的一些符骨为稀世珍品，只可惜里面没有宝术传承。

“咦？”石昊惊喜道。他从战利品中抽出一根银羽，刹那间，银羽上蹿起莹白的光芒，神秘的符文缭绕着它，让它看起来像是一簇熊熊燃烧的火焰。持此银羽轻轻一挥，银芒飞舞，呜呜声震耳。

“银凰羽！”石昊仔细观察后，得出这一结论。他曾在古书中见过有关它的记载。这是一根银凰的原始真羽，上面的银色羽毛锃亮，散发着强大的神能，可以轻易将金石切开。

“五禽扇的材料快要集齐了，没想到真有祭炼出此扇的一天。”石昊轻语道。他手中已有青鸾、朱雀、金翅大鹏这三种神禽的原始真羽，再加上这一根便有四根了，还差一根就大功告成了。

五禽扇在上古年间威名赫赫，轻轻一扇就可以让山川化成飞灰，让千里大河瞬间干涸。上古一战，一些法器因战力无穷被载入史册，光耀古今，这五禽扇也在此列，号称最强法器之一。

若祭炼得当，这五禽扇还可以自行演化小天地，生出源源不断的神力，这样便不需要持有者耗费法力，这是五禽扇最神奇的地方也是最厉害的地方。

石昊发现银凰真羽后，对其他珍贵材料与法器就没那么上心了，只草草地看了几眼。突然，一阵馨香飘入石昊的鼻中，石昊循香望去，只见一个两寸高的玉罐表面有几条裂缝，从裂缝中透出点点紫光。

石昊心头一动，将这险些被毁掉的玉罐打开，只见里面有一粒拇指肚大小的丹药，丹药上流动紫金光辉，几乎将整间密室都照亮了。

他轻轻吸了一口药香，顿觉体内的血气旺盛了起来，之前还没有痊愈的伤势也一下子好了许多，这效力着实惊人。

“补天丹！”石昊判断道。

补天丹是以圣药为主药炼成的宝丹，价值连城，十分稀有，是补天教最珍贵的圣物之一。补天丹相当于一条命，任何人只要还有一口气在，服下它便能够立马恢复状态。

“好东西啊！”石昊很满意，这一战的收获超出他的预料。他将这些战利品收了起来，而后取出世界宝盒，催动一些特别的符文，将之开启。

由符文构建成的光洞出现，一道靓丽的身影疾速冲出。她的身姿轻灵飘逸，可当她见到眼前的人后，身体顿时僵住了。

月婵次身出尘飘逸，美眸中霞辉流转，难掩失望之色，她无奈地发出一声轻叹，道：“她可真不走运。”

“是你不走运！”石昊依旧盘坐在那里，没有起身。

“自此之后，我跟她便真正对立了。”月婵次身说道，而后自顾自地坐在一个蒲团上，浑身莹莹发光，看起来并不像是俘虏。

“自欺欺人？”石昊嗤笑道。

“你也知道，在那一战中，她是真的想杀我。”月婵次身说道。

“然后呢，你便引我入瓮，让她斩我？”石昊道。

“我没有别的选择。与她合作，若成功便是解脱，总比落在你手中要好吧？”月婵次身坦然地说道，言语中没有一点愧疚之意。接着，她面露异色，惊道：“我以为她成功了，你怎会活下来？”

“你堂堂一教圣女，若有机会遁走，怎肯留下？自一开始我就没有信过你。”石昊道，斜睨着月婵次身。经此一役后，她在他面前竟仍能这么镇定，丝毫没有一点害怕与担心，这倒让他觉得有些出乎意料。

“这次之后我真的跟她对立了，往后再相见，唯有生死相向。”月婵次身叹道。

石昊沉默不语，平静地看着她。

月婵次身道：“我所说皆为真。她已知晓我与你成亲，如今她没能救出我，日后她为保圣洁，自会全力斩杀我，不允许我活下去。”

“真是麻烦。我要斩了你，便正如她所愿，让她能立时蜕变出一个神胎次身。”石昊手抚额头道，“要我怎么对你呢？”

“合作，共同对付她！”月婵次身很干脆地说道。

“你虽姿容绝代，但已为阶下囚，凭什么与我合作？”石昊脸上的笑容不减，但也有些冷。

提到姿容，月婵次身脸色一红，想到了不久前的旖旎，不禁暗中磨牙，雪白颈项也变成了粉色。

“喂，你若想对付我，最好暗中施行，这样在我面前咬牙切齿，实在是不明智啊！”石昊嘲笑道。

月婵次身沉默不语，低头想了很久，脸上的红晕渐渐消失。她恢复了镇定，抬头道：“拿纸笔来，我与你合作。”

“啥？”石昊惊讶道。

月婵次身提笔写下一篇经文，整篇经文字字发光，散发着一种神性。这并不是因为她注入了神力，而是这符文所蕴含的奥义过于恐怖。

“我们这样合作。给我一段宁静期，你莫要……扰我。”月婵次身说道，脸上红晕再现。

“凤翔九天。”石昊望着那篇经文惊叹道。那经文落入他眼中，仿佛一只火红的神凰展翅，冲霄而上。

“这是神凰宝术的几种变化之一，威力至强。”月婵次身解释道。

无论是真龙还是神凰，它们的完整宝术皆无与伦比，就算是凭着其中的一部分变化也能纵横世间。

“我天资超凡，仅此一种神通，修炼不了多少天便能掌握，精通后就可去扰你？”石昊笑着问道。

“那我便传你神凰宝术第二式、第三式……甚至我自己都没有修成的终极一式。”月婵次身说道。

“终极一式？”石昊有些激动。

“这终极一式早已失传，我现在所知道的也只是后人推想出的，难以修成。”月婵次身坦诚相告。

石昊自然不知足，道：“若是神凰宝术被我修成呢？”

“那就传你其他宝术，最后是补天术。”月婵次身似乎决定豁出去了，毫不犹豫地说道。

“你能对我这般好？”石昊好奇道。

“你若能修成，就算是嫁给你我也没有怨言了。”月婵次身平静地说道，莹白的俏脸上带着淡淡的笑容。

“好！”石昊点头道。

“你想不想也分出主身与次身，蜕变出两个强大的神胎，拥有不死之身？”月婵次身嫣然一笑，这般问道。

“不想！”石昊直接摇头，坚决地拒绝了。

这一日后，石昊便开始修炼神凰宝术第一式，他整日沉浸其中，不能自拔。而外界已是一片喧沸，因为石昊掀翻不老山的种种辉煌战绩已经传遍了荒域。

同时，月婵仙子夜袭石国皇宫的事也传了出去，这也让外界认为她被俘成为石昊阶下囚的事情是谣言。这则消息被石昊知道后，他大笑不已，而月婵次身则在一旁闷闷不乐。

数日后，小塔回归。石昊十分好奇它与魔女之间的事情，特地破关出来，与它交谈。可惜，小塔没有满足他的好奇心，任他怎么问都不回应“故人之事”。

“我也许要走了，接下来的一切都要靠你自己了。”小塔沉默很久后，这般说道。

“小塔你……”石昊大惊道。

两日后，柳神重现中央天宫。

“我要走了。”这是柳神再现后说的第一句话。石昊听了十分震动，对于柳神极其不舍。

“先回石村。你的石村如今在何方？”柳神接着道。

石昊闻言一时说不出话来，只得带上月婵次身和小塔，先去告诉父母这件事。

# 第302章 世外桃源

“祖地？”石子陵夫妇得到消息后，心中十分激动。他们对石村的人非常感激，若非他们的照料，石昊也不会成长为现在这样的强者。

中央天宫中，柳神身影模糊，立于中心，被混沌气笼罩着，在其四周似乎有无数的神明在对它膜拜。

石子陵夫妇见到这一场景非常震撼，即便是始终排斥此地的秦昊也看得发呆，张大嘴巴，他一句话也说不出来。平日风采自信、超凡脱俗的月婵次身也睁大双眼，张着鲜红的小嘴，吃惊地看着柳神，眼中满是疑惑。

“这就是他身后的那个神秘强者吗？”月婵次身心中震动，喃喃自语道。此时，她总算明白石昊为何会强横到敢跟不朽的大教对抗了。

石昊的心情不是很好，小塔和柳神都要走了，他心中实在舍不得。一根嫩绿的枝条带着露珠，绽放绿霞，自柳神身后伸出，朝虚空一挥，“哧”的一声，一条明亮的通道便出现在了众人眼前。

“父亲，母亲，弟弟，你们先走。”石昊让石子陵夫妇和秦昊先进入通道，前往石村。至于月婵次身，虽然她对石昊有些敌意，还是补天教的圣女，但是石昊担心把她单独留在石都会生出什么事端，便把她也带到了石村。

而且，若非秦怡宁的建议，她这次还是会被封在青铜宝盒中，因此，她对秦怡宁的反感也减少了一些。

这是一条由符文构建成的通道，几人踏进去后，没过多长时间，便走到了通道的尽头。他们在柳神的指引下向着前方白茫茫的一片地方跨去，眨眼间，众人的双脚便踩在了坚实的地面上。

石昊深吸了一口气，一时间，草木的清香、淡淡的果香、还有泥土的气息，扑鼻而来。石昊惊讶地看向四周，眼前的景物都是那么熟悉。

“石村的位置不是改变了吗，怎么好像还是跟以前一样？”石昊疑惑地问道。

“之前那方山水的灵气十分浓郁，因此我将方圆十里的土地整体搬来了。”柳神解释道。

石昊一行一路向前行去。石昊能够明显地感觉到这片山地灵气汹涌，比以前更富有生机，也更适合修行，他还发现此处的地下还有几条灵脉。

石村村口的湖泊还在，其间还有五色小鸾鸟出没，湖边有成群的独角兽在奔驰。再往前走，便能看见路旁有各种灵禽瑞兽，一个村子坐落在前方不远处。这个村子中的所有房舍都是由石头砌成的，看起来很原始又很朴素。

这个村子宛若世外桃源，众人才靠近它便觉得心顿时宁静了下来。石昊长久在外拼杀，日日与危险相伴，只有回到石村时他才能卸下所有的防备，整个人变得格外放松。石村是他的心灵寄托之地。绿光一闪，柳神变回柳树，垂落上千条柳枝，扎根村头。柳神周身绿光闪耀，雾霭缭绕，显得神圣祥和。

“啊，柳神回来了！”一个娃子大叫道，全村人都被惊动了。村里的人全都跑了出来，而跑在最前面的是一只黑不溜秋的土鸡。它飞速冲到柳树下，而后慢悠悠地踱着步子，找了个舒服的位置，窝在了那里。

“八珍鸡！这样一个小小的村子竟也有这等太古异禽。”月婵欢身暗叹道，美眸中闪动异彩。

“哇，是小昊叔回来了……”一群小屁孩看到了石昊一行，欢呼着跑了出来。他们嗷嗷叫着，如一群野猴子般，连蹿带跳，飞快奔来。那一张张笑脸上充满了渴望，全都喜悦无比。

石昊每次回来都会带来大量的“好吃的”，比如金鹏、炎蟒、白灵虎和各种灵果等，因此石昊是村中最受孩子们欢迎的人。石昊还没走进村子，身上就已经挂满了娃子，有的坐在其肩头，有的伏在其背后，还有的就直接抱着他的腿。

石子陵夫妇见状，心中顿时生出一股暖意。这样的村落，这样一群朴实的村民，石昊能在这里长大，他们觉得真是一件极大的幸事。

“小昊，你终于回来了！”很快，村头出现了族长、石林虎等长辈，以及大壮、二猛等与石昊同辈的少年，他们全都在笑。

“小昊这次回来要多住一段时间，不要急着离开。”石飞蛟说道。

“叔，这次我会待上一段时间。”石昊笑道。

“小昊又带来了新朋友……”皮猴、虎子笑哈哈地走到他面前，捶了他一拳。他们都是儿时的伙伴，根本不会见外。

秦昊在后面看着，感觉石村很不凡，这样一个小小的村子，竟有神灵气息笼罩。他觉得此地肯定有超乎想象的强大的法阵守护，与那些上古大教的护山大阵旗鼓相当。

“你们是当年的那两个人？”族长石云峰看着眼前的那对夫妻，觉得十分眼熟，惊疑不定地问道。

“老叔，谢谢您！”石子陵夫妇赶忙上前，对石云峰等人行大礼。他们这是发自真心的，如果没有这些人，石昊也不会成长得这么出色。

“真是他们！”村里的人见状都非常惊讶，全都围了上来。他们没想到隔了这么多年，还能再见到这两人。

“这是小昊的亲生父母啊！”

“他们一家总算团聚了！”村里的人都为石昊感到高兴，这是一种最朴实的感情。石子陵夫妇与村中的长辈谈及这些年的事，时而大笑，时而落泪，百感交集。

“这位姐姐是仙女吗？好漂亮啊！”一个小女孩仰着头，看着月婵仙子，红扑扑的小脸上挤满了笑容。

大壮、二猛以及一群少年早已看到了月婵仙子，当下都非常吃惊，心道：“这女人未免太漂亮了吧，恐怕真的是天上的仙女啊！”

“这女娃真俊，美得有点不真实。”族长石云峰微笑着，点头道。这时村里的人的目光也都看向了月婵仙子。

月婵仙子身为一代圣女，出身在不朽的大教，什么场面没见过。她此时表现得非常镇定，不过她并未显得难以亲近，而是随和地微笑着，与她平时超凡脱俗的谪仙气质不太一样。

“小昊，你这次是真的要成家了吗？”大壮问道。

“你一直忽悠我们，说什么扛回来几个胖子，直到现在我们的娃儿都会满山跑了，也不见你兑现。”二猛说道。

被儿时的伙伴包围着，石昊非常豪气地扬着下巴，摆了摆手，道：“这次差不多了，她是回村养胎的。”

“哈哈……”

一群人闻言大声哄笑起来，那群半大的小子更是在一旁挤眉弄眼。月婵仙子的脸上浮现红晕，不禁在心中暗骂了几句，不过她脸上还保持着微笑，并没有说什么。众人也没有冷落秦昊，一些孩子围着他叽叽喳喳地问个不停。

一行人向村中走去，石子陵夫妇见到村中的景象不时发出惊叹。这样一个小小的村落，竟然有这么多灵药，它们都栽在青石路旁，使村中灵气氤氲。

村中还有一株银光闪耀的桃树，它不过半腰高，芬芳扑鼻，无论是叶片还是枝干都流淌着银辉，吸引了所有人的注意。

“一株圣药？一个普普通通的村子，居然会有圣药！”秦昊望着那株银桃树，神色阴晴不定。月婵仙子仔细观察后，确认其药效惊人，即将成为圣药，只是还差了一点。

“真是了不得呀，而今所见与当年完全不一样了。”石子陵惊叹道。

“这就是他长大的地方？”月婵仙子看着这与世无争的村子，又看了看村头那株神秘的柳树，一时有些回不过神来。

石昊在外面锋芒毕露，光辉耀眼，回到村中却如一个阳光爽朗的大男孩，月婵仙子有点不敢相信自己所看到的一切。她了解到，在她眼中无比可恶的石昊，在这里却如此善良。

突然，远方的山脉深处传来剧烈的能量波动，一时间光束冲霄，大地震动。

“好强！”石昊当即色变，吃惊道。这种神能不是一般的尊者能够发挥出来的，他能明显地感觉到有人在那里大战。有如此高手在离石村这么近的地方对决，可不是什么好事。

“不用担心，是我们村的人。”族长石云峰微笑道。闻听此言，石昊一行人全都愕然，他们不敢相信石村中竟然还有这种等级的高手。

“小昊！”

三头异禽从空中俯冲下来，竟全部能开口讲话。石昊抬头一看，立马认出它们正是大鹏、小青和紫云。三头异禽飞落在地，亲昵地朝石昊奔去。

石昊高兴地大叫着抱住了它们，并询问青鳞鹰大婶在何方。

“母亲在观看大战，进行体悟呢！走，我们带你一起去看。”紫云亲昵地用头蹭了蹭石昊的肩膀。

石昊心中一阵温暖，仿佛又回到当年跟它们一起戏耍，研究它们体内的宝骨，进行修行的时候。

“回头我教你们各种神禽的宝术！”石昊开心地说道。他搂着它们的脖子，看起来就像一个单纯无邪的孩子。

而后，一头银白的独角兽奔了过来。它正是独角兽中的小白，通体缭绕圣辉，鬃毛雪白如绸缎，身体两侧长了一双翅膀。它曾载着石昊走出大荒。

“你不会真有机会化成太古传说中的第一坐骑天马吧？”石昊惊讶地问道。

小白十分傲然，昂着头，走了过去。

“这是柳神的功劳。”鼻涕娃道。

其实，紫云、小青、大鹏它们三个的血脉之力之所以如此惊人，也是柳神为它们洗礼，开启了魔禽祖先留下的传承与潜能所致，以后它们的血脉之力会越发纯净与强大。

“走，带我去观看大战，一般的尊者都远不是他们的对手啊！”石昊说道，跃到小白的背上。与此同时，其他人也冲上了紫云、大鹏和小青的背部。三头异禽一起冲起，飞向山脉深处。

“清风！”隔着很远，石昊就看到一个清秀的少年，坐在高崖上认真地观战。

“小哥哥！”清风循声望去，看到唤他的人是石昊后，脸上露出惊喜的表情。

石昊此次前来也打算将清风带走，现在见清风的修为有所提升，心中十分高兴。

“啊，竟然是它们?!”石昊见到山脉中大战的双方，不禁又惊又喜。月婵仙子、秦昊跟在石昊后面，见到那两道身影，都觉得十分震撼。

只见一个金色的巨猿，高耸入云，浑身毛发如黄金浇铸而成般辉煌闪亮，其手持一根黑色大棍，似有横扫苍宇之力，在空中挥舞。

“哗啦”一声，大棍扫过天穹，几座山峰跟纸糊的似的，瞬间崩碎成块，向四周飞溅，与此同时，这些石块开始燃烧，眨眼间便化成了灰烬。这个巨猿是一头金色的神猿，头上还生了一对龙角，脚掌是红色的，强大得惊人。

另一边，一只火红的雀儿，个头不是很大，但通体燃烧着滔天的赤火，满天都被照得赤红，九重天似乎都要被焚毁了。这只雀儿的下方，山地熔化，岩浆滚滚，汇成赤浆沸腾的湖泊。

一猿一鸟激烈大战，惊心动魄。

石昊一眼便认出了它们是谁，这种战斗场面他不是第一次见到了，早先“山宝之争”时就发生过。它们分别是毛球与小红，时隔多年，再次在此开战。

显然，战场被大阵锁住了，不然它们产生的神能波动必定会摧毁整片山脉。而且，这战场并不是单纯的封锁法阵，因为那些被击碎的山峰正在慢慢复原，而那岩浆湖泊也在渐渐变小。

“神魔战域！”月婵仙子轻语道。

这一战场是由一件法器构建的，这种法器可以演化出一方山河，对战双方在里面对战，就如同在真实世界中一样，但又不会对真实的世界造成任何破坏。此法器世间罕有，是一种空间法器，魔女就有一件，之前在石都她便用此法器围困过月婵仙子。

“嗖！”

突然，毛球变为一只金翅大鹏，俯冲向小红。小红翎羽倒竖，“嗡”的一声化成一轮天日，撞向金翅大鹏。

“轰！”

在剧烈的碰撞下，火红的羽毛四处纷飞，对战双方皆倒退。紧接着，小红化成人形，背负上百柄赤霞神剑，全身上下被赤金甲胄遮住，只露出一双眼睛。在其周围还有数千柄赤霞神剑悬在虚空中，全都闪烁霞光。

当小红拔出一柄赤剑的刹那，所有赤剑都一起颤动，而后化成无尽赤光，一起向前立劈而去。每一柄剑都是一枚符文，组成绝世剑阵，将毛球镇封在当中。

毛球大吼一声，化出三头六臂，战力飙升，勇猛地向前冲去，与那威力滔天的火红剑阵对抗。而后它又急骤缩小，化成一位金色战神，虚影一闪，化出成千上万个分身，在阵中冲杀。

“精彩！”石昊赞叹道。对战双方的四周都缭绕着淡淡神火，那是初步点燃神火的征兆，它们都将迈出关键性的一步。

清风热情地给石昊讲了石村这些日子发生的事情。毛球在柳神的帮助下复原了，而在石村转移前，大红鸟带着小红也回来了。毛球与小红天生犯冲，一见面就开打了，虽然没有生死决杀，但是几乎每隔几日就要比斗一场。

石村的人都慢慢习惯了，而清风、青鳞鹰大婶和大壮、虎子等也常常会过来观战，进行学习与感悟。石昊听到这些，不禁轻叹了一声。柳神将毛球复原，帮青鳞鹰一家洗礼肉身，一切都是为了帮助石村，让石村在它离开后能有力量自保。

“嗷呜……”一声长鸣传来，紧接着在滔滔火光中飞出一只凶禽，霸气无比地扑向石昊，叫嚣道，“可敢与吾一战？”

它足有上百丈长，赤霞耀眼，离火焚天，这样扑击而下，当真是威势无双。

石昊笑了笑，伸出一只手向那只凶禽迎去。那只手不断变大，最后将凶禽笼罩，使之迅速缩小，最终化成尺许长，在他手中扑棱着翅膀，无法逃脱。

它露出本来面目，众人一看，那正是大红鸟。它垂头丧气地说道：“拜朱雀为师，还打不过你……”它刚才一副气势汹汹的样子，现在则垂头丧气，一脸不甘，众人见了都忍不住哈哈大笑起来。

“有长进，比以前强多了。”石昊笑道。当年他把大红鸟扔在火国祖地，让它拜在小红门下，就是想让它快速地成长起来。

“二秃子没回来？”石昊问道。

清风摇了摇头。当年一别后，它便再也没有回过石村。

“它可真是不讲义气，抛弃我这当兄长的独自跑了。”大红鸟不忿道。

石昊闻言不禁觉得好笑。二秃子可是一位超级尊者，留在石村被大红鸟教训才算倒霉呢。不用问石昊也知道，它与它的那位红颜知己定是借助天人族的法阵一起去了上界。石昊想到火国和天人族的一些故人都走了，不禁觉得这个世界都仿佛冷清了许多，心中竟有些伤感。

“哧！”

金光一闪，一个拳头高的金色小猴落在山崖上，神色不善地斜睨着石昊。而后，一只巴掌大的小红鸟也带着火光飞了过来。

双方此次的大战结束，神魔战域也被收了起来。

“毛球你啥眼神，不认识我了？”石昊大大咧咧地说道。

“你趁我失忆，都做了些什么？”金色小猴质问道。它头上的一对晶莹的小角，发出柔和的光晕，让它看起来十分可爱。

“那几年啊，我精心照顾你。你去偷五色小鸾鸟的蛋，我帮你烤熟，一起吃。你盗了一只孔雀的蛋，逼得我与你一起被追杀，最后我带着你跳进太阴河逃命……”

“别说了！”金色小猴大叫道。这些经历让它脸红，它想不通自己都到了这个境界，怎么还要去偷蛋。

“笑死人了，一代神猿后人，竟是个小毛贼。”旁边的小红鸟拍动着翅膀，叫嚷着“偷蛋贼”，笑个不停。

“小红，毛球，你们……”

“闭嘴！”两者一起嚷道，它们都十分不喜欢石昊给它们起的外号。

它们修行的时间都不是很长，却快要点燃神火了，可见它们的来历都十分不凡。它们的族中若是还有活着的，一定超级恐怖。

月婵仙子觉得毛球怎么看都同那一只大闹西方教、跟丈六金身大战的朱厌很像，特别是那一对特别的龙角，更让月婵仙子怀疑毛球是其后人。

“走喽，回村！”石昊嚷道。一群人高高兴兴地开始往村中行去。

月婵仙子与秦昊的触动很深，他们觉得这里无论是法阵、圣药，还是神禽异兽，都足以让各大教惊叹。

“这是一个神村啊！有那株柳树在，石村绝对当得起这个名字。”月婵仙子轻叹道。

“毛球，小红，帮我去捉一只贼鸟。”他们回来时，是从村后进入的，石昊望着一株若虬龙般的古老枣树嚷嚷道。枣树上有个鸟窝，他自幼便想捉住那只五色雀，可是从来都没有抓到过。

“它很贼，早跑了。我们很长时间都没有见过它了。”清风道。

石昊闻言，只得遗憾地作罢。当月婵仙子从皮猴和二猛口中得知，那只贼兮兮的五色雀是唯一惹得幼年的石昊哇哇大哭的小东西后，不禁“扑哧”一声笑出声来。

“停！”石昊见状满脸通红，赶忙制止他们。这些陈年旧事，他可不想再提。月婵仙子抿嘴偷笑，觉得石昊幼年时很可爱，与她之前对石昊的印象截然不同。

“他还有什么糗事能告诉我吗？”秦昊好奇地问道，此时的他才像个少年。

“问我好了，我都知道。”皮猴得意扬扬道。

“不准说！”石昊一脸郁闷，赶忙上前阻止皮猴。

“说说嘛。”月婵笑道。她笑容灿烂，明艳动人，没有了之前的缥缈出尘，倒像凡间的可爱女子。

“小昊可有意思了，三岁不断奶……”

“错，八岁时，我们还看到他偷偷喝呢！”

秦昊闻言目瞪口呆，实在不敢相信睥睨天下的石昊竟是个“奶娃”。月婵仙子则不顾形象，笑得前仰后合，花枝乱颤。石昊见月婵仙子和秦昊的那副模样，满脸通红，捂不住儿时伙伴的嘴，只能捂着耳朵向前方奔去。

“小昊，这没什么。弟妹不是回来养胎的吗，多笑笑有好处。”虎子喊道。

“你们去摘点梅子给她吃，最近她喜欢吃酸的。”石昊边跑边挥手说道。

月婵仙子听他这么一说，顿时笑不出来了，恨恨地咬了咬嘴唇。

“小红，毛球，你们所夺的山宝到底是什么？”石昊跑到小红和毛球的身边问道。这个问题困扰了他很多年，他一直想知道。

“为什么要告诉你？”小红瞥了石昊一眼，没好气地说道。它对石昊称呼它为“小红”十分不满，因此语气十分冷淡。

“毛球你忘了吗？是谁带你去补天阁吃灵药，是谁带你去鲲鹏巢看海……”石昊看向毛球，厚着脸皮说道。

毛球虽然对这个名字也颇为不满，但是想到过去跟石昊一起经历的种种，那些共患难的情谊是那么真挚，便没有与石昊为难。

“那是以一块天骨打磨成的盒子，里面有至宝，记载有一法，此法威力无穷，是真正的盖世神通。”毛球道。

“难道还比得过七十二变、朱雀宝术吗？”石昊惊异道。

“不一样。它是专门驾驭神通的法，若能学到手，可组合各种神通，使各种宝术归一，其威力不可想象！”毛球道。

“知道什么是禁忌经文吗？这就是其一！”小红开口道。

“上界的巨头在下界所图之物，这肯定是其中之一。”毛球认真地补充道。

“可是那天骨打磨成的至宝丢了，而今不知在何方。”小红继续说道。

“原本我得到了，可惜当时伤势过重，昏迷在湖底……”提到这些，毛球便十分恼怒。

石昊听了这些话，心中十分震撼，对那天骨宝盒中的神秘法术也颇为好奇。他们一路走一路讨论，不一会儿便回到了石村。此时，村中的婶婶们早已准备好了丰盛的晚宴等着他们。

这是一个充满欢声笑语的夜晚。月光皎洁，蓝宝石般的小湖旁篝火闪动，男女老少围坐在火堆旁，笑声不断。金色的烤肉，芬芳的猴儿酒，奔跑的孩子，还有撒欢的闪电犬、紫金神鼠等小兽，组成了一幅温馨的画卷。

石昊带回来很多礼物，有各种宝具，有成堆的美酒，还有蓝龙、九头蛇、紫金蚁等纯血生灵。这些纯血精灵的肉质鲜美，对石村的人很有好处。

石昊送出去很多物品，村中的孩子们和那些阿叔全都笑得合不拢嘴。当石昊给大家看他带回来的海量地火液时，不仅石村的人呆若木鸡，就连月婵仙子和秦昊也都目瞪口呆。

晚饭结束时已是后半夜了，大部分的人都回到了村中，还有一些人醉倒在湖边的草地上，以地为床，以天为被，呼呼大睡起来。

星光点点，月色朦胧。石昊盘坐在村头的柳树下，与小塔和柳神说话。他的心中充满了不舍，非常不愿意就此和它们分别。柳神对他来说既像师尊，又像朋友，他自幼便在它的树荫下长大，对它有着极深的感情。

“八域封神一战后，我便要走了。”柳神平静地说道，而小塔也是这样决定的。它们指点石昊应去上界历练，下界法则不全，大道有缺，着实不适合他成长。

“上界，有什么特别的吗？”石昊失神地问道。

“上界的大地很坚固，算特别吗？”小塔笑道，似在取笑。

“上界有多大，那里的生灵有多强？”石昊喝了一些猴儿酒，脸上红扑扑的，此时的他若一个纯朴的少年，对未知的世界充满了向往。

“上界无垠，没有尽头。”柳神对他的问题认真解答道。

“你觉得西方教主、补天教主、不老天尊，这些发动大劫的人很强吗？”小塔问道。

“很强！”石昊点头道。

“他们只能探索上界不足一成的区域，九成以上的神秘区域，连他们都无法踏足。”小塔道。

“什么?！”石昊惊呼道，酒意一下子全没了。

“也许我穿过原始之门，最终去到的地方便是那神秘区域的最深处吧？”柳神轻语道，这也只是它的一种推测。

过去，巨头将死，教主暮年，一些人便会去闯那无垠的神秘区域，不过谁也说不清踏出那一步会有怎样的结局。

石昊闻言非常震撼，心中思虑万千。那里浩瀚无疆，一切都充满了未知，那是怎样可怕的区域，连上界的巨头都不敢踏足？自古便一直有传言，最终踏出那一步后，将会伴生极端恐怖与诡异的情形，难道那些情形会出现在那里吗?

“还记得药都附近的那株灵根吗？”小塔问道。

石昊闻言醒转过来，点头道：“自然记得。”

那株灵根被称为上界第一灵根，被万重法阵守护着，此次大劫的第二波来临时，几位巨头相互争抢，想要夺走那根灵根，结果，他们发现那是一个杀局。

“这株灵根原本是一个可怕的生灵。无尽岁月前，三位将死的巨头共探神秘无疆的区域，在与之碰见并交手后，殒灭两人才将其斩杀，最后把它化成了此药。”小塔说道。

“什么?！”石昊张口结舌。这则秘辛听起来很诡异，实在让人难以置信。

“不过，话说回来，它只是各教眼中的第一灵根，神秘区域那么大，谁知道里面还有多少厉害的灵根呢？”小塔道。

银色月华如一层薄烟笼罩着石村，让石村显得宁静安谧，仿佛远离尘世的仙乡。

远处的大山巍峨连绵，隐约间能听到各种凶禽猛兽的嘶吼声。村头，柳树碧莹莹的，散发着柔和的光晕。石昊盘坐在树下，沉默无语，陷入了沉思。他方才只是初闻神秘区域，就被其吸引了，他很希望自己的实力足够强，这样他就能去探个究竟。

“白鹿书院、造化书院，每一个都不比上古大教弱，两位院长的修为更是震古烁今。他们曾带着最强的一批学生进去，联袂探那未知区域，结果皆命丧其中。”小塔又讲了一个实例。

据逃回来的一位弟子说，他们进去不久后，一位院长便遇到了一截焦黑的、丈许长的雷击木，双方当即便对战了起来，可即便那个院长的法力盖世，最后还是被击得灰飞烟灭。

另一位院长死得更加蹊跷，他在途中发现了一滴闪耀十色光彩的水，当他将其引至手心时，他便立即形神俱灭。

石昊听罢目瞪口呆，这些事情实在是太诡异了，简直匪夷所思。

“神秘区域里面没有生灵吗？”沉默了好长时间后，他慢慢地问道。

“有，都强得难以想象，见过的人差不多都死了。”小塔道。

不过，里面也有能让人认出的生灵。曾经有人在里面发现了一个缭绕混沌气的石卵，他仔细辨认后发现那是一个真龙蛋。

当时，他以秘法向外传讯，请门中高手前去接应，结果这一门派的高手在踏过一块拳头大的黄泥时，皆无缘无故地惨死当场。

石昊听到这里，一时说不出话来，他心中既有惊惶也有前去探索的欲望。

上界到底是一个怎样的地方，连各大不朽的传承都只能栖居一隅？无数的种族、亿万的生灵所活动的区域不足上界的十分之一，那更为广袤的地域则笼罩着迷雾，充满着未知，这真是令人震惊。

“太古时，我曾选择破生死关，最终进入疑似那片区域的深处，而后遇到极端诡异的情形，在千钧一发之际，我只得击穿一条通道回归。”柳神开口道。

它语气平淡，没有丝毫波澜，可它的话不光让石昊心中大惊，也令小塔十分震撼。难怪柳神会怀疑穿过原始之门也可进入神秘区域的最深处，原来它早就涉足过那片区域。

“那些古老的书院、学府，经过漫长岁月的钻研，曾推测出很多灵异可怕的东西。”小塔道。

“上苍之上。”柳神叹道。

他们时断时续，说得很零散，很快就过了一个时辰。

“小塔，你这么强，曾扬言要重开此界，难道你还不能探尽那神秘区域吗？”石昊问道。

“我说的重开此界又不是上界。下界虽然也有日月星辰，但很多都是上界星辰的投影。此界是一个牢笼，我要重开的是下界。”小塔解释道。

石昊闻言又是一阵思忖，今日他听到了很多秘闻，需要好好消化。

“八域还有最后一战。”柳神道。

上界的巨头还能下来一次，这下界牢笼中着实有一些神物让他们心动，比如《原始真解》中的《超脱》篇。

下界的疆域虽然广阔，但远无法跟上界相比，按理来说这些神物应该很容易被寻到才对，可是上界巨头始终没有成功。不过，上古时倒也有人搜走了一些东西，但还有几种更为重要的神物始终不见踪影。

“最后的机会将是封神一战。”小塔道。

“什么是封神一战？”石昊不解地问道。

“有人不满上界，想要下界无神。”小塔道。

“这是何意？”石昊蹙眉道。

“下界的强大生灵在前两次大劫中几乎都被捉走了，遗留下来的伪神全在不朽的道统内，有人要将这些伪神斩尽。”小塔解释道。

石昊闻言倒吸了一口凉气。这绝对是一则惊天的消息，要是传出去的话，八域都要震动。

“是谁？”石昊问道。

“你认识。”小塔说到这里通体散发混沌气，显然它也要出手。

“被压在五行山下那不灭的生灵？”石昊惊讶道。他早就知道那不灭的生灵不会善罢甘休，可他没有想到其会这般激烈行事。

“封神一战过后，那不灭的生灵就要到上界去了。嘿嘿，我想某些大教要头疼了。”小塔幸灾乐祸道。

此战过后，上下两界将难以相通，上界之人再想下来只能等待漫长的岁月。

“上下两界相隔后，下界将真正开始繁盛起来，会有诸多强者如雨后春笋般崛起，并有神圣显化。只是到了那个时候，就不关上界的事了。而神圣在下一场大劫来临时又有可能被‘采摘’，这真不知是悲还是喜。”

石昊闻言握了握拳头，心中愤愤不平。上界之人肆无忌惮，根本就没有将八域当作一回事，八域连真正的“药田”都不如，生杀予夺仅凭他们的心意。

“我想去上界看一看真正的道、无缺的法则和那趋近完美的天地。”石昊自语道，双目中神光湛湛。

“嘿，小子我看好你。上界广阔无垠，种族无数，天骄并立，初代崛起，我相信你上去后不会被埋没其中。”小塔道。

“那些生灵再辉煌也只不过占据了不到十分之一的地域而已。”石昊撇了撇嘴，不屑地说道。

他还真是不改“嚣张”的本性，还没有上去，就已经开始轻慢了。

“你可得知道，即便只有十分之一，那也得数不尽的八域合在一起才能与之相比。那里人杰地灵，神山无数，仙乡众多，实在是有太多的圣地等着你去探索。”小塔吐了一口混沌气，道，“给你个建议，上去后就加入那万古不灭的天仙学院吧，那里面，可都是美女啊！”

石昊鄙视道：“你一座小塔而已，流啥口水？对了，上次你去追魔女，到底发生了什么？还有你那什么故人又是谁，难道法器也有道侣？”

小塔似乎被问住了，呆呆地立在那里，不知不觉地喷出混沌气，差点将石昊掀飞到天际去，好在柳神一挑绿莹莹的枝条将其拉了回来。

“柳神，我真舍不得你走！”石昊看着柳神，真诚地说道。他平日虽然开朗乐观，有时候甚至没心没肺，可此刻一想到可能再也见不到柳神了，他也不免多愁善感起来。

“上苍之上，只为超脱啊。”柳神轻语道，似在安慰石昊，又似在表明决心。说到这里，柳神化出人身，立在石村前。只见柳神此时白衣猎猎，在月光下更显得风华绝代，在其周围有数不尽的光团出现，这些光团犹若一轮又一轮天日，里面还有诵经声传出，每一个朦胧的光团中都有一位神，这些神皆在膜拜柳神。

“那是什么？”石昊问道。

“那是它的经历。”小塔答道。

那些神的背后各自展现着不同的景象，有的是一个不朽的神国，有的是一方世界，有的是类似八域牢笼的地方，这些皆代表了柳神踏过的路。柳神曾被人当作祭灵，称作神圣，唤作禁忌，所有这些经历都汇聚于此，组成了这三千界。

“柳神到底是怎样的存在？”石昊十分震撼，心道，“登天入上界，能否听到它的传说，详细了解它的过去？”

“我们还能相见吗？”石昊问道。

“也许吧，有朝一日，在上苍之地相见。”柳神说道。

石昊闻言心中一震，他想到了族长爷爷曾经说过的话。柳神当年是挟万丈雷电降临在石村的，当时的它通体焦黑，近乎枯萎，十几年后才长出一根枝条。可见要登上那上苍之地一定会经历更加艰险的磨难。

# 第303章 七十二变神通

清晨降临，阳光洒落，将石村照得金灿灿的。

村头的柳树下，石昊浑身晶莹，盘坐于此。他长坐一夜并未感到疲倦，昨夜知晓了很多秘辛，他流转精气，进一步理解其中的深意。

“起来修行喽！”一群孩子欢笑着跑了出来。他们都非常自觉，早早地便来到村头开始锻炼。

石昊睁开双眼，看到他们便想到了儿时的自己，不禁露出微笑。孩子们一边修行一边对他挤眉弄眼，若非石林虎在旁监督，他们早就跑过来和他们的昊叔打闹了。

石昊的心中十分平静，这种平淡简单的日子确实惬意，可惜他已经长大了，有自己的路要走，实在难以长留石村。接下来的几日，石昊履行诺言，教导紫云、大鹏、小青它们各种神禽法，帮助它们变得更加强大。

与此同时，一座祭坛也建好了。这座祭坛的表面闪动着青金色光泽，其分明是由玉石砌成的，看起来却像金属。柳神便是这座祭坛的建造者，它使用了最顶级的材料，并在上面认真划刻，使其威力强大。

在石村的这段岁月，给了柳神许多难忘的回忆，它并非无情，故想在自己走后让石村依旧这般安宁。

这座祭坛是一个法阵，可以进一步守护石村，同时也是一个巨大的传送阵，能在危急之时帮助石村迅速转移。不过，必须严格掌控这座祭坛，若其随意与外界相通，很可能会引来祸患。

“轰！”

几日之后，山脉深处又传来惊天动地的响声，那是毛球与石昊在切磋比试。毛球一身金色皮毛闪烁灿烂的神辉，十分耀眼。

一团燃烧的神火透过毛球那根黑色的铁棍扫来，震得石昊的骨骼响个不停。石昊身着不灭金身战衣，龇牙咧嘴的，显然他有点受不住毛球的猛攻。

“臭猴子你竟然来真的，那就别怪我欺负你了！”石昊大叫一声，施展鲲鹏法，运转阴阳二气。

“你来啊，看我一根指头灭了你！”毛球此时已化成一人多高，张狂地喊道。

双方对决的地方，烟尘冲霄，乱石飞天，若非在神魔战域中，这片山脉肯定会被毁得不成样子。

“好！”清风、大壮等人皆在观战，见到了这样一场精彩的大对决，他们个个欢欣鼓舞。

月婵仙子、秦昊站在山崖上观看石昊与毛球的对决。石昊凭肉身与神猿朱厌对战，这让他们十分震惊，此时他们终于知道什么是天赋异禀了。

这种金色神猿的肉身极其强大，而毛球还是长有龙角的异种，其肉体更是堪称不朽之体。当年，就是这样一只神猿，差点将西方教的宝刹推翻。后来还是西方教的教主亲自出手，冒着丈六金身损毁的危险，才将那只神猿镇压。

“嗷……”石昊以鲲鹏法攻击，强大无比。

毛球一跃而起，虚影一晃，而后让人目瞪口呆的事情发生了，场中突然多了一个石昊，正疯狂地冲向另一个石昊，与之大战。

“小子，你是何人，敢冒充本座？”石昊喊道。他知道这是毛球用七十二变之法变出来的，他对这一神通眼红不已，早就想学到手了。

之前，他在毛球还没恢复过来时也学过此法，只是学得很不完整。

“臭猴子，看我如何收你！”石昊边叫嚷着，边演化阴阳，动用真正的鲲鹏宝术，向前冲去。

“轰！”一时间，天地剧震，轰隆隆作响，这神魔战域要被击穿了似的，剧颤不已。

“身化万千！”毛球大叫一声，蹿向高天，而后其身体内冲出一只又一只神猿，一起向石昊冲来。石昊丝毫无惧，大笑应战。他早已动用了那颗重瞳，发现了毛球的真身，瞬间扑到毛球的面前。

这一战，双方都表现得十分神勇，众人看了不禁啧啧赞叹。最后，石昊与毛球不相上下，此战落幕。

“毛球，教我七十二变吧。”石昊躺在地上，急切地说道。他此时虽然疲累，但是眼神火热，看得毛球心中发毛。

“不教，这是不传之秘，以前你偷学到一些也就算了。”毛球果断拒绝道。

“我可以用无上宝术与你换，与你那七十二变不相上下，我不会让你吃亏的。”石昊道。

“我觉得你那鲲鹏术中的一些变化不错，马马虎虎能入我的眼。”毛球道。

鲲鹏位列太古十凶，号称至尊神通，一旦修到圆满境界，离无敌就不远了。

“这猴子还真是狮子大开口啊！”秦昊目光闪烁，在远处咕哝道。他也看上了石昊的鲲鹏法，对毛球的七十二变也很感兴趣。

月婵仙子与秦昊一样，美眸中泛出异彩，仔细盯着石昊和毛球，想要窥尽其中奥秘。不过，这两种神通都是不外传的，哪怕秦昊是石昊的亲弟弟也不能轻易得到。因此石昊与毛球都十分谨慎，没有让他们窥得一二。

“你想学，我便教你。”石昊爽快地对毛球说道。

“嗯，我们不用尽数交换，只取各自所需的部分就可以了。”毛球抓耳挠腮，谨慎地说道。它碍于祖训，不想破戒，因此说了这个两全之法。

“好！”石昊点头道。

毛球需要的是鲲鹏法的阳刚部分，它走的是至刚神勇的霸道路线，这与它的修行方向相符。而石昊也只对七十二变感兴趣，并不想习得朱厌一族的完整的神通。

不过，毛球最后还把三头六臂的完整版也教给了他。这一宝术也很强大，但算不上独一无二，因为西方教亦有千手佛陀这种类似的宝术。

在接下来的日子里，石昊暂停神凰术的修炼，用心钻研七十二变，觉得非常美妙。神凰术是残法，不及七十二变有用，他想尽快将其习得并精通。

“真不错！”石昊自语道。这一秘术很强大，可以通过变化短暂地拥有对方的特性与神能。

“哇，小昊叔变成了一座骨塔。”一群孩子大叫道，感到十分惊奇。

小塔循声望去，撇了撇嘴，道：“这死小子居然在模仿我。”

“哇，又变了，变成一只小红鸟了！”一个娃子目光火热，叫嚷着跑过去要把那小红鸟捉住。

“唰”的一声，石昊又变成了一株柳树，扎根在地上。一群孩子兴奋不已，围着这株柳树，不断拍手欢呼。

霞光一闪，场中又出现了一个女子。这个女子风华绝代，迈步时虎生生的，一下子便来到了月婵仙子近前。月婵仙子惊讶地望着眼前的女子，一时说不出话来，因为这个女子与她长得一模一样。

“这样能骗过主身吗？”石昊问道。

月婵仙子没有回答石昊的话，而是目不转睛地盯着对面的女子。

数日后，石昊打算离开，回石国去。

“大壮、皮猴、虎子你们真的想去？”石昊认真地问道。他原本只想带清风离开，可他这些儿时的伙伴也都一同围了上来，向石昊表示他们也想走出大荒，去看一看外面的世界。

“我想要金戈铁马、纵横十万里的豪情！”大壮道。

“我想去红尘看个究竟，去看看那多姿多彩的世界到底是什么样的！”皮猴向往地说道。

“好，我带你们去，等你们累了、厌了、倦了，我再送你们回来！”石昊点头道。他现在有这个能力满足伙伴们的愿望，也希望能让他们有足够多的体验。

石昊带着一群人从村中的祭坛出发，一同前往石国皇宫。他的父母因为想在石村住上一段时间，便留了下来，没有与他一起回去。不一会儿，他们便出现在了石国皇宫的祖祭坛上。石昊领着清风他们在皇宫内游览了一番。

“这就是石国的皇宫？”来自石村的少年们都露出惊容，惊叹道。

参观完皇宫后，石昊将大壮送到战王那里，让他学习如何领兵，好实现他纵横十万里的愿望。随后，他又将皮猴送到荒天王府中，让人带着他去领略红尘。最后他将清风托付给鹏九，让清风跟着鹏九学法。

安排好这些事情后，石昊又继续开始认真研究宝术，以提升自己的战力。就这样，一晃半个月过去了。

某一日，他的发丝中的小塔突然一震，惊道：“要来了！”

小塔刚说完，剧烈的响声从高天上传来，苍穹裂开了一道巨大的缝隙，无尽的身影，缭绕着电芒，在那道缝隙周围徘徊。

石昊见状十分吃惊，立马动用那颗重瞳，清楚地看到那些似乎是一群神魔。

“我得修成自己的天眼才行，总是借助重瞳终究不好。”石昊吃惊之余，也下定了决心。不过修成天眼是一件很艰难的事情，他注定要为此付出极大的努力。乌云滚滚的天穹上，电闪雷鸣，那道裂缝越来越大，越来越多的可怕身影浮现。

“封神一战要开启了吗？”石昊问道。

“他们这是在为此做准备。他们居然调遣了这么多天兵，这是要将荒域掀翻吗？如此不计后果，看来他们真的想得到那几样东西。”小塔自语道。

神霞一闪，柳神出现在了中央天宫内。石昊见到柳神，顿时松了一口气。他总觉得只要有柳神在，无论多么可怕的事情，都没什么好担心的。

“这一战就要到了，几日内一切都将落幕。”柳神轻语道。

石昊听了柳神的话心中空落落的，因为封神一战之后，他与柳神很有可能就再也不能相见了。

天穹上电闪雷鸣，乌云间金蛇乱舞，神魔在其间若隐若现，一个个看起来都十分庞大。他们散发着强大的气息，即将跨界而来。

突然，小塔“嗖”的一声飞上高天，望着天际尽头。

“我本以为几教联手降下了十万天兵便已经很了不得了，没想到，他们比我想的还要厉害。”

小塔悬在皇宫上方，浑身散发出阵阵寒意。它从那神魔军团中看出，其中不仅有强大的生灵，更有从冥土中召唤出来的英灵，他们这是准备要搜遍荒域。

所谓冥土，是指一些古代的出名战场，由于那里阴气过盛，英灵在那里不会消散，那里也就成了英灵的栖居地。上界与下界皆有冥土，上界中的几处冥土阴气滔天，妖邪得离谱，而且据传快变成轮回之地了。

上界的人为了自身利益，不惜打开冥土，召唤无尽英灵，冲击荒域，这对下界生灵来说，是一场大灾难。冥土一旦被打开，数日之内，将会有无数英灵冲入下界，到时候下界将被阴气笼罩，万物皆会枯竭。

“难道又有人加入了吗？该不会是冥土中的一具混沌尸出来了吧？”小塔露出凝重之色。

“混沌尸！光听这名字就知道这是可怕至极的强者！”石昊惊讶道。

“这是在试探吗？”柳神道。

“嗖！”

柳神话音刚落，便看到一道光飞出，直冲天际。那是一根绿光闪耀的柳条，正朝着那道裂缝冲去。乌云被撕开，诸多闪电溃灭，那根晶莹的柳条穿进了那道裂缝中。嘶吼声响起，那里有一些强大的生灵要跨界，结果全都被那碧绿的枝条扫中，结束了此次跨界之行。

石昊看得目瞪口呆，他能明显地感觉那些生灵都异常强悍，结果眨眼间，就被柳神给击败了。

“嗷……”

裂缝中传出愤怒的咆哮声，只见一个金色巨人驾驭着战车，手持战斧，像是巡天的神王般，要俯冲下来，砍断那根柳条。

“哧”的一声，柳神的碧绿枝条泛出黄金光，柳条一扫而过，瞬间便击杀了那个金色巨人。

苍穹上，雷声大作，乌云翻滚，血色的闪电布满天空，阴气滚滚而下。

“真有一具混沌尸？”小塔凝重地说道，“这可是冥土的无上强者，它也要下界吗？来的人越发可怕了，这可不是什么好事，数日后的大战也许会很艰苦。”

柳神的那根枝条彻底变成了金色，爆发黄金雷霆，阳气盛烈到极致。这与它平日生机如海的样子不同，此时的它阳气滔天，正好是阴气阵阵的英灵的克星。

“轰！”

那道裂缝变得更大了，金色枝条与一只缭绕着混沌气的手掌碰撞在一起，爆发无与伦比的能量波动。最终，在英灵的号叫声中，阴气滚滚倒退，那些来不及退走的全被金色雷霆化成光，消散在天空中。

柳条上，每一段金色的柳树木都在发光，生命气机与阳气混在一起，同雷霆之力一道爆发刺眼的光芒，净化了一切。

那只混沌尸的手掌，落下十几滴银灿灿的血，带着不甘退走了。

刚才那短暂的交战，发生在电光石火间，快到让人反应不过来。若非柳神以黄金枝条将其击退，此时的荒域可能已是英灵漫天，到处都是鬼神哭号了。

“柳神，会不会很麻烦？”石昊担心道。现在又有新的巨头加入到此次大劫中来，他担心柳神会顾不过来。

“无妨。这些生灵彼此间也都有恩怨，到下界来寻造化，必定会互相防备着，不会轻易使出绝招。”柳神并不担心，淡淡地说道。

“到时候，还请助我夺回那两层塔身。”小塔道。

看来这最后一战，要了结许多事情，难怪小塔要与那不灭的生灵联手。

“自会助你。”柳神道。

小塔闻言心情大好，高兴地喷吐混沌之气。随后，石昊从它们的只言片语中惊讶地发现，柳神可能会在这场大战中大发神威，因为这次下界的生灵中有人灭了它在上界的一个神国。

“原始之门很神秘，踏进去的人只有血流出来，我这次便先丢进去两人试试看。”柳神道。柳神的语气平静得没有一点波澜，苍穹上却出现了一道可怕的雷霆，震动九天，似乎是在与柳神对话，就像冥冥中有所感应一般。

石昊见状十分惊愕。这算是献祭原始之门吗？柳神这是要了结因果啊！

“你什么时候去上界？”小塔问道，表示它们可以在临走前送石昊上去。

石昊有些迟疑，对于下界他还有太多的不舍，并且有很多事没有做，比如说石国该由谁来管理，还有石村也还没安顿好。他不想数日后就匆匆登天，他想把这些事情处理好后再行动。

“此战过后，上下界隔绝，是不是意味着我将没有机会上去了？”石昊问道。

“那倒也不是，还有几条路可以登天，我想对你来说问题不是太大。只是上界的人想下来是几乎不可能的了。”小塔道。

天际的乌云散去，红日高挂，晴空朗朗，像是什么都没有发生过一样。在身边的两位禁忌存在离去前，石昊认真向它们请教各种修行上的事，以及其他一些难解的谜题。石昊取出两块洁白透亮的天骨，这两块天骨与《原始真解》的材质一模一样，并且能对接在一起，只是似乎还残缺了一个角。

“一块是在石都得到的，一块是在不老山的宝库中寻得的，这会不会是《超脱》篇？”石昊问道。

柳神看了看，摇了摇头，道：“你曾问我，为何修完第一篇并未真切地感受到‘神引’的超凡力量，原因便在此。”

石昊曾问过柳神，《原始真解》既然被上界巨头看重，且一些人修炼过第一篇《神引》，为何他自己仅体验到一些化腐朽为神奇的力量，这与其想象的神威相去甚远。当时，柳神只是告诉他，将来他也许会有机会体悟其中的缘由。

“《原始真解·神引》篇，除却你得到的那一块，还有一幅万灵图。这万灵图应当就在这两块天骨上。”柳神解释道。

其实得到第一块就已经足矣，教主级的人物可以凭此触类旁通，悟透真义，而石昊天资虽不凡，但毕竟境界还低，不能尽数洞悉，这也是他每次参悟都能有所获的原因。

“万灵图？”石昊惊喜道，眼中满是渴望。

“那万灵图你能得到更好，如若得不到，等你境界到了，你也能靠着第一块骨体悟到《原始真解》的奥秘。”柳神说道。

次日，有消息传来，其他各域皆有空间裂缝出现，一些强者纷纷从里面下来了，而玄域更是有大批的天兵降临，其数量足有上万。

他们因为忌惮柳神，不敢走荒域这条路，因此选择了从其他域降临。没有人山人海的英灵出现，柳神便懒得去计较，没有出手阻拦。

正当石昊思索着目前的情形时，一只蓝鹤带着强大的符文波动，意欲闯入皇城。不过皇城有法阵守护，它的这一行为立马遭到了守卫的警告。

蓝鹤也没有硬闯，停在半空中，一个仆人模样的人从蓝鹤的背上跳了下来，表明自己送信的来意，并请求见石皇。石昊读完信后十分惊讶，原来这是碧古、蓝雨、红凰等人邀请他去参加聚会的邀请函，他们就要回去了，想与石昊见上一面。

信中还写到除了他们外，还有八域的精英会参加此次聚会。当石昊看到月婵仙子和魔女的名字时，他的神色变得有些古怪。

“进入上界的机会？”石昊看到信中提及此次聚会的目的，摇了摇头，他现在根本不需要这样的机会。这次盛会虽然聚集了八域以及上界的天才，但是这个时间点太敏感了，他不愿意乱跑。

“当中还有白鹿书院的人，他们属于中立势力，说不定会惜才，将你引入上界。”小塔道。

“想去就去，有什么好犹豫的？”柳神道。

石昊摇了摇头，道：“不去了。”他想到了另一件事，接着道，“柳神，我有一事想请你相助。”

石昊有一个心结，一直埋在心底。早年，他曾进入补天阁修行，后来却眼睁睁地看着它覆灭。他还记得教他雷法的老祖慕炎，也记得对他吹胡子瞪眼的卓云、熊飞等几位长老，还有那些师兄师姐，在最后一战时，他们为了保护年龄更小的师弟师妹，战死在补天阁的废墟上。

“你想寻到那颗葫芦种子？”柳神立刻明白了他的心意。

“是！”石昊答道。

柳神没有说话，只是流转符文，打开虚空通道，带着石昊出现在一片山脉中。而后，柳神在一片荆棘丛内，找出了一根葫芦藤，那根葫芦藤看起来生机勃勃，正在成长。

柳神同为植物系的生灵，且有盖世法力，自补天阁遗址横空而过，自然能推演出它落在哪里。当年，补天阁的祭灵在临死前进行了殊死搏斗，最后它为了守护传承，化雨化光，耗尽了生命。后来，神藤所结的葫芦破空而去，没了踪影。

见到这根很小的葫芦藤，石昊鼻子有些发酸，当年的种种一一浮现在眼前。老藤只为了一个承诺，自上古守护补天阁到生命的尽头，石昊对此十分佩服。

“你扎根在哪里，补天阁就在哪里，门庭可以毁灭，但传承永不绝！”

最后一战时，有人悲壮大吼，那些话语又在石昊的耳畔响起，让他不禁觉得心中十分酸楚。

柳神布下一个法阵，一缕混沌气缭绕着葫芦藤。葫芦藤像是在感激，对着石昊摆动。布置好后，柳神带着石昊破空而去。三日后，天地被一片血色笼罩，仿佛世界末日来临了一般，连凡人都可见到这种异象。毫无疑问，封神一战就此到来！

# 第304章 **封神一战**

皇宫中，柳神化出人身，一株柳树只有一尺高，悬在其头顶，垂落下一缕缕混沌气，守护其身。它要走了，眸子中流转光华，其中竟有一幅又一幅神图隐现，每一幅图中都蕴含了太多的神秘，像是在诉说过去，又像是在预演来生。

此时的柳神超脱无比，灿烂一笑，非常洒脱，它的双眼仿佛映照出了古今未来，石昊看得心头一颤，思索着其中的内涵。

“柳神！”石昊知道此时便是分别之时了，他声音发颤，心中充满了不舍。

柳神超然若仙，一步一步走出皇宫，望向高天。它终于要离开凡尘，踏上自己的路了。

神在号叫，魔在嘶吼，此时仿佛退回了传说中的太古时代——人神同世，万灵争霸。天穹裂开，雷霆狂舞，各种生灵自裂缝中降落到地面。这些都是传说中的生灵，准确地说，可以叫作神魔。下界的凡人看着眼前的异象，都吓得瘫软在地。

“轰！”又是一声巨响，虚空大裂缝越来越宽，越来越长，浓浓的阴雾从裂缝中滚滚而出。突然，一条黄色的大河自裂缝中奔涌而出，那些阴雾夹杂其间，让人看了不禁毛骨悚然。

“这是黄泉啊！”一位老者大叫道，“难道是太初神话再现了吗？黄泉从另一界倒灌而来，这是要化荒域为死界啊！”

血色闪电交织，在黄色河水的上方劈舞，这诡异的场面犹若世界末日般让人惊恐战栗。

“这条黄色大河连接了一方冥土，这是准备毁掉荒域吗？”小塔道。据它推测，有些人寿元将尽，为了不让自身坐化，才会如此疯狂地到下界来找造化。

突然，一道身影登天而上，一步跨到了黄色大河前。柳神出手了，它白衣猎猎，像是要乘风而去，化作不朽的仙。莹白的手掌划过天宇，那滚滚阴雾皆在这一刻被震散，而那滔滔黄水亦倒流，回归上界。

“你敢！”

一声咆哮传来，一个银色的生灵缭绕着混沌气，出现在柳神面前。这是一具混沌尸，其背上生有一对洁白的肉翼，而那肉翼之后则是乌云翻滚、阴灵怒号的一片浩瀚的冥土。柳神一掌拍出，灿烂的精气将无尽的黑雾震散，那片浩大的黑色冥土震颤不已，其表面出现了一道道裂痕。

“冥界宝轮！”

“轰”的一声，黑色冥土裂开，从裂缝中冲出一个黑色的轮盘，与那混沌尸的银白肉身形成了鲜明的对比。

黑色的宝轮上沾着很多血，这是其无穷岁月的积累，蕴含了无数生灵的意志与怨念。“嗡”的一声，宝轮伴着混沌气镇压而下，释放浓重的死亡气息，这一刻整个荒域都在震颤，似乎就要崩坏了一般。

柳神一指点出，射出一道绿光将宝轮震落到域外，刹那间，星空都暗淡了，没人知道这一击对宝轮造成了多大的破坏。

混沌尸十分吃惊，这个宝轮被祭炼了无穷岁月，怎么会一下子就被击飞了呢?

“回来！”

混沌尸大声召唤道，那黑色的宝轮倒转回来，与冥土结合在一起，爆发无穷无尽的死亡气息。混沌尸带着冥土和宝轮，向柳神杀去，其动用了极尽战力，要与柳神决一死战。

像他们这种等级的高手，往往可以在一念之间决出生死。混沌尸知道周围还有来自上界的生灵要与他一同对付柳神，故此他可以毫不保留地进行攻击，而柳神则不敢全力以赴。

“轰！”

柳神一动不动地站在原地，周身爆发炽盛的神光，一瞬间而已，它的身后便冲出一百零八根枝条。每一根枝条都是金色的，灿烂无比，神圣耀眼，宛若一百零八条秩序神链。

“砰！”

混沌尸惊愕地发现，自己还没反应过来便被这些柳条击中了，与此同时，那个宝轮已经千疮百孔，而那块冥土则直接炸碎了。

“不可能，我的肉身与那丈六金身的差不了多少，怎么可能这么轻易便被伤到。”混沌尸不甘地大叫道。

“轰！”

一百零八根枝条一抖，混沌尸便消失在了空中。这一切结束得太快了，也太震撼人心了，柳神一招便解决了上界的一个巨头，而自身没有受到任何损伤。

要知道，混沌尸这种生灵是很恐怖的，其肉身中蕴含了无尽的死气，谁要是沾上一点，道行都要减损很多。

“这……”连小塔都咋舌了。

虚空中几道裂缝疾速变大，其他几个暗中观战的上界巨头纷纷开始行动，他们没有想到柳神竟会如此强大，轻易便将混沌尸这样一个教主级的人物斩杀了。

“哧！”

一道剑气破空而来，白色光芒照亮苍穹。一个年轻人，俊美无比，手持一柄天剑，向柳神这边劈来。这个年轻人是不老天尊，他面无表情，像是由金属铸成的。

“当！”

柳神弹出一指，以一根手指弹开这柄神剑，将不老天尊逼退。

“嗡！”

翠绿光华闪烁，一株通天巨树出现在柳神面前，其上方站着一个年轻人，这个年轻人踩着这株古树，向柳神镇压而去。

“咦？不好！”小塔惊得色变。

这个年轻人与不老天尊长得一模一样，只不过他与古树凝结为一体，通体散发碧光，浑身上下有一种强大的生命气机。

“不老天尊的五行身到了，这下可难办了！”小塔惊疑不定地说道。

“这是他的化身吗？”石昊问道。

“不，都是真身。有人说不老天尊为五个人，也有人说他掌握五行，故有五命。”小塔无比凝重地说道。说罢，它腾天而上，要去参战。它知道不老天尊有无敌之势，难以杀死，它必须前去助柳神一臂之力。

石昊望着小塔离去的背影，张了张口又闭上了。他知道小塔就此离去，不会再回来了。天空上，柳神眉心发光，三千界浮现在其周围，每一界都如一个璀璨光团，将那株古树笼罩。

“哧！”

剑气惊空，火焰滔天，巨树横陈，一刹那间，五个年轻人同时出现，一起攻向柳神。前来帮助柳神的小塔，此时也被人拦住了去路。西方教的教主出现在了小塔面前，向它冲去。

与此同时，另有一人前去相助不老天尊镇压柳神。柳神刚才强势地击杀了混沌尸，这让他们对柳神颇为忌惮，因此决定联手对战柳神。

“哧！”

突然，柳神四周出现成片的柳叶，这些柳叶晶莹剔透，瞬间由碧绿转为金黄，紧接着这些金黄叶片化成一头又一头鲲鹏，全部向不老天尊冲去。

“不好！”

不老天尊的五个身体同时一颤，迅速轰击，五行气顿时在这个地方沸腾。

柳神能将宝术运转到这一步，也算是震古烁今了。要知道鲲鹏是何等惊世的生灵，这些叶片化成的虽非真正的鲲鹏，但柳神能在眨眼间化出这么多，绝对算得上无人能敌了。

石昊看得目眩神摇，对鲲鹏宝术又有了更深的认识，他对那片更为广阔的天地也更加向往了。

在可怕的对决中，在爆开的混沌光中，在鲲鹏的鸣叫声中，在不老天尊的嘶吼声中，一道身影消失，又一道身影消失。剩下的三道身影疾速倒退，隐去了身形。就这样，不老天尊的五个身体失去了两个，震撼了在场的所有人。

天穹上寂静了一会儿后，数道身影接连显化，每一个人都缭绕混沌气，威严无比。他们没有说话，小塔见到他们后一阵怪叫，迅速摆脱丈六金身的纠缠，盯着其中的一个人，冲了上去。那个人的头上悬着两层塔身，塔身洁白如玉，生出混沌气守护着那个人。

“灭我一方神国的人是你？”柳神开口道。

“没错，谁叫其碍了我的道统。”那个人开口道，头上的两层塔身显化阴阳，生出两种气。

“一战了结！”柳神开口道。

这一次竟无人上前助阵，其余的人皆站在一旁观战。这个人号称阴阳道人，极其恐怖，活了漫长岁月，在上界树敌过多。阴阳道人二话不说冲向前去，其头上的塔身流转二气，挟镇压天地之势，向柳神冲去。

小塔怪叫一声，飞冲上前，迎战那两层塔身。阴阳道人并不在意小塔的牵制，他认为凭借自己的力量也能打败柳神。

“轰！”

一瞬间，他与柳神硬撼了十几次。阴阳道人算是上界中辈分最老的人之一，他的实力果然名不虚传，所有人都看得眼皮直跳。

对战激烈，人影交错，片刻后阴阳道人的双目内神光灼灼，两道可怕的光束从中射出，一道光乌黑，一道光洁白，震碎了一片虚空。

与此同时，域外有无数的陨星簌簌坠落，它们都是被刚才那一击给震落的。

柳神白衣飞舞，一手指苍宇，一手指大地，而后双手慢慢合一，结成法印，刹那间有诸天星辰在其手中幻灭。

“轰”的一声，在那合一的法印中，一片耀眼的光芒疾速飞出。

“嗷！”

伴着一声怒吼，阴阳道人瞬间溃灭在了这片天地。

阴阳道人水火不侵，肉身强到极致，此时却形体被毁，元神无寄。阴阳道人修行了无尽岁月，实力强大无匹，各方教主皆十分忌惮他。他们怎么都想不到阴阳道人会被这样击败。

赤雾散开，一个黑白相间的小人儿冲向高空，想要逃遁而去。这是阴阳道人的元神，因为被阴阳二气包裹着，所以没有被立刻击灭。

可是他才跃起就又坠落了下去，倒在地上拼命挣扎着。柳神的法印之威依旧在，其法力余波若涟漪还在扩散，而这阴阳道人的元神挣扎了一番后，便化成了黑白二气消散在空中。

一代巨擘就此形神俱灭！

众人十分震撼，震古烁今的阴阳道人竟然在下界殒灭了，这一结果出乎所有人的意料。不过，他们没有过于沉浸在这一震惊中，只一瞬间，数人一同出手，向那两层塔身冲去。那可是一件至宝，现在成了无主之物，众人能不眼红吗?

小塔大怒，这是它在太古一战中脱落的塔身，现在正是融合的好时机，它怎能容忍他人夺去。它轻轻一震，塔身洁白透亮，开始扫出混沌剑气，攻击那几人。夺它塔身就是取它性命，它怎么会善罢甘休。

一个金黄的肉身出现，伸出一掌，与混沌剑气撞在一起。一时间，响声震天，火星四溅，震撼人心。这是西方教的教主，他修成了丈六金身。他探出一手，抓向那两层塔身，并硬抗混沌剑气，要知道这些剑气中的任何一道都足以将荒域切裂。

“哧！”

小塔轻轻摇动，混沌剑气冲霄，域外有星星被斩中，簌簌坠落。这是何等惊人的手段!

“哧！”

数十根乌羽撑天而上，化成粗大的剑体，犹若巨山，锋锐无比，对抗混沌剑气。一只黑色的小鸟，只有一尺长，通体乌光流淌，犹若一轮黑日。它祭出的神羽犀利无比，与混沌剑气击在一起，铿锵震耳。

“黑金雀！”小塔怒吼道。

这是一只异禽，并非血肉之躯，而是在一座黑金矿中诞生的生物，为天地生养的至强精灵，威震上界。

黑金雀冲起，探出一双爪子，抓向那两层塔身。小塔惊愤，想上前阻止而不得。丈六金身太坚固了，挡在小塔的前方，让它非常被动。

“砰！”

黑金雀与丈六金身亦起了冲突。他们皆想得到那两层塔身，彼此间爪与掌猛烈撞击在一起，爆发炽盛光芒。

西方教的教主散发大道气息，浑身金光大盛，若一轮大日耀空。黑金雀高声鸣叫，若金属在摩擦，刺耳无比。它奋力拍翅，黑羽扫出，剑气如虹。但它被丈六金身震开了，黑金羽有损，鲜血淌出。

毫无疑问，这是一场混战。不只有他们在争夺，其他人也出手了。

“轰！”

混沌气翻涌。一件法器镇压而下，发出无量神光，笼罩那两层塔身。一道模糊的身影出现，他迈步而行，祭出一个神盘。这个神盘为一至宝，虽是残缺的，但威势惊人。

在虚神界时，石昊曾与火焰男子大战，那人手中便持有此神盘的一角。而第一次天地大劫时，此盘亦曾显化，镇压万灵，让诸强十分忌惮。

“轮回盘！”小塔心中一惊。它知道持此盘者可以开辟生死界，让众生轮回，威力非常恐怖。

小塔轻轻一震，塔身上浮现万灵，如饕餮、金乌、貔貅等，这些生灵化作道痕，向前扑杀，与那道模糊的身影对轰。

小塔清楚地知道，这两层塔身无论落到谁的手中，都不能落在掌握轮回盘的强者手里，否则会陷入轮回中，永远无法追回。此时，饕餮咆哮，吞纳万物，金乌横空，若一轮太阳绽放……小塔爆发了，它震开黑金雀，跃过丈六金身，扑向前去。

“轰！”

小塔与轮回盘对撞了一击，彼此剧震不已。柳神并未袖手旁观，它只是被一些人拦住了。一个骑牛的强者背负一柄仙剑，周身笼罩瑞霞，朝柳神慢悠悠地走来。

那头老牛行得很慢，其投影在上次大战时被斩。它背上的人浑身上下散发着莫名的气息，极其强大，不过他并没有出手。

此外，不老天尊的三个真身也都行动了。他们一起向前攻去，犹若三大强者一起出手。他们这一次不急于与柳神分出胜负，而是为了缠住柳神。

九天上还悬浮着一口大钟，它是一个巨大的威胁。它对准了柳神，似乎马上就要镇压而下。这口大钟的主人法力盖世，在上次大劫时，他为了获得无上宝血用以浇灌那株灵根，便设局杀了上界巨头。

他是上界第一灵根的持有者，仅凭这一点就足以说明，他绝对位于上界最强的一列生灵之内。

那口大钟伴着混沌雾霭，微微震动，钟波层层扩散，释放强大的威压。此时的小塔已经发狂，它宛如一个统御诸天的禁忌王者，带着饕餮、金乌等猛攻轮回盘。

突然，一阵洪大的诵经声响起，丈六金身震开黑金雀，一把抓住了两层塔身。黑金雀俯冲而下，向丈六金身猛冲过去。而手持轮回盘的模糊身影也不再与小塔纠缠，返身疾速追向丈六金身。

小塔看着自己的塔身近在眼前，却不能夺回，不禁怒火中烧，大吼一声，冲到了丈六金身的近前。与此同时，骑牛强者也出手了。他拔出宝剑，向着丈六金身劈去。九天上的那口大钟猛烈摇摆，自钟口发出一束璀璨的神光，射向丈六金身。

丈六金身在众人的围攻之下，疾速奔逃，而他手中的两层塔身也在奋力挣扎，企图逃出他的掌控。突然，两层塔身的顶端冲起阴阳二气，爆发强大的威能。若非丈六金身为世间最坚固与强大的法体之一，他的手掌就会被那气流震碎。

那两层塔身趁着丈六金身分神之际，自其松动的手中挣脱，疾速向前飞去。

“回归！”小塔唯恐那两层塔身就此遁走，立刻大声召唤。然而，那两层塔身并没有听其召唤，而是猛地向上一跃，在虚空中撞出一个缺口，眼看就要由此逃到上界去了。

“当！”

就在此时，五行山疾速飞来，击在了那两层塔身上。其他强者见状，毫不迟疑，纷纷祭出法则，扫进两层塔身内，以磨灭其反抗的意志。

仅一瞬间，就有六道光扫落到两层塔身上。那两层塔身即便再强也不可能承受如此多的攻击，眨眼间，其内的那缕意志便被击散了。

小塔对此丝毫不担心。当年解体时，它将真灵藏在自己的四层塔身内，那两层塔身内的意志应该是阴阳道人培养起来的塔中神，与它没有任何关系。

“就是现在！”柳神向小塔传音道。

此时是小塔与那两层塔身相合的最佳时机，但现在所有人都在出手，就连悬浮在天穹上的那口大钟都落了下来，想要抢得那两层塔身。

## 第305章 柳神无敌

柳神击退身边的人，通体发光，周身浮现一个又一个光团。那是三千界在沉浮，里面有无尽的祭祀音响起。这是它走过的路，也是它曾经的“道”，如今皆融汇合一，爆发惊天动地的威能。

三千界若不朽的神光，将柳神衬托得比上苍还神圣。柳神发出强大的神能波动，径直向前杀去，帮助小塔。其他几人见柳神如此凌厉，也丝毫没有放手的意思。他们个个都极其强大，迅速出招阻止柳神。那口大钟离那两层塔身最近，顿时钟口发光，就要将那两层塔身吸进去。

柳神伸出一只手，向前击去。可以看到一个又一个莹白的掌印飞出，全部击在钟壁上。

“当！”

钟波散开，响声惊天，震得所有人都摇动不已。这可不是一般的钟，其来历惊人，是至今为止保存得最为完好的至宝。然而，让人难以置信的事发生了。那口大钟上出现了一块又一块凹印，很显然是柳神的掌印所致。

这一刻，所有人都震惊了。这口大钟自存在以来就没有被损坏过一丝一毫，现在竟然被柳神击得凹凸不平。柳神的强大超出了所有人的预料，他们对柳神又有了新的认识。

那口大钟剧震不已，扩散出密密的钟波。那是无上的法则，众人皆倒退，避免被钟波扫中。那钟体上的凹痕很快又鼓了起来，钟壁恢复了原貌。

“轰”的一声，天地摇动，苍宇上方落下一道身影。这道身影一脚踏在钟体上，催动大钟，将两层塔身瞬间收了进去。与此同时，大钟上浮现两个字，其中一个很清晰，为“无”字，另一个则比较模糊，难以辨识。

柳神白衣乱舞，向前迈步，头上悬着的那株尺许高的柳树上冲出数十根枝条，瞬间没入钟口。

“轰！”大钟剧烈地震动着，柳神镇定自若，催动那数十根枝条，生生将那两层塔身从大钟内夺了出来。

“融合！”柳神挥动枝条，将两层塔身还给小塔。小塔大喜，莹白光辉洒落，与那两层塔身碰在一起，流动蒙蒙混沌气。

“等我合一，看谁能奈我何！”小塔激动地吼了一声。

两截塔身皆洁白如玉，晶莹剔透。它们虽分开多年，但毕竟曾为一体，有种天然的联系。两者一接触便开始融合，对接处慢慢变软，两者间的联系越来越紧密。

可是黑金雀、轮回盘、丈六金身等，怎么可能眼睁睁地看着它们合一。他们纷纷出手，想要加以阻止。小塔情急之下，诵出一些经文，浑身上下流淌宝光。大量的符文没入那两层塔身内，洗刷那久被阴阳道人掌控的塔体，以此来加速融合。

柳神也在一旁护持小塔，对抗前来攻击的人。一时间，这里爆发混战，战况十分激烈。

轮回盘转出一层雾霭笼罩柳神，这是生死气，可将人送入轮回，其威力诡异而强大。柳神头上的那株柳树发出绿莹莹的光，瞬间化开那层雾霭，并使之溃散于虚空中。

不过，轮回盘的主人也并非无能之辈。他口诵真经，掌中浮现六重法则，以开天之势，向柳神发起反击。

六道神光冲霄而上，惊得其他人倒吸了一口凉气，纷纷避退。

“这六道神光有缺，并非六道真义。”柳神初见那六道神光也十分惊讶，但随后马上发现了其中的奥秘，又恢复了从容，双手结印，身前出现一头金色鲲鹏。那头金色鲲鹏爆发璀璨金光，一冲而过，震开了那片法则。

“哧！”

剑气扫来，不老天尊的三个真身又出现了，其中的金行真身手持白金剑，立劈而来，其扫出的剑气似乎能将苍穹劈裂。

“当！”

柳神拍出一掌，击在剑体上。那柄白金剑剧烈震动，剑气中的符文被磨灭了很多，剑身也变得暗淡无光。

黑金雀鸣叫一声，浑身发光，成百上千根黑羽飞出，向柳神射去。黑金雀是天地生养的至强精灵，为精金所化，其羽自然锋锐无比。在铮铮声中，柳神的周围浮现密密麻麻的道纹。那上千根黑羽还没有靠近柳神，便被那些道纹给碾碎了。

仅一会儿工夫，柳神便同数位高手展开了对决。一时间，这里战气冲霄，异象惊人。

“当！”

清越的钟鸣，自九天之上传来。那口大钟荧荧发光，符文密布，向着柳神镇压而下。钟上站着一道模糊的身影，他双眸深邃，眼睛开阖间有犀利的神光若闪电般射出。

看来这道身影准备强势出手了。刚才柳神从钟内夺走那两层塔身，他怎么可能善罢甘休。他的实力很强，不少巨头都十分忌惮他。现在看到他准备强势出手，一些人不禁退至远处，暂时放弃争夺。

“哗啦！”柳神头上的那株尺许高的小树翠绿欲滴，荧荧发光，伸出成百上千根枝条，迎向大钟。

“轰！”两者猛烈地撞击在一起，发出如雷般的巨响。成百上千根柳条宛若无数柄碧绿的神矛，用力地击在那口大钟上。

那口大钟的钟面上出现了一个又一个凹痕，比之前的要更大更深。所有人见了都心中一颤，不敢相信这传说中的至宝会被击成这个样子。

众人纷纷暗自猜测，柳神头上的那株柳树，多半也是禁忌级别的法器。

大钟的钟体上符文浮现，诵经声再次响起。那些凹痕不断鼓起，钟体又变得和原来一样平整光滑。与此同时，大钟微微颤动，扩散出一道道涟漪。那些涟漪能斩落域外星辰，比天剑还恐怖，不过击在那些枝条上，并未起到什么作用。

尺许高的柳树悬在柳神的头上，释放不朽之光，散发混沌气，对抗钟波。成百上千根枝条疾速倒退，每一根都晶莹得近乎透明。

就在柳神与大钟激烈对战的时候，黑金雀鸣叫一声，拍打翅膀，带着混沌气冲向小塔。与此同时，其他人见大钟挡住了柳神，也纷纷出手，去抢夺那两层塔身。

小塔见状冲着柳神大叫道：“还差一点时间，帮我挡住！”

此时是何等关键的时刻，它只能悬在原地，无法逃遁，处境十分危险。

“嗡”的一声，尺许高的柳树飞到小塔的上方，垂落碧绿枝条，将小塔守护在内，以防其被干扰。柳神正在与那口大钟及大钟的主人对决，舍弃至宝，独自应战，这实在是太危险了。

那口大钟的主人见柳神没了柳树的守护，立即催动大钟，使其迅速变大，向着柳神撞去。那口大钟化成一片绝域，顷刻间便将柳神罩在钟内。大钟的四周霞光迸发，钟上的符文发出大道轰鸣声。

一时间，天地倾覆，日月摇动。

“咦，要有结果了吗？”众人惊呼道，暗自感叹大钟主人的强势。

大钟发出各种符光，荡出恐怖的波动，钟壁上出现一篇经文，开始炼化柳神。此时此刻，所有人都意识到了这口大钟有多么厉害。

所有人都料定，柳神此次必定会就此殒灭。突然，钟内流转出一股神秘的力量，璀璨的光从里面闪耀而出，把整个钟壁都照亮了。

“当！”巨大的钟声响起。众人惊讶地发现，钟壁上出现了一个又一个掌印。这是柳神在里面挥掌所致。

大钟发出的诵经声和祭祀音一下子被扰乱了。大钟变得像是由软泥捏成的，钟体开始变形，钟壁上的拳印和指印也越来越多。

“这可是从神秘区域飞出来的一件至宝，难道就要被毁掉了？”有人惊疑不定地猜测道。

“好，本座复苏了！”突然，小塔大叫一声，冲向高天。它通体散发无量神光，猛地震开了几位上界巨头。与此同时，悬在小塔上方的柳树也由碧绿化成了金色。它向四面八方伸出上千根枝条，攻击那些上界巨头。

紧接着，大钟发出巨大的轰鸣声，它被柳神生生地震开了。脱困而出后，柳神将那株柳树召了回去，让其悬在头顶上方。仅这一瞬间，形势就逆转了。

“黑金雀，敢夺我真身，看我如何收拾你！”小塔大叫道。它的塔身闪烁符文，力量强大无比，向黑金雀追去。

小塔融合了两层塔身后，变得十分强大，不仅拥有极速，还能掌控空间。黑金雀无论怎么飞冲，都会被它迅速捉住。黑金雀大怒，仰天长鸣，奋力抵抗，却终是不敌。小塔有禁锢虚空的能力，它困住黑金雀，吭哧吭哧地咬着黑金雀。

一时间，黑羽纷飞，锵锵作响。这只黑金雀是在黑金矿中诞生的，其浑身上下皆为超级神料。对小塔这个神料收集狂来说，这简直是一顿极品美食。

不一会儿后，黑金雀的羽毛落掉大半，变成了一只半秃鸟。黑金雀怒火冲天，羞恼异常，使出全身力气进行抵抗，却依旧逃不出小塔的禁锢。

另一边，柳神见小塔这般强势，便没有了后顾之忧，开始爆发强大的威能，与那口大钟对战。那口大钟被柳神一手指苍宇、一手指大地而结成的无敌法印生生震开。而钟上的那道身影因为承受不了这巨大的压力，身体晃动着飞离了大钟。

与此同时，丈六金身通体金黄，化出千条手臂，化作千手金身，向柳神冲来。柳神通体发光，挥出千根金色柳条，与之对抗。那千根柳条化成千条秩序神链，爆发无量神光，把那丈六金身震退。

“天上地下，唯我独尊！”丈六金身口诵真言，一手指天，一手指地，结成他的最强法印，这与柳神的无敌法印相似。

“轰！”柳神以无敌法印对抗，两者的手势虽然相同，但是大道不同。两者对轰在一起，丈六金身骤然暗淡，踉跄倒退。

“哧！”骑牛强者手持仙剑，挥出一道剑光，向这边冲来。这一剑蕴含了莫大的神威，恐怖无比。

“当！”柳神弹指，“锵”的一声，莹白的手指击在剑锋上。一时间，神虹璀璨，柳神竟让那柄剑的剑刃上出现了一道缺口。

众人见状惊讶异常，要知道这柄剑在上界的兵器排名中位列第十一位。

那头青牛受到余波冲击，一根犄角当场粉碎，若非骑在它身上的强者竭力守护，这头青牛必会殒命。所有人都震撼不已。在这一系列的对决中，柳神神勇无比，接连震开三大高手，仿佛在这九天之上他就是无敌的。

第四人袭来时，柳神周围绿叶飘舞，无数柳叶化成神刃，若群星闪耀，灿烂夺目。这些神刃以迅雷不及掩耳之势，朝那人斩了过去。

“啊……”那人大叫一声，还没来得及还手，便命丧当场。

另一边，被小塔咬掉了一半的黑金雀，还在奋力挣扎，想要从小塔口中逃脱。柳神伸手一点，一道神光飞出，“砰”的一声将黑金雀击成黑金粉末，小塔心疼不已，苦叫连连。

“哧！”不老天尊再次出现，柳神主动迎击，两者疾速交锋，对决十分激烈。最后柳神掌指划过，“砰”的一声，不老天尊的一副五行身当场毙命。

不老天尊惊惧不已，转身便走。他知道自己若再留在此地的话，他所有的命都会折损在此。

紧接着，一株金色的神藤浮现在虚空中，爆发大道气息，向柳神疾速冲来。

众人心中一惊，不禁感叹太阳神藤居然也来了。太阳神藤是上界的一位超级巨头，在上界的地位非凡。然而，太阳神藤依旧奈何不了柳神。柳神挥动莹白手掌，斩断了太阳神藤的金色主藤。惨叫声响起，太阳神藤退走，直接返回上界。

盘坐在那口大钟上的模糊身影站了起来，抬手间，虚空符文密布，阵旗猎猎。

“轰！”

下一刻，四周混沌气沸腾，一座浩瀚的大阵出现，镇压在天地间。与此同时，另外两位巨头也出手了，他们一起祭出阵旗，完善这座法阵，想要一举困住柳神，将柳神镇压。

“第四杀阵！”小塔惊呼道。柳神无比从容，撑开一片虚空，一扇朦胧的原始之门出现，抵住第四杀阵的威势。

“诸位，请回上界！”柳神开口道。柳神语气平静，但话语间满是霸气。

“原始之门！”上界巨头惊讶地看着那扇门，脸上阴晴不定。一些古老的传说在他们的脑海中浮现，一时间他们竟有些不知所措。

“此门关乎甚大，此役过后我等可共同研究。当务之急是先斩此人。”有人建议道。

第四杀阵是从古至今最具凶名的法阵，任何一个巨头都对其十分忌惮。此阵一出，几乎无人能从中逃脱。而且，现在有多位巨头在主持法阵，极大地增强了法阵的威力，无论谁身陷当中，恐怕都要饮恨而终。

原始之门伴着仙光，喷吐混沌雾霭，门内有一股神秘的波动传出，抵住了第四杀阵的威压。场面一时变得十分安静，一众巨头眸子深邃，全都盯着柳神。

“既然不愿走，那我便邀请诸位共进此门。”柳神说道。

他一挥袍袖，早先殒命的巨头的神性精华化成一股洪流，汇聚而起，滚滚没入那扇神秘的门中。那扇门更朦胧了，门内传出若有似无的诵经声。这诵经声古老而神秘，悠远而模糊，一些巨头听了之后心神恍惚，竟要进入悟道境。

“说什么请，你在下界多年，定是得到了那《超脱》篇，或是其他造化。今日你必须将其拿出，不然别想离开此地！”有人大喊道。

此时，第四杀阵开启，混沌气汹涌而出。这里变成了古来最为可怕的杀场，朦胧无比，杀机隐现。

小塔神情严肃，化成一团光，悬在柳神肩侧，准备与柳神并肩作战。

忽然，虚空裂开，一片又一片叶子浮现，在这一杀场中飘舞。这些叶子全都碧莹莹的，散发着宝光，而后它们化作阵旗，在风中猎猎作响。

“又一座杀阵？”有人脸色大变，惊惧不已。这是早已布下的法阵，那些上界巨头竟然没有发现。

“哧！”绿叶飘落，一片符文浮现，将前方的一人笼罩。符文如锁链般将其困住，使其难以挣脱。

“杀！”有人大喝一声，开始出手。柳神被困在第四杀阵中还敢出手，他们自然也要强势起来，一战解决了这个可怕的生灵。

法阵发光，符文源源不断地出现。虚空仿若一块记载了无上法门的天骨，此时似乎复活，爆发无与伦比的力量。

混沌气翻涌，碧绿的叶子在其间翻腾，神威与神光迸发，这片区域都沸腾了。

柳神与小塔身在原始之门的旁边，诸多神光冲来，全部没入了原始之门中，没有伤到柳神与小塔。若非原始之门，刚才的力量绝对可以斩杀一切。

"啊！"一声惊呼，柳神布下的法阵困住的人难以摆脱禁锢，被拘禁了起来。

"哧！"柳神用手一点，那个人的身体剧烈地震动，其周身浮现密密麻麻的大道符文，符文将他裹在其中。而后，这些符文化成黄金般的秩序神链，将他捆住并投入了原始之门中。

"道兄请上路。"柳神说道。它的声音虽然缥缈，但让人听了浑身发凉。

一时间，所有人都止住了攻势，就是那控制第四杀阵的强者也停了手。他们都静静地看着原始之门，想知道被投进去的那个人会有什么结果。

悄无声息地，原始之门中飘出一滴血。那滴血泛起阵阵光晕，显得十分神圣，宛若可以净化诸位巨头的神魂。

那些巨头见状不禁浑身发寒，那滴血正是刚才投进去的强者的心头血。从那滴血传递的波动中，他们能感受到那个强者在门内的挣扎与痛苦，而后那滴血精华散尽，变得暗淡无光，再次没入了门中。

隐约间有诵经声从门内传出，声音悠远而超然，让外面的人再次身心空灵，陷入悟道境，停滞多年的修为竟有增长的趋势。原始之门变得更加神圣了，这是一种可怕的变化。在场的巨头眼中若星海般变幻莫测，现场变得一片寂静。

"我已布下第四杀阵，你还能逃脱吗？"那大钟上的身影忽然说道。他盘坐在钟顶，周身缭绕着混沌雾霭，声音仿佛从史前传来，让人听了有种不真实的感觉。

"我从未想走。现在邀请各位共进此门，谁愿与我同行？"柳神道。

"既然不愿走，那就共进此门"，柳神的意思其实是这个。他的语气如此平淡，却让人忌惮不已。

"法阵对决，难免伤及无辜，我们换一地如何？"柳神接着说道。

虚空中，柳叶飞舞，璀璨若一颗颗大星，而后竟带着这里的一切冲起，没入虚空裂缝中，踏入混沌内。柳神被困在第四杀阵中，还能带着牢笼一起冲向混沌，他们不知道柳神接下来会有什么手段，皆有些迟疑。

"走！"有人大喊了一句，众人皆决定先跟去看看。一瞬间而已，这片天地一下子宁静了。所有巨头都跟了过去，他们无论如何也不愿错过，想要一窥究竟。

天穹上的大裂缝一条一条地消失了，那些血色的闪电和雷霆也都化为乌有，荒域一下子静了下来，天地朗朗，那轮火红的大日又重新出现了。大地上，无论是修士还是凡人都长出了一口气，压在他们心头的恐惧与惊慌全都消失了。

# 第306章 争相拉拢

天空晴明，乌云散尽，石昊的心却一下子空了。他非常失落，心中无限感伤。柳神与小塔就这样走了，可能永远都不会再回来了。

刚才的那一战，石昊凭着重瞳，将发生的一切都尽收眼底。

“不灭的生灵没有出现，这一战难道还没有结束？”石昊轻语道。他一个人站在皇宫内的一处高台上，直到星辰浮现，月色冷清，仍旧一动不动。

等到第二日太阳升起，朝霞洒落，他才轻叹了一声，走下高台。一日、两日、三日……数日之后，丝毫没有那一战的消息传来，没有人知道那一战的结果是怎样的。无论是荒域，还是玄域等地都十分平静，没有任何异常。那几个不朽的大教也很安宁，他们显然也不知道结果。

“陛下，月婵主身出现了。”鹏九前来禀告。他奉石昊之命一直在密切关注月婵主身的行踪。此时他带来这样的消息，让石昊从最后一战的思绪中回过神来。

“她在哪里？”石昊问道。

“就在石国境内的一座道山上。”鹏九答道。

“她真是好大的胆子，还想来与我对决吗？”石昊道。同时一边在心里思忖着，柳神和小塔离去的事情不知外界知道不知道。若被外界知道了此事，那些对他心怀恶意的人，肯定会有所行动了。

“不仅是她，还有其他人，比如那个魔女也来了。”鹏九说道。

接着，鹏九告诉石昊，这次来的不只有月婵主身和魔女，还有宣明、碧古、蓝雨、水月等上界的奇才和贵女，他们遍游八域，这一次应该是游历到了石国境内。

就在此时，一只白乌鸦衔着一封信，停在了石国皇宫外。守卫将此禀告给石昊，石昊便命人将这只白乌鸦带到了中央天宫中来。

“一小块虚空兽骨？”石昊看着那只白乌鸦，不禁有些惊讶。

这只白乌鸦是用虚空兽骨雕成的，拥有天下极速，能穿越虚空，用来送信最为迅捷。不过，这种白乌鸦价值连城，可见写信之人对石昊极为看重。

“看来，这场聚会是推不掉了啊。”石昊看完信后说道。

鹏九见石昊有意前往，赶紧劝阻。现在的荒域看似风平浪静，但也许正在酝酿杀机。最后一场大劫不知是否真的落幕，一切都充满了未知。

“既然是大劫，在哪里待着都一样。柳神之前说过，想去就去，哪里不可去，我相信柳神的话。”石昊说道。

柳神之所以那样说，是因为其站得足够高，无所畏惧。石昊虽不如柳神，但是别人在他石国境内，还这般盛情邀请，他身为石国人皇如若不去，显得太没有胆魄了。

不过话虽如此，他还是会带上一些防身之物。他虽无害人之心，但也不能让自己身陷险境而无还手之力吧。

一切准备妥当之后，石昊离开石国皇宫，前往一座道山。除了去会会月婵主身和魔女，他还想看看能否从宣明、水月等人口中了解到最后这场大劫的内幕。这场聚会不知道会是言笑晏晏，还是针锋相对。石昊嘴角微翘，脸上露出些许笑意。

鹤鸣山属于道家山脉，虽然名气不大，但景致还算秀丽。这座山的地势不高，与其说是山，不如说是丘陵。不过，山中奇石横陈，山泉潺潺，倒很幽静。

主山上有座小道观，而今已荒废了。这座山最有名气的时候是在上古年间，那时山中出过神圣，可惜再辉煌的传承也有衰落的一天。

石昊来到山中，仔细观看摩崖石刻，从中了解到了此地的详细情况，更意外地看到了一幅令他震惊不已的壁刻。壁刻上刻着一株树，树的名字为蒲魔。这株树状若蒲公英，其上的白絮似乎仍在飞舞，隐约间透出一种令诸神避退的威压。

石昊在百断山的时候曾听过蒲魔树的传说，说是上古年间诸多神圣皆殒命在它的手中，几乎没有敌手。

“哈哈，石兄来了。请你一聚，还真是难啊！若是你再不来，我们就要去皇宫求见了。”说话的人正是碧古，他恰巧看见石昊在观看摩崖石刻，便大声地招呼道。

他体格强健，一头碧绿长发，连瞳孔都是绿色的，显得有些妖异。

“此前误会你擒下了月婵仙子，我在此赔罪了。”碧古笑道，可以看出他此时的心情极佳。

“好说！”石昊微笑道，心中想着待会儿见到月婵主身时，她会是什么表情。

寒暄了几句后，碧古便领着石昊前往聚会之地。

“当年的蒲魔树在此殒灭。有传言称，它并未真正死去，而是涅槃成了一粒种子，我等也是好奇，故来此走上一趟。”碧古说道。

石昊不以为然。这都过去多少年了，即便有什么种子，也肯定早已被人夺去，他们现在也只能是来此缅怀凭吊一番。

“没有想到蒲魔树之名都传到了上界，还真是出人意料啊！”石昊感叹道。

“错！蒲魔树本就来自上界，只是为了避劫，才自废己身，逃到下界来的。”碧古摇头道。

“还有这等秘事？”石昊惊诧道。

“这株蒲魔树可不简单，据传它是由一粒从神秘区域中流落出来的种子长成的。”碧古道，“上界有人说它殒灭在上古一战中了，但也有人认为它难以被杀死，沉寂那么久只是在等待新生。”

石昊想到了自己见过的一株小树，问道：“蒲魔树未长成时就很强吗？”

“刚出生时不会太强，但是之后会越变越强。它能扎根于对手的身上，汲取对方所有的能力。”碧古道。

蒲魔树果真了不得，仅这一项神能，它就足以傲视群雄。

“石兄来了。”突然，有人朝石昊打招呼。

石昊循声望去，只见鹤鸣山的主峰上站着的几个人在朝他招手示意。石昊同碧古暂时结束了这番谈话，一起往主峰上行去。

主峰上古松成片，清泉叮咚，当真是一处幽静清雅之地。此时，琴声悠扬，伴着泉声，十分动听。石昊游走在青松翠柏间，闻着草木的清香，心中颇为畅快。

主峰上有不少石昊的熟人，如蓝雨、宣明、水月、红凰等，也有一些他不认识的年轻人，这些人中男的英俊，女的靓丽，个个都样貌出众，气质非凡。

经过介绍，石昊知道了这里的一些人也来自上界，只是没有与碧古、蓝雨他们一同游历，他们是在不久前才相遇的。另外一部分人则是八域中较为厉害的人，他们的来头也不小，如玄域的芊芊郡主、西方教的丈六等。

大部分的人见石昊到来，皆前来攀谈，与之结交。石昊此时如日中天，名震八域，谁人不知，谁人不晓？不过也有少部分人，虽然表面上看起来很平静，但石昊仍能感受到其眼中的敌意。

“石兄考虑得怎么样了，可愿随我等登天路而去？”蓝雨展露笑颜，亲切地问道。她的容貌极美，体外有薄烟般的光幕，将其修长动人的体态衬托得柔美无比。

“我执念太深，放不下这里的一切啊！”石昊摇头道。他是要去上界的，但他不想跟他们一起走。

“修行是一个问心的过程，也许时候还未到吧。终有一天，石兄你会踏出自己的路，去上界明悟真我。”一人说道。按照他们的说法，下界法则不全，大道有缺，难以明悟真我，不能使自己的道圆满，而这样会困住己身。

石昊认真请教，向他们询问上界的一些情况。

这一次，他终于明白小塔所说的上界的土地坚固是什么了。依照这些人所说，上界大道无缺，法则圆满，天地不朽，一切自然都很坚固。而下界与之相比，则可以称得上脆弱了。在下界可以移山填海、搬运大岳的人，在上界却不见得能做到。

上界的人若是实力足够强，到了下界便能体验一掌挥出致高山成灰、大河干涸的感觉。他们有了这种体验，也算是提前体悟到了更高境界的力量。以后回去修行，也许会有意外的收获，甚至能顺利破关。

“上界无垠，天骄并起，初代亦可见，那才是崛起的好地方啊！石兄，以你之才若待在下界，真是明珠蒙尘。上界才是与各方翘楚争雄、进行自我蜕变的大舞台，那里才有你真正的敌手。”水月说道。她明眸皓齿，一身银白衣裙随风飘动，周身散发淡淡白光，使她看起来十分圣洁出尘。

石昊苦笑道：“我去上界的话，多半会有人立刻来杀我。”他曾掀翻不老山，若是上去，自然会遭到报复。

“无妨。石兄如果想去上界，来我逐鹿书院便可以了。”有人适时伸出橄榄枝，想拉拢石昊。

石昊可是一个初代，内蕴独一无二的至尊骨，若是能培养出来，即便是在人才辈出的上界，也会有非凡的表现。这等人物，逐鹿书院自然愿意出面保住。

石昊闻言十分诧异，心中竟十分渴望能立即去上界。听他们的口气，上界中像他这样的人是有对手的，而且对手的实力皆很可怕，有的甚至比他还强大。

这几年他一直在横推对手，下界中除了大石与月婵仙子外，几乎没有人可以威胁和伤害到他，他很想寻一个真正的对手，放手一战。而上界浩瀚无垠，万族林立，各族天骄对峙，更有初代崛起，正好能够满足他的这一期望。

“石兄若是愿意去上界，我生命学院亦可护得周全，并能令你迅速蜕变。”少女莹莹说道。

八域的奇才见了这种情况，心中都十分惊讶。上界的这些人个个都眼高于顶，现在竟然会这样放下身段，争相拉拢石昊。石昊从他们的话中得知，这些邀请他的贵女与奇才，均来自中立的大势力，教中的鼻祖不曾在下界显化。

“石兄若是去上界，直接来赤凰宫找我吧。你在下界修行了十几年，需要一次蜕变才能补全大道，我赤凰宫的涅槃法最适合你。”红凰说道。此前，她与石昊在太阳神树上结过善缘，从人情来看她还是很有优势的。

红凰大大咧咧地拍了拍石昊的肩头，看起来十分豪爽。石昊知道这个一身赤红的少女不是个简单的人物。

“我觉得加入截天教好，正所谓不打不相识。”一个很甜很悦耳的声音传来。

众人循声望去，只见一个精灵般的少女走了过来。她穿着一身黑色衣裙，将雪白的肌肤衬托得更加晶莹。其身后还有几根雪白的狐尾在轻轻摆动着，这让她浑身上下充满了异样的魅惑。这个女子既清丽无双，又有让人无法抗拒的魅惑，神态气韵似乎能在瞬间转换。

“魔女！”石昊眯缝起双眼。

与此同时，松林中的琴声戛然而止，只见一个白衣女子从林间走来。这个女子丰姿绝世，若掉落人间的仙子，十分超凡脱俗。两女对视，眼中似有火花溅出。众人沉默无言，暗自感叹这两人还真是冤家对头。

上界的奇才与贵女们见了也心头一凛，他们知道这两个绝代佳人都来自上界，而且身份皆贵不可言。

“今日相聚，主要是谈道论法，印证所学。莫要伤了和气，坏了聚会的气氛。”蓝雨温和地说道。众人听了她的话纷纷点头，表示赞同。

“不错，今日可不要生死相向哦。”水月、红凰、莹莹等几位少女上前，她们都很美丽，皆带着笑颜，一下子缓和了气氛。

“怎么会呢？我们也算是惺惺相惜的知己了。”月婵主身微笑道。

“就是呀，谁说我们要决战。”魔女笑了笑，冲石昊招了招手，道，“小石还不快过来。”

众人见魔女与石昊这般熟稔，都露出异色。

魔女笑吟吟地道：“不久前，外界一直传言你镇压了月婵仙子，并将她收在身边。为这事，你可是背了很长一段时间的黑锅啊，现在婵儿出现了，你的冤屈也终于可以洗刷了。”

碧古闻言笑道：“是啊，我差点还误会了石兄，真是惭愧！我要自罚一杯。”

在场的青年才俊都笑着摇了摇头。这个传言也太无道理了，谁能亵渎高高在上的圣洁仙子呢？

“我与月婵一直是对立关系都能对饮，小石你与她虽有争斗，但也敬月婵一杯吧。”魔女微笑道。

“误会澄清，当共饮！”碧古大笑道。他对月婵仙子的倾慕之情，在场的很多人都知道。

“仙子，我敬你一杯。”石昊微笑道，举起酒杯与月婵主身手中的杯子相碰，笑得十分灿烂。

月婵主身举起玉杯轻饮，脸上始终带着笑容。

鹤鸣山的主峰上松柏成片，从根部流淌而过的清泉，落在青石上叮咚作响。月婵主身与石昊含笑相对，一点也看不出敌意。

“月婵仙子行走于世间，圣洁如月，谁能拘禁？”有人赞叹道。不过这话里的意思也带着些许别样的味道，似乎是故意说给石昊听的。此前谣传石昊囚禁了月婵仙子，如今他这样说摆明了就是在贬低石昊的实力。

石昊带着笑意看着众人，对这些话一点都不在意。他知道这些话只会增加月婵主身心中的羞愤，他乐得如此，顿觉心旷神怡。他甚至也想当面调侃几句，但又怕这样做太过明显了，容易引起公愤，便只得作罢。

“月婵仙子无论是法力还是气韵都是世间罕见的。她就像那神月，可涤荡人的神魂。”另有人夸赞道。

“这还用你们说吗，婵儿可是行走在世间的月光女神，神辉映天地。”魔女嘴角微翘，这般说道。

“殿下灵动而聪慧，不食人间烟火，乃是天地孕生的精灵，我等亦心中仰慕。”有人对魔女赞叹道。

一些人闻言纷纷点头附和。魔女的确气质出众，狡黠中带着魅惑，古灵精怪的，与月婵仙子可谓绝代双娇。魔女不理会这些人的夸赞，而是笑嘻嘻地说道：“小石你背了这么久的黑锅，心中是不是很凄苦啊？”

众人闻言神色古怪地看着魔女。传言月婵仙子与魔女是天生的对手，现在看来果然如此。这事不过是谣言，揭过去就算了，魔女三番五次提及此事，似乎要将此事闹大，她还真是唯恐天下不乱。

石昊叹道：“我也很无奈啊！传言传得这么凶，我还真担心诸位会成立讨伐联盟，向我讨要仙子呢！不过，好在一切都过去了。”

“说实话，我听到这个消息时，还真有这一种冲动，还好谣言终究成不了真的。”碧古笑道。

魔女看着月婵主身，笑得很甜，眼角眉梢皆显得意味深长。

石昊淡定地瞥了一眼月婵主身，只见她平静地看着魔女，脸上笑意盈盈，让人一点都感觉不出她有何异样。

“不会忍不住要立刻与我动手吧？”石昊暗自思忖道。

“还请圣女再奏一曲仙音。”有人说道。

月婵主身带着动人的微笑，点头答应。而后，她袅娜而行，坐在一株古松下的青石上，双手拨动琴弦，叮咚琴音响起，若天籁般动听。

最让人吃惊的是，随着琴声的流转，天空上竟倾泻下道道星辉。这些星辉若一只又一只精灵，环绕着月婵主身，似众星捧月。

青松下，清泉畔，她被一层洁白的薄烟笼罩着，显得更加超凡脱俗。琴音越发动听了，众人甚至能听见有道在和鸣。

顷刻间，周围的草木散发生机，快速生长，许多花蕾同时绽放，馨香扑鼻。待到琴音停下来的时候，周围已是百鸟共鸣，一时间惊住了在场的许多人。

“与道同存。我在此受益不小，一则模糊的法门竟悟透了。”有人惊叹道。

“这才是聚会的真义，彼此印证与切磋，促进道行的增长。”宣明赞道。

接下来，众人交流修行心得，彼此探讨宝术中的一些难关与问题，皆有所获。石昊也是如此，他从碧古、蓝雨等人那里了解到上界对符文的精细化研究，感悟极其深刻。

碧古道：“追逐极致，舍弃其他，这是一条重要的路。比如研究力量，便观金刚猿、黄金巨人等生灵的符骨，撇掉各种变化，只保留力之纹络，精研下去。”

石昊闻言频频点头。这是一条值得探索的路，他觉得自己只顾修鲲鹏法这样的至高宝术，似乎疏忽了其他的东西。

天地间的生灵无数，符骨海量，其间自然有无穷的变化和数不尽的奥义。鲲鹏、神凰等虽是其中的佼佼者，但这并不意味着其他生灵的原始符骨就没有用。它们也蕴含了各自的“道”，只要研究下去，亦能踏出自己的路。若是研究百族之骨，定能踏出别样的大道。

“西方教的丈六金身便是观金刚猿、山蚁、白银藤等一些不算强的生灵而悟出来的。”蓝雨道。

“对，相传‘兽海’的鼻祖曾经独居百年，观各种低等虫兽的骨文，演化出震惊上界的百兽真经。”莹莹补充道。

石昊惊叹不已，不断点头，感觉收获颇丰。

蓝雨、水月、红凰等一个个都极其美艳，她们与石昊交谈，自然吸引了不少人的目光。身在美人丛中，想不引人注意都不行。

“月婵姐姐，听闻你对神凰宝术颇有心得，我们交流一下如何？”红凰笑吟吟地说道，将月婵主身也拉到了他们这边来。

蓝雨性格温和，也将魔女请了过来。一群丽人亭亭玉立，令不少年轻男子心往神驰，目瞪口呆。

“月婵姐姐，你若回到上界，一定是东部区域的第一美人。”红凰赞叹道。

“殿下就不用说了，肯定会是‘坤海’第一美女。”蓝雨真心称赞道，她觉得魔女的绝世容貌十分惊艳。

石昊的脸皮之厚少有人及，他笑着凑了过来，认真地向月婵主身与红凰请教神凰宝术。

“你对此也有研究？”红凰惊讶道。

“略知一二。”石昊点头道。

月婵主身闻言神色略变，但并没有发作。她参与到讨论中来，论述了神凰宝术的种种威能，只是很少涉及其核心变化。

“不知巨头之战而今如何了？”石昊忍不住向众人询问道。

此话一出，人群顿时寂静了，很多人色变。

“还不知，据闻打进了混沌中。”水月说道。

“巨擘之战，我等还是不要妄论为好。”宣明点头道。看来他们对那最后一战都很忌惮。

“石兄是在担心那座骨塔吧？”月婵主身的笑意不减，轻声说道。

众人闻言，立即明白了石昊与小塔的关系密切，并猜到了石昊能推翻不老山也与小塔有关。

“那座骨塔完了。听说它被打进了原始之门，从此以后这片天地再也没有它了。”就在这时，不远处传来了这样一句话。

“有新消息了吗？”众人惊道，循声望去。只见一个皮肤白皙、容貌俊美的男子正朝这边走来。他周身缭绕黑雾，脸上虽然带着笑，却有一种妖异的气质。

“月婵，听闻这个下人曾与你有纷争，还因此传出他拘禁过你的谣言，今日我便替你斩掉他。”妖异的男子说道，声音懒洋洋的，带着明显的敌意。他毫不掩饰地针对石昊，连下界之人都被他称为下人。

他看着石昊，一双瞳孔流动紫芒，体外的黑雾更浓了，带着些许死亡的气息。

众人深知这个男子的来历非凡，见了他心中都是一惊。

他是一位冥人。冥人是由通灵的尸体再生出灵智后化成的至强者与外界的生灵通婚所生，其天生就带着部分阴气，力量极大。

在之前的大战中，一块冥土中的混沌尸殒灭，上界的几块冥土可能会因此统一，而这个年轻的冥人身后的那位冥主将会越发强大，各方都会对其更加忌惮。

“你算什么东西？”石昊平淡地问道，不怒而威。

“你这下人实力倒是不错，只是命不太好，我看你不顺眼，想杀你。”冥人可谓嚣张到了极致，根本就不为自己的暴行找借口。

“你还真是狂妄啊！”石昊叹道。

“我就是这般行事。在此强势杀你，你能反抗吗？”冥人嘴角扬起，带着冷笑，越发盛气凌人。

“冥土的手未免伸得太长了，他体内流淌着我不老山的血液，还轮不到你来处置。”天际尽头，五色云雾浮现，又一位年轻强者赶到。他身穿五色战甲，周身缭绕五行之气，释放强大的威压，疾速而至。他也是上界中人。

“哈哈……”冥人大笑道，“这是我听到的最好笑的笑话了。他分明掀翻了你不老山，你还说他是你们的人？”

“他有罪，所以我要将其带到上界去处置。”身穿五色战甲的年轻强者答道。

“可笑，我没你那么虚伪，我要杀他是为了拿走他体内的那块至尊骨。你这般假惺惺地提及同族，目的还不是与我的一样？”冥人冷笑道。

“判罚与否，都是我不老山内部的事，与你冥土无关。快点让开，不要自误。”年轻强者冷漠地说道。在其身后，有淡淡的神火在跳动，一个强大的身影浮现，众人此时才发现竟有可怕的高手跟在其身边。

“我说要杀他，取其至尊骨，自然不会食言。”冥人冷笑道，露出雪白森寒的牙齿。其身后的黑雾中浮现一道模糊身影。

# 第307章 神火荡漾

这是一具骷髅，但身上还有一层黑皮，紧紧地裹着骨头。它看上去是人类的形体，但背上生有一对灰色的羽翼，看起来死气很浓。其头骨中有炽光闪耀，那是灵魂之光，从眼洞中向外喷薄，让它看起来十分狰狞。它可以称为冥神。

有实力嚣张，那是强势的体现。无实力而声嘶力竭地叫嚷，只是跳梁小丑虚张声势的把戏。这两人身后皆有点燃神火的生灵，由此看来他们显然属于前者。

山上的气氛变得有些紧张，冥土与不老山针尖对麦芒，在此对峙。

“别挡我。不然一不小心把你也灭掉了，你可别后悔。”冥人轻蔑道。有一个神跟着他，他自然有恃无恐。

“我说了，他体内流淌着我族的血液，是杀是剐还轮不到你来做主，他要跟我走。”来自上界的不老山的年轻强者驳斥道。

这个年轻强者的身后的那个人与冥人身后的截然不同。他是一个有血有肉的人，被五色光焰笼罩着，体表充满了圣洁气息。

他点燃的神火带着五行光，神圣祥和，气息波动惊人。涉及这个层面的强者，若是出手，影响将极其严重。别看双方此时针锋相对，但也相互忌惮着。

两位神都盯着彼此，身上的神火越烧越旺，两股莫名的波动发出。而后他们的身体都模糊了下去，站在那里无声地对峙着。

“再不退走，别怪我不客气了！”冥人喝道，神色冷峻。

“你来试试看！”不老山的年轻人回应道，目光冰寒，不肯退缩。

“我们自己去取骨。”冥人带着淡笑说道。他牙齿雪白，浑身阴气弥漫，显得很凶残。在他身后，那枯瘦的身影向前迈步，一对灰色翅膀拍动间，黑雾扩散，冥火腾腾，带着一股阴冷的气息，让人生畏。他的神火是森寒的，并非炽热。

对面的那位被五色光团包裹的神向前逼近，抵住那森寒的神火。五行火焰熊熊燃烧，与对方的森寒截然不同。

“哧！”

冥神疾速向前冲去，张口吐出一团冥火，其威力惊人，把虚空都烧得扭曲了。

不老山的年轻强者张开一只手掌，祭出一个银色的小磨盘，将其慢慢转动，将那冥火碾轧得溃散。

“砰！”

虚空一颤，冥神一招手，掌中出现一根金色的法杖。他将法杖轻轻一挥，血色闪电横贯虚空，向不老山的强者劈来。不老山的神脸色一变，掌心的银色磨盘剧震，迅速变大，猛地击散闪电，向着前方镇压而去。

冥神口诵真经，手中的金色法杖破空而去，与银色磨盘撞在一起，碰撞出无尽的波动。这是神能的对撼，威力十分惊人。好在两者是在天上对决，否则这片山地都将不复存在。

“嗷！”

一声大吼传来。在冥神的背后，一片白茫茫的骨海出现。那里全是骨架，诸多尸骨复苏，各种亡灵站起，向前扑杀。这是一片“域”，被召唤而出，冥雾浩荡，宛若一片地狱降临，带着诸多骨灵，一起向前厮杀。

不老山的神大喝一声，口诵真经，祭出另一片“域”。这片“域”火光滔滔，岩浆沸腾，向前汹涌，与那片死域相融。

众人望着上方的对决，沉默无言。这个级数的战斗他们肯定无法参与，唯有召唤出相应的神，方能一搏。

“你的情况不妙哦。”魔女大眼眨动，看着石昊，笑嘻嘻地道，“你想怎么办？”

“自然是跑路。”石昊理直气壮地说道。他一点也不觉得脸红，看了看四周，准备遁走。

“你能走吗？”魔女惊讶道。

“打不过，我还逃不过吗？”石昊说道，一副无比自信的样子。

周围的人闻言皆十分愕然，不禁感叹这小石怎么连逃跑都这么底气十足，若是别人肯定会觉得十分难看，他这是怎样的一种优越感？

“逃？多丢脸啊，你堂堂一代人皇，不战而逃？”魔女问道。

“要不你将镇神珠借我，让我试试它的威力是否能将他们通杀？”石昊说道。

魔女点头道：“有道理，我也想试试它的威力。要不从你开始，由易到难？”

“你对头在那边。”石昊努了努嘴，示意她看月婵主身。

月婵主身神色平静，身体浮现朦胧的光，眸子流动光彩，变幻莫测。

“坏了，难道补天教也有神到了？”魔女大眼骨碌碌地转动。

石昊摩拳擦掌，双目神光湛湛，流露出一股强大的气势，让人觉得他似乎要上前大战一番。只听他大喝道："本皇逃也！"

众人闻言皆瞠目结舌，摇头感叹这威名赫赫的小石还真是让人看不透。

在天际尽头，一轮黑太阳散发强大波动，截断了石昊的前路。黑太阳发出声音，道："走不了。"

身影闪动，一个黑衣女子赶到了石昊的面前。她容貌姣好，带着淡笑，道："听闻小石法力不凡，宝术惊艳，特来取至尊骨一观。"

其身后有一株黑色的向日葵，如一轮黑日，散发乌光。整株花的生命气机磅礴，漾出点点神火。众人倒吸了一口凉气，这年轻女子还好说，而她身后的向日葵显然是一个植物系的强者，并且已经初步点燃了神火。

石昊疑惑道："我跟你有仇吗？"

"没有。"黑衣女子摇头，带着点点笑意，道，"不过，我很倾慕你的宝术，渴望能借你的宝骨一用。"

取人符骨比取人性命还过分，她却说得很轻松，言语间也没有丝毫杀意，就像是在向别人借一件无关紧要的东西一般。

"魔葵园的人！"一些人洞悉了她的身份，十分惊讶。魔葵园是上界的一方魔土，长满了向日魔葵，这些魔葵充满了魔性，动辄就会取人性命。

"那我倾慕你的脑袋，你能摘下来给我吗？"石昊说道。

"不能，因为你没有那个实力。"黑衣女子依旧在笑，黑色瞳孔盯着石昊的胸部，仿若在看珍宝。

她身后的那株向日葵，流转乌光，催动神火跳动。神之气息扭曲了虚空，要对石昊出手。

脸皮很厚的石昊，原本是想遁走的，他不会傻乎乎地跟这个等阶的人硬撼，不过后来他猛地点了下头，似乎下定了某种决心，脸上露出笑意，停在了原地。

而此时，那个冥人与不老山的年轻强者也向石昊走了过来，那个冥神和不老山的神已经停止了战斗。

魔葵园、冥土、不老山各据一方，都对石昊志在必得。

除了他们之外，周围还有一些人眼神闪烁，像是在用秘法与远方联络，山上的气氛一下子变得诡异无比。

这其中有人想拉拢石昊，比如水月、红凰等，因为石昊拥有至尊骨，可在上界崛起，睥睨天下。但也有一些人对他颇有敌意，想趁机掳其身，养其至尊骨，夺其造化。

“你叫什么，石什么昊，不想受罪就自己过来吧。”冥人懒洋洋地说道，语气十分轻慢，双眼杀意腾腾地扫了石昊一眼。

“你说让我过去我就过去啊，我看倒不如你爬过来吧。”石昊说道。

众人闻言皆瞠目结舌，暗叹，这家伙不是要逃吗，怎么现在又不走了呢？

“去将他给我提过来，我要亲自动手将他的骨挖出来。”冥人冷笑了一声，对身后的冥神吩咐道。

所有人见状都吃了一惊。他这是在命令，而不是请求，可见他的身份有多么非凡，竟能拥有一个神仆。

“不行，他的一切都是我不老山的。”不老山的年轻强者开口道，并请自己身后的神出手。

“两位何必呢？我们三方无须大动干戈，不妨坐下来谈一谈，看能否共同取出他体内的至尊骨。”黑衣女子笑吟吟地说道，同时请她身后的那株可怕的向日魔葵做好出手的准备。

“我说，你们真当我是盘中菜了，一个个装得跟二秃子它大爷似的。你们不就是跟几个初点神火的伪神站在一起吗，有本事自己过来，我一只手就能打你们三个！”石昊大声说道。

此时的石昊目光灼灼，浑身精气滚滚，他这般强势令很多人心中一惊。

此话一出，三方人马的目光顿时冷了下来。有神在此，他还敢如此大放厥词，真是活得不耐烦了。

“你这下人虽不凡，凭我的身份，想要你的骨还不需要我出手。”冥人冷漠地说道。

“呵呵，我已经等不及想看一看你体内的骨了。”黑衣女子舔了舔鲜红的唇，微笑道。

“我等也想一观至尊骨。”就在这时，远空传来一阵波动，几道身影朝这边飞了过来。

碧古、蓝雨等人见状皆色变。看来又有人召来了族中的超级强者，想要分上一杯美羹。

石昊淡笑道：“我也等不及了。你们来晚了一点，就先等在一边。”

说罢，他冲天而起，魔葵园、冥土和不老山的人担心他遁走，一起冲了过来。

石昊从容镇定，突然停了下来，而后冲着那冥神和不老山的神，以及那株黑色的向日魔葵分别点了点，道：“定，定，定！”

紧接着，让人惊讶的事发生了。天空中没有了法则波动，也没有了神能浩荡，三位初点神火的神皆被定在了空中，难以动弹。

石昊飞身而起，一脚一个，踏在他们的脸上，将他们全部踹飞。

“才点燃神火也敢称神，都是伪神。”石昊咕哝道。

所有人见了这番景象皆呆若木鸡，彻底傻眼了。

石昊大喝一声，祭出自己的至尊骨，催动大片符文笼罩那黑衣女子、冥人和不老山的年轻强者。这三人还没从刚才的震惊中缓过神来，全都被扫中。他们的身体疾速变小，任他们如何大叫也无能为力。

“砰”的一声，魔葵园的黑衣女子坠落在地，像是一下子苍老了几百岁，身体伛偻着，白发如雪，脸上布满了皱纹。她失声尖叫，不敢相信眼前的一切。

接着，不老山的年轻强者坠落在黑衣女子的身旁。他也早已衰老不堪，连喊声都显得有气无力。

石昊从天而降，手中拎着那个冥人。此时的冥人早已成为白发老者，他在那里低吼着，难以接受现在的一切。石昊揪住他的衣领，二话不说，扬起右手朝着他的脸给了他一顿大嘴巴。

一时间，噼啪声响彻山谷，这顿大嘴巴抽得冥人眼冒金星，口中咯血连连。

“称下界之人为下人，你觉得自己很超脱很神圣吗？”石昊边问边用力地挥舞着右手。

“你……给我住手！”冥人低吼着，眼中充满了怨毒与怒火，瞪着石昊。这已不是肉身的疼痛，而是灵魂的刺痛。冥人倍感羞辱，心中的愤怒与仇恨越来越浓。

“还不服？”石昊二话不说，又朝着冥人的脸一顿狠抽。

冥人下界而来，有神仆在身后保护，却还是遭到了这样的羞辱，此刻急怒攻心，几乎要昏厥过去。

“你会为此……付出代价的！”冥人的嘴巴早已肿得不成样子，声音从他的喉咙中发出，若一头野兽在咆哮。他知道，落到这等“凶人”手中，即便求饶也没有用处，便咬着牙不松口。

“还在装？你以为自己是丈六金身，脸有三尺厚啊？”石昊边说边出手。

噼啪声不绝于耳，众人看得目瞪口呆。修士争斗，一般直接杀伐，他们从来都没有见过这么不讲究的做法。

当然，也有人不满，那便是西方教的人。这石昊凭啥以丈六金身做比方。

“长点记性，别以为自己来自上界就高高在上，其实你啥也不是。看你人不人鬼不鬼的样子，跟坟里挖出来的东西有啥两样。也不知道你哪里来的自信，我看你还没有进化完全吧。”石昊边打边说。

这一刻，冥人的眼白变得血红，瞳仁也变成了紫色的，他愤怒到了极点，却又没有丝毫还手之力。

冥族由阴而阳，体悟到了由死到生的变化，拥有惊人的先天优势，修行起来很快，为上界强族。可是眼下，石昊这般鄙视冥人，并把他说得连一具僵尸都不如，这真是奇耻大辱。

“你……哭了？”石昊惊讶道。

众人闻言皆面露异色，难以置信地盯着冥人的双眼看，果然看见他的眼中有眼泪流出。

冥人怒火中烧，有苦难言。他的眼中的确有泪，但并非自己忍受不住疼痛而流，而是泪腺被石昊打破了，眼泪不知不觉流出来的。冥人握紧双拳，恨不得立刻杀了石昊。可是，他现在老迈不堪，连手都抬不起来，根本无力对抗。

“你是冥人，也可以称为鬼，还这么爱哭，简称爱哭鬼。”石昊咕哝道。

这该死的称呼，冥人想吃了他。

石昊最后一巴掌拍落，震断冥人的一身冥骨，将冥人扔在了地上。时间已经不多了，若再耽搁下去的话，另外两个人就会恢复过来了。

石昊看向不老山的年轻强者，道：“你虽对我没有什么善意，但是话不多，不是那么讨人厌，就先在一边待着吧。”石昊朝着不老山的年轻强者踩了一脚，震裂了他的部分骨骼，使其失去了战力。

而后，他拎起那个黑衣女子，对她咧嘴一笑，露出一口洁白的牙齿，道：“你口口声声地说要借我体内的宝骨一观，还说得那么理所当然。我不知道你哪儿来的底气，难道就凭一个初点神火的伪神？”

以石昊的性格，他是从来都不会让自己受委屈，也不会让自己憋屈的。他上去就挥动双手，给了黑衣女子一顿大嘴巴。

那个黑衣女子本是个妙龄女子，刚才突然变得衰老不堪，她就已经惊惧万分。现在，石昊又当着这么多人的面这般羞辱她，她自然是暴怒不已，惊声尖叫。

“看你刚才那副颐指气使、高高在上的样子，你还真当自己是一根葱啊！”石昊奚落了她一顿，而后又抽了她几巴掌，接着道，“脸皮真厚，我手都抽麻了，怪不得你可以说出那番话来。”

就在这时，时间到了，轮回之力开始退散。地上的冥人还有不老山的年轻强者已无战力，难以还手。而石昊手中的黑衣女子则迅速恢复神力，苍老的身体开始变得年轻，乌黑秀发披散，眼眸跟黑太阳似的，放出惊人的乌光。

她发出一声刺耳的长啸，满头乌发倒冲，全部刺向石昊的头。与此同时，她的身上生出根须，裹住石昊的肉身，要汲取他的血肉精华。

她来自魔葵园，由一株葵花所化，此时显露天赋本能。

“轰”的一声，石昊的体表冲起炽盛的光，一枚又一枚符文闪耀。他像是披上了一件星辰战衣，灿烂而神圣。他肉身强大，比金石还坚硬，再加上符文守护，任那根须如何尖锐，也难以刺入。

石昊的肉身如玉石般晶莹，身上的不灭金身战衣熠熠生辉。他猛地一挥手臂，一把抓住黑衣女子的脖子，将她提了起来。

黑衣女子虽然处在劣势，但眼中乌光烁烁，冰寒刺骨，自信满满。她祭出宝术，通体爆发太阳符文，一轮黑色大日笼罩其身，并攻击石昊。

石昊镇定自若，右臂的颜色变成了金黄色，鲲鹏符文密布。他本就肉身强横，再加上鲲鹏力，在此境简直无与伦比。除了上界的初代和天骄，几乎无人能敌。

石昊用力拧住黑衣女子的脖子，用肉身之力攻破了她的宝术，击破了黑色大日。紧接着，石昊右手一拍，将成片的符文拍入黑衣女子的体内，将她的元神镇封，并且让她现出了自己的本体。

只见一株黑色的向日葵出现在了原地。这株向日葵叶片透亮，花瓣灿灿，根须强劲，流淌乌光，散发着一股强大的神能波动。

“造化啊！”石昊把这株向日葵拎在手中，欢天喜地地说道。接着，他麻利地挖出花盘上的葵花子，口水都快流出来了。

来自上界的奇才和贵女们都十分讶异，暗叹，这家伙还真是让人摸不透啊！不过，来自八域的年轻天才，如芊芊郡主、丈六和尚等倒不是很惊讶，因为他们早就听过石昊的这类“光辉事迹”了。

不一会儿，石昊的手中就握了一把葵花子。这些葵花子每一颗都乌黑光亮，如墨玉般透亮，富有光泽。他拿起一颗张嘴就嗑，“咔”的一声，瓜子皮脱落，雪白晶莹的瓜子仁露了出来，一股清香扑鼻而来。

“天啊，真是人间极致美味啊！”石昊吃下那粒瓜子仁，一脸的欢喜之色。石昊十分欣喜，加快了动作，瞬间就取尽了花盘中的葵花子，开心得不得了。

“啊！”黑衣女子虽然现出本体，但依旧可以说话，它大声尖叫着，气得全身发抖。

“吵什么，不就是吃点瓜子吗？”石昊咕哝道。

“我要杀了你！”黑衣女子变成的黑色向日葵气疯了，恨不得将石昊击得形神俱灭。无奈自己葵花本体的法力被封，丝毫没有还手之力。

此时，石昊体会到了这葵花子的妙处。这乌黑晶莹的葵花子蕴含着莫大的神力，若是体内的精气耗尽，吃上三四颗这样的葵花子便能迅速补充。

“天然的金丹，真是好东西！”石昊连声赞叹道。

“我魔葵园不会放过你的！”黑色向日葵气急败坏地尖叫道。

“魔葵园是卖瓜子的吗？”石昊闻言两眼放光，欣喜道，“有神级的葵花子出售吗？”

黑色向日葵彻底崩溃了，它的花盘耷拉着，叶子和花瓣都蔫了。众人看着石昊，目瞪口呆，不知道该如何评价石昊的所作所为。

石昊扔下那株蔫了的黑色向日葵，冲向那株初点神火、被定在虚空中的魔葵。这一株魔葵的气息更加惊人，石昊料定其中的葵花子神力更大。

“你……想做什么？”魔葵惊恐万分，大声问道。它虽然被定住了，但依旧乌光闪闪，若一轮黑色的大日。

石昊狂擦口水，眼神火热，像是盯着这世间最美味的食物，道：“一看就很好吃的样子。”

这株强大的魔葵顿时崩溃了。这还真是虎落平阳被犬欺，堂堂一代初点神火的强者，居然要被人吃掉，这还有天理吗?

石昊冲向魔葵，双手齐动，晶莹如墨玉般的葵花子噼里啪啦地全都落入了他的一座玉鼎内。

众人见状皆傻眼。魔葵园是上界的一方魔土，是植物系的一方霸主，而今到了下界，竟混成这个样子，这也太惨了。

石昊心满意足地转过身去，看向远空的那些身影。那当中不乏点燃神火的强者，石昊一下子就看到了一位植物系的强者，当即双眼放光，口水直流。

“呔，葡萄哪里走？留下葡萄！”

## 第308章 封神

远空的那些身影见石昊向这边望来皆是一震。他们自然可以看出，石昊的修为绝对不可能与此境界的高手对战，因此他们认为石昊身上必定有可怕的至宝。

“难道他有可定神灵的奇符？”有人低声猜测道。

修行界中流传有上古至尊炼成的灵符，如定身符、禁空符之类的，这些灵符威能强大，极其可怕。他们怀疑石昊可能就是凭此定住了三位初点神火的强者。

想到这里，他们中有些人十分谨慎，果断转身，飞到天际尽头，决定暂时不与石昊纠缠。不过也有些人觉得这样退走太没面子了，因此仍旧站在原地。

一株葡萄藤听到石昊最后的那句话，停住了脚步。它身上有神火跳动，一看便知是点燃神火的强者。在此境界居然被这样轻视，它自然相当愤怒。

它是追随太阳神藤下界的，在那最后一战中，太阳神藤被柳神斩断一些后，直接遁回上界，没有把它带走。

“哧！”那株葡萄藤一晃，一个紫金丹般的光球朝石昊飞来。那个光球爆发炽盛的符文，在虚空中炸开，释放强大的波动，要把石昊击杀在此。

石昊顿时一惊，即刻把鲲鹏法发挥到极致，瞬间横移出去万丈后才回头看去。只见那里紫光滔天，云朵都被震散了。

“好强的力量！”石昊暗叹道。这株葡萄藤虽说在神路上刚起步，并非真正的神，但对他来说也是十分可怕的了。

“还真是葡萄啊，连杀气都是紫色的！”石昊咕哝道。

远处，有人见到石昊的狼狈相不禁咧嘴偷笑。

那株葡萄藤见石昊逃过一劫，更加怒火中烧。它再次汲取神力，爆发神能，要将石昊轰杀。一时间，紫光滔天，神能浩荡，波动惊天。

“给我定！”石昊抬手向前一指，大声喝道。

那些强者见状皆心中一惊，纷纷倒退。那株葡萄藤也是心生寒意，疾速横空而去，以避开石昊的攻击。

但是，石昊话音落下后，什么也没有发生，没有一个人被定住。众人先是相互看了看，而后齐刷刷地盯住了石昊。石昊挠了挠头，故作镇定道：“人有失手，再来！”他点指向前，对准葡萄藤，口中再次念出一个“定”字，结果依旧一样。不过，那株葡萄藤还是惊得横移出去数千丈。

“再定！”石昊点指喊道。这一次葡萄藤没有躲避，而是立在那里，冷冷地看着石昊。而其他大教的超级强者和点燃神火的生灵也都悬在高空中，冷漠地俯视着他。

石昊额上的汗当即就流了下来，他干笑了两声，道：“刚学会这一招，还有点手生。让我想一想该怎么用。”一众强者皆冷漠地看着石昊，向前逼来。

一头黑色的麻雀冷笑了两声，张嘴就吐出一道黑色的闪电，向石昊劈来。一时间，雷霆震耳，长空震颤，似有一场暴风雨将要来临。

它是追随黑金雀下界而来的一只精灵，亦由黑金所化。它只是点燃了神火而已，同那只被柳神击杀的黑金雀相比，还差得远呢。不过，即便如此，石昊依旧不是它的对手。他双臂一动，化成金色鲲鹏翅，冲天而上，避过了这一击。

“哗啦！”一条碧绿的藤蔓疾速伸展，并越变越粗，足以盘绕一座山峰。藤蔓瞬间到了石昊近前，要将石昊捆住。葡萄藤碧光闪烁，符文密布，祭出成片的神火。这对尊者来说都是难以抵御的神威。

石昊疾速冲向高空，下方那根山般粗壮的藤蔓飞速而上，眼看就要缚住他。

“定身符！”石昊大喝一声，手中出现一张泛黄的灵符。他一掌将灵符拍向下方，下方顿时火光滔天，那根藤蔓燃烧了起来。

众人见状皆是一惊，那株葡萄藤心中也是一震。它的一段藤蔓被点燃了，其神力有所损耗。然而，损伤也就仅此而已。这张灵符只能点燃一些叶片，难以伤到葡萄藤的主藤。

月婵主身莹白的俏脸上带着一丝淡笑，美眸深邃，她自然认出这灵符是她的。不久前，她与石昊大战，被石昊重创，身上的宝物也都被石昊夺了去。

一群强者见石昊的定身术失效，纷纷化出灵身，疾速冲了过来。他们当中点燃神火的四人，将石昊围在中间，皆杀气腾腾地看着他。

他们虽然堵住了石昊，看似对石昊势在必得，但他们以灵身对战，就足以说明他们对石昊还是有些忌惮的。毕竟，他之前确实定住了三位点燃神火的强者。

“诸位，有话好说，别这么冲动。大家都是修行之人，应该坐而论道，何必喊打喊杀的呢！”石昊干笑了两声，同那些强者套起了近乎。

“你区区一个列阵境的修士，也敢这般放肆？”有人冷声道。

那株葡萄藤，刚才被石昊调侃，早已动了杀机，此时它周身神火跳动，道：

“你的天资确实不凡，但没有成长起来，终究什么都不是。你的骨我要了！”

“当心不要让他自爆。这块骨我等可以共同观摩，谁来与我一同取骨？”那只黑金麻雀说道。

“我来挖骨！”葡萄藤探出一根藤蔓，向石昊的胸膛伸去。

“我来助你！”黑金麻雀喊道。它虽是灵身，但依然十分强大。它前去助阵，一是担心葡萄藤失手，二是怕葡萄藤独享至尊骨。远方，蓝雨、碧古、红凰等皆惊异。事情变化得太快了，他们想不到会到这一步。

“我说，你们当我是软柿子，想怎么捏就怎么捏吗？”石昊平静地说道，同时暗中传音道，“不灭大哥你睡着了吗？”

“走神了。”一个声音暗中传来，言语中没有任何情绪波动，像是从一口古井中传来一样。

石昊闻言不禁有些郁闷，而后他对着四周连声喝道：“定、定、定、定！”

四大强者的灵身皆被定住，但他们的真身全都祭出阵台，直接破空而去，瞬间移到了天边。这等逃生的手段，即便是神王来了也难以阻止，他们绝对可以脱困。

然而，出人意料的事情发生了。四大强者即便逃到了天边，还是被人一把抓了回来。四大强者惊得灵魂都在战栗。

不光是他们，在场的所有人都恐惧万分。这一刻，天地剧烈震动，金光沸腾，符文滔滔，黄金雾气弥漫。此地宛若有一个盖世魔主复活，让乾坤都跟着震颤。

只见一只金色的大手，比云朵还要大很多倍，压满了天空，硬生生地将那四大强者的真身紧紧攥住。除了他们，早先躲在远空的另外两位点燃神火的生灵和一些修为稍弱的人也被那只大手抓了回来。这其中还有一个人甚至动用了破空符，逃出去上万里，但还是被抓了回来。

金色大手向下松开，几位点燃神火的强者全都落下，与那冥神和魔葵等并列在一起，皆被定在了虚空中。众人惊恐万分，抬头仰望。只见不灭的生灵带着混沌气与黄金光立在空中，背上生有一对金色的翅膀，俯视着众人。

“不灭的生灵……”不老山的神颤抖着，喃喃地说道。

不灭的生灵拥有不死之身，强大到绝巅，有几人可以与之抗衡？

“自今日起，下界将无神。”不灭的生灵淡淡地说道，爆发无与伦比的恐怖波动，金色雾霭扩散，淹没天地。

不灭的生灵张口一吸，冥土的骷髅、不老山的那位点燃神火的强者、魔葵、黑金麻雀等强者，全都没入他的嘴里，就此消失不见。唯有点点神火，在他的嘴角闪烁，还有不甘的嘶吼声，带着惊恐，响彻天地。

石昊惨叫一声，撕心裂肺地喊道：“葡萄，我的葡萄！”

众人见石昊这般表现，在恐惧的同时，不禁一怔，想笑又笑不出，只觉得这家伙简直没心没肺。不过，宣明、蓝雨等人却觉得石昊居然跟不灭的生灵走得这么近，他实在是太危险了。不灭的生灵吞了初步点燃神火的人后便停了手。石昊没有闲着，他催动鲲鹏法，将那冥人和黑衣女子化成的向日魔葵斩杀。

“饶你一命。”最后，石昊放了那个不老山的年轻强者。他一是怕此人与自己的母亲有血缘关系，二是因为此人的言行没有令他太反感。这个地方一时变得寂静无声，直到那高耸入云的金色身影渐渐消失之后，众人才觉得没那么压抑了。

石昊像是想起了什么，看向月婵主身，点出一指，道：“定！”

结果，没有任何作用。月婵主身依旧圣洁出尘，用玉手拢了拢额前的秀发。

石昊暗自呼唤不灭的生灵，只得到一句回应：“我去封神！”

山峰上，松涛阵阵，寂静无声。好长时间后，石昊嘿嘿笑道：“开个玩笑。”

“一点也不好笑！”月婵主身冷淡地回应道。

众人见状，皆沉默无言，对石昊的没心没肺有了更深的认识。不过，他们对石昊也更加另眼相看了。别人召唤强者，有点燃神火的人降临；可是石昊一召唤，来的却是一个无敌至尊，这样对比一番，就足以证明石昊确实不容小觑。

不灭的生灵别了石昊后，开始封神。这一日，一个缭绕混沌气、散发黄金光的身影出现在一域又一域，震惊了天下。

不灭的生灵来到补天教，一抬手，抓起数道身影，再一探手，将远方的一座石山化成的神抓到手中。随后，他出现在西方教外，张口一吸，几道金身被拘禁至高空，没入他的嘴里。

这是一场惊变，下界震动，举世哗然！这一日一个高耸入云的庞大身影在四处猎神。一时间天地剧震，四方悸动，八域所有的生灵都震撼了。

不灭的生灵双翅拍动间，黄金雾霭滔天，伴着混沌气，像一个盖世魔主，无人可挡。不灭的生灵立在一座矮山前，山上古庙错落，铜钟轰鸣，瑞光冲霄。山顶有一座古刹，庙内诵经声震耳，神灵气息冲上九霄。

随着一只金色的大手探来，刚从上界降临、在此休憩的一位神惊愤万分。只见那只金色大手将这位神抓起，任这位神如何挣扎，都难逃溃散的命运。最后，这位神消失在了金色大手中，只留下一颗舍利子，落入了不灭生灵的嘴里。

泥沼下的九层地窟中，随着一只大脚落下，这里瞬间瓦解，一位冥火闪耀的神冲起。这位神来自上界，从冥土中降临，在此休息，却被不灭的生灵发现了。

那金色大手将他拘禁到掌心，在嘶吼声中，一个点燃神火的强者又命丧在了不灭的生灵手中。

海面上的一座岛屿上，一座特别的法阵内盘坐着两位神。他们已经知道不灭的生灵在灭神，因此躲在那里，等待时机逃回上界。

突然，天空中出现了一双金色的眼睛，紧紧地盯着他们。在浓重的金色雾霭中，这两尊神像被吸走了一般，顺着金色雾霭，飘向天空，消失得无隐无踪。

域外，一座古老的殿堂悬在陨星群中，宛若仙乡。这是补天教的一座别院，十分隐蔽。可是，这一日这里的宁静也被打破了。

一个庞大的生灵出现在殿堂前，翅膀轻轻一动，金色涟漪扩散，将躲在里面的一个强者束缚。那个强者无论怎么挣扎都难以摆脱殒灭的命运。

……

这是一场大劫。不灭的生灵行走在八域中，如开天辟地时代的魔神，在天地间循着神明气息而行，捕猎点燃神火的强者。

不灭的生灵很有针对性，重点追捕不老山、西方教等曾经镇压过他的这些道统中的强者。他今日的封神之举，并非要赶尽杀绝，而是要让那些从上界下来的强者全都殒灭于此。

鹤鸣山的主峰上，今日的聚会已经变得了然无趣了。今日之剧变超出了所有人的想象，众人都心头惊悸，怎么可能还有心思与人切磋攀谈。

小半日后，所有人都匆匆离去，前往各自所在的门庭打探消息，询问结果。

红凰、水月等人所在的势力在下界没有道统，也没有卷入任何纷争中，因此他们没有那么焦急。

石昊回到石国皇宫，从鹏九那儿得到了许多消息。这一日各地传信频繁，一些祖祭坛都快爆了，不灭的生灵震慑了所有人。

“请教主降临，守护吾教！”那些不朽的传承纷纷祈祷，希望上界的教主能够前来相救，免得他们遭此劫难。

他们生怕不灭的生灵扫尽一切，想尽办法沟通上界，祈求庇护，可他们没有得到任何回应。众人猜测上界巨头征伐数日，而今也许时间到了，都返回了上界。

这一猜测令天下不安，若真是如此，下界岂不就成了不灭的生灵的天下了。

天地中，那个庞大的身影带着浓重的雾霭，伴着黄金光，散发盖世气息，还在巡视八域，不断猎神。在第一次大劫中，上界巨头捉走了八域的强大生灵，只留下了他们自己在下界的道统。而现在不灭的生灵针对这些大教，一路横扫，也算是在断他们的道统传承。

数日后，不灭的生灵出现在石国皇宫内，让石昊都跟着汗毛倒竖。他可是一个真正的狠角色，不发威则已，一发威世界都要震颤。

“那些巨头……”石昊询问道。

“时间到了，他们不得不返回上界。”不灭的生灵答道。此时的他恢复到了正常人的大小，身体也不再像之前那般干枯，通体被光雾包裹着。

不灭的生灵告诉石昊，在最后一场大战中，柳神拿出了一块晶莹的碎片展示给众人。众人发现那正是他们要寻的造化之一，便一起围攻柳神与小塔，想要夺了那造化。不过也有一些巨头离开了战场，因为柳神将下界的一处造化地告诉了他们，一些巨头知道后便赶过去了。

“他们有收获吗？”石昊问道。他知道，柳神这么做是想消耗那些巨头的时间。时间一到，那些巨头只得匆匆返回上界。

“不知道。”不灭的生灵摇头道。

最后，柳神和小塔进入了原始之门。不灭的生灵当时也去了，他将一副灵身投入那道朦胧的门中，让众人都以为他的真身进去了。

“我只是想去感悟一下，那可真是一场大战啊！”不灭的生灵感叹道。他的灵身进去后，还没看清什么，便被斩落，就连怎么被斩落的都不知道。

“柳神和小塔怎么样了？”石昊听了不灭的生灵的话心中一颤，十分担心柳神和小塔的安危。

“他们很强。他们投进去一些祭品，又将巨头打进去两三个后，才进去的。”不灭的生灵幽幽地说道。他也不知那门内流出的血中是否有柳神和小塔的。原始之门失去了柳神的掌控后，便没入了混沌深处。

“我还要继续。”不灭的生灵站起身来，掌中握有一块晶片，雪白如玉，熠熠生辉。

“这是什么？”石昊问道。

“混沌宝鉴。”不灭的生灵答道。

这是柳神拿出的那块晶莹碎片。这是一件奇宝，若是完整的话，可以用来观遍天上地下，洞彻九天十地。不过，即便是碎片也有极大神能，可以观八域诸地。

那些巨头之所以想抢得此宝，就是想用来观遍下界河山，寻找其他几种大造化。不过，他们不知道，这块碎片虽然能观八域诸地，但只能用来寻找有生命的生灵，根本不能凭此找到那些通灵的大造化。

“走了！”不灭的生灵带着柳神送给他的晶莹碎片，冲天而起，遁入虚空。

这一日，一道神光在八域中出现，照耀四方。不灭的生灵催动晶莹碎片，洞察四方，寻找点燃神火的生灵。

一个深渊下，躲藏在此的一株鬼藤，虽然是点燃神火的强者，但此时战战兢兢的，惊惧万分。

“哧！”一道白光落下，照出它的真身。接着一只大手探下，震碎深渊，将它抓起，直接吞食。

火山口内，岩浆滚滚，赤红而灼热。一条赤蛟蛰伏在此，躲避大劫。它从上界下来，原本以为可以所向披靡，为所欲为，不承想却如丧家之犬般躲躲藏藏。

一片圣光洒落，将它映照了出来。

“嗷！”它惊恐大叫，腾天而起，径直没入一张巨口内。

此时上界与下界已经隔绝，虽然下界有几处可以登天的地方，但那儿只允许下界的生灵上去，而上界的巨头短时间内已经不能再下来。不过，即便是那几条路而今也都被不灭的生灵暂时封闭，那些想趁机逃回上界的强者也难以冲击成功。

“你虽是不灭的，但这般逆天行事，终究是要遭劫的，我等的祖上必会联手镇压你！”有些强者绝望地嘶吼道。

“聒噪！”不灭的生灵双目大睁，射出耀眼金光，将数人定住，而后一掌拍落，那些强者便殒灭在了下界。至此，封神一战就此落下帷幕。

“我要走了！”不灭的生灵再次来到石国皇宫，话语简洁地告知石昊，这场大劫结束了。若无意外，很长一段时间内，下界都将无人打扰，也许会迎来一个诸圣争霸的盛世。若是再有神灵出现，也将是下界的生灵蜕变而成。

“前辈，能否小住一段时日？”石昊挽留道，想要趁此向不灭的生灵请教。

“我等不及了，马上就要上去。”不灭的生灵平淡地说道。他金色瞳孔发光，露出一口雪白瘆人的牙齿，很显然，他要去大闹上界了。

被镇压了这么多年，他心中有一团积蓄已久的怒火，想要立即上去复仇。上界与下界已经隔绝，此去之后，他再想回来就难了。

“无论你是否进入上界，但以后最好不要借我之名，否则将会有无穷的祸患。”不灭的生灵提醒道。他虽然很强大，但仇敌太多，在上界很可能会陷入险境。

“前辈保重！”石昊知道不灭的生灵去意已决，便也不再强求。

不灭的生灵再无多余的话语，直接破天而去。

封神结束，天下喧沸。八域的生灵均在议论此事。对下界来说，这场风波的冲击实在太大了，有人竟捉尽神明，其手段真是难以想象。

石昊没有想到，这封神之战竟会这样落幕，与他想象的完全不同。没有惊天的惨战，也没有天崩地裂，只有一个不灭的生灵横扫四方，拘禁了点燃神火的修士。

“太平淡了。”石昊站在皇宫中的祭坛上，对着天上的明月，一个人默默低语，显得很孤寂。

鹏九正领着清风，让他熟悉皇宫中的一切。他们在远处见到这一幕，听到他的自语，有些无言。天下不宁，八域沸腾，这位陛下却觉得过于冷清。

“跟我想的不一样啊！”石昊叹道。他站在祭坛上，仰头望天，想着此番告别了柳神，送走了小塔，今后可能再无相见之日，心中便十分失落。

柳神与小塔均踏入了原始之门，自古以来但凡踏进那道门内的强者，都没有再出现过，想到这些，石昊忍不住长叹了一口气。

柳神给予了他太多的帮助与关爱，他怎么能不担忧，怎么能舍得？

乌云飘过，遮住了清冷的月，天地顿时黑了下来。

“上界，我会去的！”石昊握紧双拳，坚定地说道，“我要将那神秘区域探个明白。柳神、小塔你们一定要活着，等我打上去！”

上界种族无数，天骄并起，初代崛起，仙子临尘，那浩瀚无疆的大地上不知道有多少少年至尊与神人。他们各据一方，称雄一域，演绎自己的神话。

石昊渴望去到上界，踏出一条自己的路。水月、蓝雨说得对，同初代竞逐，与谪仙对抗，那里才是他的舞台。石昊目光坚毅，不再迷茫，坚定了自己的决心。待到下界事了，他一定要跳出这口井，去上界追寻更广阔的天地。

“小哥哥你没事吧？”清风走了过来，关切地询问道。他已经在鹏九的教导下，熟悉了皇宫，适应了外界的生活。除他之外，跟随战王学领兵的大壮、体验红尘的皮猴等人也都适应力极强，在外界如鱼得水。他们有的进入了军中，有的在各处游历，有的钻研外界的宝术，都有自己的收获。

“我没事，清风你愿意执掌石国吗？”石昊问得很直接。

“小哥哥你在说什么？”清风心中一惊，不解地看着他，心想，难道小哥哥要离开荒域。

石昊并不隐瞒，道：“在上界人的眼中，八域只是一个牢笼，我要脱困，去追寻一条大道。”这下界就好比一口井，实在太小了，难以磨砺出“真龙”，诸多初代与谪仙只能在上界降生与竞逐。

“小哥哥你真要离开吗？那样的话，我们以后是不是见不到你了？”清风睁大了眼睛，震惊地说道。

石昊叹了口气，拍了拍他的肩头，道：“不用担心，日后定有相见之日。”

石昊不会一走了之，也不能一走了之，他还有许多事情需要安排。石国、父母亲人、石村，以及一些未了的心愿，他都要好好处理。

石昊沉思了好一会儿，想到清风毕竟还是太小了，石国落在清风的肩头实在太过沉重，而且他也不想清风的生活被搅乱，这件事他还需要再考虑一番。

清晨，东方金霞万丈，八域迎来了大劫之后的第一个早晨，十分灿烂。

震惊过后，许多人大喜。此次大劫中，不朽的大教损伤惨重，而寻常的道统没有受到冲击，他们将因此大受裨益。

“哈哈！自此之后，天下无神，再也没有人可以为难我等了！”

“我已经预感到，百家争鸣的时代到了！”

众多寻常的道统皆欢欣鼓舞，准备在未来的日子里，大展拳脚。而不朽的大教在被不灭的生灵踩踏山门，捉走点燃神火的强者之后，教中愁云密布，一片寂静。还有一些大教准备封山门，就此闭关，因为现在的情况十分不妙。

大劫的影响不仅如此，还体现在多个方面。石国中原本有一些王侯不服石昊，不承认他这个新皇，可是大劫落幕后，所有人都对他心生畏惧。

一是因为有传言称，那不灭的生灵是他召唤出来的，二是因为那些不臣服于石昊的王侯，大多都投靠了不朽的大教，如今这些大教自身难保，他们自然相当恐惧。

仅两日内，石国境内那些不服从调令的诸侯便都纷纷入皇宫，负荆请罪，请求石昊的宽恕。石昊坐在大殿上，俯视众人。对于罪责严重者直接斩首，而过失较轻者则予以宽恕。石昊这般赏罚分明的举措，一时间震动了石国上下。

其他一些过失较轻的王侯迅速前去请罪，还有些罪责严重的则纷纷外逃。对于后者，石昊铁血无情，遣出战王前去追杀。

石昊的强势震慑四方，石国终于归于一统，成为名副其实的大国。其他几国也发生了巨变。随着补天教、不老山、西方教的败落，几国开始重立。

补天阁的废墟上，望着满眼的断壁残垣，石昊站在其中，忍不住一阵出神。这里给他留下了许多深刻的回忆，让他有一种归属感。

当年，他带着清风走出大荒，进入补天阁修行。在这里有欢乐有泪水，有关爱他的师哥师姐，有他捉弄过的师弟师妹。在这里，慕炎老祖教他雷法，柳老助他完善金鹏法，祭灵助他修行悟道。

可是，后来外敌大举进攻，一切美好都破碎了。众多师兄师姐为了让师弟师妹逃生，纷纷牺牲，还有一些长老为了断后，不惜自爆。

“不可饶恕！”石昊恨声道。补天阁覆灭时，他曾发誓要重建补天阁。这是他的一桩心愿，他现在有这个能力了，去上界前他要去完成它。

“嗷！”石昊想起那些来犯者狰狞的面孔，那些嚣张的大笑，不禁仰天大吼。他抬手间，截下一段石山，削成一块石碑，立在瓦砾上，刻下“补天阁”三字。

“我要重建补天阁！”石昊大喝，声动天地。就在此时，他身上的黑色断剑竟发出一声轻鸣，清越如龙吟。断剑爆发乌光，散发比以往强大很多倍的波动。接着，它脱离石昊的掌控，若真龙腾天，在虚空中游走，好久之后才重回石昊手中。

“你竟然有灵，没有怪我这么久才行动吧？”石昊低头看着断剑，轻语道。

这一日，补天阁的废墟上有一块石碑闪耀光辉，惊动四方。

石昊冲天而去，疾速远行。不一会儿后，他出现在一片大泽附近，那里有一个巨大的部落。萧氏部落，人口众多，由多个族群组合在一起，宛若一个小国。中心部落中的人口足有百万，若是与其他族群合在一起，人数之多更是不可想象。

湖畔，一个少年正在修行。他通体闪烁银光，符文密布，湖面烙印着密密麻麻的符文，湖水跟这个少年的气息共鸣。

湖边的各种草木，也在与之呼应，这是银袍少年与大道亲近的体现。

就在这时，一个少女气喘吁吁地跑来，大声呼唤道：“萧天，有贵客来了！族长他们都在小心翼翼地陪着，让你赶紧过去。”

“是谁？”银袍少年蹙眉问道。他正在修行，不愿停止。

“不认识。那个人在那里坐着，一个劲地夸你头角峥嵘，将来绝非池中之物。”少女擦了把汗，眨巴着大眼睛说道。

“头角峥嵘……”银袍少年口中重复着这几个字，深埋心底的回忆涌上心头。

族内的大殿中，各大长老皆在，族长亲自作陪，与一个器宇轩昂的少年相谈甚欢，殿内不时有笑声传出。银袍少年匆匆赶来，一眼便认出了那个眉清目秀、而今已经威震天下的少年。分别多年，再次相见，他心中有一股热流冲起。

他们同为补天阁弟子，可谓不打不相识，大劫过后再次相见他怎么能不激动？然而，对面那个少年的一句话马上就让他脸色发青，青筋毕现。

“萧天，好久不见，你越发头角峥嵘了，将来必会一飞冲天！”石昊笑嘻嘻地说道。

“闭嘴！”萧天咬牙道。当年正是石昊几梆头下去，敲得他“头角峥嵘”，晕头转向。补天阁的岁月虽然值得怀念，但这段插曲还是让他忍不住抓狂。

“你来干什么？”萧天没好气地问道。

“随我君临大荒，横推天下，再建补天阁！”石昊背负双手，大声说道。

仅此一句话，萧天的心中又有一股热流冲起。

补天阁承载了他们十分美好的记忆，那是一段难忘的岁月，可是被那些人残忍地破坏了。最是纯真少年时，无论是石昊，还是萧天都对那里充满了感情。

可是当时的他们，只能眼睁睁地看着群敌来袭，攻破山门。曾经的伙伴，师兄师妹，就那样被斩杀。可敬的师兄奋死一战来断后，平日严厉的长老自爆来阻敌，还有那株用生命来守护补天阁的老藤。他们怎么能忘记，怎么会忘记?!

“好，我相信你有这个能力，也能做到！”萧天走过去与石昊对击一掌。

“是我们！”石昊微笑道。

“对，是我们，我们要一起重建补天阁！”萧天大声喊道。这么多年来，他努力修行，为的就是能重建补天阁。

石昊首先找的是萧天，一是因为往日的情分。他们两人虽有过打闹，但也曾经在百断山共患难，联手夺雨族的太一真水。二是萧天的天资非凡，当年加入补天阁时，除了石昊，他能称得上是第一了。

“走，我带你去见几个人。”萧天拉着石昊就走，不因他身份的改变而有什么忌讳。殿宇中，族长和几个长老神色一凝，而后又露出喜色。族中的孩子与当今的石皇交情莫逆，自然是一件天大的好事。

“是你？”石昊惊讶道。他一眼就认出了其中的一个年轻人，对这个家伙，他不陌生。这个年轻人名为周宇豪，石昊曾经揍过他几次，最严重的一次更是让他浑身骨折。

“别打！”周宇豪对当年的事情仍有心理阴影。这么多年过去了，见到石昊抬手，他依旧心中一惊，怪叫了一声。

“哈哈……”在场的几个人都大笑了起来。

除几名年轻男子外，这里还有两名女子。她们为彦心与飘雪，当年都是天才营的弟子。石昊还与她们切磋过。

“当年的同门只剩下这些了吗？”石昊问道。

“还有一些人，分散在各地。”萧天道。

“夏幽雨师姐还活着。”周宇豪说道，提到了这位补天阁中的重要的女弟子。夏幽雨地位超然，是补天阁年轻一代的翘楚。石昊听到这个名字，不禁一怔。他自然记得这位师姐，他第一次走出大荒时，便在石国西疆遇到了她。当时就是她赠给了石昊一块符牌，让石昊就此与补天阁结缘。

“她目前在逐鹿书院，当年被逐鹿书院的女战神接走了。”萧天道。

众人商议了一会儿后，便决定出发去逐鹿书院寻找夏幽雨。石昊现在已经贵为石皇，自然有手段可以让大家以极速前行。他动用了石国皇宫的一件秘宝——一辆古战车，载着众人如闪电般疾驰而去。

逐鹿书院十分恢宏，山门内殿宇成片，气势宏大，石昊虽然久闻其名，但还是第一次来到这里。

“是你们！”夏幽雨看见补天阁的师弟师妹们十分惊喜。她一身白衣，容貌依旧十分美丽。

女战神身着黄金战衣，站在夏幽雨的身旁。她身材修长，肤色白皙，姿容出众，十分美丽。石昊对她也印象深刻，当年她也曾热忱地邀请他加入逐鹿书院。她与夏幽雨为两教的杰出传人，也是好友。

“你们要在旧地重建补天阁？”女战神笑道。

“是的，就在旧址上重建。”石昊平静地说道，而后又告诉他们，补天阁的祭灵神藤还会再现。此言一出，众人皆震动。那株神藤让他们难忘，每当忆及都觉得既感伤又遗憾。

众人商量了很长时间，石昊觉得其他人暂时不要露面，他先在明处行动，众人暗中负责重建为好。

“那怎么行，你这是在吸引敌人的注意吗？”萧天摇头道。

“我不惧怕他们。”石昊说道。他这样做只是为了稳妥起见，大劫刚结束，他也说不好是否还会有变故。反正他现在已经名动天下，与各方争雄，也不在乎再多一个人对他有敌意。

“有些恩怨必须要解决，有些仇必须要报！”石昊道。

当年，有几股势力最为可恨。西陵兽山、拓跋世家、雨族都是攻打补天阁的主力，雨族早已被石昊灭掉，而前两者依旧过得逍遥自在。

“那些血不能白流！”夏幽雨握紧了拳头，美眸中杀气腾腾。她曾眼睁睁地看着诸多师兄弟惨死，却无力挽救。

“还有巍山、南陨神山的至强者同神藤激战，此外还有吞天雀与穷奇。”石昊补充道。

当年的那一战，这几大至强者才是让补天阁覆灭的根本所在。吞天雀、穷奇都是超级恐怖的生灵。而南陨神山与巉山就更不用说了，据传它们为神明隐居之地，地位十分尊崇。

“那些生灵……”萧天等人一阵迟疑，心头沉重。

“不用担心，所有的账都要清算，我自去登门拜访便是！”石昊说道。

众人闻言晃过神来，心中一惊。而今石昊名动天下，威震八域，做了太多“出格”的事。即便是去叫板神隐之地估计也不会吃亏。夏幽雨、女战神有些发怔，她们想不到当年的稚嫩少年已经成长到了这一步，实在是太惊人了。

“一定要小心，那些地方称得上与古国并立，十分凶险。”夏幽雨提醒道。

“年代不同了，必要清算！”石昊说道，话语铿锵。

“不用担心。小石名动天下，我等皆知，就看他的手段了。”女战神笑道。

数日后，补天阁的废墟上，一切开始重建。石昊请了一些人去重修山门，再建楼宇，没有让其他同门出面。之后，他们一行人便出发前往各仇家所在地。古战车载着众人，宛若一道闪电，径直赶向一处净土。

拓跋族屹立了漫长岁月，始终不倒，若非上古年间族中的祭灵殒灭，他们已经建立起了一个浩大的国度。石昊他们的第一战就在此地。要重建补天阁，自然要扫除敌手，复仇之路就从这里开始。

这里果然是一处宝地。巨大的山门阻挡在前，道道龙气若隐若现，环绕着这片古地。石昊独自上前，冷冷地看着眼前的山门。而后他伸出一只手，一个巨大的金色掌印在虚空中结成，瞬间拍落下去。一时间，罡风浩荡，金光澎湃，威动四方。

大阵破碎，两座石山炼化成的山门瞬间化成齑粉，响声震动天地。

“什么人？”里面传出怒吼声。一个威猛的中年男子冲了出来，手持阔剑，遥指前方。

“是他，我认得他。当年就是他一剑斩了柳成师兄！”彦心大叫道，眼中热泪滚出，情绪非常激动。

“我杀的人多了。你是谁，柳成又算什么东西？”中年男子留着络腮胡子，大声呵斥道。他其实已经看出石昊极其强大，但不想弱了气势，因此态度十分强横。

“你连东西都不是！”石昊不再多言，一掌向前拍去，若一只金色的大磨盘，恐怖无比。

“当！”阔剑折断，爆碎当场。而那中年男子则重重地摔在地上，连哼都没有哼出一声，便殒命了。这个场面震惊了所有人，小石之强果然名不虚传。

拓跋族为上古世家，底蕴自然深厚。一时间符文冲起，大阵启动，守护这里。紧接着，一道又一道身影朝这边疾速赶来。

“是你……”有人认出了石昊，惊恐地叫道。

这些年来，石昊做了许多惊天动地的事情，小石之名在八域之内几乎人尽皆知。拓跋族的人自然能认出他来，并且也明白他此次前来，拓跋族必定凶多吉少。

“快去通报，让族中先转移走一些人，留下的都前来阻敌。”一位拓跋族的强者色变，对着身后的人喊道。这一刻，见到对面腾空而来的那些人，萧天等人的眼睛都红了。补天阁被灭之时，这些人毫不留情，斩杀了补天教的许多弟子。

“是他，就是那个老怪物，当年偷袭了慕炎老祖一掌，害得慕炎老祖咯血而退，最终无奈自爆！”石昊身后的一个年轻弟子指着前方一个须发皆白的老者，颤声叫道。

“什么？”石昊当时就怒发冲冠，眼睛都气得直冒烟。

慕炎老祖教他雷法，大雨磅礴时带他进雷云中体验，冒着生命危险为他提取雷劫液，在补天阁中算是他的恩师。

“杀，杀，杀！”石昊眸光慑人，连说了三个杀字，满头黑发都竖了起来，若一头暴龙向前扑去。这一刻，他毫无保留，鲲鹏法一展，拳压天地，这种浩大的波动震惊当世。不要说拓跋族这个老祖而今只是一个王侯级的强者，即便是尊者，也会当场毙命。

这一击，石昊全力出手。他眼中的神光化成了闪电，心中的大恨让他狂怒。

“轰！”石昊一拳轰出，那个老祖直接毙命，连祭出的诸多法器都炸开，化成了可怕的光芒。石昊挟无量金光一冲而过。一头巨大的鲲鹏璀璨夺目，包裹着他一起展翅击天。途中，拓跋族内的强者，一个个倒下，根本无法阻挡他半步。

萧天、夏幽雨等人看着他的背影，心头剧颤。石昊果然崛起了，此时的他毫无疑问，君临天下，威震八荒。

## 第309章 铲除

石昊身化鲲鹏，带着一股汪洋般的波动，散发炫目的黄金火焰，镇压天地。

“石昊，你欺人太甚！”一位老祖大喝道。他通体绽放银白光芒，手持一根法杖，轻轻一挥，漫天闪电若银蛇乱舞，劈向石昊那里。

“欺人太甚？当年你拓跋族血洗补天阁时，连不到十岁的孩子都不放过，现在竟有脸说这句话？”石昊吼道。一股龙形气柱带着符文从他的喉咙中冲出，宛若他的怒气，轰鸣着冲向前方。

“砰！”仅是他喷出的一口精气而已，那冲来的银色闪电便被震散，那位老祖也被震出去老远。

“你身为一国之皇，却这般行事。灭我拓跋族，就不怕天下人斥你残暴吗？当心你石国根基不稳！”那位老祖脸色阴沉地说道。

说话间，他一挥法杖，启动了护山神阵。山地隆起，青石发光，与诸天星辰相呼应，一时间拓跋族内的各种石山、巨石都化成了大星。这是星斗大阵，每一块巨石都对应着一颗大星。这里仿佛成为星海，勾动九天上的星辉，聚集而至。

“我杀当杀之人，天下人谁会斥我？”石昊喝道。他脚下浮现一辆金色的古战车，若一道闪电载着他隆隆而行，径直闯入阵中。

与此同时，他手持神灵法剑，向前立劈。剑气散发惊人的波动，滚滚而行，碾轧一切阻挡之物。无论是战车，还是他手中的法剑，都是石国重宝，为神灵所留，用来破同阶大阵最好不过。

电光飞舞，星辉交织，这里绚丽到让人无法直视，到处都是符文与冲起的光束，能量若汪洋恣意起伏。

“咔嚓！”地上，有些阵台发出脆响，一块又一块巨石龟裂。上古年间布下的法阵历经漫长岁月的消磨，终是不坚固了。

这么长的时间即便是神也要老了，更不用说是神布下的法阵了。最后，大阵解体，一块又一块巨石炸开，与天上的星斗失去联系。拓跋族到底还只是一个世家，远不能与石国相比。

黄金战车碾轧而过，石昊手持神灵法剑向前劈去。这位拓跋族的老祖大叫一声，一盏银灯浮现在他头顶上方，灯上的火焰熊熊燃烧。

他用手一指石昊，灯芯处飞出一团银色火焰，疾速冲向石昊。这是镇族至宝，是一件神灵法器。这团银色的火焰非常恐怖，烧得虚空扭曲，瞬间到了石昊眼前。

石昊镇定自若，他身上又怎么会缺少这种等阶的法器呢？他祭出镇国神戟，一时间神光澎湃，波动滔天。

镇国神戟飞出，震散银色火焰，而后冲向那盏银灯，与之对决。

“哧！”银灯发光，扫出无尽的剑气。它很不凡，但终究无法与石国的最强法器相比。镇国神戟在那些剑气中没有丝毫损伤。

“当！”镇国神戟劈下，那盏银灯被劈碎，银色火焰肆虐，火光滔天。拓跋族的人惊恐万分，那位老祖也神色苍白，失声大叫。这简直是一场难以想象的灾难，石昊实在是太强横了。

“轰”的一声，那些飞溅的银色火焰，点燃了拓跋世家的所有建筑，很多人被这些飞散出去的银光击中，当场毙命。

这种神威，一般的修士根本没有办法抵抗。石昊并没有同情他们。当日补天阁一战，他们残忍无情，今日正好了结因果。

“哧！”石昊一挥神灵法剑，一道巨大的剑辉扫出，前方的拓跋老祖被剑辉击中，再也没有还手之力。至此，这一战没有任何悬念。

萧天、周宇豪等人目瞪口呆地看着石昊。他们不是不知道石昊而今威震天下，但是亲眼目睹之后，还是有些难以置信。强大的拓跋族，就在今日被攻破了，而石昊这一方的人毫发无损。石昊以一己之力扫平前路，所向披靡。

石昊收起神灵法剑、镇国神戟、战车这三样神器，敛去身上的光芒。

“姓石的你拿命来！”拓跋族有人疯狂了，他眼睛都红了，不顾死活，从火光中冲起，杀向石昊。

“你们也有恨吗？当日血洗补天阁时，可曾想到会有今日？”石昊冷漠地说道，而后他通体晶莹，每一寸肌体都绽放剑气。

在其身边，一株又一株碧绿的草扎根虚空中，若神剑横空，剑意滔天。

“砰砰”声不绝于耳，但凡冲过来的人全被剑气斩中，重重地倒在了地上，再也没有爬起来。

“是他们……就是他们！”彦心大叫道。她认出了那些冲上来的人都是当年屠戮补天阁的师兄师姐的刽子手。

这一役，拓跋族被攻破，石昊铁血无情，将昔日进攻补天阁的人全部击灭。但他终究狠不下心将拓跋族赶尽杀绝。城中还有妇孺和没有进攻的人，他没有伤害他们，转身退走了。

众人站在远方，看着拓跋族火光腾腾，全都心情复杂。虽然诛杀了一群刽子手，但他们依旧难有笑容。毕竟，当年的长老还有那么多年轻的同门都死去了，一个个鲜活的生命，再也活不过来了。

拓跋族还有一处秘土，族中的一些秘宝和高手均藏在其中，以防万一。可是，这些都逃不过石昊的眼睛，他早已洞悉了此事，并马不停蹄地赶了过去，击杀了一批高手。至此，拓跋族失去了根基，一蹶不振，这个强大的世家就此在修行界消失。

“这里是狮山？”

一战过后，石昊一行人横穿十几万里山林，途经一片大山时，看到一块巨碑，上面刻着“狮山”二字。这片山林很广袤，到处都是巍峨的高山。

“走，我们进去看看。”石昊露出喜色。他想到了九头狮子，觉得这应该是它的家。他正想在前往上界前，去看看这些故人。踏进狮山后，山上的草木变少了，只有一些巨树，山地干硬，适合黄金狮子出没。

“什么人，止步！”刚走了没几步，就听见有生灵大声喝止他们。只见几头黄金狮子奔了过来，它们个个体形庞大，鬃毛蓬松，十分雄壮与威武。

“我来访友。请转告金宏，它的结拜大哥来了。”石昊传音道。

九头狮子名为金宏，只不过因其血脉罕见，种族特殊，到了外界后一直以其族名称呼，也只有石昊等少数几人知道它的名字。

“你等着。”一头狮子化成一股狂风离去。

不久后，一个金发年轻人赶来。它十分英武，精气神十足，金色瞳孔生辉。它正是九头狮子，早已能化成人身。它与石昊曾在百断山大战，也算是不打不相识。

“石昊！”九头狮子高兴地喊道。

再次相见，双方都有些感慨。他们在大劫前分别，当时还有火灵儿、云曦、火鸦、二秃子等，最终有的人去了上界，有的人留了下来。

“早就说要来看你了，一直拖到今日。”石昊笑道。

金宏将他们请进山中，沿途遇到一些巨大的狮子，个个都像黄金山峰。

萧天、夏幽雨、周宇豪等对此地充满了好奇，因为九头狮子一脉极负盛名。最为有名的一则传说便是，它们为十大坐骑之一，上古年间的一些神圣和巨头都喜欢以黄金狮子代步。而九头狮子成长起来后，强大得可怕。有不少传闻称，有些神狮会反过来击败主人，而后吞掉神圣。

狮山缺少草木，但石崖上、山缝中都生有灵药。这些灵药一直没有被采摘过，都是珍稀老药。

九灵王也出来了。它是这一脉的王，地位尊崇，但是石昊而今已是石国人皇，须它亲来相迎才不算失礼。石昊在火国皇都参加火灵儿举办的一次聚会时曾经见过九灵王，还曾得到它的指点，长了不少知识。

“九灵王你成为尊者了？”石昊见九灵王气息惊人，惊讶道。

“大劫过后，新近突破的。”九灵王点头道。

很快，石昊又觉察出狮山中还有一股尊者的气息。“该族难道还有人突破了吗？这可真是不简单啊！”石昊直接询问道。

九灵王皱了皱眉头，而金宏的表情也非常不自然，甚至有些愤怒。

远处的一座古洞内，霞光万丈，雾气氤氲，散发着强大的神能波动，当中传出轻微的鼾声，有生灵在梦呓。

“拿酒来……”这是一个强者在沉睡，释放出尊者的气息。

“这是什么人？”石昊问道。

“上界下来的强者。”金宏咬牙道，脸上满是愤懑。

“什么？”石昊一行人闻言皆吃了一惊。

“拿酒来……”伴着呼噜声，那个上界的强者血气磅礴，体魄强健，隔着很远都能感觉其旺盛的生命力。

“怎么回事？”石昊问道。

九灵王的脸色不是很好看，看了一眼那座古洞，一头淡金色长发飞舞。

金宏咬牙切齿地说道：“他来我们这里挑选强者，说是要带回上界去，给神圣当坐骑。”

萧天、夏幽雨等人闻言都吃了一惊。诸神对黄金狮子这个种族果然情有独钟，最喜欢用它们当坐骑。不过，黄金狮子一族是一个潜力无穷的种族，怎么会甘于如此？这对该族来说是一种耻辱。

若非九灵王才成为尊者，不是那个上界尊者的对手，它早就爆发了。以它们这一族的性格，是不会隐忍到现在的。

“将他叫醒，真当我下界是药田与畜牧场了吗？看中什么都想随便夺走！”石昊自然要干预。不要说九头狮子与他关系莫逆，即便是寻常关系他也会出手，因为他对上界的这些生灵没有一点好感。

古洞是一处宝地，为九灵王的闭关之所，地上有石乳涌出，虽然只有一小洼水那么多，却是天然的灵药。此外，洞中还有稀珍的金精气，时时刻刻在喷吐金光，仅凭这一点这里就是黄金狮子一族最为理想的修行之地。

石昊走进这个古洞后，当即就十分惊讶。他见到了自上界而来、整日泡在酒肉中、在此作威作福的尊者。这个尊者竟然是一只大乌龟。

只见这只大乌龟四脚朝天地躺在那里，肚壳泛白，背壳闪烁黑金光泽，没有一点形象可言。

石昊不知道该说什么好了。这么一只大乌龟，以这种姿态出现在他面前，还真是有点出乎他的意料。他原以为是一个穷凶极恶、凶残无比的生灵，没想到却是一只醉龟。

毕竟身为尊者，众人才一接近，它就醒了过来。它依旧闭着眼睛，咕哝道：“九灵王你刚突破而已，别自找苦吃。快去将你们族中最芬芳的酒浆都搬来，不然别怪我不客气。”

大乌龟边说还边探出一只大爪子，抓起一个铜鼎，去那石乳形成的水洼中舀石乳，“吱”的一声喝下去不少。

石昊抬手，在虚空中结成一个金色掌印，向下按去。

“咦？”一瞬间而已，大乌龟“嗖”的一声倒退而出，睁开了眼睛。感觉到了危险，盯着石昊，四脚着地，背上就跟背着一口黑锅一般。

“你是谁？”大乌龟警惕地大声问道。

“收你的人！”石昊向前逼去，身上出现不灭金身战衣，闪耀乌光。

“小子，你知道我是谁吗？”大乌龟瞪大双眼，大声呵斥道，一副十分倨傲的样子。

“不就是一只龟吗？”石昊冷笑道。他再次抬手，掌指变成金黄色，“嗡”的一声向前拍去，震出可怕的波动。大乌龟竟然非常灵活，只以两只后脚着地，“嗖”的一声避退了出去，没有硬撼。

九灵王、夏幽雨等人全部倒退，离开这个洞穴。尊者大战，十分恐怖，动辄就能震塌成片的山峰。

“大胆，见到本神还不下跪。本神来自上界，岂是尔等能冒犯的！”大乌龟呵斥道。

“一只乌龟也敢大言不惭，连神都灭光了，更遑论是你！”石昊的金色掌印凝结，这一次挤满虚空，慢慢压落。

“乱语！点燃神火的强者下界谁能收服？”大乌龟呵斥道。

石昊觉得，这只大乌龟肯定是因为喝多了，在这里沉醉不醒，还不知道外界发生了什么。

“轰！”金色掌印劈落，发出轰鸣声。

大乌龟色变，身上符文闪烁，化出一面龟甲盾牌。龟甲盾牌灿烂而晶莹，挡住了金色掌印的攻击。

“当！”这一道声音若神钟轰鸣，响彻整片山脉，震耳欲聋，力量强大至极。大乌龟闷哼一声，踉跄倒退，但并未受伤。

石昊见状心中一凛。他的金色掌印力量何其强大，一般的尊者根本无法抵挡。这只大乌龟的防御力惊人，那盾牌坚不可摧，承受住了石昊惊天的巨力，挡住了他强大肉身的碾轧。

大乌龟的速度十分快，化成一道黑影，撞开洞壁，风驰电掣般冲了出去。它竟然要逃。

“回来！”石昊大喝一声，以鲲鹏身法追了上去，拦住其去路。

大乌龟张口吐出一片乌光，那片乌光瞬间化成水泽，当中蕴有十八颗骨珠，颗颗碧绿晶莹，一同发光，向石昊镇压而去。

石昊不断弹指，射出十八道剑光，每一道剑光都射在一颗骨珠上。与此同时，他释放汪洋般的血气，长啸一声，拍击这只大乌龟。

“当、当……”

响声震耳，大乌龟甲胄坚硬，它被打得缩在龟甲中，不敢出来。

“轰”的一声，石昊动用鲲鹏力，加持肉身，每一寸血肉都变成了金黄色。这次掌指拍落后，大乌龟终于坚持不住了。

“停，有话好说！”大乌龟求饶道。虽然隔着龟壳，但石昊的掌力依旧震得它口中咯血，令它彻底怕了。

“我认输！”这只大乌龟很没有骨气，缩在龟壳中大呼小叫，表示服气，并将十八颗碧骨珠收了起来。

石昊并没有打算取它性命。这家伙如此耐打，收在身边倒也不错，并且正好可以向它询问上界的事情。

还没等石昊发话，这只大乌龟便一股脑儿地把前因后果都说了出来。

“我来自紫府山，山主号称六臂道人，我是被他养在山门外灵池中的一只玄龟。原本是让池中的一条锦鲤下界来为门中寻坐骑的，而我贪慕红尘，想下来逞逞威风，便自告奋勇，代它下界了。”

众人见它如此坦白，个个目瞪口呆，不禁感叹这家伙也太贪生怕死了。

话说，那六臂道人曾在第二次大劫时，在下界猎神、捉尊者，更是踏进西方教，与丈六金身对抗。据传，六臂道人在下界的道统衰败便与西方教有关。

“看你跑得挺快的，以后就当我的坐骑吧。”石昊笑道。

“我是一只龟，虽然学习过一些乘风术，但不适合当坐骑啊！”大乌龟叫道。

石昊的胸骨发光，扫出一片符文，落在大乌龟身上，当即将它变成巴掌大，吓得它拼命地尖叫。

石昊揪住它的尾巴，把它倒提了起来，道：“再不老实，直接炖了你！”

“我最本分了！”大乌龟拍了拍胸脯，大声喊道。

“以后你就叫三黑。”石昊给它起了个名字。

九灵王、萧天、夏幽雨等人见到这般情形，都无言以对。这龟不像尊者，石昊这名字起得也很不靠谱。

这难听的名字，大乌龟自然不喜欢。它出言抗议，表示自己不喜欢这个名字。

“大红鸟、二秃子、三黑，就是这样排下来的。多好听的名字啊，不喜欢也得喜欢！”石昊威胁道。

“这都是什么烂名字啊？”大乌龟崩溃地嘟囔道。如果它知道还有朱厌毛球、独角兽小白这样的名字，估计就明白眼前的这个少年起名字实在不怎么样。

这只大乌龟对石昊来说，绝对是一个很大的收获。他就要去上界了，许多事情正好可以问它。

“你要跳出大域牢笼，登天路而去？”金宏吃惊道。

“是的，我来此就是想与你告别的。”石昊点头道。

“到时候，我带着火鸦、五色鸾鸟它们去看你，为你送行。”金宏怅然道。见石昊要去上界，它也想上去了。

“好，正好见一见这些故人。”石昊点头道。

南陨神山，号称神隐之地，是荒域的一处禁地，比一般的太古神山都要恐怖，山上居住着上古的神灵。

石昊告别九头狮子，带着萧天、彦心等人来到这里。他们坐在一只黑色的大乌龟上，把它当成了脚力。

“这山有点诡异，我们能进去吗？”周宇豪有些忌惮。

前方，山势险峻，大岳雄伟，连绵成片。云雾笼罩着群山，山间似乎有白色的仙气弥漫。

“时代不同了。”石昊说道，让三黑载着众人，向山内冲去。

山内一片迷蒙，雾霭浓重，进去后很容易让人迷失，寻不到归路。

石昊祭出战车。这是神器，可以在迷雾中穿行，同时他发丝中的打神石懂得破解法阵，一路进行指点，帮助他们顺利前进。

秀丽的山峰上，古树林立，奇石杂陈，银瀑垂落。山间的白雾很浓，让这里显得更加神秘，也更具有仙道气息。

“唉……”一声苍老的叹息传出。众人都是一惊。在这幽静的禁地中，这声音突然响在耳边，让人心中发毛。石昊很镇静，站在三黑的身上，抬头看着前方。

“小友果然来了。我就知道，有因必有果。”苍老的声音再次响起。

“前行百丈左转，登上那座山峰。”石昊告知三黑道。

迷雾破开，一座通体黑色的大山出现在眼前，让人觉得很压抑。众人顺利地登了上去，并未被人阻拦。一位老者出现在山顶。他白发如雪，双眼混浊，肌肤松弛，身体佝偻着，拄着一根青木杖，没什么精气神。他的身后有十几座老坟，坟上早已生出蒿草，显得很凄冷。

石昊注意到这位老者刚在此地烧过纸，祭奠十几座古坟中的亡者。

“这些是……”夏幽雨惊疑不定地看着那些坟头。

“神隐之地自然埋着神。都是上古活下来的老家伙，不过一个个都先后死去了。”老者悠悠一叹，指向那十几座坟头。

石昊眸光闪动，若有所思。他们刚一来到南陨神山便被引到埋葬着神灵的古地，他不知道这其中有何玄机。

## 第310章 南陨

“都死了？”萧天小声道。

“有两个生灵活到了现在，但还是熬不住了，数年前坐化后也埋在了这里。你们若是早来几年说不定还能够见到。”老者咧嘴笑了笑。

他满头白发，皮肤干瘪发黑，牙齿掉了一半，一身灰扑扑的道衣充满古旧的气息，像是经历过漫长岁月的洗礼。

石昊知道这个老者非常不简单，因此不敢小觑，小心戒备着。

“你是上古神明吗？”石昊平静地问道。

“怎么可能！这么漫长的岁月，谁能熬得住？我若是的话，也早已躺在这些坟丘中了。”老者摇头否认道。

夏幽雨对老者的话十分怀疑。她凭着强大的灵觉认定这个老者的境界极高，只是精气神散掉了，故此没有散发恐怖威压。

萧天、周宇豪等人也有同感，对于这位老者，他们也十分忌惮。

“比我寿元都长，是一个老妖精。”这时三黑开口道，似人立起，站在一旁，真跟背着一口大黑锅似的。

众人闻言都是一凛，越发觉得这位老者不简单。

老者手持青木杖，哑然失笑，道：“历经三次大劫，其间还有一个不灭的生灵巡天，追猎点燃神火的强者，我若不凡，还能活下来吗？”

“你太谦逊了。正因为你活了下来，才说明你的强大与可怕。”石昊道。

“啥，真这么厉害？”三黑还真是没出息，听闻此言，“嗖”的一声跳到石昊的背后，不敢再多说了。

其他人也都背后发凉，心头沉重。

“小友神目如电，老朽只是不想被人惦记而已。既然你已看出来了，我也不隐瞒什么，我曾经确实修为不凡，点燃过神火。”老者沉吟道。

“点燃神火？”彦心惊呼道，“这样说来您曾经进军神境，真是上古存活下来的神了？”

老者一笑，道：“世间多伪神，哪有那么多神灵？我当年也不过是取巧有了一番造化而已。”

而后，老者将自己的经历如实相告。他是南陨神山某一位强者的后代，不是上古人，但也活了漫长岁月，直到这一世，他身体干枯，神火熄灭。他并未表现出敌意，十分坦诚。

“成神后，神火还会熄灭吗？”萧天问道，这也是不少人心中的疑问。

“自然。随着岁月的流逝，自身体质下降，一切都要走下坡路，什么都会干涸，包括神火。”老者叹道。

说完这些，老者又举例道：“像那补天阁的老藤，当年何其强大，神威盖世，可是历经上古，活到今世，又能怎样？还不是一身修为锐减，枯黄渐死，至于昔日那熊熊燃烧的神火更是如风中残烛，还不如刚点燃神火的人强大。到了这一境地，即便是与尊者相比，也没有多少优势了。”

“真是失礼了。今日得见真神，在三次大劫与不灭的生灵扫荡过后，仍安然无恙，佩服！”石昊道。

“我现在算什么真神，连神火都熄灭了。”老者摇头苦笑道。他倒也没有什么隐瞒。大劫来临时，他主动散尽神火，令自己修为下降，成为一个王侯级的强者。

众人闻言十分惊讶，不禁感叹，这位老者果然有魄力，若非如此，他怎能逃过一劫。

“前辈，您现在已经恢复到尊者境了吧？日后必定还有点燃神火之日，到那时又能睥睨天下了。”石昊说道。

“当日，我是吃了一株圣药才勉强未死，并登上了尊者境。可是想要再燃神火，此生是没有希望了。自动熄灭神火后若再想点燃，那将会难上十倍，况且我本就血气干枯，垂垂老矣，哪还有什么精力？”老者摇头道。

“敢问前辈尊姓大名？”夏幽雨问道。

“叫我南陨吧。老朽生在此山，死在此山，就以此山为名。”老者叹道。

众人闻言皆面露异色。南陨神山，自古闻名天下，老者以此山为名，这是在叹迟暮，还是在缅怀，抑或是自负？

“前辈在这里等我，所为何意？”石昊问道。

“我知道你所为何来，可是那个人已经死了。”老者说道，取出一块特别的晶石，上面记录了当年大劫时的部分画面。

从这些画面中可以得知，南陨神山的强者在天地大劫来临时，未能逃过一劫，被抓走了。

“补天阁之仇，若是这样略过，未免太容易了。”石昊沉声道。

“这片神山只剩下一些老弱病残，神隐之地早已没落了。小友请看，你要难为他们吗？”老者说道，伸出手破开迷雾，前方浮现几座巨山，上面有生灵在活动。

石昊扫了一眼，发现的确如老者所说，这里没有什么强大的高手。再说，当年那位攻打补天阁的强者已经遭劫，他也不好真的迁怒于此。按照老者所说，当年的事情并非南陨神山的意愿，只是那个人的个人行为。

“走吧！”石昊也不想滥杀无辜。

萧天等人轻叹一声，赞同了石昊的决定。不过，虽然仇敌已经遭劫，但一想到那些牺牲了的师祖同门再也不能复活，他们的心情就十分低落。

“我见小友穿的是不灭金身战衣，我这里有一块凰纹石，就赠给你吧。把这凰纹石融在你的战衣中，也许能有些用处。”老者道。

“嗯，这是……”石昊接过来一看，惊讶道。只见此石通体赤红，有拳头那么大，上面有很多状若凰羽的纹路。

这种石头在天地中极其罕见，加入宝具中可以使其发生蜕变，甚至涅槃，犹若凤凰浴火重生，最为神奇。可以说，即便是在上界，这种奇石都是无价之宝，数千年都不见得能出现一块。

“多谢前辈！”石昊感谢道。

同老者告辞后，他们往巍山赶去。巍山同样是一个了不得的禁地，山上的强者曾当过小西天的祭灵。不过，大劫过后，这里草木稀疏，焦土成片，很显然，大劫时这里发生了难以想象的大战。

这里还有生灵，但已经没有尊者，更没有点燃神火的强者。他们都在大劫中被镇压，没有走脱。

“真是可惜啊！”石昊摇了摇头，看着这片山脉一阵出神。昔日，八域之内，尊者纵横，强者如林，可是现在，连往日无人能够踏足的神山都没有一个人出没，真是叫人唏嘘。

“你应该感叹人生真是寂寞如雪吧。是不是觉得在下界没有对手很无趣啊？”女战神带着笑意问道。

“一点也不好笑。”石昊摇头道。

这下界真的没有高手了吗？石昊想到这个问题，眼中神辉暴增。他望向天际，思忖了很长时间。如今想报仇都不行，强大的巍山早已不复存在，那个曾经进犯补天阁的至强生灵已经不在世间。

“仇敌尽死，倒也省却了我们的麻烦，没有什么不好。这预示了我补天阁将大兴，我们要更加努力重建才是！”萧天说道。

“小石君临天下，横扫诸敌，我等再建补天阁，不是很好吗？”夏幽雨笑道。

经他们这样一说，众人的兴致又高涨了起来。

“希望如此！”石昊道。若无意外，他便要登天路而去，就此离开下界。

他们离开巉山赶往最后一站，西陵兽山。那是荒域自古以来阴气最重之地，是一片巨大的陵墓群，名为西陵，里面埋葬的既不是凡人，也不是寻常的修士，而是太古凶兽与神禽。

太古时发生了许多大战，无数至强的凶兽与神禽皆埋葬在这里，有下界的，也有上界的。那些凶兽与神禽都是神，甚至有神王和天神。后世的一些至强凶兽与神禽殒灭后，也都葬在此地。久而久之，这里阴气极重，宛若冥界。

而守护陵园的生灵，随着岁月的变迁，成立了“兽山”这个门派，成为了一股不容小觑的力量。这就是西陵兽山的由来。

石昊一行人慢慢靠近西陵兽山所在的山脉。这片山脉看着就很特别，像一座巨大的坟丘，广阔无边。

“没有什么阴气啊！”周宇豪蹙眉道。一行人进入山间，发现里面乾坤朗朗，阳光充足，并没有什么阴气，很是疑惑。

“这地方很诡异，据闻有时候会阴气滔天，而有时候则比外界的阳气还要足。”女战神说道。

山中，草木丰茂，古木参天。这些树大多活了数千年，有不少甚至有上万年。

“这些树没有成精倒也算稀奇了。”夏幽雨道。

“那便是兽山吧？”萧天指向旁边。

在西陵旁边，有一座山峰灵气充沛，紫气腾腾，若龙在升天，一看便知那是一处修行圣地。

“在一片死地旁竟会有这样一处神圣净土，天地造化的奥妙还真是让人费解。”彦心说道。

石昊等人登临兽山，发现山上只有一些“小虾米”。山中的强者早就得知了拓跋族的遭遇，皆逃到西陵去了。

“我们进去！”石昊他们决定前往西陵，追击仇敌。

“轰！”

前行十几里后，眼前的一切发生了巨变。山峦变成了蛮荒大地，里面凶兽无数，神禽击天，景象惊人。

“呼……”狂风大作，一头金翅大鹏横击长空，其翼若垂天之云，覆盖苍穹，恐怖滔天。一头貔貅带着无尽血光，从一座山头跳到另一座山头，而后腾空跃起，冲向金翅大鹏。另一边，一头黑色的真犼朝着天空咆哮，震得天上的三轮明月一下子坠下来两轮。

远处，一个千手生灵浑身发光，盘坐在山壁下，以肉饲一头巨大的纯血白灵虎。

西边，一头朱厌用一根铁棍捅向高天，击落下一些强大的神灵。

“幻觉，这不是真的！”萧天说道。

突然，一条炎蟒从石昊他们附近爬过，庞大的躯体擦中了萧天，将他震飞了，差点殒灭。石昊一惊，立即召集所有人，释放神威，保护他们。

三黑惊恐道：“这不一定是幻觉。传说可能应验了，这里演化成了一个真实的世界！”

“什么？”即便是女战神都忍不住失声大叫了起来。

这里像是太古界，无尽种族并立，人神共存，强大的生灵到处都是，实在太可怕了。

“咦？”石昊一惊，感觉身上有东西在颤动。他快速探出神识，顿时心头剧震。是那两块莹白的残骨在微微发光，像是在呼唤着什么。

“《原始真解》？”石昊心中一惊，暗想道。

《原始真解》对石昊的意义十分重大。他能打下如此坚实的根基，就是靠这部骨书。柳神临走前，曾告诉他，他所得到的《神引》篇并不完整，还缺了万灵图。

此前，他已经得到万灵图的残骨，只是还差最后一角。

石昊将那两块残骨取出，将它们拼在一起。两块残骨若羊脂白玉，散发柔和的洁白光晕，并且在轻微颤动。

“难道剩下的一角在这里？”石昊心中激动。

这骨关乎甚大，《原始真解》对他有着超凡的作用。他以《原始真解》筑基，虽受益匪浅，但离想象的高度还差些，只因少了万灵图。

“机会就在眼前吗？”石昊暗自思索道，“这西陵中葬了很多太古凶兽与神禽，若说那《原始真解》在此确实很有可能。”

“你怎么了？”夏幽雨见他看着手中的骨块发呆，不解地问道。

“没什么。”石昊回过神来，平静地说道。

“你说这里演化为一界，这是怎么回事？”石昊转过头去问三黑。

“按照你们所说，这里是太古凶兽和神禽的墓地，当中还葬有不少神王与天神，这样的阵容强大得离谱……”三黑答道，神情很不自然。它警惕地看着周围，生怕那些强大的生灵朝它扑来。

按照三黑的说法，这些强大的生灵被葬在一地，绝对会出大问题。不知这是古人有意为之，还是他们的无心之失。

“这些生灵不是一方霸主，就是一族精英，最差的也点燃了神火。它们即便是战死了，其意志也难以消散。”三黑继续说道。

周宇豪闻言心中发毛，恐惧地看着周围的蛮荒大地以及那些巨兽的身影。这样的生灵，任意一头扑过来都足以致他们于死地。

“我听闻你们八域有虚神界，那是以诸神的精神力构建成的一个奇异的世界。”三黑道。

“你想说什么？”石昊问道。

“这里很可能类似虚神界。”三黑道。

“什么？不可能！”萧天惊呼道。

虚神界由神的精神力构成，以法则为框，十分玄妙，复杂无比，一处陵园怎么可能做到？

“这种由精神力构建的‘界’不只有虚神界，我上界也有，而且更加超凡，可以用来探入上界那浩瀚未知的部分地域。”三黑撇了撇嘴，淡淡地说道。

据它所说，西陵埋着的这些神王、天神的意志还在，而且皆化成了英灵。

“也就是说都成了厉鬼？”萧天惊恐地问道。

“错，是英灵，是在阴气极重的地方滋养出的强大意志。它们都留有生前的修为，十分强大。”三黑纠正道。这些强大的英灵，类似诸神的精神意志，相互交织，构建成了这样一个奇异的世界。

“自开一界，何其诡异？”连女战神心中都有点发毛了。此处都是太古的至强者，随便一个都能拍死尊者。

“不过，好在这里阴气极重，因此这里更像是冥界，而非阳界，它们一般情况下是感应不到我们的。”三黑道，“而且，这些英灵剩下的只是本能，不可能像人一样正常思考。”

“不灭的生灵居然漏掉了这里……”石昊自语道。

“这种地方不亲身踏进来是无法发现的。就好比虚神界，你若不进去，就根本不知道它在哪里。”三黑解释道。

依照三黑的推测，这一界开启的时间还不是很长，不然早就被外人得知了。

“这里十分危险，我送你们出去。”石昊道。刚才萧天只是被一头炎蟒无意擦中就重伤了，若是到了深处，与一些生灵对战，那绝对是九死一生。

“都已经进来了，就一起去看看吧，说不定也是一种大机缘。”夏幽雨道。其他人也不愿意退出去。这里地域不大，前行一里地后，他们看到了一块石碑，上面刻着三个字：西陵界。

“果然自成一界，都有了名号。”三黑怪叫道，而后不安地向周围看了看。

“小心一点。不知道是兽山的生灵立的碑，还是有的英灵已经通天，变得能够思考，自行立的碑。”石昊道。

“应该是兽山的生灵。若是后者的话，那麻烦就大了。”三黑猜测道。

忽然，金光一闪，一头豹子如一道金色闪电，俯冲而来，其速度之快，让人根本反应不过来。

“砰！”

三黑被撞飞了，重重地摔在了地上。它虽有龟甲护体，但仍被撞得吐出一口血，惨叫连连。

众人回过神来，定睛一看，发现那头豹子非常不一般。只见它头上生着独角，身上没有皮毛，都是金色的鳞片，跑动的时候身上有神焰燃烧，一看便知其强大得离谱。好在它是无意识撞上来的，若是真正的攻击，三黑的龟壳即便再硬也会被撞得粉碎。

那头豹子没有停留，一冲而过，眨眼间便没了踪影。与此同时，后方传来一声嘶吼。众人回头望去，只见一个人头鸟身的怪物，拍打着翅膀，疾速追来，跃过众人，往前冲去。

众人发怔，暗自感叹这到底是一个怎样的地方。

“难以置信啊！这些英灵太强大了，这个以它们的精神意志构建出的世界，虽然不大，但是可怕得离谱。”三黑爬了起来，擦去嘴角的血，心有余悸地说道。

“还要前行吗？”石昊问他们。

此时众人都有些犹豫了。尽管这些英灵没有主动攻击他们，但这样的突发事件也能让他们陷入险境。

“咦，这是什么味道？好香。”三黑鼻翼翕动，喃喃说道，“很香，这里该不会有圣药、神果吧？”

众人听到“圣药”立马精神大振，把刚才的担忧抛到了九霄云外，决定继续往前走。石昊身穿不灭金身战衣，走在最前面，以强大的神觉开路。

“轰！”

突然，一只巨大的爪子从高处踏了下来，踩碎了他们身边的巨树。

这是一头穷奇，眼睛如灯笼，可怕慑人。它没有停留，一冲而过，而后冲天而起，飞入了云层中。

众人更加小心地往前走，沿途有好几次与可怕的生灵相遇，好在都避过了其误伤。前行数里后，他们在一株树前停了下来。

这株树的枝叶呈银白色，上面缭绕着闪电，“噼里啪啦”作响。周围没有其他草木，地上光秃秃的。

“这东西是闪电树？”三黑惊疑道。

女战神、夏幽雨闻言也都很吃惊。她们想起了骨书中的记载，这是一种罕见的奇药，结有闪电果。谁若吃了这种果子，便能发出闪电，运气好的话，还能掌握雷霆法则。

“树上有果子！”萧天惊喜道。

这株树不算矮，有数丈高，枝叶繁茂，可以隐约看见树上有一些果实。这些果实跟小太阳似的发着光，喷薄闪电。

众人先是十分惊喜，可后来又都有些犹豫了。这是西陵界，是一个不真实的世界，这种东西能吃吗？

“这些果实已经半物质化了，上面有一部分是真实的，而且也有规则与能量，应该能吃。”石昊惊喜道。他没有想到这里还会有这种稀世宝药。

“我先试试看。”三黑舔了舔嘴唇，兴奋地说道。若把这东西吃下去，可能会增加一种神能。

三黑迫不及待地冲到树前，小心翼翼地吐出一道光，一下子卷下来四颗果实。每颗果实都散发着清香，缭绕着电芒。

“不好，快退！”石昊提醒道。

不用他喊，三黑也觉察到了危险。它瞬间收起四颗闪电果，疾速倒退。

然而，还是有点晚了。那株树上冲出几只金色肉虫，如闪电般疾速冲下，锵锵作响。

“当！”响声传来。三黑庞大的躯体被一只三寸长的金色虫子击中后，竟然横飞了起来。它倒在地上苦叫连连，口中咯血。

众人见状皆色变，惊叹，这是什么虫子，竟然连尊者都挡不住。太古年间的生灵也太可怕了吧，就连树上的虫子都这么强大。

“唰”的一声，石昊卷起众人，疾速而逃。

另一只虫子疾速追了过来。这只虫子比刚才那只还要厉害，它爆发电芒，将三黑的壳刺裂了几分。

龟壳上渗出了鲜血。三黑惨叫连连，横飞而起。石昊一把拽住了它，而后一跃而上，以鲲鹏法疾速远遁。

然而，第三只虫子更惊人。它稍微大一些，有巴掌长，竟然跟得上鲲鹏极速，如一道金色闪电，紧跟在石昊他们后面。

“哧！”

这只金色的肉虫追了上来，击穿了三黑的龟壳，击中了它的前腿。三黑痛得发出一声惨叫。

“嗡！”

石昊的发丝间传出一声轻响。皇蝶苏醒了，它悬在空中，发出一声轻鸣。紧接着奇怪的事情发生了，那只金色的肉虫见了皇蝶竟有些忌惮，转身便走，不再继续追杀他们。

众人惊讶不已，疾速远去，找了一个安静的地方才停了下来。

“居然有闪电虫，太危险了。”女战神叹道。

“这是闪电虫？”三黑闻言色变，身体一阵抖动。而后它长出了一口气，心中生出一种劫后余生的感觉。

它突然想起了一件事情。早年，上界数位强大的神在采摘一株稀世宝药时，被一种虫子咬得遍体鳞伤，那种虫的名字就叫闪电虫。

“该死，这里不是西陵界吗？怎么还会有这种虫子？”三黑愤懑道。不过它也十分庆幸，那闪电虫绝对还处在幼年期，否则一击之下，它的龟壳肯定会被击碎。

# 第311章 小造化

闪电虫，从名字就可以知道它有多么不凡。它拥有闪电般的极速，其速度之快不次于缩地成寸和鲲鹏极速这些大神通。

这种生灵十分可怕，共有三个成长阶段。第一阶段便是初步点燃神火及以下的阶段，也就是幼年期。当然，这个所谓的幼年期要经历数百年。到了后两个阶段，其威能就可以击杀神了。由此可见，闪电虫有多么可怕。

“这东西到底能不能吃啊？”众人一起看向几个闪电果。

若是能吃的话，这绝对是一场大造化。闪电果状若李子，但银光烁烁，电芒交织，透着极其强大的波动。

众人面面相觑，犹豫不决。闪电果虽好，但其长在西陵界，众人实在不知道能不能吃。但若是放弃这个机会，又有点不甘心。毕竟，这是三黑冒着生命危险摘下来的。

“让我冒死来试一试吧！”三黑说道，拿起一个闪电果往嘴里放。

三黑这么做，并非它有多英勇，它主要是觉得这闪电果没有问题。否则，以它这贪生怕死的性格来看，它早就躲得远远的了。

“哎哟，真疼！”三黑大叫道。

那银色的闪电果在其大爪子中爆发闪电，几乎要将它的爪子电糊。众人见了这一情景皆色变。这还没有吃下去就这样了，若是进入腹中那肚肠不得被击穿了。

此时，三黑也有些犹豫了。不过，最后它还是咬了咬牙，运转宝术，撕下一小块果肉，放入口中，想将这闪电果一点点炼化。

“哧！”那一小块果肉刚一入口，立即化成了一道闪电，劈得三黑大声惨叫，嘴里直冒黑烟，当即就横飞了出去。众人全都惊得目瞪口呆。

三黑爬起来时，脸肿得像个猪头，嘴巴都破开了，嘴里焦黑一片，牙齿松得都快掉下来了。众人看着它那狼狈相，都差点笑了出来。

“该死，这些果子还没有成熟，否则蕴含的雷霆不会这么暴戾。”三黑愤懑地叫嚷道。接着，它仍旧不放弃，直接将那个闪电果扔进嘴里，囫囵吞了下去。

“谁想吃，自己啃！”三黑龇牙咧嘴地说道，疼得眼泪都流出来了。

众人面面相觑，没有人动手。连三黑这个上界尊者都吃不下去，谁还敢动？

“我们先出去再说，这里太危险了。”石昊道。这些闪电果威力非凡，他想寻一个安全的地方再去研究。

众人皆点头同意。经过刚才那一劫，所有人都明白了这西陵界不是他们可以闯的地方。那闪电虫还是幼虫就那么厉害了，更何况里面还有饕餮、肥遗、穷奇等上古凶兽。

很快，众人便走出了西陵界。刚一出来，众人就发现那闪电果是以能量的形态存在的，里面还包裹着诸多符文。

“果然还不能算是真实的果实。”萧天道。

“谁还想试试？”三黑问道。

“让我来吧！”石昊盘坐在地上，运转狻猊法，体内闪电交错，喷薄而出。而后他体内的闪电将一个闪电果裹住，撕下一片，送进他的嘴里。

这片能量形态的“果肉”，布满了符文，一进到石昊的嘴里，便化成炽烈的电芒，在里面横冲直撞。石昊运转狻猊法，引导这些电芒，攫取那些符文，使其没入体内。即便如此，石昊也遭到了冲击，身体在颤抖，但并未像三黑那样狼狈。

“好东西，里面有雷道法则！” 石昊眸子发光，而后将整个果实都纳入嘴里。只听“轰”的一声，无尽电光将他笼罩，密密麻麻的符文烙印在了他的肉身上。

石昊头发倒竖，盘坐在那里不断痉挛。众人见状感觉情况不妙，大声惊呼。

“他若是能挺过去，肯定会得到不小的造化。那可是闪电符文，是一种大神通！”三黑羡慕道。看着石昊有可能得到大造化，它有些不甘心，决定再努力一把，于是又撕下一块更小的“能量果肉”，放入嘴里。

“啊！”三黑惨叫了一声。它的龟壳防御力惊人，但其肉身并非坚固不朽，这一刻它被电得头顶冒烟，浑身颤抖。

“不对，有问题！”突然，石昊叫道。只见那笼罩着他的电光外，还有一层薄薄的黑光，充满了死亡的气息。

“你不早说！”三黑色变，惨叫了起来。它明显感觉自己的肉身被侵蚀了，有浓烈的死气侵入血肉中。

众人倍感惊悚。这闪电果长在西陵界，蕴有此界的浓郁死气，十分恐怖。

石昊和三黑都一动不动地盘坐在地上，聚精会神地化解体内的死气。然而，那层黑光非常诡异，如附骨之疽，怎么都除不掉，并在疾速蔓延。石昊和三黑都动弹不得，仿佛进入了冥界中，整个躯体都如僵尸没有丝毫生命迹象。

情况变得越来越严重，那层黑光几乎要将周围的一切都腐蚀掉。

突然，一头雪白的巨虎自西陵界中出来，一对阴冷的眸子，紧紧地盯着石昊。

“白灵虎王！”萧天惊呼道。这头巨虎是兽山的头领之一。

“应该是白灵虎尊者了！”夏幽雨纠正道，担心地看了一眼正在对抗死气的石昊与三黑。

这头白灵虎一直在隐忍，直到大劫过去，它才突破到了尊者境。其实，以它的实力它早该进入这一境界了。

“真是自寻死路！”这头巨大的白灵虎大声吼道，若惊雷在响，杀气滔天。

白灵虎一族是世间最强的族群之一，被称作凶兽，也被称为神圣古兽。眼前这头白灵虎虽然血脉不纯，但到了这个境界后，仍旧比一般的尊者强得多。

白灵虎尊者张开巨口，当即就喷出一片庚金剑气。这是天赋的神通，主杀伐，可运转世间精气，其战力可以将一般的尊者重创。

“轰”的一声，乱剑劈来。所有人都大惊失色。当年入侵补天阁的人中，西陵兽山便是主力，而这头白灵虎更是祸首之一。

众人合力阻挡，但是根本无用。那庚金剑气若雷霆，将石昊笼罩。

“哧！”

石昊睁开双眼，点出一指，一头狻猊咆哮而出，与这些剑气对撞，将之震散。

“都快死了还有如此战力，佩服！”白灵虎尊者说道，眸子越发森寒。它倒退了几步，仔细观察石昊，在确认他死气入体，那层黑光越来越盛后，道：“你还真是胆大包天，连西陵界中的东西都敢动。这死气一入体，即便是点燃神火的人都很难活下来。”

它所言非虚。西陵界中葬的都是神王、天神，其中的死气化成的黑光根本无法化解，还能让点燃神火的生灵饮恨。

“我本已避退，可你们这些补天阁的余孽还真是不知死活，硬闯进西陵界，看来真是天要亡你们啊。”白灵虎尊者冷漠地说道，而后，它眸光森寒如刀，盯着石昊，道，“纵使你如何天赋异禀，还不是要死在这里。”

白灵虎尊者再次吐出一片庚金剑气，攻向石昊。尽管它相信石昊不能化解黑光，但还是觉得这样做更稳妥一些。

“补天阁的几个老东西大多都是被我击杀的，看来今天一代人皇又要殒灭在我的手上了。”白灵虎尊者嚣张地说道，以此来激怒石昊。

“你该死！”萧天等人全都祭出法器，向白灵虎尊者攻去。

“皆是些无能小辈，不堪一击。”就在这时，西陵界中又走出来一头老狮子和一头巨象。

老狮子浑身雪白，张口一啸，祭出狮子吼神通，将那些法器全部震落。这些法器中有的甚至被震裂了。这头老狮子，修行了数百年，功力深厚，已经踏入尊者境了。它和巨象再加上那白灵虎尊者，三者为西陵兽山的三大头领。

“嗡！”突然，石昊站了起来，浑身发光，一股莫名的符文波动将他体内的黑光全部逼了出来。

“什么！”那三大头领皆惊讶地大叫了起来。那些黑光就算是点燃神火的生灵都不见得能逼出来，它们万万想不到石昊竟然能做到。

石昊胸骨发光，轮回之力诡异莫测，将黑光全部逼了出来。与此同时，他一把抓住三黑，帮它将体内的黑光化解了个干净。

“你们来得正好，省去了我寻你们的时间。区区一团死光算得了什么，我刚才不过是为了感悟闪电符文，借此修行，才没有立刻动手。”

“你……”白灵虎尊者惊愤万分，瞬间化成一团白光，想逃进西陵界。它觉得石昊太怪异了，竟会在吞食了西陵中的闪电果后安然无恙。

“还想走？”石昊浑身喷薄电光，闪电符文与狻猊宝术融合。只听“轰”的一声，一道巨大的雷霆向那团白光劈去。

“轰！” 白灵虎尊者心胆皆寒，疾速逃遁。可它再快也快不过那道雷霆。电芒如海，接连劈下五道闪电，击得白灵虎尊者惨叫连连。这是名副其实的五雷轰顶，五道雷光并列，全部轰在其头部。

这一刻，它双目欲裂，浑身毛发倒竖，紧接着便倒在地上一动不动，再也没有起来。那头老狮子和巨象见此情形，皆疾速逃遁。可它们依旧快不过石昊的闪电神威，被闪电劈中，全都殒灭了。

“好强！那闪电果内的符文被你炼化了？”三黑问道，满脸的吃惊与羡慕。

“这可真是好东西啊！”石昊说道。

其他人也都惊讶地看着石昊。要知道，这果实中的黑光连神火都能浇灭，再加上其中的雷霆之力，即便是尊者都受不了，而石昊还只是一个列阵境的修士，却能安然无恙。石昊仔细检查闪电果，发现其内部所蕴的符文都一样，吃一个与两个没什么区别。

“这些闪电果还没有成熟，而且还伴着黑光，就能让我的狻猊宝术提升一大截，若是成熟的闪电果会怎样？”石昊轻语道。

他觉得，如果是成熟的闪电果应该能让狻猊宝术突破极限，冲上更高的层次，成为真正的无敌雷法。

“那就去上界吧。上界浩瀚无垠，闪电果这等神圣奇药绝对不少。只要你够强大，便能得到这等造化。”三黑诱惑道。它想回上界去了。

“还有一些漏网之鱼。我去解决它们，你们在外面等着。”石昊道。

萧天、夏幽雨等人点头答应。在西陵界这种地方他们还真帮不上什么忙，留在外面是最好的选择。石昊带着三黑再入西陵界，将兽山的其他强者一一寻到，而后毫不留情地全部击灭。

西陵界中有各种神禽在空中飞舞，有各种凶兽在地上奔驰。它们能击碎苍穹，撞碎山岳，吼碎神月，十分恐怖。

“那是什么？”三黑把头缩进龟壳里，只露出两只眼睛，小心翼翼地看着前方，低声问道。它在这里怕得要命，生怕殒灭于此。

前方有一座祭坛，其周围摆满了骨块，像是在献祭。

石昊心中一跳，发觉掌中的原始真骨发光了，似乎对前方生出了某种感应。他眯缝着眼睛看向前方，发现祭坛上有几块骨很特别。其中有一块很小的骨，莹白如玉，那正是他所需要的。

## 第312章 万灵图

“《原始真解》的万灵图果然在这里。”石昊的心怦怦直跳，这是他目前最为渴望的东西。

这座祭坛很高，以黑色的巨石堆砌而成，下方白骨成片，散发滔天煞气，细看之下十分可怕。

“这些是太古凶兽和神禽的骨？”石昊震惊不已。他曾听闻，埋在西陵的神王和天神的骨都腐化了，没有真正的宝骨留下。现在看来传言和现实大有出入啊！

“骨文磨灭了。”三黑道。

石昊点了点头。他也发现了下方的骨上并无符文，无法制成宝具了。

“你想要祭坛上的骨？”三黑眼睛贼溜溜地转着，它也对那几块骨十分动心。

祭坛最上面供着的几块骨很特别，其中有一块是金色的，散发着强大的符文，绝对可以成为一件至宝。

此外，还有一块骨宛若水晶，晶莹透明，骨上有一个深邃无比的洞，仿佛能将灵魂吸进去。另外，祭坛上还有一颗眼球，像能洞察一切般，显得十分妖邪。

最后的那一块骨自然是石昊渴望得到的原始真骨。若将这块骨与他手中的拼在一起，他就能掌握万灵图了。

“没什么危险吧？”三黑小声地问道。它太贪生怕死了，一直躲在石昊背后探头探脑地看着。

“你一身硬壳怕什么，我还想拿你当盾牌用呢。”石昊道。

“我汗毛都竖起来了，你可别吓我。”三黑似人立起，背着黑色的巨壳，向后退去，谨慎地戒备着。

“你有汗毛吗？”石昊瞥了它一眼，讥讽道。这个祭坛怎么看都有点邪门，他也在小心戒备着。

唯一值得庆幸的是，这里很幽静，没有什么神禽和凶兽过来，像是一处净土。

石昊看着后面探头探脑的三黑，气不打一处来，一把将它拎了过来，把它当作盾牌顶在前方，向前走去。

“杀龟啦，救命啊，你不能这样！”三黑气急败坏地喊道。

“闭嘴！”石昊警告道。刚走到祭坛近前，石昊便浑身绷紧，身体坚硬得像铜皮一样。他觉察到有一股煞气如刀子般向这边冲来。那煞气十分强大，若是一般的修士绝对会当场殒命。

这祭坛下都是太古凶兽与神禽的骨，虽然符文磨灭，无法炼成宝具，但是依旧有着难以想象的诡异气息。这股气合到一起，跟乱箭射来似的，寻常的修士，碰上的话绝对要爆碎。

“好可怕，都已经死了那么多年了，它们的气息还留存着，而且威势还这么强。若是它们还活着，那得有多强大？”石昊自语道。

“我猜这些骨就是那些在太古一战中殒灭的至强者的。”三黑道。

如此说来，这里的骨更可怕了。石昊沉默不语，暗自思忖着。他仔细观察后，确定这里没有符文与法阵，长出了一口气。而后，他施展宝术，其掌心处飞出一道光，向祭坛冲去。

石昊准备先将原始真骨弄过来，要是没有其他变故，再去动其他三块骨。

那道光冲向祭坛顶端，一只赤红的雀儿自光中显化而出，落在祭坛上。而后，这只赤雀一口衔起那块莹白的骨，疾速向石昊飞来。

“哈，没有什么变化，并无危险。”三黑大喜道。

然而，石昊却感到有些毛骨悚然。在那赤雀衔着真骨往回飞的过程中，祭坛上的那颗眼球竟然向石昊这边转过来，盯住了他。

这眼球肯定不是人类的。它足有脸盘那么大，此时显得十分妖邪。

石昊觉察到了巨大的杀机在向自己靠近。他一招手，将赤红的雀儿嘴里的小骨块抓在掌心，转身就走。这一刻，三黑也有所警觉。它看到那颗眼球在微微转动，忍不住大声惊叫道：“它在看着我！”

三黑觉得头皮发麻，后背发凉。它瞬间缩小，跳到了石昊的背上。

“那眼球在看我！我怎么觉得我的灵魂都要被磨灭了？”三黑惊恐地喊道。它已经收回了目光，但还是觉得那眼球在与自己对视。石昊心中也有些发毛。他早已转过头来，可是依旧觉得那颗眼球在看着他，确切地说是在盯着他的灵魂。

“嗖！”石昊施展鲲鹏法，破空而去，再也不肯停留。这个地方太诡异也太恐怖了，他想要立刻离开此地。

“轰！”一声巨响传来，震得石昊差点昏厥过去。他承受了一种难以想象的冲击，口鼻皆在流血。在他们的后方，那座祭坛在剧烈地摇动，一股莫名的波动在扩散，这天地似乎都要崩塌了。

“该死的，这是什么，鲲鹏出世也不过如此吧，难道封印着一个太古巨凶？”三黑惊惧大叫。

后方的祭坛上腾起阵阵黑光，一片涟漪扩散而来。可以看到，沿途的巨石、古木等全部崩碎，化成齑粉。石昊只回头看了一眼，就觉得其威势难以抵抗，即便是点燃神火的生灵也不行。他疾速逃遁，并祭出一件尊者法器，向后击去。

“砰！”那件法器当场成灰，仿佛尘土坠进大湖中，没有激起丝毫风浪。

那涟漪还未到，石昊就已经口鼻流血，浑身的骨头也在发出声响。那是一种无形的压力，十分恐怖。他从未遇到过这样的巨力，若是被那涟漪击中，肯定会形神俱灭。

就在这时，那金翅大鹏、真犼、饕餮等都被惊动了。它们嘶吼着，全都朝着这边冲来。

“赶紧扔掉那块骨，不然我们死定了。”三黑大声叫道，吓得一张绿脸更绿了，浑身直哆嗦。它的龟壳在咔嚓作响，上面出现了裂痕，仿佛就要炸裂了。

石昊叹了口气。现在就是扔掉那块骨也没有什么用了，那涟漪不会止住，依旧会蔓延而至。他的鲲鹏法算是世间极速了，可那黑色涟漪马上就要追上来了。

“嗷！”一头饕餮向他们冲了过来，眼看就要撞上他们了。

石昊完全没有想到，这看似平静的祭坛会出现这么恐怖的场面，暗藏着这么巨大的危机。“嗡”的一声，石昊开启世界宝盒，冲了进去。眨眼间，宝盒关闭，那股无形的压力被隔绝在外了。

“咦，这是哪里？”三黑探出头来，好奇地打量着四周，惊奇道，“怎么还有个女子？你这是名副其实的金屋藏娇啊！”石昊不放心将月婵次身留在石国皇宫中，便将她锁在世界宝盒里，带在自己身边。

月婵次身见到石昊浑身是血地逃进来，心中既惊讶又疑惑，暗想，强大的小石怎么会受如此重的伤。而后她又看到了石昊身边那个几乎快碎掉的大乌龟，更是觉得十分奇怪。

石昊进来后，一言不发，取出一把如墨玉般晶莹的葵花子，一口气往嘴里塞了四五粒。刹那间他通体发光，神力汹涌，迅速修复伤体。

“这是魔葵子，你竟然把它当零食吃？那可是一方至尊的后代啊！”三黑一副见了鬼的样子，吐了一口血沫子，满脸不可思议地看着石昊。石昊没有说话，直接塞给它四五粒。这些足以让它迅速恢复神力，修复伤体了。

三黑也没有客气，一口把那些葵花子吞了下去。要知道，魔葵园在上界负有盛名，没有人敢吃它们的葵花子。

稍微稳定下来后，石昊取出三块残骨。还没有等他拼接，那三块骨同时发出混沌光，而后自行冲到一起，并发出轻鸣。

石昊吃惊不已。那三块骨合成一块，晶莹剔透，没有任何裂缝。这块骨蕴含神秘的力量，不知它当年是怎么破损的。据小塔所言，这块骨坚不可摧，几乎没有力量可以损坏它。

“轰！”世界宝盒在剧震，里面摇晃得厉害，无论是石昊、还是三黑抑或是月婵次身都有些慌乱，感觉末日要来临了一般。

不一会儿，只听到“咔嚓”一声，世界宝盒变得透明了起来，这表明它就要破碎了。

“什么！”石昊震惊道。

透过近似透明的青铜壁，石昊看到一个水晶头骨正张嘴撕咬着世界宝盒。这个水晶头骨也是祭坛上的那几块骨之一，威力十分强大。它没有费什么劲，眼看就要将这个小世界咬开了。除此之外，那黑色涟漪也几乎要毁掉世界宝盒了。

“完了，神龟我还没有活够啊，就要形神俱灭了！”三黑惨叫道。

月婵次身色变，心想，这小石到底做了什么，引出这么诡异的头骨来攻击？

忽然，那正在散发混沌光的万灵图飘了起来，而后轻轻一震，饕餮、朱雀、真犼等生灵便浮现在了这个小世界中。

万灵图疾速变大，仿佛一幅壮丽的画卷，铺展在虚空中。世界宝盒外，那水晶头骨和黑色涟漪像是有所感应，迟疑了片刻，竟然退走了。

也不知道过了多久，石昊才回过神来。万灵图重新变回巴掌大小，落入他的手中，敛去了光华。

“万灵图有怎样的一股神秘力量？”石昊惊疑不定地轻语道，“这难道是一件无上法器？可是又不太像啊。”

劫后余生，三黑嗷呜一声，差点哭出来。石昊见了它那副样子，猛翻白眼，暗叹，就没见过这么怕死的尊者。月婵次身震惊地盯着石昊，而后又看向他手中的那块骨，美眸中光彩流转，若有所思。

“赶紧走吧，我一刻也不想在这西陵界中待着了。简直就是吓死龟不偿命啊！”三黑催促道。

当石昊和三黑从世界宝盒中出来时，外面已是风平浪静。石昊低头看着手中那块骨，不禁自语道：“这是我离开下界前得到的最好的礼物。”

最后，他带着三黑安全地走出了西陵界，与萧天他们会合。

“石昊你终于出来了，刚才发生了什么，仿佛世界末日来临了一般。那西陵界内爆发的混沌光几乎都要蔓延出来了，实在太恐怖了。”萧天道。

夏幽雨等人也都面带惊色。刚才他们都听到了西陵界里面有各种嘶吼声，恐怖无比。

“这里有古怪，以后不要再来了。”石昊道。而后他简单地向其他人说起了刚才的经过，不过他没有提及万灵图，怕说出来后给他们引来大祸。

石昊带着疑问，再次登临不远处的兽山，询问这里的生灵，那西陵界到底是何时出现的。最后，他得到了答案，才出现没有多久。

“果然不简单啊！这一世才显化世间，外界应该还不知道。”三黑叫道。

不管怎么说，石昊再也不想来这儿。随后，他带着众人离开了西陵界回到了补天阁。

在补天阁的废墟上，石昊等人停留了很久。大仇得报，不过众人在喜悦的同时也带着无限的伤感。曾经鼎盛的大派，而今蒿草丛生，枯木耸立，乌鸦呱呱而鸣，荒凉而枯败。

“人总是要向前看。补天阁破而后立，一切都会好起来，我想长老们在天有灵也会很欣慰的。”夏幽雨道。

众人望向远处。那里有很多人在清理巨石、杂草、瓦砾等，准备重建山门，再兴补天阁。众人烧了一些纸，洒下几坛酒，祭拜了一番后便离开了这里，一起前往石国皇宫。

石昊在石国皇宫招待了这些同门，并留他们小住了几日。两日后，九头狮子带着火鸦、紫貂、五色鸾鸟等来石都与石昊相见，算是提前给他送行。

石昊与他的这些朋友一起在中央天宫内痛饮欢谈，回忆过去，畅谈未来。

石昊喝得有了些许醉意，想到了过去的种种，各种滋味浮上心头，有欢笑也有酸涩，更有深深的不舍。

“石昊这个家伙，当年去补天阁参加选拔时非常不老实，害得几位长老青筋暴跳，胡子都快抓光了。”夏幽雨笑道。

“别说了。”萧天赶忙阻止道，生怕自己当年受的那几榔头的事被大家知道。

“哈哈！最是纯真少年时，这是多么美好的回忆啊！”女战神大笑道，一身金色战衣发光，美丽的容颜上带着醉意。

“有些事还是不要回忆比较好。”九头狮子咕哝道。它想到了自己在百断山与石昊第一次碰面时的情景。

九头狮子比萧天要倒霉多了。一个九岁大的小屁孩追着它的屁股赶，还嚷嚷着要吃红烧狮子头，甚至要收它为坐骑。九头狮子想到这些真是又羞又恼。

“你们都说小哥哥闹腾，我怎么觉得他特朴实呢。”清风插嘴道。

“噗！”其他人听到这句话，嘴里的酒都喷了出去。

“还是清风了解我。”石昊大笑道。

“这脸皮得多厚才能如此啊！”众人暗自鄙视道。

之后，大壮、二猛、皮猴、虎子、鼻涕娃等人也来了。他们有的在学领兵，有的在体验红尘，有的在修行，这一晚都被请来参加聚会。

“这些人是陪我长大的伙伴。”石昊介绍道。他们与石昊自幼相伴，相互间的友情中掺杂着亲情。石昊在临走前让他们互相认识，自然是希望他们日后能够相互扶持。

“小昊，上界真有那么好吗，竟让你那么想上去？”大壮有点伤感。一提到这个话题，众人都一阵轻叹。这次相聚也许是他们与石昊最后一次相见了。

“踏上修行路后，我十分想跳出这口井，去外面的世界看一看。”石昊轻语道。事实上，在见识到上界巨头将八域视为药田后，他心中就有一团火焰在熊熊燃烧。他想跳出去，靠自己的努力改变这一切。此外，他还想追逐柳神的脚步，去与它会面。

“出去也好。下界是牢笼，上界才是真正的大天地。到了那里之后，你才能拥有真正的自由。”夏幽雨道。

“自由只在心头，哪里都有争斗。”老侍卫鹏九在远处叹道。

“我会回来的。早晚有一天我还会回来看你们的。”石昊说道。

“不要太晚啊。岁月无情，若你有朝一日屹立绝巅，再回首时，可能就剩不下什么在等你了。”女战神道，莹白的俏脸上竟难得地露出了些许感性的神色。

石昊闻言若有所悟，认真地点了点头。他这一走，也许要过很多年之后才能回来。他在下界有太多的不舍和牵挂，他不愿有朝一日再回来时，故人不在，唯有凄风伴鸦鸣。

“小昊，我们真舍不得你走。等你回来时，你可能已是仙人，依旧年轻俊秀，但我们很可能都老去了。”二猛说道，眼睛有点发红。

石村的人都很朴实。他们自幼相伴，共同掏凶禽的窝，捉山中的猛兽，感情深厚，自然相当不舍。

“别伤感，我一定会回来的。”石昊发誓道。

“去了上界，便很难再下来了。”夏幽雨美眸眨动，与石昊碰杯，轻语道，“我们也不想你离去，希望你能重聚同门，开创辉煌。”

“聚会就是要高兴。让我们共举此杯，希望日后有相见之日！”石昊说道。

“当”的一声轻响，酒水洒落。众人一起碰杯，齐饮杯中酒。

“能否在离开前，再与我们见一次？”有人道。

“好！”石昊认真地点了点头，郑重地答应道。

上界种族无穷，天骄并立，奇才辈出，初代崛起，其中有着太多的强者。有人的地方就有江湖，有江湖的地方就有恩怨情仇。上界听起来很美好，但争斗也会更可怕。那里是天纵奇才碰撞的大舞台，他上去之后也可能会被淹没在当中。

聚会结束后，众人皆大醉。而后他们怀着复杂的心情，离开了石国皇都。

第二日清晨，朝霞灿烂，金色光彩照耀。

石昊睁开眼睛，收拾好所有的失落与不舍，整个人又变得神采奕奕。他的道心坚定无比，不会放弃自己的修行之路。既然走上了修行路，自然要有所取舍，不能因为一时的心绪就此停步。他要一路攀登，踏着自己的大道，勇往直前。

“再回首时，不知此时的坚持是否值得？”石昊轻语自问，而后又坚定地说道，“最起码，我现在不后悔！”

石昊找来鹏九，向他询问这些日子教导清风的情况如何。

“清风是一个好苗子，聪慧、善良，品质很好。”鹏九答道。

清风的天资很高，无论是修习宝术，还是学习处理国事，都表现得很聪慧。

石昊听到这个评价沉吟了一阵，微微摇了摇头，道：“就是因为他太善良我才担心。清风性格偏柔弱，我怕他将来会优柔寡断，在处理一些事情时狠不下心来而伤了自己。”

鹏九点了点头，道：“这是可以培养的。性格决定命运，而性格是可改变的。他还小，性格的可塑性很高。”

当年正是清风代他受苦，才让他躲过了雨族的伤害。出于这一考虑，他很希望清风能成为石皇。可是，他又想让清风快乐平安，做自己想做的事。这让他很矛盾，不知道该如何取舍。

最后，他没有做出决定，而是问鹏九道：“他修行如何了？”

“正在学习石国的镇族神通狻猊宝术，进展得还不错。”鹏九道。

“我先在修行上帮他一把，皇位的事之后再说吧。”石昊说道。随后，他将清风叫来，取出闪电果，递给清风。

闪电果中蕴含着自然天成的闪电符文，是配合修行雷电神通的最好的奇药。不过，这个闪电果还未成熟，其威力远不能与上界那些真正的闪电果相比。而且，因其长在西陵界中，果肉中蕴含着诸神的死气，一般人强行吞食，必死无疑。

不过好在石昊的至尊骨超凡，能净化掉那些死气，这样清风便能利用这闪电果了。

“哧！”闪电交织。这果实的雷霆之力太强大了，清风仅含了指甲大小的一块果肉就差点发生危险。石昊在旁护持，运转狻猊宝术，全力让果实中的神性力量融进清风的血肉中，让其上的符文烙印到清风的骨头上。

这是一个十分漫长的过程。清风的修为比石昊差了一大截，即便是有他的护持，也只得慢慢进行。

数日后，清风长啸一声，完成了祭炼。此时的清风，举手抬足间皆有闪电飞舞。这不是他在刻意施展宝术，而是一种本能，一挥手就会有大片的雷霆浮现，其威力可轰杀对手。

“很好，以此为基础再修行狻猊宝术，将会事半功倍。日后也许还能突破雷道极限。”石昊点头道。

与清风道别后，石昊往一座宫殿走去，秦昊就住在那里。自从来到石国后，他一直都不怎么说话，心思很重。石昊想去问问他是否修习过雷法，若是有，也赠给他一个闪电果。然而，秦昊竟离去了，只留下一封书信，说他已经返回不老山。

石昊很不放心。毕竟他之前掀翻了不老山，他担心秦族会对秦昊不利。想到这点，他带着三黑，开启祖祭坛，破空而去，前往不老山。

祖祭坛是不能直接跨界的，石昊还得在边界处奋力穿击。一番赶路后，石昊来到不老山，以七十二变神通化成一只蚊虫，凭借打神石指点的法阵之秘，一路潜行了进去。

“咦，那祭坛在发光！”打神石吃惊道。在不老山的深处有一座古祭坛，可与上界联系。此时这座祭坛已经重新摆好，正在滋养秦昊体内的无上宝骨。

“哥哥，你来了。”秦昊的灵觉十分敏锐，感觉到了石昊的存在，睁开了眼睛。

石昊到了这里后化成了人身，没有掩藏气息，道：“我来看你。”

“你有你的道，我有我的路。你走吧，我不会回石国了。”秦昊道。

“还能与上界联系？”石昊看着法阵与祭坛，心头有点不平静，暗想。

# 第313章 至尊复活计划

石昊皱了皱眉头，绕着祭坛走了一圈，感觉这里很诡异。这座祭坛整体呈赤红色，上面有很多凹槽，隐约间散发着血腥味。由此可见，这座祭坛需要用大量的生命力来维持。

“这样对你好吗？”石昊轻语问道。对于这个弟弟，有些话他不能说得过重。他们之间本就有隔阂，而且一直没有消除。

“这是我的路，我的道，你不懂。你赶紧离开，免得被人发现。”秦昊平静地说道。

“通过这座祭坛就能与上界沟通吗？”石昊看着秦昊的眼睛问道。

“是！”秦昊回应道。

石昊蹙眉，封神一战后，已经隔绝天地，怎么还能有联系？

“你不用担心。这是一块骨的投影而已，用来滋养我的血肉与骨骼。这不是用来针对你的，也没有人可以借此下界。”秦昊冷淡地说道。

石昊知道自己无论说什么，秦昊都不会改变决定。他点了点头，取出一个早已化尽死气的闪电果，道：“这个给你。你若学有雷法，这对你会有极大的好处。”

秦昊目光闪烁，迟疑了片刻，道：“好。”接过了那个闪电果。

石昊告诉秦昊若是需要，他现在便可帮其炼化。秦昊摇头拒绝了。石昊只得告诫他吸收时一定要格外小心，不可轻举妄动。他转过身去，化成一只飞虫，沿原路悄然离开。不老山的那些点燃神火的神灵都不见了，因而没有人发现他。

石昊回到荒域，借助皇宫中的祖祭坛直接来到石村，看望父母和石村的人。

“你是说秦昊回到了不老山？”石子陵蹙眉道。

秦怡宁娥眉微皱，明白秦昊去不老山的目的。虽然她知道秦昊这样做对其成长的确有好处，但这样一来他们同不老山就有了难以斩断的联系。

这段日子，夫妇两人生活在石村，感觉心境平和。对他们来说，这里便是世外桃源。但是，他们知道这种平静的生活就要结束了。他们不得不去不老山走上一趟，不然总是难以安心。

“哇，小昊叔回来了！小昊叔，快带我们去掏凶禽巢。我想要一只火鸾。火鸾实在是太漂亮了，而且还很强大。”

“小昊叔，我想要一只银鳞豹。银鳞豹浑身雪白，矫健如龙，可雄武了。我听说养大后它还十分忠诚。”

石村的孩子见到石昊回来了都十分兴奋，缠着石昊带他们去抓灵禽凶兽的幼崽。石昊在村中待了数日，满足了孩子们的要求，而后同父母一起离开了石村。石子陵夫妇没有回石国，而是先去了一趟不老山。

不久后，石子陵夫妇回到了石国皇宫，告诉了石昊一些事。秦昊若想成长到最强，必须依靠那座祭坛，所以他只能待在那里。

“为什么会这样？”石昊问道，不太了解当中的隐情。

“说来话长，这关乎着一个秘密。”秦怡宁道。而后她把详情都告诉了石昊。

这一次他们回去，意外得悉上界不老山内部的纷争有了一个了断，秦怡宁那一脉的人回到族中，大获全胜。他们这一脉的代表人物是秦一凡，也就是上次石昊在不老山时，那个盘坐在树下，伴着花雨祥和宁静的神。

秦怡宁这次也通过那座祭坛与上界的父母对话，得到了一些秘闻，了解到了一些过去不曾得悉的真相。不老山有一块神秘莫测的骨，据推测这块骨很可能在天下称尊，因此一直被封印着，不曾动用。

“还有这样的一块骨？”石昊吃惊道。

“并不是在下界，而是……”秦怡宁抬头看了看天空，暗示这块骨在上界。

那块骨并非秦族人体内长出的，而是得自上界神秘的无人区。那块区域就算是上界各教的巨头也难以深入。

不老天尊曾去里面探险，意外发现了那块骨。当时这块骨放在一座古祭坛上，不知道经历了多少万年，上面还沾着血，并散发着些许生命气息。

这简直是一个奇迹。要知道，一块骨脱离肉身后，不可能还“活着”，必将会慢慢枯竭。可那块骨在经历了数万年后，竟然还有生命气息。

强大的不老天尊运转神功却没有损坏这块骨分毫，百般研究也不能摸清上面的骨文。他如获至宝，感觉这块骨强大得离谱。他估计若是能彻底释放其威能的话，自己都会被直接镇压。

“此后，便有了至尊涅槃计划。”秦怡宁道。

石昊听到这里就已经能猜到这是怎么回事了。上界有百分之九十以上的神秘区域，即便是强大的教主也很难深入其中。未知地域中的骨会这么可怕离奇，也是很有可能的。

“那广袤的无人区的确很神秘恐怖。你送给你弟弟的闪电果，有人曾在无人区看到过一片。那里电芒如海，景象惊人，让人难以想象。无人区的深处有无数瑰宝，还有诸多神圣古药，只是里面太危险了。”秦怡宁叹道。

不老天尊那次去里面探险，刚进去没多久就差点殒命。能发现那座祭坛，将那块诡异的骨带出来，算是他的造化了。而许多同级的巨头，比如逐鹿书院、造化书院的院长，进去没多久就全部殒命，身死道消。

那危险与机遇并存的地方，吸引人飞蛾扑火般想要闯到里面去。石昊听得也是心驰神往，想要早些进去探险。

“我生下你之后，你天生至尊骨的事情被上界得悉了。后来，他们觉得也许我与你父亲的血脉可以滋养那块骨，便决定将那块骨移入到秦昊体内。”秦怡宁继续说道。

“不过，威力那么强大的一块骨是不可能直接植入秦昊体内的。必须要通过潜移默化的方式，让秦昊与那块骨慢慢地相互适应。

“这漫长岁月以来，不老天尊反复研究，取得了非凡的成就。当秦昊出生时，不老天尊觉得时机成熟了，便解除了那块骨的封印。那块骨上沾染的血在秦昊还在我肚子里的时候，就被炼入秦昊的体内。此后，那块骨的投影每日都会置入其胸口。

“那块骨上的血全都被秦昊吸收了，并且在其体内越发有生机了。多年来那块骨不断投影，在秦昊体内形成脉络，几乎算是要成功了。这件事关乎甚大。不老天尊怕移植时，那块骨会发出波动，引得上界强者察觉，故此一直将秦昊养在下界。

“而今时机快成熟了，或许某一日那块骨就会被栽种进秦昊的体内。”

石昊张了张嘴，想说些什么又没有说出口，暗自思忖道：“若移植成功，秦昊也许能一飞冲天，纵横上界。但是不老天尊真希望如此吗？要知道，这块骨可是他九死一生才从神秘区域中带出来的，他难道不想自己拥有吗？”

“植入自己体内不是天尊想要的。”秦怡宁看出了石昊的担忧，解释道。

不老天尊只想要那块骨中的符文，而那些符文只有在此骨真正复活后才能呈现。他想等着秦昊掌握了符文后，再让秦昊告知他。

“这样我就稍微放心了。”石昊点头道。不过他还有些担心，当真正植入那块骨时，秦昊能否支撑得住。

要知道，不老天尊之所以不把骨植入自己体内，就是担心这块骨会与他自身相冲，一个不小心就会形神俱灭。

“上界的人会来吗？”石昊问道。

“上去容易，下来难。天尊是无法降临的，只能通过祭坛来告知秦昊如何去做。”秦怡宁道。

这样一来，秦昊的风险就更大了。石子陵夫妇生怕秦昊因此殒命，便决定马上回玄域。石昊和秦昊都是他们的孩子，其中的哪一个有危险，他们都寝食难安。

可那是秦昊的选择，他要体验那种至道，即便是石子陵与秦怡宁也难以让他改变主意。

“为了一块骨，冒这么大的险，值得吗？”石昊轻语道。

“这可能是一块长生骨，一块仙骨。若是窥尽它的秘密，也许可以不死。”秦怡宁道。不老天尊在神秘区域找到那块骨时，那块骨就已经在那座古祭坛上待了不知道多少万年了。那么长时间过去了，那块骨还保持着活性，就连上面的血液都依旧鲜红。这块骨肯定拥有秘力，所以它才能与天地共存。

石昊点了点头，越发渴望去上界。他想走遍各个神秘区域，去里面看个究竟。

随后，石昊又了解到，在上次与柳神的大战中，不老天尊受伤严重，差点死在下界，其他巨头也都受了伤。

“不灭的生灵怎么样了？”石昊问父母。距离上次大战已经有一些日子了，他很想了解不灭的生灵的情况。

“我就知道你想了解，所以特意询问了。”秦怡宁道，“不灭的生灵到上界后便大闹了起来。他从南杀向北，一路挑战，在上界掀起了轩然大波。

“据传，就是太古一战后一些始终没有露面的巨擘都被惊动了，前去镇压。他有不死的特性，虽然遭受了重创，但一路冲击，击杀了两位仇人，最后被逼进了神秘区域。”

石昊听了有些发怔。这不灭的生灵果然强势，一上去就惹出这么大的乱子，不过他自己也身处险境了。

“昊儿，你一定要小心，若是去了上界，千万不能提他，不然将遍地皆敌。”秦怡宁告诫道。

石子陵夫妇怕秦昊植入那块仙骨时，承受不住其秘力而殒命，便决定马上前往不老山。

“父亲，母亲，你们去吧，我若是离开这一界，会去跟你们告别的。”石昊道。他明白父母的心，他自己也不希望秦昊有事。

“孩子，我们不会分开的。我们也会去上界，到时候我们一家还是会团圆的。”石子陵道。石昊掀翻了不老山，惹出了天大的麻烦。秦族对他有很大的敌意，他们一家注定不可一同登天路而去。

“到了上界，我们会离开秦族，与你会合。”秦怡宁道。

“母亲，不必如此。”石昊摇头道。

石子陵夫妇叮嘱了石昊一番后便离开了石都，往玄域赶去。

中央天宫中，石昊默默沉思。在离去前，他还有些事要去做。他要让石国足够的强大，以确保他走后石国能够无忧。

“我要炼丹。”石昊道。石族立国以来，能够强盛至今，最重要的便是有几张古丹方。这几张丹方可以提升人的实力，让有天资的修士破关。

石国必须要有顶级的战力，这样在他走后，石国才不会发生动乱。

鹏九回禀道：“陛下，皇宫内的灵药不多了啊！”

昔日，石国大乱时，诸王闯皇宫禁地，一些皇子与公主更是不安分，将皇宫宝库中的东西带走了大半。而灵药园更是被他们采摘得没剩几株灵药了。

“无妨。近日不是有些曾经反叛的诸侯来请罪吗？让他们送来一些灵药便是。”石昊冷笑道。

“好，我去督促。”鹏九道。他在大劫前便要成为尊者，现在已顺利进阶了。

数日后，各种灵药源源不断地被送来。一时间，石国皇宫的灵药田药香扑鼻，闪烁灿烂的光辉。灵药田外有一层如薄烟般的光雾在流淌，这是灵性的释放，是药草的精华在流转。

“真香啊！”清风出现在灵药田旁，发出感叹，当即决定盘坐在这里练功。

石昊看着遍地的灵药，十分感叹。昔日，他为了几株灵药，要翻山越岭，在百断山与人大战，仔细寻找。而今成为石皇，一声令下，数日内，所需的灵药就寻齐了。

一口银色的药鼎从宝库中被抬了出来。这口鼎十分古老，但鼎上流动着一层光辉，让它看起来就跟刚铸造出来的一样。

掀开鼎盖，里面空空如也，却散发着阵阵药香，仿佛刚炼出一炉灵丹。这是一口宝鼎，是神明炼制的法器，是石国皇宫专门用来炼药的神物，在上古时就存在了。因为长年累月的炼药，鼎内早已注入了难以想象的药性，为丹道瑰宝。

石昊看着这口药鼎点了点头。这药鼎了不得，是真正的神级宝物。用它来炼药，成功率可以提高一大截。

石昊在鼎壁上敲了一下，只听“当”的一声脆响，颤音悦耳，清越无比。

“比石村的黑鼎如何？”清风问道。

“石村的那口鼎很神秘，看不出等级。”石昊摇头道。他实力增长后曾回去研究过石村的黑鼎，但是没有看透。

“还差一些奇药啊！”石昊轻叹道。

要炼成让王者破入尊者境的小涅槃丹，需要上百种灵药熔于一炉。可是有些灵药太罕见了，即使走遍天下也难以寻到，就算是统御一国的人皇也不能寻齐。

石昊收藏有几株奇药，如黄金草、岁月流金、紫星兰等。这些都是他在药都中得到的，而今这些药全都被拿了出来，可还是缺了几种。

“还缺少黄泉竹。听说这东西在西陵兽山出现过，可上次去并未见到。”石昊蹙眉道。虽说他很希望将灵药找齐，但是他说什么也不愿再去那儿了。

石昊盘坐在药田畔，看着一株又一株晶莹透亮的灵药，闻着沁人心脾的药香，竟有些不忍心摘下了。最后，他以道火温养银色药鼎，开始炼药。他只采摘了灵药的部分花叶，没有伤及其根茎。这样这些灵药还可以继续生长，不会枯萎。

银色大鼎发光，灵泉注入，一株又一株灵药被投了进去。鼎壁上符文流转，散发氤氲雾霭。

“真神奇啊！”清风惊讶道。

石昊一边炼药一边指点站在一旁的清风。他早已告诉清风丹方的内容，此时又给清风讲解如何熬炼灵药，怎样控制火候，这样在他走后，清风就能自己运用这些古丹方炼药了。

这一次，石昊并未进入鼎中用药浴来炼身。随着对丹方的研究的深入，他已经知道如何吸收灵药了。可以直接成丹，而不用身入鼎中去吸收了。

在这个过程中，石昊不得不分心。因为皇蝶这小东西是个贪吃鬼，见到灵气四溢的药田，蠢蠢欲动，恨不得扑进药田内把里面的灵药吃个干净。

虽然差了几种奇药，但是药田中有几株十分罕见的异种可以弥补不足。石昊觉得这次能炼成小涅槃丹。

鼎中香气扑鼻，氤氲光雾腾腾。一个金色小人盘坐在里面，竟然在诵经。

“这是……”石昊心中一动，吃惊道。

“那是药性的精华合成的虚神。漫长岁月以来，不断有人用这药鼎炼药并对着它诵经，久而久之，这药鼎便通灵了。”鹏九道。

石昊不断往药鼎里放入灵药。这些灵药中有很多都是珍稀品种，尤以一株赤色古藤——血凰藤最为宝贵。它超越了一般的灵药，有进化为圣药的可能。

血凰藤在天地中极为罕见，整个下界也寻不出三五株来，而进化到这一步的就更罕有了。石昊的这株血凰藤在下界中仅此一株。它通体赤红，晶莹透亮，一米多长，叶片与藤茎散发霞辉，像一只展翅的血凰。

这是鹏九当日守护下来的宝药，而今成为石国皇宫中最珍稀的宝药之一，很有可能成为圣药。

石昊截取了血凰藤上的一段，将其放入药鼎中。只听“轰”的一声，赤辉漫天，一只血凰展翅飞舞，景象惊人。

“当！”

石昊盖上鼎盖，开始以自身道火炼药。

一日后，鼎中当当作响，稍稍掀开鼎盖，宝气冲天，金光闪耀而出。只见鼎内有三颗金丹在来回撞着内壁，像是有生命一般。

“成功了！”石昊大喜道，赶紧取出三个玉罐，把三颗金丹分别装了进去。鼎中的药香久久没有散去，上面的霞雾也十分绚烂。

顺利收获了三颗小涅槃丹后，石昊十分高兴。平静下来后，他再次炼丹，一日后又炼出了一炉，同样是三颗金丹。因为没有那么多灵药可使用了，石昊在炼成六颗小涅槃丹后便结束了此次炼丹。

“可惜这株五元树一直萎靡不振，要不然也可以用几片它的叶子。”石昊轻语道。这五元树是他从不老山带回来的圣药。

六颗金丹中，石昊给了清风一颗，又给自己留下了一颗。剩下的四颗，他决定为石国造就几位尊者。

石昊将战王请来，给了他一颗金丹，而后为他护法，助他进阶。数日后，这位强大的王者顺利成为了尊者。

“放心吧，清风由我照看，登上人皇位后不会出问题的。”战王说道。成为尊者后，他有足够长的寿元，可以帮助清风。鹏九站在一旁，点了点头，表示同样会尽心辅佐清风。

石昊将剩下的三颗金丹交给了他们，让他们仔细考虑后，选出三个人来，助其成为尊者。石国并不缺少人选。当日石国皇宫被三教修士围攻时，有几位老王爷怒发冲冠，站在石昊这一边，为他而战，为石国而战。而今，石昊决定帮助他们成为尊者。

石昊自己没有立刻服下小涅槃丹，因为这几日他在钻研万灵图，感悟甚深。他想悟透一些东西后再服食，那样的话效果会更佳。

随后，他去了一趟火国。曾经宏伟的火国都城早已成为废墟，新城正在另一地重建。此时的火国还有纷争，皆是为了争夺皇位。

石昊并没有干涉。火皇与火灵儿早已进入上界，余下争夺皇位的人与火灵儿已经没有多大的关系。

“吞天雀、穷奇你们还活着吗？”石昊驾着一辆古战车，疾速驶过苍穹，在大荒中穿梭。这些日子以来，他一直在派人打探那两头凶灵是否逃过这次大劫，是否还活在这个世上。

当年，山宝出世，四大强者互相争斗。吞天雀与穷奇凶狂无比，血屠十万里，吃掉了那片地域里的所有人。石昊很想寻到那两头凶灵，将它们斩杀。

他还记得那对双胞胎小姐妹，幼时他曾跟她们讨论过哪种兽奶最好吃，可惜十万里土地被血洗后，他再也没有见过她们，也不知道她们是否活了下来。

除此之外，吞天雀与穷奇也是补天阁覆灭的元凶。它们也去攻打了补天阁，给补天阁造成了极大的破坏。

“那头貔貅难道也死掉了？”石昊轻语道。

当年那头貔貅吃掉了他祖父大魔神的一条手臂。石昊想去帮祖父报仇，他在荒域寻了一大圈，也曾派人去打探，但都没有结果。

“终是要离开了……”石昊轻语道。沉吟了一阵后，他觉得该去一个地方看一看，那里还有一桩大机缘，不知道能否得到。

下一刻，石昊进入虚神界。他一拳轰出，震得虚空扭曲，天地震动。这是超越极境的力量，为的是将域使惊出。

“你意欲何为？”域使出现，冷漠地说道。

“我有八块青铜碎片，还差两块就可以得到一件盖世宝术。我想知道，要破怎样的纪录，才能得到剩下的两块。”石昊问道。

# 第314章 登天路

域使面无表情，眸子若刀芒。石昊曾被虚神界驱逐过，还打坏了神级擂台。域使自然认得他。

“这个问题没有答案，需要你自己去寻获。”域使说完，化成虚影，消失了。

虚神界依旧如过去那般，每日都有很多人。大劫过后，修行之风越来越盛，里面的人更多了。

初始地，虚神界最低层次的地方。

“知道我是谁吗？小石是我教出来的，他可是我徒弟。你们这群人别不信，去打听看看，虚神界无人不知。”一位老者摆了个地摊，被一群刚进入虚神界的少年围着。

“这老头又想讹精璧！”有人不屑道。

“少年莫要乱语。我老人家怎么可能会坑人呢？放眼虚神界，你去打听一番，无论是小石成名的地方，还是终极一战的地方，都有我老人家最为灿烂的身影。”老者义正词严地说道。

“我好像听过这些，不过也不知道是真是假？”有人狐疑道。

“还不是他们自己整日吹嘘，最终让一些人信以为真了。”有年长者解释道。

“小石的试炼秘法，一百精璧大甩卖了，想要的话快来啊。”另一边还有一位老者，肩头站着个鸟儿，正在那里叫卖。

“怎么又有一个？”一些刚进入虚神界的少年十分不解。

“无耻二人组，怎么能少得了他呢。要是只有一个才奇怪呢。”一些人小声嘀咕道。虽然有许多年长者在一旁揭穿两人的谎言，但还是有不少年少的人围了上去，甚至有人还购买了那所谓的试炼秘法。

“这书讲得很详细，当中记载了小石在虚神界的试炼步骤与过程。要想跟他一样崛起的话，就快点来买吧。”这时，有几人跟着说道。

“这两个老家伙居然还雇上托儿了。他们这样组团忽悠人也太不像话了，竟然还真有人相信。”

“没办法，谁叫小石以十五岁之雄姿，威震天下，横扫四方。而且当年小石的确跟这两个老家伙有过交集，所以他们才这么容易行骗。”

石昊站在远处，实在是不知道该说些什么好。这“无耻二人组”果然是本性难移，这么多年过去了还在坑蒙拐骗。

“老东西，这本修行手册第一页就要我们去打破石碑，被虚神界驱逐出去两年。这是什么烂手册啊？”有人拿着手中的修行手册，大声嚷嚷道，觉得被骗了。

“少年，你火气太重了。请叫我精壁大爷，不要随便喊老东西，当年小石对我可是客客气气的。来，我给你讲解。让你打破石碑，自有深意。我问你，你真的能打破石碑吗？肯定还不能吧。这只是定一个目标，好提升你的攻击力。毕竟小石只有一个，哪有那么多人能像他那样，一进来就震碎了石碑。年轻人，不懂就要问，总这么冲动不好。来，再给我一百精璧，我详细给你讲解一番。”精璧大爷一本正经道。

那少年有些迟疑，但最后还是经不住精璧大爷的忽悠交了一百精璧，将耳朵凑了过去，吃了一顿“小灶”。

“这老东西，骗人的手段炉火纯青，真是……”

“不过，当年的事情也确实是这样的。他们这样真真假假的行骗，你还真拿他没办法。”一个中年人道。

石昊挤进人群，脸上带着淡淡的笑意，道：“我也想买一本手册。”

“一百精璧。”鸟爷头都没有抬，“啪”的一声甩出一块骨书。

“我不需要这样的书。”石昊摇头道。

“精装版和高深版的价格要高出很多倍，你确定要吗？”鸟爷依旧在忙，没有抬头看石昊。就在这时，他肩头的鸟惨叫了一声，尖叫道：“杀人放火的来了！”

当年，它的翎羽被石昊给烧光了，它一眼便认出了石昊。

“我想获取虚神界的青铜宝书，你能指点吗？”石昊开口道。

鸟爷闻言霍地抬起头来，认出了石昊，干笑了几声，道：“今天没什么可卖的了，收摊。”

与此同时，另一边的精璧大爷也看见了石昊，非常麻利地卷起地摊就走。

“这少年好眼熟，他是谁？”

“你眼拙啊！这是小石，当今石国的人皇。不过，他怎么来了？”

“真的是石皇。天啊，他居然出现了！”

“这两个老家伙要跑？谁叫他们整日坑蒙拐骗，这下要被小石收拾了吧。”

石昊再现虚神界，引发轩然大波。这么近距离看到小石，所有人都震惊不已。

他真的太年轻了，只是一个十五六岁的少年，居然就已经可以横行天下，威震八荒，这实在是太惊人了。

精壁大爷和鸟爷被石昊一把揪住，两人先是干笑了几声，而后竟摆出一副见了熟人的样子，热情地与石昊打招呼。

“你们看，小石来看我们了，我们没说假话吧。谁还想要试炼手册，赶快来买。不过，现在是一千精璧一本了！”鸟爷竟然厚着脸皮吆喝了起来。

虽然很多中年修士知道他们说的是谎话，没有买他们的账，但许多少年深信不疑，纷纷出钱抢购。一时间，这“无耻二人组”的生意变得异常火爆。

石昊额上青筋直跳。都到了这个地步了，他们还在坑蒙拐骗。这两人的脸皮之厚让石昊都自叹不如。

“老头，你们别太过分了！”石昊一把拎起两人，拖着他们就走。

“为民除害啊！请石皇镇压这俩骗子！”有人叫道。

几位老者站在人群后，其中一个摇头道：“这两人不简单，别招惹他们。我的祖父在少年时就见过他们，那个时候他们的容貌就是这个样子，一直都没有变过。以前没人留意到这一点，直到小石崛起后，很多老者再来初始地时，才惊觉。”

石昊闻言，心中一动。当年他便听到过类似的传闻，现在看来是真的。

“别冲动，我们两个老胳膊老腿的可经不起你的折腾。”鸟爷叫道。他肩头的那只鸟早已扑棱着翅膀，逃到了空中。

“我是来请教的，不是来找你们算账的。”石昊松开了他们。

“早说啊！我这里有终极手册，五百万精璧一本，你要不？”精璧大爷笑嘻嘻地说道。

看到石昊目露凶光，精璧大爷立马干笑了两声，道：“免费赠送！”

“我想要青铜神书。我手里已经有八块青铜片了，我想知道怎样才能集全？”石昊问道。

“这个简单。以你而今的成就，只要一路碾轧过去，多破几项纪录自然就能得到了。”鸟爷拍着胸脯说道。

这一日，虚神界震动。石昊再现，于虚神界大发神威。他从初始地出发，一路冲击，连破多项纪录，神勇无敌，震撼了所有人。

“快，师兄师姐，赶紧进入虚神界，有天大的事正在发生！”

“怎么了？因何如此慌张？成何体统！”

“小石快将虚神界掀翻了！”

这是一个门派的反应。

“诸位，赶紧去虚神界观看啊！石昊再现，神勇无敌，连破各种纪录。”

“什么？速速进去！”

荒域之内，各地皆如此。所有人都在呼朋引伴，与身边的人一同去观看这一盛事。虚神界人声鼎沸，人山人海，也不知道有多少年没像今日这般热闹了。

“快看，纪录碑又出现了，他这是要破了所有纪录吗？”

“我数过了，他一路上已经破了数十项纪录！”

在虚神界中，只要有人破了一项纪录，各地就会有石碑浮现，让整个虚神界都知道这件事。从石昊自初始地出发到现在，虚神界中不断有石碑冲起，这让所有人都震惊万分。

虚神界中从来没有过这样的人，一路高歌猛进，打破各种纪录。古代也许有这样强大的天纵至尊，但是修行到了这一步，谁还会再来这里横扫纪录。

“妖月的纪录被破了！这个被保持了千年之久的纪录就这样成为过去了。”

妖月是千年前进入虚神界的强者，其生命力旺盛，在搬血境和洞天境都称得上是至强者。生命力代表了自身的潜能与本源的磅礴。妖月的纪录是含金量极高的纪录，众人不敢相信石昊竟然打破了这项纪录。

“六道的肉身纪录也被破了！连破几项重大纪录，小石真可谓气吞山河啊！”

三千五百年前的六道，其肉身在列阵王者境时，举世无双，震撼了一个时代。这绝对是一个具有重大意义的纪录。

今日，注定是一个让世人铭记的日子。不仅虚神界中的所有人都震惊不已，现实世界中的各方修士也都瞠目结舌。

石昊一路奋勇前进，虽有些疲惫，但仍旧马不停蹄。当然，有些纪录他肯定是破不了的，比如数万年前的火云仙，其驭火之术天下第一，至今无人能够超越。

石昊虽对火道宝术有研究，但并未登峰造极，不可能破掉前人的纪录。他所破的纪录，更多地体现在潜能与大势上。

在这个过程中，鸟爷与精璧大爷跟在石昊身后，眸子愈发深邃了。他们像换了个人，身上竟渐渐地散发惊人的恐怖气息。鸟爷与精璧大人的气质在不断改变，到了后面，他们的身畔竟出现了黑色闪电，还有道在与闪电和鸣，震动虚空。

石昊看出了他们的变化，心中惊异不已。他早就知道这两人非比寻常，停了下来，道：“两位，有什么想说的吗？”

鸟爷与精璧大爷如梦方醒。那股强大的波动渐渐消失，他们变得十分平和，身上还散发着祥和的光晕。

一念成佛，一念成魔。所有变化，皆可在瞬间完成。

他们皱着眉头，也在思忖着刚才的变化。可以看到，他们的表情时而平和，时而迷惘，时而凌厉，变幻莫测。

“怎么会如此？直到今日方知我是我。”精壁大爷若有所思地说道。

鸟爷点了点头，而后又摇头道：“不对，我是‘我’，那‘我’又是谁？”

精壁大爷闻言也迷惑了，道：“哪一个才是真正的‘我’？”

石昊平静地注视着他们。他们的来历果然不简单，今天怕是要弄清了。

“你继续破纪录，暂且不要管我们。我们觉得蒙在心灵上的一层纱被揭开了，慢慢想起了以前的一些不一般的事情。”鸟爷一本正经地说道，看起来一点都不像个老骗子。

石昊点了点头，继续一路猛冲，再破纪录。

鸟爷与精壁大爷变得越来越强，跟在他们身后的人都目瞪口呆。所有人都觉得他们像是两个史前凶兽，让人十分忌惮。

“嗡”的一声，鸟爷肩头的那只鸟化成一轮大日，像一道璀璨的神环，悬在他的脑后。让他看起来像是一位仙佛。

精壁大爷也变得道骨仙风，脸上的奸笑消失了，颇有些出尘的道人的味道。

众人看得目瞪口呆，一时间都不敢相信他们便是那“无耻二人组”。

石昊来到更高层次的区域，通体发光，如同不朽的神炉。他接连破了几项重大纪录，感觉有些疲累，便停了下来。

“你一破纪录，我们就会变强。有股力量源源不断地涌入体内，开启了一些尘封的记忆。”

石昊闻言，看着他们，思忖良久。在成为人皇之后，他曾经派人调查过他们两人。调查的结果是，现实世界中根本就找不到与他们相符的人。

“你们该不会是虚神界的规则所化吧？”石昊问道。

“不是。我们是有血有肉的人，如假包换的。”鸟爷道。

石昊道：“你们难道想让我破完荒域这个虚神界的纪录，再去破其他大域的纪录吗？我可没那么多时间！”

“我渐渐明悟，不需要你那样做。”精壁大爷说道。

“去终极之地！”鸟爷说道，表情十分严肃。

其他人看着之前的两个老骗子，此时竟有了一些出世的气韵，都觉得很怪异。

“你们到底是谁？”石昊问道。这也是众人想知道的。

“我们也想知道。”鸟爷干笑道。

精璧大爷也连忙笑着点头。他们俩这笑容一出，身上的仙韵顿时消失，又变得跟以前一样奸诈了。

接下来，他们又变回了原来的样子，一路上不断向人兜售他们的骨书，生意十分火爆。只是偶尔从他们眼中露出的一缕精光，让他们显得与以往不同了。

“这本骨书五千精璧一册，包你满意！”

“啥，不满意？你看小石，他就是靠着上面的试炼法崛起的。少年，要努力，下一个小石就是你！”

两人一路上忽悠了一大群人，简直就是名副其实的神棍。

“这是什么地方？”不知不觉间众人跟着石昊来到了一个朦胧之地。这里流动着洁白雾霭，宛若仙境。

两扇巨大的青铜古门挡在众人面前，如大山般巨大无比。众人都不知道虚神界中竟然还有这样一处神秘的地方。

“开！”精璧大爷用手向前一点，符光闪烁，这两扇巨大的青铜古门隆隆打开，涌出阵阵混沌气。居然有混沌气扩散，这地方当真非同小可。所有人都心头一凛，往后退了几步。

在那与山一般高的青铜门背后，雾气很浓，什么也看不清。过了好长时间，众人才隐约看见门内有一条路，蜿蜒伸向天穹。

这是一条青石路，十分特别。这条路不是铺在山上的，而是悬在虚空中的，犹若一条青色的云带，通向高天。这像是一条天路，仿佛踏着它就能登天而去。

石昊背负双手，仰望着这条路，心中十分不平静。虚神界竟还有这样一个地方，以前为什么没有听说过？

“我们想起了一些事，知道了不管你破多少纪录，都是得不到那最后的两块青铜神书。你只有从这条路上打上去才行。”鸟爷说道。

“你一个糟老头子，为什么笑得贱兮兮的？”石昊问道。

鸟爷吹胡子瞪眼道：“胡说！怎么能这样跟长辈说话？我这是高兴。终于等到你这样一个少年，可以踏上这条路了。”

“这是一条天路。你若能登上去，打败所有对手，青铜神书自然就会出现。”精璧大爷说道。

所有人都非常震惊。这是怎样的一条路，其尽头有什么样的敌手？这里一直被那两扇青铜古门封印着，很长一段时间以来，没有人知道这个地方，更没有人来过此地。石昊潇洒地笑了笑，径直踏上了那条青石路。他现在还真不怕遇到强大的对手，反倒十分渴望有一场可以让他全力以赴的大战。

“嗡！”一踏上那条青石路，石昊脚下的雾霭便消散了，青石路面露了出来，他能够看清前面的路了。

石昊心头一凛。才踏上这条路，他就感觉到一股压力，一般的修士估计都迈不动脚步。随着他一步步前行，前方的雾霭不断散开，他有一种柳暗花明又一村的感觉。

“前辈，我们也能去登那条天路吗？”有人问鸟爷道。

“可以。不过殒灭后，就只能回到现实世界中去了，而且没几个月的休养别想再进来。”鸟爷答道。

“踏上这条路真有这么危险吗？”有不少人怀疑。他们看石昊步履从容，根本就没有遭到攻击，有点不相信鸟爷的话。

一会儿后，有数十人一起向着那条青石路冲去。然而，他们刚踏上去，就有人被震得踉跄倒退。

其他人没有退却，继续往上冲。可是才迈开十几步而已，他们就身体摇动，而后大叫一声，一头栽了下去。

青石路旁的云雾下面是万丈深渊，一眼望不到底。一股莫名的杀气冲了上来，将刚才掉下去的人全部打回了现实世界。

其他人倒吸了一口凉气，再也没有人敢去犯险。

“天路崎岖，险而又险，一步走错，便会万劫不复。”精璧大爷摇头道。

“我们从这边上去，看他是否可以登天而去。”鸟爷一挥手，旁边的云雾散开，一座山显露了出来。

这座山通体漆黑，从深渊直通云霄，既望不见山脚也望不见山顶。它距离那条悬在虚空中的青石路不算很远，站在上面可以看到石昊的一举一动。

精璧大爷严肃地告诫众人，此地为“禁空领域”，千万不可尝试飞行。众人冲向那座黑色的大山，追随着旁边青石路上的石昊一路攀登。

不知道过了多久，石昊所处的位置越来越高，承受的压力也越来越大，但这并不能阻挡他前进的脚步。

他听不到声音，看不到人烟，仿佛到了天地尽头，举世皆寂，唯有他一个人在孤独地探索。

“这就是修行吗，不知未来的路是否会如此孤独？”

石昊的速度并不慢，他却走了整整三天三夜，才接近这条青石路的尽头。众人也在那座黑色的高山上一直跟着他。

到了路的尽头，石昊发现那里竟是一个高台。这座高台以青铜铸成，像是一座古祭坛，又像是一个神秘的擂台。

这个高台很广阔，悬在虚空中，仿佛亘古长存。上面有各种生灵的刻图，栩栩如生，每个刻图上面都生了一层绿铜锈。

走到这里，石昊感觉非常疲累。他在登天路时承受了难以想象的压力，就像有一座大山压在他的背上。

石昊迈开脚步向高台走去，可没走几步，便被一层雾霭挡住了。他被震得差点跌落深渊，好在他肉身强悍，稳住了脚步。

所有人都跟着心中一颤。周围是万丈深渊，而且根本无法飞行，若是坠落下去，即便被打回了现实世界中，也会受伤严重。

石昊也十分惊异。这青铜高台似乎被一股无形的力量守护着，难以穿透进去。他稍微调息，恢复了精力，而后大喝道：“给我开！”

石昊一拳轰出，拳头化成金色，震散了那股无形的力量。而后，他一步迈出，登上了这座古老的青铜高台。

随着石昊的这一拳，高台周围的雾霭散去，上面的景象清晰可见，连对面黑山上的人都能看得一清二楚。

“咦？”有声音从高台前方传来。

石昊循声望去，只见前方有一个女子，正惊讶地看着他。这个女子身穿金色衣裙，十分雍容华贵。她身材高挑，乌黑秀发披散，脸上戴着面纱，只露出一双清澈的眸子。

她站在那里，看向石昊，双眸中竟飞出了两道闪电。她整个人被一股大道气韵笼罩着，显得超凡脱俗。

“大凶？”女子开口道。她的声音十分动听，眸子中神光浮现，逼视着石昊。

“妖怪？”与此同时，石昊也开口道。

“天仙。”女子答道。

“人皇。”石昊这般应道。

# 第315章 凤舞

“你真是从下面爬上来的？”女子眼中有电芒闪耀，一身金色衣裙飞舞，通体流淌霞辉，整个人都在发光。

石昊眸光闪动，看着对面。那里也有一条路，通向更高的地方。隐约间，他看到一个浩大的世界，那里仙雾氤氲，古木参天，大岳无尽，神禽横空，巨兽咆哮。突然，白雾飘动，一切又都不见了。石昊猜测，刚才看到的那些景象都是投影。

“此路通向哪里？”石昊问道。

“你不知？”女子有些意外，脸上带着玩味的笑意，轻声道，“我来铜雀坛凭吊前人风采，不承想见到了你。已经有数万年没有大凶爬上来了，我可真是幸运，待我将你猎走。”

“活了几万年了，你真是妖怪吗？”石昊问道。

“本仙有那么老吗？”女子美眸绽放神光，倒也没有动怒，道，“此地为铜雀坛，是最好的战场，会压制修为，可使你我在同一个境界。”

“那你肯定不是我的对手。”石昊背负双手说道。

女子闻言顿时笑了，笑得十分灿烂，道：“露出你的本体。若是九头狮子或是真犼等天阶凶兽，我便收你为坐骑，想办法将你带到上界去。”

石昊好奇地看着她，绕着她转了一圈，道：“看起来很好吃的样子，当坐骑也行，但你不用化出本体，这样就很好。”

女子闻言，黛眉微挑，美丽的大眼中飞出两道绚丽的闪电，整个人的气息一下子强大了数倍。她长发飞舞，婀娜修长的身姿摇摆着向前逼近，脸上蒙着的那块面纱掀起一角，露出鲜艳润泽的红唇。

女子笑容不减，甚至笑意更浓了，道：“想让我当坐骑？”

“嗯。”石昊点头道，“也很好吃。”

女子雍容华贵，拢了拢光滑的秀发，笑意越来越浓，身上的气息也强盛到了顶点，震得整片虚空都在抖动。

“那你来试试看！”她若妖魅般冲来，身体在原地留下一道残影，速度快得不可思议。

缩地成寸大法！她施展的居然是这种神通。她若一道金芒，瞬息到了近前，洁白修长的手指拂向石昊的面门。金光一闪，石昊横移，留下一道虚影，洒落淡金色光辉。这是鲲鹏身法，与缩地成寸大法同为极速之法。

“哧！”女子一身金色衣裙飘舞，一个旋转，修长的右腿绷得笔直，向石昊踢去，果断而凌厉。

石昊微微侧身，避过了那条腿。而后他并指如刀，疾速斩落，斩向她的小腿骨处。

女子十分迅疾，直接旋转而过，避开了石昊的攻击。此时她背对石昊，藕臂挥出一道优美的弧线，肘部带着一片符文，闪动洁白晶莹的光泽，击向石昊。

石昊嘴角露出一丝微笑，还没有人敢这样跟他近身搏杀。不过看这个女子如此自信，其实力应该极强。石昊后移几步，待她这一肘击空，立即探手向前捉去。他的一只手拂向女子雪白的颈项，另一只手捏拳印，爆发万丈金光，袭其后背。

女子灵觉敏锐，并未转身，一条腿倒踢，如蝎子摆尾，疾速摆动而上。

“轰！”这一次，两人间爆发刺目的光芒。

石昊的拳印与她的脚撞在一起，各种符文绽放，而后又溃灭。两者腾空而起，各自倒退了出去。“唰”的一声，女子落到地上，身姿矫健中带着些许柔美。她的金色衣裙猎猎舞动，让她有一种动人的风姿。

“不愧是从下面爬上来的，果然如传说中的那般，很凶残。”女子舔了舔鲜红的唇，有点兴奋，明眸灿烂，仿佛见到了最好的猎物。

石昊相当的惊异。这女子是什么人，肉身竟这般强横？若非她体态婀娜，玲珑起伏，他真怀疑这女子是一头凶兽。

“罕见啊！居然让我遇到了这么强横的凶兽，有福咯！”女子声音甜美，叫嚷着向石昊冲了过去。她速度极快，手捏拳印，双手挥动间，残影成片，嗡嗡作响，带着可怕的罡风，像神禽在振翅。

仅一瞬间，两人就碰撞了千百次。这可不是纯肉体的对决，还伴着繁复的符文。符文若星河倾泻，绚丽夺目。

“砰！”两拳交击，两人同时倒飞。不过，女子马上又扑杀了过来。在前行过程中，她步步生莲，身体周围绽放大道之花，成片的晶莹花瓣飘落，十分灿烂。

她聚集出一股天地大势，眸子若闪电，柔美躯体强势逼至，举手投足更加的威势惊人了。

“轰！”石昊捏法印，一头紫金色的狻猊从他掌心冲出，向前镇压，绽放无尽电芒。

女子从容无比，在身体周围撒下诸多金色莲瓣。这些莲瓣化成炽盛的符文，与电芒抗衡。她自己则疾速杀来。这又是一场大碰撞。两人掌指拍击，快到不可思议，若千手神灵对决，不断硬撼。

“轰！”一股巨大的气浪爆发，将他们分开，同时震得虚空扭曲，不断轰鸣。若非这青铜坛坚固不朽，可能早就化成齑粉。

紧接着，女子再次主动攻击。石昊从来没有见过这么好战的女子，每次都是她抢先出手，主动出击。她的动作凌厉逼人，带着美感，若狂风暴雨般，攻击不断。

一番激烈的交锋后，女子突然把身体绷紧，仙肌玉骨化成银白色，而后如同一支箭，向石昊疾速冲来。

“神箭术！”她大喝一声，在虚空中冲击，速度极快，让人看得眼花缭乱。

石昊双手连挥，一手变成金黄色，一手漆黑如墨。他分解了鲲鹏法，一手太阳之力，一手太阴之力，形成一个旋涡，牵引那支银白色的神箭。

女子露出惊色，但她并没有迟疑，依旧极快地在虚空中穿梭，避过那个旋涡。化作攻伐之道，是缩地成寸这种古神通的极致体现，整个人若一支神箭，在虚空中冲击，忽东忽西，若雷电在舞动。

好在石昊掌握鲲鹏法，不然速度绝对跟不上这个女子。她实在太快了，身化银色神箭，不断冲击。

石昊一手太阴之力，演化成一片黑色的汪洋；一手太阳之力，掌心托着一轮金色的大日，不断拍击。到了后来，太阴之力与太阳之力相互缠绕，在虚空中形成大片的旋涡，让那银色神箭如陷泥沼。

“哧！”石昊右手发光，托着一轮金色的大日，猛地砸下，轰向这银色神箭。同时，他左手摆动，黑色汪洋挤满虚空，堵住女子的退路。

就在这一刻，身体绷得笔直的女子，瞬间变得柔软无比。她如蛇妖般灵动，双腿一踢，狠狠地抽向石昊的头。

“砰！”石昊双手交叉，与蛇尾般的一双小腿撞在一起。两人皆倒退，各自的脸上都露出异色。

好长时间，两人都没有说话。石昊凝视着女子，半晌后才道：“你不是肉身强大，而是倚仗了一种奇术。”

他以强大的神觉感知，发现这个女子洁白的身体上有一层晶莹的光，就是这种光守护着她，让她能够如此强大。

他之前一直很疑惑，为何如此修长姣美的女子会走炼体的路，而且还修到了这么可怕的极致境界。现在他终于弄清了，对方根本就没有炼体，只是有一种盖世宝术加持在其肉身上，才使得她强大到这一步。

“你倒是不错，竟然能看出来。这是我修成的天仙光，笼罩着我，保我肉身不朽，万法不侵。”女子笑吟吟地说道，十分自信。

“这宝术很强。”石昊点头道。

“我是仙院的凤舞，你呢？”她带着笑意问道。

“我名昊天。”石昊说道。

凤舞笑得很灿烂，话却说得绝不客气，道：“我不想浪费时间了。我要与你立刻决战，而后将你擒下。”

“你确信能擒下我？”石昊问道。

“确信！你这么强大，又是大凶的后代，我愿意将你下界的肉身接引上来，随我进仙院。”凤舞说完，又补充了一句，道，“当我的坐骑。”

若无最后的补充，石昊还能微笑，听了最后的话，他立刻道：“你若输了，是否给我当坐骑？”

“那你就来试试看吧。”女子微笑道，从容而自信。随后她身体发光，显然是要动用一种禁术。

“这么自信？那就开始吧！”石昊二话没说，直接动用了至尊骨的力量，祭出无尽的符文。

“咦，不对，你是初代！”女子大惊失色，疾速倒退，美丽的容颜上满是惊恐。她的禁术因此被干扰，没有施展出来。

紧接着，她眉心发光，体内爆发一种更加强大的气息，恐怖波动扩散。这显然是她的天赋神术，让石昊一阵心惊。

但是，这已经晚了。她的眉心之光未能扩散，天赋神术还没有祭出，石昊的符文就已经作用在了她的肉身上。仅一瞬间，她就疾速变小，化成了一个八九岁的小女孩，看起来十分漂亮与可爱。

“哎呀，这不算，我还没准备好呢！你身为初代竟然偷袭，可敢与我真正一战？”她叫嚷着，快速逃跑。

“喂，你刚才怎么说的，可得说话算话啊！你现在可是败了，是想让我追进你们仙院吗？”石昊边追边喊道。

这个八九岁的女孩，撒丫子狂奔，口中诅咒连连，一看便知她气坏了。她离开铜雀坛，跑上一条小路。石昊眨眼就追了上来，立刻看到了前方的景象，不禁大吃一惊。

那里有两扇金色的大门，能有山岳那么高。门前有一尊石像，石像上有腾腾神焰在跳动。那是点燃神火的征兆。这尊石像是一个石头人，盘坐在那里，像是在守卫金色大门。

“这不是刚点燃神火的生灵！”石昊判断其等阶应该更强。他疾速探出大手，一把抓住了那个女孩。都追上了，他可不会把她放走。而后，他带着女孩疾速倒退而去，不敢惊动那石头人。

“救命啊！石头快救本大仙归位。”女孩踢着小腿，像个小猎豹咬着石昊的手臂，想挣脱出去。此刻，她那雍容华贵的天仙气韵荡然无存，像一只小凶兽，虽然美丽若瓷娃娃，但剽悍无比。

石昊掌指发光，挡住女孩的神念，以免她暗中传音惊动了那个石头人。不过，他也做好了最坏的打算。若是那石头人追了来，他就直接跃下这条天路，哪怕是在虚神界死一次也不能被擒。

“不公平！身为初代，你却偷袭我，一点也没有强者风范。如果真正一战，我会将你打得满地找牙！”小女孩张牙舞爪地大叫道，十分不服气。

她面上的轻纱早已掉落，露出精致的面孔。她愤怒地皱着琼鼻，用大眼瞪着石昊。此时的她虽然稚嫩，但一看便知其成年后必是倾国佳丽。

“愿赌服输，你要说话算话才对。”石昊微笑道。

“有本事与我公平一战。若我三招内没有把你解决，我便甘愿受罚！”小女孩叫道，自信得一塌糊涂。真不知道她这是在故意刺激石昊，还是真的这么有信心。

石昊自不会被激，笑道：“你的确很不凡。虽未能施展出神通，但眉心发光的那一刻爆发的气息确实让人心悸。难道说你也是一个初代，并且拥有一种惊世的天赋神术？”

“废话少说，敢一战吗？我让你一只手，三招内将你打趴在地！”小女孩大声道，野性十足，瓷娃娃般的精致面孔上满是挑衅。

“小东西别对我用激将法，没用！”石昊在她白皙的脑门上弹了一指，笑着说道。

“哎呀，疼死我了。凶兽我跟你没完！”小女孩抱着头，嗷嗷直叫，眼泪都快落下来了。

石昊嘿嘿直笑。这个仙院的天才少女还真是另类，安静时雍容华贵，对决时凌厉迅猛，现在又这般野性，真让人捉摸不透。

石昊提着她，回到铜雀坛，随后掌指发光，不断出手，将她封印了起来。

“凶兽我记住你了。记住，我叫凤舞！”小女孩凶巴巴地喊道，大眼中绽放愤怒的光芒。

“你记住我又能怎样？”石昊调侃道，一只手捏住她的琼鼻，使劲向外扯。

“我会吃掉你的！”小女孩恶狠狠地大嚷道。

石昊哈哈大笑，伸出另一只手，捏住她那略有些婴儿肥的滑嫩俏脸，使劲揉了又揉，气得她怒发冲冠。

“你等着！”小女孩愤恨道，而后她竟然化成了一片光雨，“唰”的一声从石昊的手中消失了。

“嗯？”石昊大吃一惊道，“我明明将她封印了，她怎么还能逃脱？”他的手掌中多了一柄晶莹的小剑，只有手指长，喷薄霞光。

“这是兵解。难道她以秘法解决掉了自己？”石昊愕然道。这凤舞还真是果断，不过这里是虚神界，她回到现实世界中依旧能活蹦乱跳的。

“气死我了！我凤舞自出世以来，所向披靡，还没有吃过这样的亏呢！敢扯我鼻子，捏我脸，我跟你没完！”凶悍的叫嚷声从远方传来。那光雨若闪电般疾速远去，隐约间能看出它化成一个女孩的样子。那个女孩正冲着石昊张牙舞爪，大声叫嚷着。

石昊十分惊诧。这女子果然厉害，兵解后还能显形留念。不过她也很奇怪，扯她鼻子捏她脸这种小事倒记得牢牢的，而擒下她的这一笔账，她反倒忘记了。

石昊施展鲲鹏法，向前追击，想尝试禁锢那片光雨。但是那种东西无形无质，疾速冲进黄金门内，早已没了踪影。

“凶兽，你给我记住，我凤舞将来一定将你打成一只软爬虫，然后再将你吃掉！”凤舞气愤地喊道，而后便没了声音。那片光雨只能凝形片刻，凤舞只能返回现实世界中。

“愿赌服输！小心我将来去你们仙院找你。”石昊喊道。他没敢追过去，盯着那石头人，准备随时逃走。不过，说来也奇怪，这石头人虽然神焰腾腾，但始终寂静不动，好像没有生命气息。

黄金门内，疆土浩瀚，大岳巍峨，神瀑垂挂，仙气氤氲。这是模仿现实世界中的一切所构建的。

“咦，你们看到了吗？那片光雨像是仙院的凤舞所化，难道她被人斩掉了？”

"不可能。凤舞何其强大，在这片区域中所向无敌，就在昨日她还斩了一条千年古蛟呢。这里有谁能与她争锋？"

在一片紫气蒸腾的秀丽灵山下，有一群年轻强者疑惑地看着光雨消失的方向。

"可我的确看到她了，而且刚才那声音也一模一样啊！"其中一人坚信自己没看错。

"这没道理啊！要知道，她来自天仙学院，修成了天仙光，万法不侵。她一直都是横推各路对手，从来没有败过。"

"就是啊，我听说她曾经还去追杀过灵族的初代呢！几番交手之下，灵族的一群人都对她很头疼。"

这群年轻强者议论纷纷，都有点不太相信那是凤舞。因为她天纵神资，实在太强了。提起这个天仙般的美丽女子，这些修士都心有余悸。她平日端庄典雅，华贵大方，可是一旦出手，就像一条真龙般，野性十足，让人胆寒。

"听说她为了找一头合适的坐骑，曾经与一些至强种族的天骄对决。若非有人干预，她早就有一头天骄坐骑了。"

"真的假的，还有这种事？"

"这可是秘闻。据说她去过真犼族，也伏击过白灵虎族的少主，还曾……"

"这种事别乱说，不然我等可能会有杀身大祸！"

"真不愧是仙院的凤舞。看来，她做过的凶残事比传说中的还要多很多。"

石昊观看了良久，发现那石头人仍旧一动不动。他有些狐疑，转身回到铜雀坛，向对面的黑色大山传音，问那"无耻二人组"道："我要打进那黄金门？"

"要。唯有如此才能得到青铜宝书。"鸟爷点头道。

"你疯了吧，让我跟一个神灵去对决？"石昊瞪大双眼。他即便是再自信，也不会去干这么离谱的事。

"啥，前方有神挡着？"精璧大爷惊讶道。

"你们是不是根本不知道那黄金门是怎么回事？"石昊愤懑道。

"怎么会不知道。按照我们的记忆，必须要闯过那黄金门才行，我们只是不知道会这么凶险。"鸟爷解释道。

黑色大山上早已站满了人，方才所有修士都见到了那一战，每个人都非常震惊。强大的小石在这里遇上了对手，实在是太不可思议了。

那女子竟然可以与他一战到底，绝对十分强大。

石昊没有多说什么，再次沿着那条路向黄金门方向走去。他反复观察，见那石头人没有生命波动，忍不住想出手一试。他拔下一根发丝，将神力灌注其中，抖手扔了出去。这虽然是一根长发，但此时宛若一道黑色闪电，隆隆而鸣，疾速而至。

“轰！”发丝临近石头人，直接化成粉末，那灌注在其中的神力燃烧成光，消散在虚空中。

石昊刚准备遁走了，甚至不惜要跳下悬在虚空中的青石路，回头却发现那石头人还是没有动弹一下。他收住脚步，疑惑道：“难道这只是一尊类似法器的石像，不会主动攻击，只是镇守这里而已？”

黄金门的另一边，那群年轻修士议论了一番后，终是忍不住好奇，一路寻了过来，站在黄金门前犹豫不决。

“你们在这里干什么，难道想去铜雀坛捉大凶的后代？”有路过的强者问道。

“怎么可能？几万年都没有大凶爬上来了，我们不过是想去凭吊古迹。”一人笑道。

“不太对吧。看你们神色有异，应该是有别的事吧。”

“说出来怕你不相信，我刚才好像看到仙院的凤舞从里面冲出来了。”一人小声咕哝道。

“什么，去看一看！”

# 第316章 灵界

铜雀坛上，石昊几次尝试，那石头人都只是被动化解攻击，没有站起来。他站在门前观察着，再三确定是否能闯进去。

“咦，又有人来了！”石昊惊讶地抬头，看到了一群生灵。

“天啊，那是……”那群人刚走过来，就看到了石昊。

有人伸手指向前方，失声惊叫道：“我没看错吧，时隔几万年，又有大凶的后代爬上来了！这可是大消息，必定会引起轰动！”

“看来，方才我们没有看错，凤舞真的来过这里。这是惊天的大事，赶紧回去禀报，将消息传回去。”

石昊咧嘴一笑，迎了过去。

与此同时，天仙学院内，一个身着黄金衣裙的女子，肌肤雪白，身上发着光，苏醒了过来。她愤闷无比，怒气冲冲。

“呀，师妹你醒了，怎么看起来很生气的样子，好像还伤了元气？”

“气死我了，敢捏我鼻子揉我脸，有朝一日，我定会加倍奉还！”

铜雀坛上，石昊一跃就是千百丈，疾速冲了过去，准备截住这些人。

有人祭出法器。一把天罗伞飞起，在空中不断旋转，垂下一道道乌光，扫向石昊。这东西可以镇压人魂。

石昊抬手间，一柄手指长的晶莹小剑飞出，化成一道光，喷薄惊人的剑气，“哧”的一声将天罗伞切为两半。

“好厉害，不愧是大凶的后代！”有人惊呼道。那天罗伞不是凡物，现在竟然被人斩毁，所有人都色变。

其实，在发现石昊的刹那，有一部分人就已经转身往回逃了。他们曾看到凤舞在这里化成光雨离去，预感到石昊极其危险。

“唰！”

那柄小剑速度极快，喷薄剑光，若一道彩虹斩破虚空，截断前路。

“这小剑看着很眼熟，像是凤舞的剑！”有人低声道，脸色越发难看。他们没有想到这铜雀坛上真的爬上来了大凶。

“诸位既然来了，何必急着离去。不如过来聊一聊，我们畅谈古今，谈法论道，岂不快哉。”石昊边走边道。

此时，一片雾气伴着雷电，蒸腾而起，瞬间将石昊淹没。有人出手，动用了狻猊宝术。

狻猊宝术，可演雷电，可降大雾。当年石昊还没有走出大荒时，以弱击强，与盗匪供奉的魔魂穿山甲祭灵厮杀，便动用过迷雾。后来，他逐渐强大，几乎就没有降过大雾了。今天有人对他动用此术，想要借此阻挡，趁机遁走，自然是班门弄斧。

“只是遗种所传法术，并非纯血狻猊的神通，拦不住我。”石昊笑道。

仅一瞬间，大雾更浓。这是石昊张口喷出的。前方雾霾茫茫，将众人笼罩其中，引来一片惊呼声。那个施展狻猊宝术的人，惊恐万分。他没想到石昊也精通此法，而且比他厉害得多了。

到了石昊这等境界，他吐出的大雾，不仅可以阻人视线，还能影响人的心神，使其不辨东南西北。而这正是此术的真谛。

“砰！”有人遭击，整个人飞了起来，坠落到铜雀坛上。

“轰！”大火滔天。一位强者施展南离神火，整个人像是一个大火炬般驱散雾霭，以寻一条生路。

石昊一招手，太阴之力汹涌，一条尺许长的黑色鲲鱼游动，当场将南离神火泼灭。而后，黑色鲲鱼一尾巴甩出，将此人抽飞了出去，坠落到铜雀坛上。

“拼了！”一些人大叫，纷纷祭出法器，施展宝术。这个地方虹光四射，电闪雷鸣，神禽冲霄，凶兽咆哮。

这些人只是一些普通门派的弟子，怎能与石昊相比，几乎都被镇压了。只有两人没有被镇压，不过那是因为他们过于慌乱，从天路上坠了下去，就此被打回了现实世界。

当雾霾散尽，共有八人被捉住。他们都躺在铜雀坛上，一动也不能动。这一次石昊特别谨慎，镇封了他们身上的所有部位，以免他们兵解。

“你……想怎样？”有人声音发抖，轻声问道。他听说过下界大凶的传说，十分肯定眼前这个少年不是什么善类。

“别紧张。我又不会吃掉你们，只是想跟你们聊一聊。”石昊微笑道，尽量让语气温和些。

“什么，吃掉？”一些人听了脸色发白。据传大凶一天要吃掉数百万生灵，多的时候甚至是这个数目的百倍。

“我说了，只是聊天，配合的话是不会被吃掉的。”石昊说道。他觉得还是有必要震慑一下他们，便取出镇魂塔，在他们面前晃了晃。

这可是在虚神界能真正杀生的魔器，这群人见了顿时如小鸡啄米般点头，生怕他一个不高兴，斩尽所有人。

“那黄金巨门的背后是属于上界的吗？”石昊询问道。

“对，就是上界。”有人赶忙点头道，生怕石昊不悦。

紧接着又有人补充道：“确切地说是灵界，也就是上界太古众神以精神构建的世界。那里只有灵识可以进入，故此被称作灵界。”

石昊点了点头，没有说话。他早就听三黑说过，这种以精神构建的世界，其名字与下界不同。

不用石昊多问，这八人纷纷补充，告知了他很多详情，比如说那黄金门一般是闭合的，除非灵界的人想来铜雀坛，才能从里面打开。

至于那个盘坐着的石头人，过去是有灵的，现在似乎寂灭了，只有神火还在跳动，守护着那两扇金色大门，阻止大凶进入。

石昊把玩那柄晶莹透亮的小剑，感觉小剑灵性十足。近距离观察后，一群人越发确认，这就是凤舞的剑。这个大凶好凶猛，连凤舞的兵器都夺走了，简直不可想象。他真能与上界的初代与天骄抗衡吗？

“看你们盯着这柄小剑，一副惊恐的样子。那凤舞很厉害吗？”石昊问道。

立刻有人点头道：“不是一般的厉害，而是超级可怕。她号称不败，在天仙州这一区域内的同辈中称王。”

不过，上界太大了，大到这些人都不了解上界有多么广袤。他们也不知道上界有多少个州，甚至其他地域是否都以州来论也不清楚。

总而言之，上界英才辈出，各族天骄并立，强者如林，不缺初代。

按照他们的推测，凤舞可能是一个初代，即便不是，也有不次于这等人物的天资，实力强得离谱，深不可测。

“真是一个大舞台啊！种族无穷，奇才并起，让人期待。”石昊心生渴望，恨不得立刻去上界。那里才是他的修行地。他不会缺少对手，可以酣畅淋漓地大战。也许有些人比他更强，但也唯有如此，才能激他奋起直追。

其实，石昊也知道凤舞绝非凡俗。两人对决时，凤舞在最后关头眉心发光，让他都一阵心慌，由此可见其实力极度强大。好在她没有来得及施展出那种神术，否则后果真的难以预料。

“真想立刻上去。”石昊说道。接下来，他继续了解上界的事，对一些风土人情与道统有了一些认识。

“咦，又有人来了。难道我就这么好抓吗？都想来捉我？”石昊诧异道。

那条天路上，有生灵浮现，正在向这边赶来。

铜雀坛上躺着的八人直冒冷汗。刚才他们中有两名同伴守在黄金大门那里，并没有过来，因此没有被石昊擒住。他们一定是报信去了，叫来了更多的人。

“火云洞的强者来了。”一人说道。

这是一群驾驭火焰的生灵，隔着很远，石昊就感到了阵阵炽热。它们手中握着的阵旗，迎着风猎猎作响。

“它们很有名吗？”石昊问道。

“虽非最强种族，但也不弱。看这排场，它们定是出动了不少人马，想将你捉住，拷问大凶宝术。”躺在地上的人答道。

这是一群红发生灵，状若灵猿，并非人族。它们每一个的身高都不过一米五左右，全身火红，只有眼睛是银色的，闪烁着银芒。

“你是哪位大凶的后代，还请报上名来。”一只年老的火红灵猿开口道。

“你才是大凶，你们全家都是大凶。我有名字，叫昊天。”石昊不耐烦地说道。只要出现一拨人就将他当作大凶，他真的有些恼怒。

“降服他！”那只年老的火红灵猿一挥手，众生灵一起向前扑杀。它们挥舞着手中的阵旗，按一定的位置站好，一时间天地变化，大阵开启。

“轰！”这一刻，石昊没有保留，动用最强手段。眨眼间，他的背后大海无量，黑色汪洋起伏。这是鲲鹏法中的太阴海。与此同时，四周绿辉点点，一株又一株草扎根虚空中，爆发不朽的剑意，横扫四方。

这两种宝术，任何一种都可以对战各路高手。而今它们联合出击，威力自然无与伦比。火云洞的阵法虽然厉害，但还是被石昊的宝术斩断了阵旗。这一族倒很果断，失去阵旗的火红灵猿皆自斩，就此化成光雨离开此界。

“至于吗？我只想跟你们聊一聊，别自杀啊。你们这样离去，在现实世界也要休养几个月吧？”石昊开口道。

“噗……”当他杀到那只老猿近前时，它吐了一口血，一闪而没，借助一个卷轴穿透空间遁走了。到头来，石昊只捉到五只火云洞的灵猿。

上界，天仙州，有人在议论。

“喂，听说了吗？火云洞的强者在灵界一下子死了上百个，差点让人给斩杀了个干净。”

“火云洞也不算弱啊！那群灵猿十分凶残，居然有人敢惹它们？”

“因为遇上了更凶残的生灵。下界的大凶爬上来一个，这是数万年都没有发生过的事。那群灵猿去围攻，想夺得凶术，没想到差点让人给吃了。”

“天啊，一个大凶爬上来了，这可是大事！各方天才与强者肯定都会赶往那里，我等赶紧进入灵界去观战吧。”

“走，不能错过这种盛况！”

……

石昊没有在灵界杀生，但其大凶之名已经被传开了。火云洞那群灵猿分明是自斩己身，以逃脱被俘的命运，结果传出去后却变成了是石昊所为。

很快，铜雀坛上躺了一堆生灵。短短半个时辰之内跑来了许多修士，他们都想看看那名为昊天的大凶，不少人因此被石昊封印在了这里。

“你们听说了吗，一个叫昊天的大凶登上了铜雀坛，要杀进灵界了。”

“好凶残啊！听闻凤舞都跟他交手了，不知胜负如何。”

“这么厉害？我听闻有几位初代被惊动了，可能要赶过去与他一战。”

上界，天仙学院。

凤舞坐在湖边，皱着鼻子，一脸不爽之色，使劲踩着脚下的一头凶龟。她自然已经听到大凶昊天的传闻，有点坐不住了。

“我跟他的一战不会被人看到了吧。还有我的仙剑落在那里了，这家伙不会乱说吧？”凤舞自语道。若是大凶昊天将捏她鼻子、揉她脸这种糗事当作炫耀的资本说出去，她非吐血不可。想到有这种可能，她更加待不住了。

“不可饶恕！”她想得到一颗圣丹，立刻恢复元气，杀向铜雀坛。她败得太不甘了，天赋神术没有来得及施展就被偷袭了。

铜雀坛上石昊一人独立，地上满是生灵。他们来自不同的种族，一个时辰就被镇压了一大片。石昊虽然一个也没杀，但是那些自行兵解的强者，全都被认为是他杀的。“昊天”二字俨然已是凶气滔天。

“咦，白银族的人到了。”有人低语道。

白银族很特别。族人皆是半金属半血肉，通体雪白锃亮，银灿灿的，看起来非常强大。据传，他们的祖先是白银古矿中孕育的精灵与人族的一位至尊结合而成，因此他们这一族才会十分强横。

他们的人数不多，但地位很高，一般人都不敢招惹。

“罪血后人，这里容不得你作乱。我白银族除你义不容辞。”一个白银族强者走来，踏在青石路上，锵锵作响。

“虽大凶横立吾往矣，你是怀着这种气魄来的吗？可笑！说得这么冠冕堂皇，不就是惦记我的‘凶术’吗？”石昊嘲讽道。

他已听到身后的俘虏介绍，知晓这一族不好惹，但也没有放在心上。柳神此前斩过一只黑金雀，那是一只先天精灵，而这些只不过是白银精灵的后代而已。

“轰隆”一声，那白银族强者冲来。后方几人盘坐在地，口诵真经。

“不对！”石昊心中一凛。此时虚空凝固，他竟难以动弹。

后方的那几人合力祭出一件法器，口诵经文，催动起来。那件法器若一轮银色的太阳，发出炽盛的光芒，封住了此地。那冲过来的白银族强者没有受到影响，转瞬即至，一拳轰出，击向石昊的头。这一拳狠辣凌厉，绽放白银符文。

远方，一些人大声惊呼。这个虚空中发光的法器为“白银道花”，是该族的秘宝。据传，这是其老祖以自身的银精炼化而成的。

他们将器魂带进灵界，也算是大手笔了。

“开！”石昊低喝一声，浑身发光，体内神力沸腾，竭尽所能对抗。他艰难地抬起一只手，挡在身前。

“轰！”那白银族强者轰杀而至。两者相撞，石昊横飞了出去，摆脱了禁锢。

“竟然逃过一劫。”白银族强者吃惊道。

“区区一朵道花而已有什么了不起，更何况是在压制境界的铜雀坛。今日看我如何摘了你们这朵‘花’。”石昊低语道。说罢，他顶着巨大的压力，缓缓站起，体内绽放神焰，像是背负一座巨山费力地往前行去。

隐约间，他背后的一对鲲鹏翅若隐若现。这鲲鹏翅宽阔无比，由曦光构建而成。群雄看得一阵心惊，惊疑不定。

“杀！”石昊大喝道，动作越来越快。那“白银道花”虽强，却不能压制他了。“白莲道花”只是一件出名的法器，而非真正的至宝，它在这里还是会被规则之力压制部分威能。

“轰！”石昊爆发，浑身神光灿灿，像一个庞然大物出世，一下子冲破了高天，震得周围的人都摇颤。他向前一拳轰去，成片的金色羽毛飞舞。那是鲲鹏羽，蕴有无敌的力量。

对面，那盘坐的几人全都色变，被一股浩瀚的巨力震得飞了出去，不能再加持那件秘宝。而身在场中出手的那个白银族强者则被罡风吹起，疾速逃遁。他知道自己难以镇压对方了。

天空中，金色羽毛无穷无尽，满天飞舞。这些金色羽毛化成一片光雨，爆发浩瀚波动，瞬间将那白银族强者包裹住，拉了回来。

“砰！”

石昊轻轻一按，这位白银族强者口吐银血，倒在地上一动也不能动了。

“走！”

另外几人大叫道，催动白莲道花，让它裹着几人飞逃。然而，后方的一个金色拳头砸来，“轰隆”一声震得秘宝横飞，当场有两人跌落下来，被石昊掳走。

白银族强者持着负有盛名的宝具而来，结果却有三人被镇压。

接下来，越来越多的人赶到。他们都想会会下界大凶，这自然不可避免地会发生激战。他们中的大多数人都很谨慎，但是也有些自负的天才会上去挑战。

结果，大凶昊天越来越勇猛，一群高手被镇压，被扔在了铜雀坛上。

“巨石族的人到了。”有人轻声道。

隆隆声传来，只见一群巨大的石人正往这边走来。它们流淌着山神的血，高达百丈，力大无穷，动辄可搬山移岭。

石昊一声招呼，将打神石扔了出去。

“吭哧吭哧……”打神石对着那些巨石人一阵狂咬，痛食山神精华。这样虽然不能杀死巨石人，却能让它们元气大伤。

这笔账依旧算到了石昊的头上。所有人都说他一口一个吃掉了上百个山神后代，这让他的凶名更盛了。

突然，人群中一阵骚动，并有惊呼声传出。只见一个浑身都是金色鳞片，背负一双神翅的生灵朝石昊走来。这个生灵额上长有一只竖眼，气息强大逼人。

“灵族的人到了。他是甄古的胞弟，天赋惊人，有灵王之称！”

# 第317章 **强者如林**

灵族是一个超级巨族，有很多支脉，族人形态各异，皆强大无匹。

甄古号称天纵神人，出生时出现了各种异象。其左手握凝血化成的战矛而生，是一个真正的初代，为灵族年轻的至尊。而且，据说那杆战矛能够刺穿一切。

来人是他的胞弟，名为甄仑。其实力同样强大无匹，只是没有天赋神术而已。

“特来领教一二！”甄仑抱拳道。他有两米多高，通体金黄，据传这是得到过西方教金刚液的洗礼，化成了金身。

“请！”石昊眸子亮了起来。他早就希望遇上一个强大的对手了，现在终于来了一个劲敌，他十分兴奋。

这个甄仑曾被西方教赐福，是一个了不得的人物，有“灵族之王”的美誉。甄仑带着漫天的黄金光，向石昊冲来。一时间，灿烂霞光挤满苍穹，强大波动震动天地。

一瞬间，周围的许多人都被震上高天，被无量黄金光卷飞了。他像一个巨神，而其他生灵就像稻草人。他就那么微微一动，其他生灵就被其波动震飞。

“当！”一声惊天巨响发出。石昊迎了上去，一只手掌与那金色拳头撞在一起。两者间像是发生了大爆炸，爆发炽盛的光芒。

“嗷！”甄仑大吼一声，满头金色长发倒竖。与此同时，他身后的一对金色翅膀如阔刀般，向前劈斩。

锵锵声震耳欲聋。这个地方道纹浮现，符文密布，若闪电般交织。石昊的手掌接连拍击，对抗那金色的翅膀。

仅一瞬间，两人就大战了数十回合。一时间，雷鸣震耳，金色闪电交织，像是两位天神在大战。

“哧！”甄仑眉心的竖眼此时倏地睁开，里面飞出一片由符文交织成的五色光束。与此同时，大道之音隆隆而鸣，震颤人的灵魂。

在这么近的距离内，任何人都难以躲避。

石昊双臂一展，若凤凰翱翔。一对火红的仙翅展开，挡在石昊身前。这是神凰宝术的第一式。那竖眼中的五色符文全部击在凤凰翅上。一时间，火星四射，铮铮作响，像是响起一曲大道神音。许多人全身战栗，承受不住这种压力。

这是一场惊人的大对决！

竖眼无功，光芒退去。石昊的神凰翅再展，与对方的金色羽翅不断碰撞。

“轰！”一瞬间，石昊身后的鲲鹏翅突然浮现，将甄仑的金色羽翅击得鲜血淋淋。甄仑被震得倒退了出去。

“我在西方教的金刚液池中浸泡了四十九日，修得了不坏之身，没想到而今竟被攻破了。”甄仑轻语道，对石昊的强悍肉身十分震惊。

甄仑没有迟疑，左手发光，凝聚成一条赤红光束。一杆血色战矛自其掌心喷吐而出，爆发无量威能。

“怎么会如此？不是说甄古才是初代吗，为何他的胞弟也拥有这样的神能？”所有人都大惊失色。很多人都睁大了眼睛，不可思议地看着前方。

“哧！”

赤霞冲霄。仅这一瞬间，这天地中只剩下了一杆血色战矛，其他色彩都暗淡了。这杆战矛虽然只有一米长，但发着刺目的红光，仿佛能与天地共存。

那红光太刺眼了，根本无法正视。众人都闭上了眼睛。

一阵激烈的搏杀后，赤霞敛去，众人才能睁开眼睛看清场中的情景。只见石昊右手淌血，上面有一道可怕的伤口，伤口处闪烁赤霞。这是被那根战矛刺伤的。

“如此强大，就跟那传说中的一样！”许多人惊呼道。

甄仑体形高大，浑身金光绽放，背负神翅，如山岳般一动不动地站在那里，气息迫人。

“这就是灵族初代的神通吗？果然厉害，竟能刺伤我的肉身。”石昊轻语道。

“不。我的凝血战矛远不及我胞兄的。”甄仑说道。他不断倒退，每退一步都咳一口血，显然遭受了重创。

“那就去请你的兄长来吧。我想领教一番，见识一下真正可刺穿一切，与其左手共生的至尊战矛！”石昊说道。这个甄仑并非初代就能与他大战上百回合，他更加期待与灵族的那个真正的初代交锋了。

“好，我会将话带到！”甄仑并不盛气凌人，说完后，转身就走。

“轰！”

就在这时，一声天崩地裂的巨响传来。那对黄金门内爆发一股无敌的恐怖波动，震撼人心。

在这一刻，许多人被一股莫大的威压所笼罩，直接跪倒在地上，难以站起来。

接着，一轮金色的大日飞来，浩瀚若宇宙的意志镇压向石昊。

“这是……”许多人大叫道。

在那璀璨夺目的金色大日中，盘坐着一道身影。这道身影闭着眸子，通体璀璨夺目，如神王般高高在上。那金色大日就是其发出的光。

那道身影盘坐不动，直接以身体镇压石昊。

“这是一个初代，是哪一族的？”有人大叫道。这种力量唯有那一等阶的年轻至尊才能拥有。

铜雀坛震颤不已，隆隆摇动。虚空如大风中的一幅破烂画卷，簌簌抖动，仿佛随时会崩塌一般。这是一种无敌大势，世间似乎没有什么可以阻挡此人。

石昊双眉倒竖，瞪着那道身影。此人太自负和强势了，居然盘膝而坐，直接压落，根本就没有将石昊放在眼中。

“哧！”

石昊一手指天，剑气冲霄而上。那是超出了一般生灵的理解能力的剑意，宏大而浩瀚。虚空中，那道身影依旧闭着眸子，姿势未变。

这是何等的傲然？一轮金色大日横空，一个男子盘坐当中，就这样从天降临，巍峨神圣，镇压石昊。

大日璀璨，爆发惊天巨响。金色符文垂落，释放不朽的气机。一道道符光若神瀑挂在空中，笼罩了此地的剑意。

这一刻，剑气与神瀑碰撞，爆发璀璨而炽烈的光芒，令人无法直视，所有人都闭上了眼睛。这种凌厉而强大的攻击，让人灵魂战栗。

“轰！”

天地共振，不断轰鸣。剑气如虹，刺穿霄汉。那轮金色大日爆发璀璨金光，镇压天空。

这场对决激烈而霸气，强大到一般人无法靠近甚至无法以目视之。两大强者冲起的战意如山岳般高不可攀，神威冲天。

“轰！”

又是一声巨响，炽盛的光消散，天地间的景物逐渐浮现，一切都可以看到了。

石昊站在铜雀坛上，衣袂飘动，静若处子。空中，金色大日璀璨，神圣不可侵犯。那男子宝相庄严，紫发披散，依旧闭着双目，盘坐当中，宛若佛陀降世。

这一击看不出输赢。两人都保持着原有的姿势，在此对峙。

“他是谁？”这是很多人的疑问。这个男子高高在上，体内生机蓬勃，蕴有无上法力，仿佛一位无上的神王，神辉万丈。这种气度，这种风采，世间罕见，绝对属于年轻的至尊。

“我知道了。他来自火金族，是一株神藤！”有人颤声道。

火金族，吞火食金，以火焰还有各种金属为食，是一个非常特别的种族。其族人形体不一，有的为神藤，有的为大树，还有的为人形或兽形。

“他竟然是藤一，火金族的年轻至尊，一位近年来崛起的初代，号称不败。他横扫了十万圣山，打败各路强者。”

十万圣山也是一州。那里高山无穷，大岳遍地，当中的圣山就有十万座，是一片原始与莽荒之地。

藤一是一个惊世奇才，号称天下无敌。他由一株火金藤化成人身，天纵神资，所向披靡，虽然年龄不大，却有无上风采。

火金族在当世来说，并不是一个大族，却出了藤一这等人物。他神圣而强大，从未败过。

藤一被人认出来后，所有人都震撼不已，不可思议地看着他。没有人想到他会出现在这里。

“他并非天仙州的人，怎么到了这里？”众人惊疑不定，对藤一有一种敬畏，同时也充满不解。灵界与现实世界对应，十万圣山距离天仙州相当遥远，一般的修士需要走上数年才能到达，而他竟然这么快就赶来了。

“他竟是一株藤所化，还能吞金食火，这还真是奇妙。”石昊自语道。他听到了众人的议论，目露惊讶之色。

“你很强，出乎我的意料。”藤一开口道。他被金色大日笼罩，盘坐在虚空中，威严而神圣，一点都没有一株藤的气息，倒像是神佛。

神觉强大的人可以感知到，他体内有一股如海的滚滚血气，浩瀚无穷，收在其血肉中。这股血气一旦爆发，必将震世。

“他虽然年龄不大，但已成为火金族护道者之一。”

显然，藤一的身份超然。

“有生灵从下界攀上铜雀坛，我特来降伏，押回为我护圣山。”藤一开口道。他是来镇压石昊的，想将他捉去守护山门。

“嚣张！”石昊只有这两个字。此人神圣而超然，却非常自负，石昊极不喜欢这样的人。

“嗡！”

虚空中发出一声轻鸣。藤一双手结印，左手捏神月，右手捏大日，向下镇压而来。

这一刻，光芒万丈，璀璨无比。

日月神印是一种流传久远的古老宝术，不知是何族开创，而今真正懂得其中奥义的生灵就凤毛麟角了。

此时此地，藤一再现此术，引人瞩目。所有人都瑟瑟发抖，感觉像有无尽的山岳压来，整个人都要窒息了。

石昊丝毫无惧。他黑发飘舞，左手乌光闪烁，掌心浮现一枚鲲鱼印记，整个人的气势暴涨，若一位神魔傲视天地。

“轰”的一声，他迎了上去，与藤一撞在一起。一时间，月光满空，柔和一片，而后又有黑色汪洋冲天而起，冲洗明月。

这是一种天地奇景，震撼人心!

随后，炽盛的光芒绽放。藤一的右手化成一轮大日，拍落下来。那刺目的光无穷无量，净化每一寸空间。

石昊黑发向后飞舞，右手掌心浮现一枚鹏鸟印记，金色光彩绽放，轰杀向天。

这是一场剧震，天穹仿佛被击穿了，到处都弥漫着强横的气息。璀璨的光照向每一个角落，无穷无尽。

“嗡”的一声，就在千钧一发之际，铜雀坛发光，一只古雀从里面飞出。这只古雀是由符文所化，展翅击天，封印了这片虚空，使他们的能量不能倾泻出去，以免危及其他人。

“日月当空，天地轮转！”藤一口诵经文，双手捏日月神印，宝相庄严，无比神圣。一时间，天地倾覆，虚空中浮现无数大星。一颗又一颗大星璀璨夺目，一同镇压石昊。

石昊表情严肃，双手缓缓合在一起，而后猛地一动，天地间神芒爆发，仿佛世界末日来临了一般。他左手捏鲲印，右手捏鹏印。太阴之力与太阳之力交融，黑暗与光明交织，宛若开天辟地。

虚空中日月暗淡，砰砰声不断传来，诸天星辰不断破碎，簌簌坠落。

这是异象，并非真正的大星，但同样可怕。这是一场龙争虎斗，是法力的对抗，是秩序规则的冲击。

石昊虽然击穿了藤一的日月神印，但没有将对方轰杀下来。他心中一凛，不由感叹藤一确实是一个强劲的对手。

藤一依旧盘坐在虚空中，被一轮大日笼罩着，神圣而威严。他闭着双目，双手同时结印，高举过头顶，状若宝瓶。

一个真实的宝瓶，迅速在其双手间凝聚成形。这个宝瓶通体火红，晶莹灿灿，赤光滔天，瓶口喷吐火雾，对准了石昊。

“火金宝瓶印！”许多人脸色大变，惊呼出声。

火金族在当今虽算不上强族，人数也很少，但在太古前绝对强横，号称十大种族之一，威震上界。

那时，该族糅合各族法诀，开创了火金宝瓶印。此印有夺天地造化之威能，震古烁今。后来，随着该族的没落，这一法门失传，到了这一世早已无人可以修炼。

人们想不到，这一法门今日竟能再现，而且与骨书中所描述的一模一样。藤一手捏宝瓶，高举过顶，吞吐宇宙洪荒气，威能盖世。

“这个不是失传了吗？他才多大啊，怎么可能再现这一无敌宝术？”众人目瞪口呆，躲在封印的战场外，议论纷纷。

藤一双手高举过头顶，凝结宝瓶，对准了石昊。

石昊如临大敌，小心戒备着。藤一这般强势，并非故作姿态，而是真我的体现。他有资本这般自信。

石昊通体发光，运转鲲鹏法。可以看到，一只又一只不足一寸长的小鲲鹏，在其体表流转，向其掌心凝聚。

石昊一手指天，一手指地，爆发阴阳二气。这是最本源的力量。二气轮转起来，宛若要灭世般爆发强大的威能。

“轰！”

藤一双手微振，其头上的宝瓶发光，喷薄无量符光，全部冲向石昊。

南离神火内，一只火雀横舞，发出鸣叫，震慑各族。太阳精火内，一只金乌展翅，弥散黄金气，扑杀而来，冲击向石昊。涅槃生火，沸腾而涌，璀璨夺目。一只神凰羽翼亮丽，浴火重生，越发强大，挟浩荡天威杀来。

仅在这一瞬间，藤一头上的宝瓶便已经喷吐数种天火。每一种都是某一领域之最，恐怖无边，能焚尽世间一切。

所有人都呆住了。这是何等可怕的神通？火金宝瓶印，这样一个神通便糅合了几大强族的部分奥义，当真是盖世。

石昊心头震动，双目如神灯，光芒慑人。他双手挥动，阴阳二气滚滚而出，击向前方。他遇到了大敌，必须全力以赴，否则若有失误，很可能会殒灭在这里。

火雀舞动天风，俯冲而下，强势惊人。南离神火伴在其身畔，加持其威能。石昊抬手间，一指点向火雀的头，太阴之气滚滚而出。两者间符文绽放，爆发成百上千重光芒，照亮人间。

金乌高声鸣叫，黄金翅若天刀般斩落。其三足更是绝世锋锐，伴着太阳精火，抓向石昊的天灵盖，狠辣无情。

石昊右手一动，掌心金色符文闪烁，震碎太阳精火，同时拍向空中，硬撞金乌的翅与爪，锵锵作响。神凰带动着生死奥义，双翅一展，扑向石昊。石昊张口一啸，吐出一口精气，阴阳二气并起，镇压神凰。

天火降世，神禽扑击，谁与争锋？火金族作为昔日的十大种族之一，糅合各族神通的奥义，开创这一镇教神通，无与伦比。不过，他们只得到了各族神通的部分奥义，否则这一宝术就是真正的世间第一了。

不过，即便如此，此术一出，也可横扫当世。它采百家之长，另辟蹊径，夺了人间造化，没有几种宝术可以与之抗衡。

好在石昊得到了完整无缺的鲲鹏宝术，才能对抗这一盖世奇术。

这一刻，两人间神禽长鸣，宝光无数，厮杀激烈。这是真正的巅峰对决。自从与重瞳者一战后，石昊很少有今日的这种竭尽所能、奋力拼杀的体验。他腾空而起，捏鲲鹏印，斩向大日中的藤一。

“嗡！”下一刻，大日摇动，不断轰鸣，光芒更为强烈了。盘坐在当中的藤一猛地一震，通体火光滔天。他没有预料到石昊会这般强大，竟杀到了他的身边。他原想要捉石昊去守山门，现在看来难度极大。

“轰”的一声，藤一双手所结的宝瓶越发鲜红，剔透生辉，瓶口喷薄出更为灿烂的火光。

“咦……”石昊杀到近前，发现了那火雀、金乌和神凰都是残缺的。这就意味着这一宝术所截取的各族奥义并不完整。这是秘密，不应该显露出来才对。藤一为何会将各族的残术施展出来给敌人看呢？

下一刻，石昊明白了。那火雀、金乌和神凰相互撞在一起，爆发出的火光一下子淹没了天地，将石昊生生震飞。

数头神禽同归于尽，释放出的力量震得石昊嘴角淌血。这实在是太强大，太惊人了。

与此同时，在那殒灭的几只神禽前，火光的颜色在逐渐变化。那火光的颜色先是乌黑，而后深紫，最后如血一般，十分瘆人。神禽消失，只剩下火焰。这些火焰如血液迅速冲向石昊，散发的气息让他一阵心悸。

“业火！”有人大叫道，面色苍白，十分震惊。

人心皆有恶，业火可焚烧世间诸罪，净化一切戾气，将所有的罪恶都化归虚无中。这并不是说，业火比南离神火与金乌火等强大，只是它的针对性太强了，在决战中能点燃人心中的恶，动辄能让人形神俱灭，十分可怕。

业火带着一股邪气，发出红艳艳的光，释放一种诡异的力量波动，瞬间将石昊笼罩了。所有人都心头一震，人们知道，这个名为昊天的大凶完了。这种火焰，不能沾身，唯有躲避。

“轰！”然而，结果令所有人都大吃一惊。那个地方爆发恐怖气息，一道神魔般的身影在火焰中若隐若现。

石昊双臂舒展，一手指天一手指地，分别绽放阴阳二气。这两种气笼罩其身，化成了一件阴阳神衣，穿在他身上。

这好比大道之袍，遮拢其身，令他万法不沾，使那业火无法点燃他的形与神。与此同时，石昊纵身而上，捏鲲鹏印，再次轰击那轮金色大日，斩向藤一。

“嗡”的一声，金色大日被石昊生生震碎了。石昊迅若雷霆，右臂如天剑，横扫藤一的颈项，左手则点向其眉心，要诛其元神。

藤一通体是火，双手捏印成宝瓶状，迅速压落，对抗石昊的至强一击。

“轰！”宝瓶阻挡在藤一身前，形成璀璨光幕，阻隔石昊的攻击。

“当！”石昊的左手指点在宝瓶上，发出一声脆响，传进人的心中，震荡了很多人的灵魂，使他们几乎要魂魄出窍。

那赤红色的宝瓶光泽暗淡，神火渐消，剧烈颤抖着。

石昊另一只手斩落，生生震开了宝瓶，几乎压在了藤一的颈项上。金光一闪而没，有血飞起。藤一浑身绽放火光，躯体疾速横移。一轮残碎的大日包裹着他，退出去百丈远。

众人看得心惊肉跳。这一战变化太快了，两人间符文密布，宝术绽放，疾速交锋，让人目眩神摇。

“到底谁败了？”所有人都屏住了呼吸，暗自揣测着。

石昊站在原地，身穿阴阳二气构成的大道神衣，擦了擦嘴角的血，身上发出宝光，疗治其伤体。另一边，一轮金色大日再现。藤一不再盘坐，站在了那里，其颈项间有一处伤口，上面有鲜血渗出。他用手一抹，伤口愈合并发出光芒，也在那里疗治自己的伤体。

两人都负伤了。孰弱孰强，现在还不能下定论。

石昊黑发飞舞，神情平静，犹若一位谪仙，身上流动阴阳二气。他决定主动出击，一步一步向前逼去，要将藤一击败。

“轰！”电芒滔天。在石昊的身前与背后，出现了上百头狻猊。这些狻猊一个个都跟小山似的，压满虚空。

所有狻猊都咆哮着，吞吐电芒。其实它们自身就是闪电所化，这个时候演化雷霆海，挟着一颗颗星，呼啸着，将前方淹没。

“万法皆退！”藤一轻喝道。他在虚空中迈步，身后浮现一株藤，犹若金霞凝聚而成。这株藤晶莹灿烂，轻轻一震，发出无量火光，守护住他的身体。而笼罩他的大日，就是这株藤散发的黄金火形成的，隔绝宝术，超然世上。

藤一依靠这株藤，散发火光，形成一个场域，抵住了无穷闪电。他与石昊之间符文闪烁，而后又溃灭。这是一场大对决。与此同时，藤一双手再结印，再次形成宝瓶。这一次宝瓶不是赤色，而是白金煌煌，犹若剑气凝聚成瓶。

火金宝瓶印，自然分火与金。此前只展现了一种奥义，现在展现第二重奥义。一时间，此地出现一道夺目的仙光，似一柄仙剑出世。

那宝瓶若仙剑，射出成千上万道剑气，向前劈去，将石昊淹没。

石昊色变，用手一点，流转阴阳二气，化成一块盾牌，阻住这汪洋般的剑芒，而自身则推着盾牌，疾速向前冲去。

“火金宝瓶无量斩！”藤一大喝，通体绽放神辉。他手持宝瓶，对准石昊，那喷薄的剑气如海浪一般，向前杀去。

“轰！”石昊身上发出雷鸣声，大道神衣发光，守护其身。他双手相合，阴阳二气融汇在一起，而后他大喝一声：“阴阳逆转！”

此时，在石昊的双手中，绽放惊人的符文。那是阴阳二气融合归一后所释放的，隐约伴着丝丝缕缕的混沌气。

众人看得倒吸了一口凉气。混沌分阴阳，而今阴阳倒转，回归原始，虽然只是一点，但当真是惊世。

一般来说，其他种族的神通，终究不是本族的术，无论修炼到哪一步，都很难超过原本的那个种族修炼后的威能。但此时人们觉得石昊与真正的鲲鹏相比也不差，他似乎将这一神通悟透了，达到了一个极境。

“当！”

石昊双手间射出的符文，伴着丝丝的混沌气，全部击在那煌煌宝瓶上，威势惊人，响声震耳。

这一刻，那宝瓶碎掉了，而石昊发出的诡异符文也渐渐消失。两人皆倒退，各立一方，都在凝神戒备着。

众人震惊不已。这场对决竟然如此激烈，难道连藤一都镇压不了下界这个名为昊天的大凶吗？

藤一威震十万圣山，一州无敌，出世以来根本就没有败过，也无平手之局。而今，他竟然遭遇了这等强敌，众人怎能不震惊？

这一战的结果无论怎样，单凭石昊与藤一战到这一步，就足以震动灵界了。他的名字要在天仙州流传，在十万圣山州远播。

刹那的沉默后，石昊十分凌厉，再次向前杀去，喝道："让我看一看你的至尊术如何？"

石昊最渴望的还是与对方的天赋神术对决。他想看一看上界所谓的初代到底有多强，并且还想检验下他自己的至尊骨。在下界，他的至尊骨基本上快无敌了，他想知道至尊骨在与上界的初代对决时能胜几筹。

至尊骨所孕育的符文，是石昊自己的术，与他最为契合，可以发挥到极致。

"我的时间到了，没有办法施展至尊术。"藤一轻叹了一声，遗憾道，"今日竟不能收你回山门。"

众人心中一凛，瞬间明白了。藤一是以禁法在灵界中横渡的，故此可以从十万圣山州快速赶到天仙州，但代价极大，巅峰对决的时间有限。

"要你何用？"石昊大怒道。他最期待的至尊术对决竟然要失之交臂，这让他万分恼怒。

藤一闻言也怒了，第一次睁开了双眼，眼中金光慑人。从来没有人敢与他这般说话。

众人惊得目瞪口呆。藤一若睁眼就是要释放至尊术，发挥其初代神威。不过众人也怀疑，此时他即便睁了眼，也难以施展至尊术了。

果不其然，藤一的身体渐渐暗淡了下去，没办法施展至尊术了。

"没用，你来作甚？"石昊愤懑道，"既然如此，你今天就别想轻松离开。"

"嗡！"

石昊的胸骨发光，绽放神秘符文，瞬间扫中了藤一。藤一原想约定下次再战，而后从容离去，不承想石昊竟会二话不说将他扫中。

眨眼间，藤一化成一株藤，而后变成点点光雨，疾速飞入黄金门。

众人震惊万分。藤一竟化成了光雨，如此狼狈地离开，这大凶真是太恐怖了。所有人都知道，藤一将来必定会在现实世界中与石昊决一死战。到了那天，肯定会有至尊术大对决的场景。

“真扫兴。”石昊咕哝道，敛去了强大的气势。他看起来十分清秀，犹若一个邻家少年。

直到这一刻人们才发觉，眼前这个大凶实在太年轻了，看起来只有十五六岁的样子。众人盯着石昊想把他看个仔细，但他脸上有一层迷雾，众人根本看不清。

“谁敢与我一战？”石昊仰头，冲着黄金门方向大喊道，“可有初代或至尊过来一战！”

这样一声大喝让许多人转身就跑。

“谁敢一战？”石昊再次喝道。

他的话音刚落，所有人都冲向黄金门，逃离了铜雀坛。

除了初代和一族的天骄至尊外，根本没有人敢上前。但是那等人物都各据一方，极少出现在此。

“这石头人无声无息的，好像我不攻击，他就不会动。”石昊走近黄金门，看着门前的石头人，琢磨着。

最后，他一咬牙，道：“拼了，大不了我也自行兵解一回！”

他迈步而行，轻轻地从石头人身旁走过，顺利进入了黄金门那边的世界。

“天啊，大凶竟然进入灵界了！”

“名为昊天的大凶降临我们这一界了！”

石昊刚跨入灵界，便有一群人无比震惊地大声呼喊。

# 第318章 灵界行

“这就是灵界？”石昊站在黄金巨门的这一边，踏上与上界有关的领域，抬眼四顾这片神土。

前方，成片的石崖耸入高天，崖面乌黑，石缝中生长着宝药。巨大的凶禽巢穴筑在光秃秃的石山顶上，有煞气浮现。

另一边，山岳巍峨，若蛰伏的巨大瑞兽，蕴含灵气。那里郁郁葱葱，木藤虬根，若龙一般盘绕在山峰上，数千丈的银瀑垂落山底，蒸腾着阵阵氤氲气。

远方，古木参天，有史前巨兽出没其间，有威猛神禽展翅横空。

石昊心中波澜起伏。他从这里便看出真实的上界一定会更强，更富有生机，更适合修行。一群人站在远处，有些惧怕，有些惊异。他们不知道石昊接下来要做什么，皆在低声议论着。

“时隔几万年，一个大凶再次进入灵界，他会搅出怎样的风雨？”

“我上界初代崛起，天骄并立，一旦得到消息赶来，他注定会被收服，成为某一圣地的护山神兽。”

石昊的灵觉何其敏锐，闻到低语声，猛地一瞪眼，一道光束破空而去，吓得正在说话的那个人“哎呀”一声，瘫软在地。

这是源自灵魂的震慑力，以神识镇压。

“好可怕！他不会要吃掉很多生灵，横扫一州吧？”一个小女孩吓得哭了起来。

石昊闻言哭笑不得。他自己根本就没有主动杀生，一路上态度也还平和，怎么在这些人眼里就变得这么穷凶极恶了呢？

“好白的牙齿，还闪闪发着光，真吓人啊！他该不会要扑过来了吧？连火金族的藤一都没能镇压他，我们还是赶紧离开灵界回到现实世界中去吧。”两个小女孩抱在一起，哇哇直叫，而后跑了。

随后，一群强者似乎受到了她们的感染，也都一哄而散了。

“别走啊，留下来谈一谈，我不吃你们。”石昊在后面喊道，尽量和颜悦色。

“吃人啦，快逃啊！”就连那些成年强者都落荒而逃。在他们看来，石昊的笑就好比鳄鱼的眼泪，是引诱他们上钩的陷阱。

石昊在后面跟着，很快就追上了一些人。他亲热地拍了拍一个手持狼牙大棒的威猛大汉，道："兄弟慢点，有话跟你说。"

"啊，妖孽！"威猛大汉拼命挥动着狼牙大棒，想要逃走，结果却被石昊一指弹碎了兵器。威猛大汉不想落入石昊的手里，疯狂燃烧潜能，要自行兵解。

石昊摇头道："我又没想把你怎么样，你怎么非要把自己给逼死呢？"他放开了威猛大汉，身影一晃，出现在一个年轻人面前。这个清秀的少年一看见石昊，一翻白眼，吓昏了过去。

"哇哇哇……"前方，几名少女大叫着，吓得脸色苍白。

"孽障，休得凶狂。看我来降妖伏魔！"这时一个通体金黄、如怒目金刚的强者赶到。他头发不过一寸长，将手中的一个钵盂向石昊砸去。

"太好了，西方教的一位尊者云游到此，我们也许有救了！"一个少年喊道。

石昊长啸一声，不灭金身战衣浮现。他的肉身在变化，竟然瞬间化成了一头鲲鹏。这是七十二变神通所致，是石昊最近摸索出的这一神通的最强大之处。他瞬间化身为鹏，而后运转该族宝术，将之发挥到极尽，与一头真正的鲲鹏无异。

这一刻，天地轰鸣，恐怖波动浩荡数十里。一头鲲鹏金光刺目，身上带着黑色斑纹，拥有无敌之势。

"当！"鲲鹏一爪子落下，将那至强宝具钵盂降服。钵盂上的所有光彩全部消散，里面的杀气也消失殆尽。而后，鲲鹏大翅一挥，若天刀割裂天地，将这位西方教的尊者击飞，落入了他自己的钵盂中。

众人震撼不已，全都傻傻地站在那里，感觉从头凉到了脚。下一刻，石昊化出人身，看着在钵盂中挣扎的尊者，道："降妖伏魔，我看是我收你吧。"

"逃呀！大凶昊天杀进上界，连西方教的尊者都被他吃了，唯有教主级强者，还有各族年轻的至尊才能抵抗。"

瞬间，漫山遍野到处都是逃遁的人影。

石昊一路跟随，一边跟钵盂中的尊者聊天，一边追逐众人，追上一个就问一些自己想知道的事情。

这样一来，就形成了一种奇景。一个人追得无数修士飞逃，最后被追赶的人越来越多，密密麻麻的，也不知道有多少。

当追出去五百里后，这些修士已经汇成了一股洪流，就连山中的凶禽猛兽都被惊动了。灵界宛若发生了一场动乱，兽潮涌动，修士奔逃。

在灵界中，除了兵解，要想安然离开，必须从来时的地方走出去。因此，许多人都在狂逃，不想因为兵解而在现实世界中受创。

“大家不要怕，各族的天骄与大人物已经得到了消息，他们马上就要赶来了。到时候，他一定会被镇压的。”有个别人并不惧怕，一边逃一边这样说道。

但是，当石昊追上来时，他们一见到石昊手中的灭魂针和镇魂塔就吓得直哆嗦，不敢吱声了。

最后，石昊的前方各种生灵皆有，天上地下密密麻麻的，黑压压一片。

“真不关我的事。”石昊也很无奈。他已经尽量让自己看起来和善了，但他那洁净的牙齿落在那些人眼中就像獠牙，而和善的笑更被视作“温柔的陷阱”。

“罪血后代，竟敢如此张狂，来上界逞凶！你的祖先都被镇压了，你又能掀起什么风浪？”一个清朗的声音传来。

远方的一座大山上，一个男子独立山巅。随着他的声音传来，一条金光大道从山巅铺展而来，瞬间就冲到了石昊近前。他站在金光大道上，随着大道的延伸，一同移了过来。

这个男子满头金发，战衣猎猎，眉心处有一个莲花印记，袍袖上绣着一株金色神莲，熠熠生辉。这个人一看便知实力惊人。

石昊十分讶异。这是何族人，难道又是一个初代？不过，这等人物天各一方，不太可能同处一地。

“这是青仙的兄长青歌！”有人惊呼道，停了下来，露出兴奋的表情。

石昊一听就知道，这个人的妹妹才真是了不得，不然何以提到他时会先提起他妹妹。

“莲族年轻一代的女至尊青仙的哥哥到了，这是不是说明她就在不远处啊？”一些人振奋道。不过，更多的人还是选择往远处逃。众多生灵若洪流般滚滚前行，都想着离那大凶越远越好。最后，只剩下了一些强者在远方观战。

“莲族，你是一株莲花化生的吗？”石昊问道。

“何须多言？待我将你擒下！”青歌冲来，一头金色发丝璀璨，双目于瞬间化成淡金色，强大气息暴涨。

“轰隆！”虚空中腾起无尽大火，熊熊燃烧，卷上天空。一株又一株金色神莲浮现，伴着大道气韵。

“咦？”石昊相当吃惊。这气息很可怕，居然威胁到了他。

在烈火中，一株又一株金莲生长，很快就有十丈高了。它们全都巨大无比，无论是根茎还是叶片抑或是花朵都为黄金色。

这青歌也是一个奇才。这是他唯一修行的神通，但只依靠这一式，他就可以睥睨同代。烈火种金莲，凝结天地大势。他瞬间秉承天意，执掌神罚，天人合一，进行裁决。

一般来说，只有点燃神火的人才能初步体悟到那种无上的法则，并以此来执掌神罚，可青歌现在就能接触到了。

“轰！”所有金莲摇动，散发金色符文，带着无尽的火光，向石昊镇压而去。

仅一瞬间，石昊便感觉压力倍增，危机重重。他毫不犹豫，瞬间化生出三头六臂，而后催动无穷闪电，对抗漫天金莲。

激烈碰撞中，石昊冲击了数十次，终于将青歌震得口中咯血，横飞了出去。青歌虽执掌神罚，但毕竟境界还不到。一株株金莲合在一起，化成了一朵莲花，将石昊包裹在当中，蒸腾起无数金色氤氲雾气，散发恐怖波动。

“炼化！”青歌大喝道。

众人惊叹。青歌不愧是一个奇才，要不是他的妹妹太过耀眼，他肯定会受到更多的关注。烈火燃烧，金莲璀璨，石昊被裹在当中，进行对抗。这是他第一次遇上这样一个难缠的对手。

“轰！”突然，石昊冲了出来。金色莲花炸开，光雨洒落，残破的莲瓣飘落。青歌被震倒在地上，神情十分沮丧。他终究还是差了些火候，现在还不是石昊的对手。石昊浑身发光，伴着雷电，符文密布，一把抓住了青歌。

“该回去了。”石昊自语道。要是待得太久的话，那黄金巨门被人堵上就麻烦了。毕竟，他的肉身还在下界，若是与下方割断了联系，其肉身早晚要枯死。

“别兵解，我只是跟你聊聊，不会逼你。”石昊开口道。他见青歌要以秘法自斩，便阻止了他。

“嗖！”而后，石昊化成一头鲲鹏，展翅凌空，抓着钵盂和青歌冲出黄金门，来到铜雀坛上。接下来的交谈虽然不是很顺利，但石昊也了解到了一些自己想知道的事情。他同他们确定了一下，前往上界的那几条路中究竟哪一条更稳妥与安全。

最后，他依言放了所有俘虏，大袖飘飘，向那条天路走去，决定重回虚神界。石昊不知道，在他离开灵界后，黄金门的那一边一片喧沸，一些至强者赶来，更有真正的初代亲至。

# 第319章 吞食千万生灵

大凶昊天闯进灵界，引发震动。无数强者赶到灵界，冲到黄金巨门前，想与那大凶昊天一较高下。这其中有一些人被熊熊燃烧的神火包裹，一看就知其绝非一般的神。

此外，还有真正的年轻至尊闻讯而至。他们听到了大凶昊天的战绩，皆赶来进行镇压。可惜，石昊已经离去，他们都来晚了。

“杀下去看一看！”有人提议道。

一株青莲载着一个女子降临铜雀坛。这第一个行动的是青仙，她要为兄长出头，直接踏上了那条通往下界的路。这条路上不能飞行，只能靠双脚走下去。

接着，有一个点燃神火的生灵化成神光，沿着那条路冲了下去。

突然，众人惊呼道：“灵族的甄古来了。他手握凝血化成的战矛而生，那战矛可刺穿一切阻挡！”

铜雀坛上，一个金色身影一闪而没，冲了下去。

“滕一的真身到了。天啊，他要与那大凶真正一战！”这一日，灵界震动，天仙州沸腾，一些强者与大人物纷纷出现，赶往铜雀坛，沿着那条古路下界。

石昊大袖飘飘，沿着漫长的路从天而下，比上山时的速度快多了。对面那座黑色大山上，虚神界的众人也早已撤退。众人看了今日一战后都震撼不已。很多人都已经猜到，那是上界。看到了那样的战场和那样的战斗，他们都觉得不虚此行。

石昊沿着漫长的路，走进了青铜门，回到了自己所在的大界。

“快，闭合！”鸟爷用手一点，那两扇山岳高的巨门隆隆关闭。混沌气随之弥漫，将这里淹没。石昊惊异不已，回头看去。

“有人追下来了，绝对是至强人物。他们如果冲进虚神界，后果将不堪设想。”精璧大爷说道。

“可以考虑开辟一个牢笼战场。”鸟爷道。

“算了，下界积弱，对抗不了那些人。”精璧大爷摇头道。

石昊看着他们你一言我一语的，怀疑他们心中的疑惑被彻底解开了。他忍不住问道：“你们两个难道是虚神界的构建者，是两位古神？”

“想不起来了。”鸟爷摇头道，而后他露出奇异的神色，道，“我感觉自己的真身在上界。”

“啥？”石昊吓了一跳。这两人到底是什么来头，为何真身会在上界？

一些老者曾说，他们祖父那一辈的人就已经看过这两人在初始地出没了，那可不是一段短暂的岁月。而且，两人真正出没在虚神界的时间可能更为久远，只是没有人注意而已。

若照这样推算，他们的精神意志离开上界最起码有百年以上了。如果真是这样的话，他们的肉身多半早就枯死了，除非其肉身不朽不灭。

“你们确信？”石昊露出怀疑之色，问道。

“唉，想不起来了。”精壁大爷摇头道。

“我的青铜宝书呢？”石昊询问道。这才是他最关心的问题。

这一次，没有纪录碑浮现，只洒落了漫天光雨。许多人都呆呆的，敬畏地看着石昊。紧接着，一块青铜片坠落，出现在他的掌中。

“才一块，还差一块啊？”石昊大呼道。青铜宝书要由十块青铜片组成，而今他已经有九块了。

“你虽然进入了灵界，但是没有杀到足够远的地方。”鸟爷摇头道。

石昊闻言紧皱眉头。这是不可能完成的。他一旦去到过远的地方，绝对会被人截断后路，到时候他就会被困在灵界，下界的肉身将会枯死。

“若我的真身去了上界后，我从那黄金门中下来，算不算成功？”石昊问道。

“这是作弊啊。”精壁大爷怪叫道。

“总不能让我去送死吧。”石昊撇嘴道。

说话间，他们身后的那两扇青铜大门剧烈抖动，隐约间还有阵阵啸声从后面传出，波动剧烈无比。

“果然惹下来了至强者，幸好我们关闭了封印之门。”鸟爷擦了一把汗。

说话间，他们两人在门前剖开土层，一个尺许高的小祭坛从土里升了起来。祭坛上面光华闪烁，如镜子般映照出一些景象。

“有神灵下来了！”鸟爷道。

石昊闻言向前看了看。他看见几团炽烈的神火，还有一些年轻的强者正在青铜门后奋力撞击。他摸了摸鼻子，暗叹道：“这可闹大了！”

好在青铜门坚固不朽，无论他们怎样撞击，都无法冲破。

石昊回到现实世界中，睁开了眼睛。这次的经历真是太奇妙了，神识进入了灵界，先体验了一番上界。

“不久我就要离开这里，去到上界了。”石昊轻语道。他在皇宫中行走，来到一处宫苑，见清风正在自语道：“当人皇，我没准备啊，怎么才能做好呢……”

石昊轻叹了一声，没有同清风打招呼，而是悄无声息地离开了这里。清风有些柔弱，而他也并不愿意让清风做自己不想做的事情，他决定实在不行就把皇位交给战王。这件事不能等了，他没有时间可以耽搁，很快就召来了战王、鹏九和几位老王，将心中的打算向他们说明。

“其实，我倒有一个人选。”明王说道。他得到了一枚小涅槃丹，而今也成为尊者。

“明王请讲。”石昊说道。

“混天侯石恒。”他说出了一个人的名字。

“是他！”石昊有些惊讶。当年他第一次来石都时，曾与混天侯同在一个拍卖场，对方拍走了一件上古法器血魔尺。在随后的一次聚会中，两人还把酒言欢，谈了很长时间。石恒表面看上去放荡不羁，沉迷美色，其实天资超凡，精明强干。在石昊崛起前，他就成为了石国最年轻的王侯。

战王补充道：“石恒的确是一个人才。我等都老了，他年富力强，正当盛年，这么年轻就是一方王侯，将来成为尊者是必然的。”

“当初他也是继承人的人选之一，若不是你崛起了，老皇很可能会将皇位传给他。”鹏九也这样说道。

石昊点了点头。他当初就知道，这个石族最年轻的王者有竞逐皇位的资格。

“待我认真考虑一番。”石昊点头道。虽然他已经确定要将皇位传给石恒了，但他仍旧下令不得走漏半点风声。

接下来的几日里，石昊处理了一些事情后就开始钻研万灵图。这是他迟迟不去上界的最主要的原因。他想进一步体悟那种博大精深的奥义，然后再去上界。

“我在短短一年内不断破关，如果现在服下小涅槃丹，进入尊者境是否太快了？”他自语道。他的进阶速度确实有点异常，而且依靠宝丹进阶让他有点不安。

“还是先钻研万灵图吧，若是能借此自然而然地破关，那就无所谓了。”石昊轻语道。

半个月后，他放下了万灵图，暂时结束了钻研。这段时间他收获极丰。万灵图诠释了《原始真解》的奥义，让他感觉自己面前开启了一片崭新的天地。

“近来有什么事吗？”石昊问鹏九道。

“有上界的贵客曾经来访。”鹏九道。

蓝雨、碧古、红凰、水月等曾经来访，可惜石昊正在闭关，无法出来相见，他们留下口信，暗示只要石昊加入他们的门派，便可带他一起去上界。

石昊摇了摇头。对一般人来说，进入上界比登天还难，但他相信，自己能靠自己的力量上去，而且他也已经知道了一些特别的古路。

两日后，皇宫内的祖祭坛震动，一块骨书自里面出现。石国定是发生了大事，否则各地不会动用这种方式传书。

# 第320章 西疆大乱

“西疆大乱！”鹏九颤声道，快速将骨书送到石昊手中。

石昊接过来一看，双眉倒竖。混天侯负责镇守西疆，正是他十万火急发回的骨书，上面写得很清楚，吞天雀再现，将点燃神火，并且已经吞食千万生灵。

“这个畜生果然还活着。”石昊自语道，握紧了拳头。当年这头凶禽血屠方圆五万里，将石村所在大荒的部落和其他大族的人全部吃掉了。而今，它再次出现，肆无忌惮，戾气仍旧如此之重。

石昊腾地站了起来，目露寒光。

鹏九急忙劝阻道：“陛下，吞天雀肯定初步点燃神火了。这个种族的生灵需要吞食大量的天地精气才能进阶，它不惜暴露己身，必定是在疯狂冲击神境。而今下界无神，陛下若是贸然前往，很可能会沦为它的血食。”

“它不是才开始尝试冲击，还没有点燃神火吗？”石昊看着骨书道。

鹏九摇了摇头，以无比肯定的语气道：“肯定初步点燃神火了。那头凶禽十分狡诈狠辣，这一族唯有点燃神火时才会这般凶狂。”

战王、明王等接到消息，全都火速入宫，与石昊共商应对之策。而今天下无神，不知还有谁能制衡吞天雀？

“吞天雀，我该与它有个了断了。”石昊轻语道。

几位尊者闻言皆惊，急忙劝阻。他们向石昊请命前去解围，不想让他犯险。吞天雀已经初步点燃了神火，根本不可战胜，他们怕石昊殒命。

“无妨，我去去就来。”石昊说道。他登上了祖祭坛，直接出现在石村。

“毛球，小红，跟我走一趟，去屠神！”石昊喊道。

“屠神？”一群孩子跟一群皮猴子似的，跑到石昊面前。他们没有一个害怕的，全都振奋不已。

不久后，皇宫祖祭坛上光芒一闪。石昊回来了，进入中央天宫。

“陛下，不可犯险啊！”战王再次相劝道。

石昊一眼看到了第二块骨书，接了过去，扫了一眼，脸色阴沉了下去。

这依旧是混天侯发来的，上面说吞天雀再次肆虐，又吞了千万人族，马上就要点燃神火了。

“一定已经点燃。混天侯不了解那凶禽，陛下千万不可前往。”明王大急道。

“我不会陷自己于绝境的。你们镇守皇宫，这吞天雀就交给我了！”石昊命令道，让他们不得前往，待在石国皇都。

随后，石昊登上祖祭坛，开启一条通道，瞬间消失了。

西疆，一片死寂，枯地数以万里，生灵尽灭。

石昊在一座巨城中，一路前行。这里早已变成废墟，无论是人族还是其他生灵都被吃了个干净，地上只有一些血迹。石昊没有多作停留，登上黄金战车，疾速驰骋，去另一座巨城见混天侯，详细了解情况。

金光横空，他降临在这座巨城中。这里人心惶惶，因为担心吞天雀的下一个目标就是此地，大半的人都逃走了。街上一片大乱，哭喊声不绝于耳。

石昊寻到王侯府邸，径直进入。

“来人止步！”有人喝道。

石昊没有理会，大步前行道：“混天侯出来一见。”

一座殿宇中有人回应，石昊闻声，一闪而没，径直出现在这座宏伟的大殿中。

“陛下您来了。”在那大殿中央的宝座上，端坐着一个人，雄姿挺拔，目光如电，向下俯视，正是混天侯。

“嗯？”石昊目光一凝，瞳孔收缩。

混天侯坐在宝座上看着下方，脸上带着些许冷意。

“混天侯，你要做什么？！”石昊问道。

“大胆！”旁边的一个老仆人喝道。他竟敢呵斥石国人皇。

石昊没有理会他，盯着混天侯道：“不是吞天雀，是你！”

“陛下，你累了，坐下来休息一会儿吧。”混天侯淡然地说道。

石昊没有说话，盯着他看。

“的确不是吞天雀，是上界的神要你死！”混天侯平静地说道，“陛下，你安心地去吧，我会替你管理好石国。”

石昊没有呵斥反而大笑了起来，不过他的心中确实有一股怒气在发酵。

“你笑什么？”混天侯冷漠地说道。

“我为人皇，当镇四方敌！你区区一个混天侯，还入不了我的眼。就算是上界的神来了，也一样镇压！”石昊说道，声音铿锵震耳，如刀剑齐鸣。

“陛下，你太自负了。这天下如此之大，你镇压得了吗？”混天侯哂笑道，带着些许讥讽之色，脸上的寒意越来越浓。他体格健硕，高坐在黑金宝椅上，双目中冷光如剑锋，身体散发一股强大的血气，让他看起来如一头凶兽。

石昊目光深邃，平静道："我镇的是四方敌，而非天下兵。你区区一个混天侯，也敢妄论天下。不过是西疆一畜尔，土鸡瓦狗。"

"大胆！小石你篡夺大位，暴虐成性，天下容不得你。这里是混天侯府，不是石都，容不得你在这里咆哮侯爷！"那宝座下的老仆阴森森地呵斥道。

"你一介奴才，站到一边去，这里没你说话的地方。"石昊冷漠地说道。

那老仆脸色阴沉，脸上浮现一团黑气。他目露诡异光束，张口一吐，一片黑色的闪电落下，伴着鬼哭神号声，还有重重魂影。

"以生魂炼成的闪电？"石昊眸子一冷，大袖一甩，"轰"的一声，一片金光若滔滔江海被挥动而出，重若万钧。

黑色闪电溃灭。老仆惨叫一声，横飞了出去，撞在一根粗大的柱子上，整座大殿差点被震塌。他哀号着艰难地从地上爬起来，眼神中充满怨恨，盯着石昊。

"陛下果然非凡，一个强大的王者在你面前竟然如此弱小。"混天侯开口道。

石昊看着混天侯道："你们用生魂修行？"

"不是我等所杀。他只是将魂念融进闪电中，合理利用一下罢了，陛下何必如此动怒。"混天侯平淡地说道。

"混天侯，你让很多人失望了。"石昊道。

"很多人也让我失望了。"混天侯叹道，他心有所感，补充道，"有些事做了就做了，没什么可后悔的。"

混天侯眸光闪烁，当中露出血色，显得妖异无比，道："陛下，你是个聪明人，我敢将你引来，就不可能让你活着回去。若想体面地死去，就自己了断吧。不过，还请陛下留下你体内的那块骨。"

"当初真没看透你。这般狼子野心，残忍至此，为了一己之念让千万生灵陪葬。"石昊怒道。

"陛下你安心地去吧。在我的统御下，石国将成为地上神国，八域至尊，天下山河尽在我族掌中！"混天侯冷漠地说道。

"有一事我想告诉你。就在不久前，明王、战王、鹏九等一起举荐你，让你在我走后继承皇位。你让他们失望了！"石昊声音冰冷地说道。

混天侯一愣，坐在宝座上发呆，很长时间都没有说话。

"嘿！"过了很久，他才霍地抬起头来，笑容阴冷，道，"这不是正好吗？陛下驾崩，我来继承大统，天下将更繁盛。”

“你入魔了。我第一次见到的混天侯不是这样。”石昊叹道。人心难测，他没想到再相见时竟是如此。

混天侯道：“或许每个人心中都关着一个大魔。这个大魔连着很多座宝藏，我要将它们一座一座地开启，最后掌握诸天神藏。”

“斩你！”石昊向前迈步。在其周围，一道道神光冲起，若一柄又一柄金色巨剑将他护在中央，直逼那高高在上的宝座而去。

“陛下，你仍要执迷不悟吗？你若不自裁，那只得落个尸骨无存的下场了。”混天侯带着冷意说道。

“哧！”

石昊一指向前点去，剑气如虹，喷薄而出，如一片浪涛般涌到了宝座前。

“放肆！”

大殿的最高处，也就是宝座后方所供奉的那尊神像突然开口，睁开了眼睛，并探出一只大手，向前抓来。

这只手金光耀眼，十分神圣，瞬间压满大殿，要将石昊抓在掌心。

石昊疾速倒退，一晃身形，出现在巨城的高空中。那只大手无边无际，竟跟着追了出来。

石昊再退，来到远空。与此同时，大手退去，那座大殿整体升起，悬在空中，疾速冲来。

“点燃神火的生灵？”石昊目光冷厉，看着前方的殿宇。

一股阴冷的气息扑来，带着血腥味和一股惊人的戾气。只见殿宇中飞出一条巨蟒，它通体发紫，鳞片闪烁森寒的亮光。

这条巨蟒有十丈长，粗如水桶，张开血盆大口后，牙齿若匕首般森冷。它浑身带着一团电光，缭绕血雾，伴着紫气。

“一条飞蟒！”石昊眸光一凝，惊道。

这条飞蟒的背上，有一对紫色的翅膀，让它可以飞天遁地。最让人不安的是，它的体外缭绕着紫红色的光，这是初步点燃了的神火。

“果然不是吞天雀。”石昊心中一叹，而后他又盯着那条飞蟒，道，“你不是刚才出手的那个人，让他也滚出来。”

“你敢渎神?!”飞蟒笑得阴森森的，血盆大口一开，戾气冲腾而出，一看便知它屠杀了诸多生灵。

“你等也配称神，连伪神都不够格！西疆这千万生灵都是你们屠戮的吗？”石昊沉声问道。

“不错！两千万生灵助我点燃了神火，当真比上界舒服多了。这里无人约束我等，我等自可以肆无忌惮，突飞猛进。”飞蟒说道。

“你找死！”石昊喝道。

这条飞蟒杀戮无数，为了修行竟把西疆化成人间地狱。

“区区一个蝼蚁也敢这样跟我说话！你虽为人皇，但也不过是凡俗势力的统治者，在我等面前算得了什么？”飞蟒面目狰狞，不屑地说道。它的体外出现了一道神环，凶狂中亦带着一股神灵的气韵，将它那十丈长的蛇身笼罩。

“滚过来受死！”石昊斥道。

飞蟒当即脸色阴沉。点燃神火后，它变得极为自负。现在石昊把它当作一个寻常的虫兽，如此呵斥，这让它愤怒发狂。

“受死吧！我只将至尊骨留给主人，你的肉身将成为我的血食！”它嘶吼道，吐出两米多长的蛇信子，“嗖”的一声冲向石昊。

这飞蟒是一个点燃神火的生灵。它挟可怕紫焰，一下子就冲到了石昊近前，对着石昊张开了可吞天地万物的血盆大口。

石昊横移了出去，站在远处的一座山峰上，在原地留下一道残影。

“嗷……”

飞蟒的身体疾速变大，一下子压满了天地。它的蛇躯没有移动，蛇头却已经到了山峰那里。它张开大口，一口将整座山峰的上半截咬断，直接吞了下去。

这种景象若是被凡人看到，一定会吓得昏死过去。

这条飞蟒太强横了。它那庞大的躯体如山岭般盘绕在天地中，身上的紫色鳞片闪耀寒光，周身还带着血雾。

石昊并未被吞，出现在了远空。

“小子，你算什么东西，也敢呵斥我！莫说吞食两千万生灵，就是将石国杀个干净，你也不能奈我何！”飞蟒咆哮着，声音震动天地，道，“那不灭的生灵去了上界，你没了倚靠，我一口便能把你吞掉！”

“虫子就是虫子，即便点燃了神火，也难改虫兽的本性！”石昊呵斥道。而后，他平静地说道，“小红，你的点心来了。”

“找死！看我如何将你吞入腹中！”飞蟒咆哮着，摆动巨大的蛇头，张开血盆大口，像是要把天地吞下去。

“哧！”

在石昊的身边，一团赤霞绽放。一个拳头大的小鸟通体火红，腾空而起，迅速扑向飞蟒。

“点燃神火的蛇应该有助于我巩固道果！”小红啾啾而鸣，血色闪电一般，瞬息冲到了飞蟒那巨大的蛇头近前，猛地在那蛇头上啄了一下。

飞蟒疼得大叫，身体疾速缩小，而后翻腾着与小红对战。一时间，天空中爆发可怕的光芒，能量沸腾。

“砰！”

数十回合后，小红威势惊人，身形疾速变大，一双大爪子拍散了飞蟒的神火，击溃了它身上的护体符文，将它拍得遍体鳞伤。

“啊！”

飞蟒痛苦大叫，飞快地逃向了大殿。

“轰！”

殿宇中，一座神像复苏，大步走了出来。这是凡人所塑的金身，而今竟注入了生命，神力波动如海浪。他通体金黄，有蓬勃的生命气息，眸子睁开，威严地看着石昊，而后又盯住了小红。

飞蟒缩小到了一尺长，落在他的肩头，如宠物一般，顺从地吐着蛇信子。

混天侯也走了出来，与那个老仆人一起跟在那尊神像身后。

飞蟒吐着蛇信子，怨毒地看向石昊和小红，声音冰冷，道：“主人下界而来，你们都活不了！”

“你就是石昊，真是了不得。”那尊神像开口道。其周围飘落了很多花瓣，散发着祥和的圣辉。

石昊没有看他，而是盯着混天侯道：“这就是你所仰仗的上界神？泥塑木雕的东西，也配称神。”

“大胆！”飞蟒大喝道。

“长虫，老实点，一会儿吃你。”小红斥道。

## 第321章 平乱

“这石昊着实可怕！都说这世间已经无神，就连尊者都不多了，可是他身边竟然还有这样一只点燃神火的猛禽，这实在是太出人意料了。”混天侯在心中暗道。

石昊转过身去，打量着那尊神像，暗自思忖道：“这真是上界的生灵吗？还有那飞蟒难道也来自上界？大劫过后，上下界隔绝，上界的人怎么还能下来？”他神色严肃，心头难以平静。

“以你这样的天资，即便是在上界也可与一方天骄对抗，并立于年轻的至尊中。可惜啊，我是来杀你的，你活不下去了。”那尊神像背负双手，淡淡地说道。

“我想知道你真的来自上界吗，你是怎么下来的？”石昊平静地问道。

神像笑了笑，身上洒落光辉，周围的花瓣飞舞，让他看起来非常神圣，竟有神佛拈花一笑的风采。他根本就不像是一个木胎，倒更像一个有血有肉、超然在上的神。他开口道：“我的确来自上界。”

“这有点不符合常理吧。”石昊闻言吃惊不已。

“要杀你的人太厉害了。教主若怒，天都要哭，地都要烂，一心想下界总会有办法，虽说付出的代价大到不可想象。”神像说道。

“你究竟是怎么下来的？”石昊问道。

“冥土之主、魔葵园的巨头和我天国的主人，三教一起出手，开启了一条虚空缝隙，将我送下来的。”神像如实道来，不屑隐瞒。

“还可以这样下界？”石昊有些发怔。

“其付出的代价之大，你难以想象。冥主损失了几大灵身，耗去了诸多天材地宝，在我前面的数人都殒灭在了虚空中，只有我一个人成功了。”

石昊倒吸了一口凉气，道：“付出这么大的代价下界，仅仅只是为了对付我，有这个必要吗？”

“你借那座塔推翻了不老山，而后又杀了冥主最喜欢的一个后人，还折辱了魔葵园点燃神火的强者，并且斩杀了补天教、西方教尊者多人……”那尊神像一一道来，告诉他，这其中的每一件事都足以惊动上界的道统。

不过，最关键的是，他还与不灭的生灵有关。

“最想除掉你的是冥族与魔葵园。这次就是他们请天国出手的。”神像道。

“我跟天国有什么仇怨？”石昊问道。

“天国愿为人解忧，可斩杀各族强者，度化他们的灵魂进入天国。”神像平淡地说道，宝相庄严。

“杀手组织！”石昊愕然道。

“你可以这么认为。一般我们杀的都是点燃神火的生灵，像你这样修为不够但是难度系数达到最高的还是极其罕见的。”神像轻语道。所谓难度系数最高，自然是指石昊在下界。他们要是下不来，几乎不可能成功斩杀石昊。

“疯了吗？”石昊自语道。现在看来，那个被他杀了的年轻冥人，确实来头惊人，怪不得一个点燃神火的冥神会是他的仆人。

“魔葵园也太小气了。我不就吃了他们几粒葵花子吗，他们至于这样吗？”石昊撇嘴道。这一刻他没有了身为人皇的庄重与威严，更像是一个大男孩，清秀的脸上满是不服气。

那条飞蟒闻言目瞪口呆，喃喃道：“杀了一个冥子，吃了魔葵园的几粒葵花子？”它打了个冷战，这种事情光想想就觉得可怕。

当日，那个年轻冥人和魔葵园的黑衣女子都想杀掉石昊，他只是反击而已。不过即便现在因为这件事被上界追杀，他也没觉得有多冤枉，多后悔。人生在世，尤其是修行者，免不了会遇到各种纷争，要想攀上绝巅，就得一路抗争下去。

“此番下界付出的代价太大了，这次唯有将你斩杀，而后在下界精心布置一番，才能算成功。”神像叹道。这一次，冥族、魔葵园和天国联手送人下界，付出的代价实在太大了。如果只是杀掉石昊，就算是窥尽其至尊骨的符文也难以弥补，除非能将下界的几样大造化寻出来。

“等我动手，还是你自己来。”神像开口道。

石昊看了他一眼，又看向混天侯，觉得这神像十分强大，不好对付。

“小红，你们有把握吗？”石昊暗中传音道。

“没问题！”小红鸟自信满满地答道，浑身火光腾腾，赤霞翻涌。

“有你送的武器，应该可以了。”毛球答道。

“也该有个了断了。我就知道上界的人不会死心，今日就把这些恩怨都解决了吧！”石昊道。

神像一指点出，金色光束飞来。这道金色光束由神灵的符文构建而成，有手臂那么粗，伴着雷鸣声，斩杀肉身凡胎轻而易举。

石昊避退了出去，横移了千百丈远。在其肩头，一只小红鸟通体赤红，爆发无尽神火，扑击向那尊神像。整片天空都被那神火烧得扭曲了。

“轰！”一声巨响传来，漫天南离神火居然被一根金色的手指压得快要熄灭了。那尊神像从容镇定，向前迈步。

“主人一出，你们这群蝼蚁有谁能是他的对手？”他肩上的飞蟒大声叫道。

小红翻飞出去。火焰失控，洒下大地，下方的一座山峰当场熔化成岩浆，地上一片赤红。小红的南离神火算是神威，可是这般强大的攻势，竟然被那尊神像一指就给抵住了。

“情况不妙啊！”石昊蹙眉，暗想道，“难道今日真要饮恨？”

小红怒鸣，浑身红羽直立，每一根都像是一柄仙剑，散发宝辉，锵锵作响，而后有无数赤红的符文浮现高天。

“铮铮……”

剑鸣如海啸声此起彼伏。无数的赤红神剑腾空而起，向前劈去。小红全力催动，剑气带着无尽的火焰，横扫这片天地。

那尊神像脸色微变，躯体上浮现各种纹络，而后他的一只手疾速变大，化成一方世界，要将小红还有那些赤剑笼罩。

这只手金黄巨大，掌指间有一颗颗星闪烁环绕，仿佛开辟了一方天地，笼罩这片虚空。这景象令人震撼！

石昊一惊，道：“你是西方教的人！”

“曾为西方教门徒，后来叛出西方教，加入天国。”神像答道。

这掌中世界神通久负盛名，一般的太古凶兽根本无法抵抗，只能被收进去。

“轰！”突然，一根黑色的大棒在虚空中砸出。这根大棒与天齐高，立劈而下，直接毁掉了那掌中世界，让小红脱困。

毛球若一个金色巨人，手持一根黑色大铁棒，疾速杀了过来。

混天侯见状大惊失色。事情有点不妙。他怎能料到石昊身边还有第二个点燃神火的生灵？在这下界无神的年代，真是不可思议。

“嘿！”神像轻叱一声，浑身爆发光芒，通体晶莹，一下子长出了千条手臂。这是西方教的镇教宝术之一，金身加千手神通。两种神通合在一起，神威强大到了极点。

锵锵声响起。毛球和小红全都通体发光，身上出现甲胄。它们一个赤红如血，一个金光灿烂，释放不朽的气息。

小红化成了人形，手中持一柄法剑，指向前方。毛球手中的铁棒换成了石国的镇国神戟，爆发神威。甲胄与法器都是石昊从石国宝库中取出的，都是神圣之物。

“真神武器！”神像倒吸了一口凉气，惊道。这让他忌惮不已。他虽然实力强大，但只是一道意志下界，入主这鎏金神像。在下界，他即便再如何强劲，也有一个限度。

小红与毛球向前杀去，浑身爆发不朽的气息。这是真神武器的威势，超越极限。这等武器在点燃神火的强者手中施展，更是神威震天。

“砰！”小红一剑斩落，废了神像的数十条手臂。

“轰！”毛球用力挥出镇国神戟，在那金身上划出一道巨大的伤口。

神像一震，通体发光，残臂修复，伤口闭合，但仍处在下风。他们一路打向远方，战得十分激烈。

“啊！”飞蟒大声惨叫，从神像的肩头跌落。它本就被小红重创，此时在战斗中被波及掉落在地，而后被毛球挥动镇国神戟给砸死了。

这时，石昊迈步，逼向虚空中的那座大殿，盯着混天侯。

“你还有什么话可说？”石昊问道。

“无话可说！”混天侯答道，“锵”的一声从背后拔出一把血尺。血尺上流动妖异的光芒，十分慑人。此刻，他整个人的气势都变了，眼睛变成了赤色，满头发丝都像要滴出血来，鲜红而诡异。

“原来如此。可惜啊，你毁在了这把魔尺上！”石昊叹道。这是上古法器血魔尺，当年在拍卖会上被混天侯买走时还只是残品，现在竟是完整的了，可见，有人帮他修复了。

血魔尺发光，如一轮红色的太阳，让混天侯如妖魔般，气息飙升。他一尺挥来，“轰”的一声，让天地都一颤。石昊眸光一凝，躲过那片赤红的光芒，感觉这柄血尺非同小可，他立刻穿上了不灭金身战衣。

“轰！”石昊化成一头鲲鹏，以极限速度杀了过去。

“嗷！”混天侯体外浮现一个巨大的魔影，将他自己裹住。而后他咆哮着，冲向石昊，激烈对战。

“哧！”远方传来巨大的声响。只见山峰断裂，烟尘冲起，那尊神像被小红和毛球轰碎，撞塌了几座山峰。他带着不甘与遗憾化成了一片光雨，飞向高空。

“没想到我会在下界失败……”光雨摆脱神像，凝聚成一道人影，显化出来。

殿宇前，“砰”的一声，石昊化成鲲鹏，挥动金色神翅，整座殿堂都被他拍碎了，而那个老仆人也形神俱灭。

混天侯眸子通红，被一道巨大的魔影包裹着，手持血魔尺挡住了石昊这一击。

“竟是血魔尺！快拿大阵封住它，千万不能让它跑掉，它可是一个魔神！”小红叫道。

石昊来时准备充分，一挥袍袖，数十个小祭坛浮现，排列在虚空中，将这里笼罩。眨眼间，大阵气息浮现。

“嗷……”混天侯大声咆哮，满头赤发乱舞，眼睛如血月。他如同一个大妖魔，手持一把红艳艳的血魔尺，一挥之间，红光滔滔，符文无穷。

石昊露出严肃之色，双手结法印，施展神通，镇压对手。

“轰！”两人间光芒四射，符文不绝。这里犹若火山喷发，赤色茫茫，天地震动，万物凋零。

若是仅凭借混天侯自己，他根本不可能与石昊抗衡。那把血魔尺太过诡异，如同一轮红日，绽放红光。这些红光形成一个巨大的魔影，将混天侯包裹在当中，如同魔神甲胄，举手投足间至强气息汹涌。

这已经不是人在驭器，而是器在驭人。血魔尺驾驭混天侯而行，与石昊征战。

“那血魔尺内封印着一位魔神。千万不能让他冲出来，否则麻烦就大了。”毛球低语道。点燃神火后，它的灵觉变得无比敏锐。此时它正联合小红快速出手，大战那片光雨化成的人影。

上古年间，血魔横行，穷凶极恶，斩杀了不知道多少生灵。群雄一起围剿，都无法将他彻底杀死，因为他只要留下一枚“血种”就可以重生。

“好，赶紧解决他！”小红说道。此时，小红身上的甲胄发光，手上握着真神遗留下来的法剑，带着气势磅礴的南离神火向前攻去。毛球身比山高，浑身金黄，手持镇国神戟，不断劈斩，与那天国的强者进行对决。

“血魔乃是我天国上古年间的高手，上古年间下界而来，就此殒灭，从此再也没有出现。”那光雨化成的身影，面露异色，震惊道。

“天国还真是出不了好东西啊！”毛球冷笑道，手中的战戟闪烁刺目的光芒，与那道光雨化成的身影对战。

“一念成神，一念成魔，心随意转，杀！”那光雨化成的人影本来还如一位神佛般出尘超凡，可随后他大吼一声，转瞬间化成了一个通体漆黑的大魔，向前杀来。一时间，魔云澎湃，杀气滔天。

“杀！”毛球大叫一声，浑身金光炽盛，头上的那两只很短的晶莹龙角爆发出的霞光，恍若一头真龙缠绕在它的身上，化成护体符文，璀璨夺目。

毛球与一般的朱厌不同。它通体金黄，最为奇特的是头上生有一对很小的真龙角。此时那对真龙角似乎已经复活，发出阵阵龙吟。而且，它从石昊那里学来了鲲鹏法的阳刚一面，释放鲲鹏神力，霸气刚烈，无坚不摧。

这一刻，朱厌、真龙、鲲鹏三种神通融合在一起，令它光芒万丈，强大无比，瞬间震散了魔云。

“轰！”这是一场可怕的大决战。十方云朵全部溃散，下方的一些山峰纷纷倒塌，乱石冲上了高空。

与此同时，小红长啸，背后浮现一只巨大的朱雀。那只朱雀的嘴里衔着日月星辰，挥翅间一条条星河带着无尽火焰，不断垂落。

这是一种异象，而非真正的星河，但足以彰显其威能多么恐怖。在烈火中对抗，在龙吟中大战，最终，那个大魔解体，化成光雨左冲右突，不断挣扎，想摆脱彻底覆灭的命运。

大阵中，石昊突然汗毛倒竖，脊背生寒。一杆黑色的长矛悄无声息地出现，险些刺中他。一个灰衣老者出现，手持一杆战矛，接引混天侯，道：“这边走，就是这一刻！”

这个灰衣老者懂得法阵，带着那发狂的赤红魔影冲了出去，而后口中诵念咒语，催动混天侯手中的血魔尺发光，使其神能暴涨。

“去！”灰衣老者轻喝一声，那把血魔尺散发可怕神威，冲进毛球它们那片战场，吞纳那片不断挣扎的光雨，想要噬神。

“虎口夺食？”毛球大怒道，挥动镇国神戟立劈而下。

小红高声长啸，吐出天生克制血修的神火。虚空中，红雾燃烧，发出“哧啦哧啦”的声响。

“走！”灰衣老者轻喝一声，吞食部分光雨的血魔尺散发红光，包裹着混天侯，冲到他的近前，而后他们一起施展血遁，疾速远去。

“你以为你们走得了吗？”石昊冷漠道，抓下发丝中的打神石，将其催动后，全力掷了出去。

“啊……”打神石大声惨叫，像是发生了无比凄惨的事。它疾驰而去，通体符文密布，“轰”的一声，砸中了目标。

最近它在石国宝库中吃了许多神料，进化为一块人间至宝粗坯，实力大增。

“砰！”打神石正中前方的目标，让灰衣老者和那赤红魔影一个跟头翻落。

“杀！”毛球和小红杀到，亲自布下法阵，锁住这片虚空。

“魔神出世！”灰衣老者叫道，口中吟了一段古老的咒语，令那血魔尺剧烈地抖动起来。

“还好这是残尺，虽然被修补了，但并非由原物拼接而成，其威能至多与点燃神火的生灵相当。”小红道。毛球探出一只大手，直接夺走血魔尺。

“毁了此尺，免得它继续荼毒世间。”石昊道。

“也好！”毛球和小红一起点头，同时动用真神武器，向前镇压。

“想毁我？一群蝼蚁！我就算是残了，你们也休想灭我。”血魔尺中的意志苏醒，发出这样的声音。

“嗡”的一声，它从混天侯的手中挣脱，化作一轮血日，与毛球与小红大战。

混天侯坠落在地，脸上阴晴不定。灰衣老者一把抓住了他，带着他疾速后退。

“师父，我们败了。”混天侯道。

石昊心头一动。当年与混天侯把酒言欢时，就曾听他提及其师。那时混天侯就说他师父知道大劫的种种，石昊当时就知道其师不是一个简单的人物，现在算是证实了。

“你是什么人？”石昊问道。

“得到过血魔传承的人。”灰衣老者开口道，没有丝毫隐瞒。他目光赤红，掌心发光，手中出现一杆黑色的骨矛，流动诡异气息。

刹那间，此地的温度骤降，阴风怒号，黑色符文密密麻麻，若魔雾缠绕，似怨魂舞动，裹在那黑色的矛锋上。

“嗖！”灰衣老者疾若闪电，手持黑色战矛刺来，带着一股特别可怕的波动，直指石昊的眉心。一时间，地狱中千万亡魂的哭号声仿佛都传到了这里。

“诅咒之矛，好狠的心！”石昊恨声道，目光冰冷。这是诅咒之矛，里面拘禁了无数生灵所留的怨念。

骨书上有记载，十万魂念合一为小成，百万魂念融汇就非同小可了。这西疆死了数以千万的生灵，这矛锋上至少吸附了千万亡魂的怨气。

“不杀你等，真是难以平天下之愤。”石昊的声音冰寒且冷漠。他浑身发光，施展七十二变，化成一头鲲鹏，展翅击天，而后运转该族奥义，一双巨大的爪子落下，恐怖无比。

“轰！”石昊与这杆诅咒之矛撞在一起，爆发出黑色的灵魂火焰和电闪雷鸣。灰衣老者口中吐血，倒退了出去。

灰衣老者惊骇不已。若是一般的尊者被诅咒之矛击中，肯定会当场身死道消，被这杆战矛吞噬。可是，石昊竟然让这诅咒之矛龟裂，并且让他大口咯血。石昊真是强大得难以想象。

“走！”灰衣老者大吼一声，将诅咒之矛掷向石昊。诅咒之矛若黑色闪电般，挟千万亡魂的哀号声袭去，而他自己则带着混天侯转身就走。

“开！”石昊的身体发光，舌绽惊雷，成片的金色羽毛飘浮，若鲲鹏蜕羽，斩尽一些邪祟。随着他的一声断喝，那诅咒之矛被符文所阻，在他身前停下，而后寸寸断裂，在腾起的黑色火焰中爆碎。

正在逃遁的灰衣老者嘴角流出黑血，遭受了重创。石昊化成人身，疾速而行，很快就追了上去。他双手捏拳印，猛地向前砸去。

“啊！”灰衣老者大叫一声，形神俱灭，从这世间消失了。

“混天侯，你可知错？”石昊喝道。

混天侯神色平静，道：“我虽然受了血魔尺的影响，但我心中也有欲念，不然何至于此。我没什么可说的了，你动手吧。”

“哧！”石昊伸手点出一道光束，瞬间废了混天侯的一身修为。

“还是让我结束这一生吧。”混天侯很平静地说道，自己取出一把短剑，横在脖子上，用力一抹，自刎谢世。在临死前的刹那，他张了张嘴，在说着什么。

“陛下，小心……天国血祭。”

这是混天侯留下的最后一句话，虽然没有声音，但从口型上可以读出。

“混天侯……”石昊轻叹道。

远空，毛球和小红手持真神法器，将那残破的血魔尺击成碎片，并用神火将其烧成灰烬。此役结束后，石昊在西疆盘桓良久。随后，他回到皇宫，召战王、明王、鹏九等来相见，宣布退位。

# 第322章 战天意

“可惜啊，混天侯！”战王等人得到西疆的消息后既震惊又无奈，半晌说不出话来。

石昊将人皇印放在龙书案上，看着战王他们。人皇印被数百条天龙环绕，瑞气蒸腾，可以镇压一国气运，威力无穷。

“陛下真的要离开了吗？”鹏九问道。其他几人也都张了张嘴，想说些什么。不过最终他们都沉默了，因为他们知道，石昊是注定要离去的。

“我想去上界。”石昊说道，而后向战王、鹏九等施大礼，请他们几位尊者一同监国，辅佐清风。并告知他们清风若真的不合适，就请战王等另立他人，让清风禅让。

他相信，有这几位尊者坐镇，八域内没有任何势力可以撼动石国。毕竟，各族强者都在大劫中应劫了。

“陛下，这就要去上界了吗？”战王问道。石昊这一走不知道要去多少年，一般来说，他们可能这辈子都不会相见了。

“还没有。我要去三生山修行。”石昊说道。这一次与那尊神像和飞蟒的一战，让他知道，虽然大劫之后，上界与下界已经隔绝，但若真有人铁了心，还是能遣送点燃神火的生灵下来的。

石昊若偷偷登天，隐姓埋名，蛰伏在上界，也许会很安全。或者现在退位，躲到大荒中，就此不露面，也不会有任何危险。但是，他不想这样。万一真有点燃神火的生灵下界，迁怒石国，针对他认识的人怎么办？

所以，他告知天下自己退位，去三生山闭关修行，参悟大道。这样一来，那些冲着他来的上界生灵，自然会直接去三生山，而不会波及其他的人。

“陛下，你这样做太危险了！”战王一听，便露出了忧色，进行劝解。

“我岂能一走了之。”石昊摇头道。若有危险，他来承受。如若没有，他便登天而去。

石昊几乎将身上的东西全都留下了，只带走了少数几样，只身赶往三生山。

这一日，天下震动。石皇退位，隐居三生山，参悟大道，进行自我超脱。石昊才继位没多久，刚刚平定各处动乱，让石国走上正轨，就立刻禅位，这出乎了所有人的预料。

各方皆在关注，就算是封山的补天教、西方教等，都遣人来求证。

“小石这是有大气魄啊！他不恋红尘中的权杖，一心进军神道领域，其道心何其坚固！”

不少人叹道，对石昊很敬服。一国皇主代表了尊贵与荣耀，为人间极致地位，几乎没有人愿意舍弃。

“战胜不败的神话——重瞳者，斩各方尊者，而今小石踏出了自己的路，以后注定会更加辉煌。”四方皆震，八域议论纷纷，人们全都在惊叹。

三生山距离石国皇宫有两万多里地，为一处出名的灵秀之地。那里山脉成片，秀峰并立，灵气氤氲，十分适宜修行。

石昊选了一座较偏僻的小山，在上面盖了一间茅草屋，取来一块大青石，用来打坐，过得非常的简朴。

他在这里修行悟道，取出万灵图认真观阅，仔细琢磨，暂时不去想是否会有大敌降临。这是他的路，也是他的道。万灵图上面有各种生灵，强如鲲鹏，弱如蝼蚁，皆可通天。他每一次观看都会有不同的体悟。

“为何这里面没有初代那些天生蕴有独一无二惊世神通的生灵？”石昊自语道。他手持万灵图，看了很多遍，有所感悟，也有一些疑惑，默默思索与推演着。

依照柳神的说法，至尊骨虽然很强大，但最终也可能是一种桎梏，会影响终极的超脱。石昊观万灵图，再结合起这些说法，心有所感，开始考虑今后的路。

在接下来的日子里，他暂时放下万灵图，不断参悟自己那块骨上的奥义，而后尝试将所有符文都烙印在血肉中。

铭纹境就是将各种法阵铭刻入血肉中，这一过程可以持续进行，甚至在进入尊者境和点燃神火后，依旧可以做。

石昊做了一个选择，决定将这块骨上的符文全都铭刻进身体内，让自己的每一寸血与骨都拥有这些符文，而不仅限于这块骨。

接下来的半个月，对石昊来说是一个艰辛而充满挑战的过程。

至尊骨上的符文他已经得到了全部，现在他竭尽所能将其全部摹刻入体内的骨骼上，镌刻在每一寸血肉中。

他很看重这一过程。经过几次生死大战后，他深刻地意识到，自身的宝术才是最强大的。

这并不是说他的宝术天下第一。鲲鹏法极强，鲲鹏号称太古十凶之一，威震古今，但那是鲲鹏族的法，他一个人类并不一定能将其施展到最强。

虽然他最近修行朱厌一族的七十二变，使其自身先化为鲲鹏，而后再运转此法。可他认为，这虽然能极大地提升他所施展的鲲鹏法的威能，但应该还没有达到鲲鹏自身的最强状态。

唯有自己的法，或者自己开创出来的宝术才最适合自己。故此他摒除所有杂念，全身心地投入了进来。

他要做到有朝一日即便没有了至尊骨也能施展此法。而且，如果他真能彻底悟透轮回术，那也许会更强。

到了那个时候，无论他的血肉和骨头上有没有这些符文，他都能施展轮回术，并且将没有次数的限制。

“好难啊！”石昊轻叹道。他发现将这些符文铭刻在肉身与其他骨骼上后，数日内，大半都会被至尊骨吸引，重新落到它上面。

“至尊骨里有一些特别的精血滋养了这块骨，如果我将这些血引向身体各处，而非只滋润它会怎么样呢？”石昊轻语道。不过，他没敢乱来，因为这十分危险，需要小心地推演、认真地钻研后才能进行。

接下来的一个月里，石昊一直都在认真地推演与计算。在此期间，九头狮子、萧天、夏幽雨等都来探望过他，对他的情况非常关切，只是见到他在认真闭关，便都没有打扰他。

此时，天下人都确信了，石昊真的放下皇位，一心在求道。

上界一座古老的殿堂中，混沌气弥漫，朦胧而神秘。殿内放着一些蒲团，上面端坐着的身影，一动不动，仿佛亘古存在的化石般，没有一点生命气息。

“诸位，考虑得怎么样了？”一个被混沌气笼罩的身影开口道。

“这一次不同于以往，我们要将点燃神火的强者送下去，让他们可以在下界停留数千年，而非数日或者数十年，直到他们成功寻到《超脱》篇与另外几样造化。所以，要战天意，得到大道认可才行。”

“那就出手吧！战天意，对抗大道，送下去一些人。那《超脱》篇对我等寿元无多的人来说太重要了。”一人开口道。

“无论成功与否，战天意时我等都可能会被大道反噬。所以，我们只有这一次机会！”另一个蒲团上的人开口道。

殿堂中一下子安静了下来，好长时间都没有人说话。

“天国血祭已经准备好了，诸位可否付出一些代价，进行投影，联系下界门徒，相助一把，进行血祭呢？”此人显得朦朦胧胧，近乎空幻。

“我冥土中有一副接近至尊级的虚空兽的骨架，可以用它来破界。不过我有个条件，要斩杀掉那个名叫石昊的少年。”此人周身黑雾滚滚，身后有混沌光浮现，气势强大而慑人。

“我同意！”

下界，洪域。这是一片大泽，雾霭很重，不知道何时已经修建起一座祭坛。这座祭坛通体乌黑，上面刻着诸多神魔符文。

只是远远地望一眼，便使人感到压抑。人的灵魂仿佛都要飞蛾扑火般投入进去，令人心颤与难受。

这一日，祭坛上多了几道身影。他们来自不同道统，都没有显露真身，只是相互看了一眼，而后默默地点了点头，便一起离开了。

“呜呜……”

洪域中的某一古国内妖风四起，大雾遮天，一道身影大袖一挥，一下子将地上的众多生灵卷起，不一会儿就让这一地域寂静了下去。

木族本来繁华无比，但今日同样遭劫。一个发光的身影立在高空中，手持一个血葫芦，吞纳十方，将诸多的生灵收了进去。

同样的事，发生在另一片大地上。

一位强者手持乾坤袋，疯狂地吸收下方的生灵。其中一条银蛟十分强大，猛烈地挣扎着。它看到了出手者的真容：“你是不朽大教的新晋尊者。为何要这样做？”

可惜，无人理会它。

这一日，注定将被载入史册。

下界震动，而上界也震惊不已。这也许会影响到今后数以万年的岁月，其意义之深远，难以估量。

# 第323章 七神下界

上界，一座墙皮斑驳的古殿堂中。

“我恍惚已经看到了血染的天地，无数凋零的生灵。”一人开口道，话语平静，周身都被混沌气笼罩。

“天国的黄昏，生命的礼赞，以血与骨筑成的路，将开启虚空裂缝。”另一人坐在蒲团上说道，雾霭弥漫，朦胧而妖异。

下界，三生山。石昊已经闭关两个月了，这一日他心有所感，觉得神思不宁，从悟道境中苏醒过来。

“这么长时间过去了，之前一直都很平静，是有什么事情要发生了吗？”石昊轻声自语道，站起身来，走下青石。他走出山脉，来到一座小镇上，坐在一家酒肆中，忽然想回石村了。他没来由地思念那些人，也很想立刻见到自己的父母。

“我这是怎么了，为何突然思念亲人了？”石昊自语道。他不知自己为何还没有离开下界，就这般不舍了。

一群孩童在小巷之中嬉闹玩耍，稍大的跑来跑去，较小的则摇摇晃晃，在后面追赶。突然，一个小男孩一屁股跌坐在地上，哇哇大哭起来。几个大点的孩子赶忙跑过去，将他扶起。小男孩睫毛上挂着泪珠，又哭又笑，最后开心得不得了。

石昊被那种纯净的笑和开心的泪感染了，他仿佛回到了幼时，整日没心没肺地跑来跑去的日子。

“真是一段开心的岁月。”石昊站起身来，往街上走去。

半个时辰后，石昊的身边跟着一群孩子，吵吵嚷嚷的，一起走在大街上。

“大哥哥，我想吃冰糖葫芦。”一个两三岁的小女娃坐在石昊的左肩上，伸出小手，指着前方的冰糖葫芦摊，偷偷咽了咽口水，小声地说道。

“我也要！”刚才跌倒的那个小男孩坐在石昊的右肩，也咽了咽口水，伸出小手喊道。

“老板，每个孩子一串冰糖葫芦。”石昊笑呵呵道。

“好嘞！”老板眉开眼笑道。

一群孩子顿时欢呼雀跃，蜂拥而上，将冰糖葫芦摊围在中间，齐刷刷地伸出小手，一脸渴望地望着那些鲜红欲滴的冰糖葫芦。

拿到冰糖葫芦后，每个孩子都心满意足地围绕着石昊，一起向前走。

石昊看着那一张张天真的小脸，暗自思忖着自己是否错过了什么。孩子的心最单纯，也最容易满足，而自己一心想去上界，处在旋涡中，一直在努力进取。

“这就是我的路，这些孩子也终究要长大。”他看了看街道两旁那些为生活而奔波的行人，想着十几年后这些孩子也可能成为其中的一员。相比之下，他为了求道，为了超脱，有了一个更高的起点，应该满足了。

“即便离开了亲人，进入上界，也要让自己笑，让自己开心。”石昊没心没肺地笑着，露出一排亮晶晶的牙齿，道，“那些混账如果一心想对付我，我就把他们统统吃掉！”

“好香啊！那是地龙肉馅的包子，我从来没吃过。听说那种凶兽很厉害，蕴含很强的精气。”当路过一个很大的包子铺时，一个稍大的孩子小声咕哝道，用破旧的袖子遮住自己的窘态。

听他这样一说，其他孩子也向前望去，一个个小脸脏兮兮的，眨着水汪汪的大眼睛，偷偷咽了咽口水。

“想吃的话，我请你们吃，让你们吃个够。”石昊微笑道。

“真的吗？太好了！”一群孩子欢呼不已，兴奋得不得了。他肩头上的那两个小家伙也都高兴得恨不得爬到地上瞎蹦乱跳。

最后，石昊带着他们一路走一路吃，用各种小吃满足了一群小家伙的胃。当分别时，一群孩子恋恋不舍地抓着他的袖子舍不得他走。

“再见！”石昊跟他们道了别，而后出了小镇，一闪而没，回到了三生山上。他虽然修为强大，但并没有那种高高在上、想超凡脱俗的心思，反而很喜欢红尘中的种种真情。

“我是一个有血有肉的人，不明白那些所谓的神，为什么要高高在上地俯视着地上的人。既然如此，你下来作甚，做你的神就好了啊。”

洪域的一片沼泽中，雾霭飘散，阴气很重，有一些泥鳄在其中埋伏，等待猎物的到来。前方，一座祭坛诡异幽森，通体乌黑，闪动光泽，上面刻着诸多神魔符文，仿佛可以贯通九幽。

几道身影降临在祭坛上，各立一角，沉默无语，认真查看祭坛上的各种符文是否有瑕疵。检查完毕后，一个灰袍人嗓音嘶哑，道：“开始吧！”

说话间，他们全都飞离了祭坛，站在远空，吟诵咒语。那祭坛一下子亮了起来，乌光冲霄，震慑万灵。仅一瞬间，沼泽中的泥鳄全都亡命奔逃，然而这一切都是徒劳的。它们几乎在第一时间就被吸入祭坛中，成为祭品。

“血祭天地，诸神的黄昏，开启通向永恒的路，天国降临。”有人低语道，如同在念魔咒一般。

“轰！”那个灰衣人一抖袍袖，从袍袖内倾倒出千万个生灵，如雨点般落在乌黑的祭坛上。这是一场劫难，宛若人间炼狱。

这一刻，这座祭坛仿佛化作了一方世界，无论多少生灵坠入其中都填不满。一道道神魔符文亮起，化成闪电，伴着血光，在千万个生灵的哀号声中像一条条银蛇汇聚到祭坛中心。

这是一幕人间惨剧！以千万生灵作为祭礼，向魔坛献祭，只为沟通上界，召唤无上的神，开启一条通路。

“轰！”另一个人将手中的血葫芦打开，从里面落下数不清的生灵，全都跌入那座祭坛中。另一边，其他几人同时动手，将各自掳来的生灵扔向祭坛。

祭坛凝聚了强大的魂力和生命精华，变得更加妖异，似乎能把人的心神吸进去。最后，天际上的几位尊者共同主导，使这种仪式升华到了最后阶段。

祭坛上，魂力磅礴，散发黑雾，诡异而可怕。一瞬间而已，祭坛就沟通了上界，即将开启一条通道。

上界，神秘殿堂中。

“我听到了呼唤，血祭开始了。我等合力，打开通道，让点燃神火的生灵下界，寻找那几种造化。”一个身影这般说道，开始结印。

旁边，有人一挥袍袖。一副巨大的骨架出现，屹立在古殿堂中。它周围的虚空慢慢变得模糊，而后出现了各种通道。这是一头虚空兽的骨架，因为其保存完好，所以可以用来破界。这头虚空兽曾能比肩无上巨头，实力十分强大。

“这是我冥土的镇教至宝，寻遍上界也找不到几头这样的虚空兽。诸位开始吧。”冥主声音冰寒，身影庞大，盘坐在蒲团上。

“还不够。请祭虚空兽皮，这样才能真正开启一条路，助我等战天意，使我等弟子门徒永远留在下界。”有人道。一阵沉默后，冥主抬手，一张巨大的兽皮飞出，落在那副骨架上，将它覆盖。

“让他们上路！”有人说道。

瞬间，十几个生灵出现。他们来自不同的种族，都点燃了神火，对下界来说可以算是强大无比，难以战胜的强者。而也只有他们这一等阶的强者，才能保证在战天意时不会被全部斩灭，否则他们将没有一点成功的希望。

这些人全部飞进一座铜炉内，以此护持。这是一件镇教宝具，一般的神灵根本祭炼不出来，甚至从未见到过。

“虚空熔炉！”有人轻道。这绝对是大手笔。这座熔炉缩小，化成拳头高，而后没入那副虚空兽骨架的头骨内，合成一头虚空兽。

“血祭天地！”

“战天意！”

大殿中响起这些声音，而后所有人都结印，合力开启一条通道，与下界那座祭坛沟通。这个地方顿时阴风怒号，混沌气翻腾，神秘殿堂都扭曲模糊了。

与此同时，天穹上出现一道诡异的闪电。那道闪电化成一把天刀，斩向这座神秘殿堂，“轰”的一声将殿堂劈开，乱石飞溅。

要知道，这里可是布下了绝世大阵，但依旧被斩开，殿堂破损。

“战天意，诸位合力，不然被反噬，后果严重！”

“咔嚓！”闪电密布，爆射而下。那是混沌闪电，只有在开天辟地时才会涌现，一般情况下很少见。这些教主浑身发光，一个个成为道的载体，迸发无量光。一时间，符文漫天，混沌光到处都是。

“哧！”天穹上降下的混沌光淹没了此地，隐约间有一些可怕的影子在凝聚。

“轰！”天空中发出一声巨响，一条裂缝出现，通道开启，虚空兽俯冲而下，转眼下界而去。

下界，洪域。

天穹上电闪雷鸣，各种符文出现，与冲霄的血光交织在一起。

那虚空破碎了，一道又一道黑色的闪电出现。这不是一般的雷霆，而是真正的天罚，代表了上苍的怒意。猩红的血自虚空中淌落，这等异象俗称“天哭”。

“发生了什么，天地落血？这是传说中的天哭，有人造下了无边的杀劫啊！”

就算是隐居在深山大泽的修士也都被惊动了，露出震惊之色。至于外界，人们知道这一定与生灵的失踪有关。

就在今日，洪域无数大部族消失，一座又一座巨城变成空城了。天哭这种可怕的事都发生了，这预示着那些失踪的生灵都殒灭了吗？

“轰！”又一声巨响响起，一时间，天崩地裂，黑色的闪电伴着血光在天空闪耀。一头庞大无比的巨兽，比太古山岳还要巍峨，气息恐怖，挣脱了黑色的雷霆，向大地俯冲而来。

后方，光芒炽盛，无数电芒劈落，追着它降下天罚。那是灭世般的雷劫。

“天啊，是虚空兽！它竟然这么庞大，真是闻所未闻啊！”洪域中有强者惊呼，震惊不已。

虚空兽的数量十分稀少，并且极难长成，一般在成年后体形也不会特别庞大，谁见过如山岳这么大的？

那庞然大物也不知道有几万丈高，俯冲而下，威势盖世。突然，上界洒落一些混沌光，击在了它的身上。它燃烧了起来，在空中剧烈摇动，像是要解体了。

这场面震惊了每一个人，这是天谴啊！不过，仿佛有一些意志在干扰天罚，让天地扭曲，规则磨灭。那混沌光在变暗，而后消失了。

“战天意！有人在逆天而行！”

“轰隆！”一声巨响之后，天空中的闪电消失殆尽，雷罚溃散，所有异象都不见了。上界古老的殿堂化为废墟，一些被混沌气笼罩的身影口中咯血，踉跄倒退。

“战天意果然要遭反噬啊！还好我等虽然付出了极大的代价，但终是成功了。”一些人擦去嘴角的血，站起身来，若亘古长存的神般，目光无情，绽放电芒，周围雾气汹涌。

下界，虚空兽奔着那座祭坛俯冲而去。

“轰！”突然，残留在它身上的一些混沌光化成了符文，让巨大的兽体发光。那张包裹着虚空兽骨架的兽皮瞬间燃烧了起来。强大的神能散开，照亮天际，如一颗彗星撞击大地。

随着一道刺目的光闪耀，虚空兽解体了。不仅那兽皮被烧成灰烬，就连骨架也寸寸断裂，冲向四面八方。其头骨内，有一个拳头大的神炉与虚空凝结为一体，爆发璀璨光芒，极力阻挡这种可怕的攻伐。

但是，头骨终究还是没有逃过一劫，被击中了。其中的那个神炉，隆隆轰鸣，流转神秘古老的符文，疾速变大，进行自保。

神炉化成山岳那么高，上面千疮百孔，受损严重，而后它化成一道火光冲击向大地。在一声天摇地动的大爆炸声中，神炉降临在地面，与沼泽中的祭坛相接触。一时间，光辉万丈，那座祭坛当场就在圣光中瓦解了。

在这最后的关头，似乎功亏一篑了。天穹上的几位神震动不已。血祭虽然成功了，但那跨到下界的生灵还活着吗？

地上，烟尘弥漫，沼泽中的水早已被蒸干。祭坛消失，地上出现一个大峡谷，上面裂缝密布，蔓延至上百里，恐怖无比，而那破损的神炉便倒在那里。这神炉是虚空熔炉，珍贵无比，连各大天神都难以炼成，绝对算得上是一件镇教宝具，现在却被毁掉了。其炉体虽然还在，但已经没有什么神威，几乎快变成凡物。

烟尘渐渐散去，大峡谷处没有了声息。半个时辰过去后，“当”的一声金属颤音传来，打破了寂静。

“轰！”有重物击在炉盖上，让其散发宝光，释放强大的波动。神炉中有强者存活，现在正在奋力脱困。

“当！”一刻钟后，炉盖被震飞了，一只染血的手扶着炉口，艰难地往外攀出。接着一个人弓着腰爬到了炉口，腾地跃到了地面上。

这是一个满头银发的年轻人，黑色瞳孔，脸色苍白，手臂上都是血。他扫视四周，嘴角露出一丝冷笑，道：“跨界成功了！”

虚空熔炉内再次传来声响，一个身上没有血肉，只有一具骨架的生灵走了出来，咔咔作响。它周身的骨头完好，都是金色的，流动着灿灿光泽，显得很圣洁，其背后有一对翅膀，连着脊椎骨。这双翅膀并非骨翅，上面生着雪白的羽毛。

“此番我成功出现在下界，一定要得到那《超脱》篇，夺得天地造化！”一头巨兽从虚空熔炉中出来，高声说道。它身长十几丈，通体银白，上面鳞片闪耀。它有意缩小了躯体，否则将如山岭般巨大。

这是一只魔魂穿山甲，皮甲坚实，可以穿透天地中的各种神山，因而它没有负伤，只是被震得昏厥了过去。

在其后方，一株魔葵化成一个男子出现。一轮黑色大日在他身后浮现，乌光洒落，将他笼罩在当中，与天地隔绝。

随后，一个通体金黄的人族强者也安然无恙地走了出来。他修有丈六金身，金刚不坏，只是受了一些震荡而已。

再后面又出来两人。一个几近虚无，像要融入虚空中。另一个是一位老人，气息格外恐怖，让一同下界而来的生灵忌惮不已，不愿与他过于接近。

虚空熔炉中总共走出来七个生灵，他们受的伤都不重，一个个精气神旺盛，并立在一起，站在大峡谷上方。

“腾！”一片火光腾起，所有人都发出光芒。这是一群点燃神火的生灵，强大而神武，无比慑人。这一刻，他们全都释放神力，绽放符文，用以疗伤，并且体悟这片天地，迅速适应这一界。

“这里法则不全，我等可以发挥出的威能似乎比在上界时要强大得多！”

这是他们的第一感觉，而这也是为何一直有人想下来磨砺的主要原因。在这里能提前接触到更高境界的力量，再回去更容易悟道与突破。

七道身影神火燃烧，并排而立，神武霸气。他们屹立在这里，在血色的夕阳下，影子被拉得很长，身上染着夕阳的光彩，如七位魔神，睥睨天下。

“其他人都死了吗？”有人开口道，声音很冷漠。

“轰”的一声，那位老者一抬手将虚空熔炉抓了上来，而后用力一抖，落下七八具尸体。虚空熔炉在下坠时遭击，这些生灵正好被撞击到，故此惨死。

“诸位，我等一起行动还是就此分开？”那个满头银发的年轻人开口道，神色漠然，眼神却很炽热。

“刚下界而已，还是莫要擅自行动为好。”老者说道。

金色的骨架张嘴，传出神念，道：“诸位，别忘记冥主有托付，让我等先去斩了那个名为石昊的少年，不能容他多活一日。”

“不急。下界很诡异，先不要妄自行动。我要先去我教留在下界的道统中看一看，顺便寻一件称手的兵器。”有人开口道。

“好，先各自去处理一些事，然后再聚！”西方教的金身强者点头道。

几道身影散发光辉，破空而去，并将躲在远空的几位尊者带走，让他们做其向导，为其指路。那虚空熔炉也被人收走了。一瞬间而已，天地都寂静了下来。这里除了一个巨大的峡谷外，什么都没有留下。

这是一个爆炸性的消息，连夜从各座祭坛传向其他各地，传到了每一个大势力众人的耳中。洪域一下子消失了无数的人，虚空兽透过大裂缝降临洪域，虚空熔炉横空出世，这些消息震惊了所有人。

“有人战天意，对抗大道，从上界降临！”这是一位隐士传出的话，引发了一场轩然大波，让世人颇感不安。

# 第324章 必死的局

“太惨了！那么多的生灵，就这样被活祭了！”

“他们怎么下得去手，做出这种事！”

世间震撼，各方议论纷纷。下界的所有生灵都十分气愤，同时也有些无可奈何，心中生出一种无力感。

很快，一则消息被证实了——真的有神下界!

“果然下来了！他们太残忍了，为了跨界，竟然把数以千万的生灵当作祭品，这是何等的血腥？”

下界的大教、古国最是不安。这个时候有神下界，足以改变下界的格局。

三生山，茅草屋前。

石昊得到消息后，一阵沉默，心想，难怪一直心神不宁，原来是有这等惨事发生。该来的终究是要来了。

“无数生灵失踪，许多大部落化成死地，几个大族直接消失，一些小国寂灭。这次到底死去了多少人？”他自语道，眉心青筋浮现，握紧了双拳，恨不得一拳轰杀所有跨界而来的生灵。

他知道，那是血祭，骨书中有过相关的记载。血祭最为残忍，有违天道，会引发可怕的天象。

“战王、鹏九等，一致请您避退。”送信的侍卫长说道。

点燃神火的生灵下界，而且还不止一位，谁能挡住他们的袭击？在这个无神的年代，谁出面谁就得死，因此尽管很多人心中愤愤不平，也都得隐忍。

“我知道了，你回去吧。”石昊点了点头。他不打算避退，因为有人下界肯定要来寻他，如果找不到他，也许会发生一些让他抱憾终生的事。

侍卫长脸色发白，张了张嘴，想要劝解，但又不知道说什么好。对这个禅位的人皇，他十分敬畏。

“有什么事冲着我来，先过我这一关。”石昊挥手道，让侍卫长离去。有些事没得选择，他不会逃避，哪怕可能会死。

清风徐徐，草木清新。石昊一个人站在山上，看着远空。秀山飘着云气，带着霞辉，如同仙境。可是，这世间注定不会祥和了，会有大风暴发生。

“昊儿！”带着颤音的喊声传来，秦怡宁和石子陵第一时间赶来了。他们得到了消息，无比担忧，跨界而至。

“父亲，母亲！”石昊露出笑容。能在此时见到父母，他心中一下子晴朗了许多。即便发生了什么，也没有太多遗憾了。

“昊儿赶紧离开这里！”秦怡宁严肃无比地说道，拉着石昊就走。

石昊摇了摇头，挣脱她的手，道：“娘，我不能走。”

秦怡宁急了。她知道自己的长子与上界有过节，在这次即将到来的风暴中肯定会遭到报复。身为母亲，她怎能不焦急？她第一时间赶来，就是要带他走，让他躲避。她不能眼睁睁地看着他在这里等死。

石昊安慰他们，告诉他们自己不会有事，也绝不会冲动。

“昊儿，不要这样。我们曾经失去过你，现在一家人好不容易团聚了，你要再发生什么意外，我们承受不起啊！”石子陵的声音都发颤了。

他们很焦急，内心有一种惶恐，紧紧拉住石昊的手臂，一定要将他带走。

“父亲，母亲，你们不要担心，我怎么可能会死去呢？我一定会好好活着的。我还没吃过真龙肉、仙凰肉，还没有去过上界，更舍不得你们，我要长命万岁，与世同存！”石昊故作轻松地笑道。

“你这孩子！”夫妇俩紧张担心的同时，也被他说得有点哭笑不得。

说一千道一万，他们非要拉石昊走，怕就此失去他。这种事已经发生过一次了，他们绝不能容忍再发生一次。

“放心吧，我会第一时间躲避，绝不会去送死。”石昊保证道。而后，他转移话题，问起了秦昊的近况。

“虽有一些惊险，但是成功了。”秦怡宁道。

“他成功啦？”石昊惊讶道。

这也是石子陵夫妻最近一直没有出现的原因。他们一直守在不老山，看着秦昊植入至尊骨，在那里沉眠。好在，至尊骨植入成功，秦昊现在也已经觉醒了，一切都非常的顺利。无论是上界的不老山，还是其在下界的道统，最近都封闭山门，什么都不参与，就是在做这件事。

“弟弟恢复得怎样？”石昊关心地问道。

“他的生命力很强，早已生出那种精血，一点后患也没有。而且最重要的是，他服下了一颗来自上界的神丹。”石子陵道。

这种神丹是神圣宝药，以数百种天地灵药和各种神虫、矿物等炼熬而成，最是稀珍。一颗神丹就可让人牙齿重生、骨头再长、血肉再造，完成真正的脱胎换骨。

石昊闻言连连点头。这样就没什么可担心的了，秦昊肯定能在第一时间复原，并且会变得越来越强大。

同时，他也很好奇，那块骨到底会有多么强大？那块骨被放在一座古祭坛上不知道有多少万年了，竟还有生机，不曾枯死，这实在吓人，难怪被认为是仙骨。

石昊见到了父母，了却了一桩心愿，此时他很想回石村去看一看，想再去看最后一眼。但是他怕将灾祸引到那里，便忍住了。

石村是他心灵的寄托之地，与他的父母一样重要。那里祥和安宁，是一处世外桃源，他不能容忍那里发生变故。

“好想再回去看一眼。”他在心中暗自说道，不想让身边的父母担心。他知道，接下来将会有无尽的凶险，心中十分不宁，并有一种不好的预感。

随后，石昊又去了那个小镇，带着一群衣服破旧的孩子走街串巷，为他们买各种小吃。一群小家伙十分满足，小脸上都挂着开心的笑，吃得嘴上、脸上、衣服上都是食物碎屑。

石子陵和秦怡宁跟在后面，内心十分酸楚。他们知道，石昊这是在重温在石村的时光，那是他美好的回忆，回不了石村只能在这里缅怀。两人想到过去，心中满是愧疚，觉得对不起石昊，更加希望带他走，不容许不幸的事再一次发生。

石昊的两个肩上各坐着一个孩子。他们都十分幼小，刚学会走路，说话都说不利索。他们欢喜地笑着，稚嫩的小脸上散发着光辉。

忽然，一个纸鹤带着光晕，落在石昊的掌心，惊得一群孩子都睁大了眼睛。

石昊神色凝重地看着手中的纸鹤。这是他留给石国皇宫的。当来三生山寻不到他时，只要在附近放飞纸鹤，就可以将消息送达。他展开纸鹤，看着里面的内容。

“大哥哥，你要走了吗？”在他肩头的那个小男孩问道，扑闪着大眼，难舍难离。

“嗯，我要离去了，以后再回来看你们。”石昊笑道。

另一个肩头，那个小女孩瘪着嘴，一副要哭的样子，道：“大哥哥，你要走了，什么时候还能再见到呀？”

“有缘就能见到。”石昊将他们放下，而后迅速远去。

石子陵夫妇紧紧跟随他，也离开了这里。

“父亲，母亲，你们放心，我现在要躲避起来，不能跟你们去不老山，等一切平静下来再见……”石昊说了很多话。这一刻，他非常不舍，像是有说不完的话。不过，最后他还是强忍着心中的不舍，满心酸涩，头也不回地远遁而去。

“昊儿！”石子陵夫妇在后面大叫道。

眨眼间，石昊就消失了。他化成一道光，义无反顾地离开了三生山。他已经知道，这一次是七神下界，强势而来，基本无人能敌。就在刚才，他从那纸鹤中得知，有几位神降临在石国都城，指名道姓要他过去，否则就血洗石都。

石昊隐居在三生山，就是想一人承担，免得连累其他人。可是，那几位神不愿移步，偏要在石国都城等着他，并要他速速回去，否则后果自负。他们简直嚣张到了极点，竟这般让他自己回去领罪。

“何等的跋扈？！”石昊怒发冲冠，低语道。再想到他们跨界时所造成的杀劫，石昊更是气得全身颤抖，恨不得将他们全部斩杀。

可是，七神下界，俯视人间，谁能抗衡？无论怎么看，这都是一个必死的局。

石都非常雄伟，城墙上有一种金属光泽，那是符文在闪烁。它气势磅礴，巍峨恢宏，矗立在大地上。

石昊站在城前看了很久，面对必死之局，他认真思量了很久，最后坦然进城。

城中繁华依旧。大街上车水马龙，人来人往，街道两旁店铺林立，热闹非凡。普通百姓还不知道洪域的事，因此并未受到影响。

石昊心中宁静，只身一人来到了皇宫前。他已经了解到，那几位神进入了石国禁地，坐镇皇宫中。他没有带打神石，也没有带皇蝶，免得它们陷入绝境。同时，他也没有告诉毛球与小红这两个得力的助手，因为这次实在是太危险了。它们毕竟才点燃神火，修行尚短，面对七神也无能为力。

朝霞灿烂，石昊的身体散发着一层耀眼的光辉。他走到内城前，看着成片的宫阙，准备前去会会那几位神。

“石皇！”内城中的侍卫见了石昊，脸色大变，既焦急又惶恐，低声道，“陛下，请速退！”

石国皇宫发生了变故，留下的人都忠心耿耿，在等待机会反击。这个时候见到石昊，他们怎能不忧心。这可是自投罗网啊！

“无妨，我就是来会他们的！”石昊平静地说道。

城门前的侍卫都呆住了，看着他迈步而行，被朝霞披上一层淡金色的光辉，心情十分复杂。

虽然石昊年岁不大，但是这大半年来，他雷厉风行，平动乱，扫群敌，守护石国基业，威势赫赫，让人敬服。

可是而今，神明降世，石昊虽然有天纵之资，非常强大，但是根本不能与神相抗。他明知必死还要前来迎战，如此有担当有胆魄，实在令人敬佩。

太阳缓缓升起，整片皇宫被笼罩在神圣光芒中，熠熠生辉。侍卫为他让开道路，石昊大步而行，径直入宫。

看得出，这里发生过激战。皇宫中有一些地方已经破损，大阵也曾开启。这些法阵虽强，但没有相应境界的人主持，不能发挥出全部功效，难以抵住神的攻击。

“哦，你来了。”中央天宫内传出一个声音，语气虽平淡随意，却震得人耳朵嗡嗡作响。

“陛下，你不该回来！”天宫入口处，还有一些侍卫没有退。他们身上皆有伤，神色惶然，对石昊传音。

“你们都退下！”石昊命令道。

这些人握着兵器，指节发白，全都沉默不语。他们也知道自己站在这里改变不了什么，但他们每个人的心中都充满了不甘。堂堂皇族禁地，却让人如履平地，攻破并占领，视他们如无物，他们实在觉得憋屈。

石昊走进中央天宫，看到地上躺着很多侍卫，个个都在轻声呻吟，不禁握紧了拳头。上次三教来袭时，都没有攻入中央天宫，而今却被彻底攻占了。

“你就是石昊？”一个声音传来。一具骨架站在中央天宫内，通体呈淡金色，没有丝毫阴森之感，显得很祥和。

其背后生有一对洁白的羽翼，令它显得愈发神圣。毫无疑问，它来自冥土，是一位点燃冥火的神。

“这般年轻，出乎我的意料。”它以神念代替口舌来讲话，道，“可惜啊，冥主要你死。”

石昊没有说话，目光扫过它，看向宝座，顿时心生怒火，双目射出冰冷的光。

有一位神端坐在高处的龙纹宝椅上，脚下踩着一个少年，正是清风。清风脸色苍白，嘴角有血在淌。

“放开他！”石昊厉声呵斥道。

“放心吧，我没要他的命。不过他敢对我不敬，注定要被惩罚。”这是一个银发男子，看着十分年轻，脸上带着淡淡的笑，一只脚踏在清风的脸上。

“小哥哥……”清风苏醒过来，立刻色变，道，“不要回来啊！”

“晚了，你没用了，一边待着去吧。”银发男子脚下轻轻一用力，将清风踢下台阶。清风坠落在大殿中，口中再次咯血，但是一声未吭。

石昊瞳孔冰冷，盯着银发男子，道：“你是谁？”

“我来自阴阳学院，名为阳离。”他俯视着石昊，啧啧称奇道，“以你这个年龄就有这般修为，比我当年还厉害一些。”

石昊皱了皱眉头，想起了一些事情。在最后一战中，阴阳道人被柳神斩杀，两层塔身被小塔夺回，那个道人应该来自这阴阳学院。

“我们院长死在了下界，于情于理，都要有人下来看一看。”阳离漫不经心地说道。

中央天宫的另一侧，帷幔后有生灵活动的声音传出。石昊回头看去，顿时目眦欲裂，怒发冲冠，忍不住大叫道：“停下！”

那里有一只魔魂穿山甲，浑身银白锃亮，正在吸食战王的神性精华。鹏九、明王等躺在魔魂穿山甲的脚边，早已昏迷了过去。他们个个遍体鳞伤，十分凄惨。这只银色的魔魂穿山甲闻言，抬起头来，道：“他们还死不了，我只是吞点精华而已。”

真是欺人太甚！石昊双拳紧握，眼睛充血，眼看战王、鹏九等人性命不保，恨不得立刻冲上去与它拼命。

阳离开口道：“不要吞血了，万一弄死就不好了。这偌大的石国，还要这几位尊者坐镇。我等不好出面，怎么也要有一些代言人吧。这几个都不错，让他们掌控一国，方便寻找《超脱》篇等造化。”

“真没意思！”银色的魔魂穿山甲懒懒地说道，慢悠悠地放下手中的战王，走到大殿当中。

“你又有什么来历？”石昊双目中带着血丝问道。

“我来自兽海。”魔魂穿山甲看着石昊，盯着他的胸口，道，“别瞪我！我跟你没仇，只是跟过来看一看。不过，看起来你的神性精华味道似乎很不错啊！”

石昊心头一震。他在鹤鸣山同蓝雨、红凰、碧古等人聚会时，曾听他们提过上界兽海的事。兽海的鼻祖开创出百兽真经，夺天地造化。

“只有你们三个？”石昊面无表情地问道。

“一个就足以平掉你们这一国，三神同至你还嫌不够？”阳离露出一丝轻蔑的笑，趾高气扬地说道。

金色的骨架走到石昊近前，发出“咔咔”的声响，在中央天宫中显得格外悠远。这个冥族点燃神火的强者开口道：“你们的宝库很贫乏，几乎没什么材料。”

这三位神没有等其他人，而是先一步赶到这里，就是想多获取一些神料。只可惜，石国宝库中的材料大多都用在修补皇宫的法阵上了。

金色骨架继续开口道：“这片宫阙的法阵不错，可惜没有相应级别的人主持，对我等来说，简直形同虚设。不过，法阵内的有些材料很稀珍，倒是可以拆走。”

它踱步到战王、鹏九等人近前，道：“这些人的灵魂味道都不错，可惜啊，不能吃掉。”说到这里，它张开下颌，用力一吸，战王、鹏九、明王等人体内各自冲出一道魂魄，向它的骷髅头骨里聚去。

“别乱来，他们都有大用。”阳离说道。

“我知道，只是闻闻味道而已。”金色骨架摆了摆手臂，而后吹了一口气，又将几人的魂魄送了回去。

石昊虽然怒火中烧，恨不得立刻将他们除掉，但看着这三位神不打算取战王、清风等人的性命，便定了定心神。

“你……怎么回来了？”战王、鹏九等人苏醒过来，看着石昊，全都脸色苍白，吃了一惊。

“你们受苦了。”石昊说道。

“小哥哥……”清风张了张嘴，想说什么，却又没有力气说出来。他没有屈服，才遭了这样的罪。

“清风！”石昊看了他一眼，又转头看向三神，道，“你们想杀我，直接去三生山就可以了，为什么还要祸及无辜？身为神，何至于此？”

“为什么要去三生山？”阳离满头银发流动光华，高坐在宝椅上，俯视着下方，道，“一个小小的列阵境修士，还至于专门跑一趟吗？想要你死，一句话而已，你自会乖乖回来接受罪罚。”

这等口吻，这等姿态，丝毫不将石昊放在眼中，当真是飞扬跋扈！

“自以为是！你石昊爷爷回来了，看你们如何杀我！”石昊穿着一件战衣，闪烁着乌光。

“不灭金身战衣？”

“太古年间的瑰宝，到现在几乎不可见了，你居然拥有一件！”

三位神同时被吸引了，眼睛一下子都亮了起来。他们全都向前移动脚步，准备去夺不灭金身战衣。

“唰”的一声，石昊从原地消失，出现在皇宫的高空上，俯视着下方，道：“伪神，都过来领死！”

## 第325章 三神围堵

点燃冥火的金色骨架、满头银色长发的阳离、还有银白锃亮的魔魂穿山甲，都在第一时间跃到皇宫的上空，盯着石昊，目光如神灯，熠熠生辉。

“没有看错，正是那件古器！”

不灭金身战衣，一件划时代的完美杰作，要将世间稀有的天材地宝熔于一炉，再经过最复杂繁奥的手段铭纹、刻阵，才有几许成功的可能。

真正的精品，只要出世一件，必然会伴着血雨腥风。它是瑰宝，被人推崇与争夺，太古年间曾搅起无边风云。

“可惜啊，这件已经破损，不然将会引发一场大动乱。”

时光荏苒，岁月如梭，太古后，留下的不灭金身战衣已经没有几件了，而那种锻造方法也已失传。正因为此，它才越发显得珍贵，即便是残缺的，也值得让强者出手，抢夺回去研究。

“这是真正能够‘以弱击强’的宝具，不需要自己拥有无敌的战力，只需要一件完好的不灭金身战衣，就可以纵横天下！”

三位神感叹不已，追忆那段岁月。

当年，不灭金身战衣这种法器一出，天下震动，影响深远。它具有划时代的意义，很有可能会颠覆修行界。凭借它，可以让一个小修士击杀很有名气的强者。

也正是因为如此，才发生了无数场流血大战，引发了太古动乱。从某种意义上来说，它动摇了某些势力和某些存在的根基，而它的覆灭也因此被早早注定。

“嗖！”

金色骨架伸出一只骨掌，指骨间出现一团黑色的冥火。那团冥火快速冲起，向石昊笼罩而去，要将他拘禁过来。

石昊横移出去，速度快得不可思议，如幻影一般，一退就是十几里。他严肃无比，任何一个反应与举动都极为慎重。

“嗖！”

魔魂穿山甲化成一道银光，若一条银色匹练，追了下来，眨眼就到了石昊近前。

“东西只有一件，看来我们三个要商量下该如何分配。”阳离带着淡笑，也迈开了脚步，向下追来。

三位神虽然都是为了石昊而来，但此时各怀心思，都想独占不灭金身战衣。这东西虽然损坏了，但落在他们手里依旧有难以估量的价值，只要深入研究必会有极大的收获。

石昊快速退走，仅几个闪灭间，便出了石都，来到一片山脉上方。

“伪神！”他的眼中怒火腾腾。上界的生灵跨界而来，以亡魂血祭，无数哀号声响彻洪域，令人发指。而现在这三位神来到石国，这般飞扬跋扈，欺压一国，让人十分愤怒。

“你上天无路，入地无门，殒命的结局早已注定。你浑身上下流淌着至尊的些许气息，很合我意。”魔魂穿山甲到了近前，猩红的舌头分叉，舔了舔嘴，露出雪白锋利的巨齿。

石昊一抖手，一幅卷轴展开，上面刻着一个“杀”字。这个“杀”字鲜红透亮，若地狱般的杀意透过长空冲向前方。这幅卷轴摆动，纸面泛黄，“哗哗”作响，摇曳出无尽的神芒，像是一道道剑气冲霄而上，直透天际。

石昊当即就把那幅卷轴甩了出去，撞向鳞片银白的魔魂穿山甲。这幅卷轴能量浩瀚，那一道又一道神芒足以将尊者碾成齑粉，劈杀世间无数高手。

“当当当……”

那些神芒比真的刀剑还要可怕百倍，全都击在魔魂穿山甲的身上。一时间，火星四溅，响声四起。

“神级强者留下的卷轴？”冥土的金色骨架和阴阳学院的阳离露出异色。

这是石昊身上为数不多的大杀器之一，是从石国的内库中取出来的。这是一国的底蕴，他很不愿意动用，但现在没有办法。

“还不行，你杀不了我。”银色的魔魂穿山甲开口道。它虽然处在风暴中心，但是防御力惊人，银色鳞片翕动，荡漾出无数符文，化解了这些神光。

“镇压！”石昊大喝道，猛力催动。这幅卷轴发光，而后解体，当中那个“杀”字飞出，横贯长空，镇压银色的魔魂穿山甲。

这件神级法器威力大到不可想象，但只要真正催动后，便再也不能继续使用了。那个“杀”字绽放红光，映照得天空一片赤红，连太阳都化为了血色，让人的眼前都红艳艳的。

“没用的，你选错了对手。我的防御力在跨界而来的神中排在前列。”魔魂穿山甲说道，带着冷酷的笑。突然，它一个踉跄，眉心出现一道血丝，神识差点紊乱，强悍的身体摇动了起来。

“竟然是灵魂攻击！”后方的阳离惊讶道。

那个鲜红的“杀”字压落下去，竟要斩魔魂穿山甲的灵魂，让它吃了一个暗亏。显然，石昊并非乱来，而是专门针对它的。魔魂穿山甲的银色鳞片坚固，可以守护肉身，却防不住魂力的攻击。刚才它有些麻痹大意，所以才被伤到。

“嗷……”

魔魂穿山甲大吼，所有鳞片都在翕张。它的体表出现一个又一个旋涡，化解鲜红“杀”字，将之磨灭。

“杀”字的所有笔画解体，化成滴血的长剑，刺向魔魂穿山甲的魂魄。而后，那柄长剑爆发比天日还耀眼十倍的光，让天地都震动了。

可惜，当光华散尽时，魔魂穿山甲的庞大躯体依旧悬在空中。它眸子冰冷，眉心淌落一丝血，但魂魄没有被斩杀。

“杀意卷轴，不错啊，让我吃了个小亏。你越发让我感兴趣了，这样的神性精华吸收起来才有滋味。”魔魂穿山甲说道。

石昊没有说话，施展七十二变神通，化成一头金翅鲲鹏，将速度提升到了极致，飞向远方。

眨眼间，石昊就飞行了数千里，远离皇都，来到了一片山岭间。他停住脚步，向后看去。只见那三位神不紧不慢地跟着，脸上带着似笑非笑的表情有恃无恐地看着他，根本就不怕他翻出什么风浪。

“杀！”石昊大喝一声，地上各种山石翻滚，符文亮起，神光倒卷。这里有一座杀阵，爆发无量光，击杀空中的三神。

当初，月婵仙子曾在这里伏击石昊，召唤陨星，差点让他殒灭。后来，他用以反制，请打神石布阵，曾在此袭杀补天教的尊者。

后来，他还用神料补充，请打神石进一步完善，增强了此阵的威力。

现在他亲自主持，全面开启杀阵，对三神进行攻击。一时间，群山乱摇，巨石横空，神光沸腾。可惜，这依旧无用。那三位神冲了出来，一个个通体发光，符文照耀，睥睨人间，根本就没有被伤到。

石昊一叹。这三位神早已点燃神火，高高在上，凡尘中的力量难伤他们分毫。

“你不甘又能如何，愤怒又能怎样？卑微如你，改变不了什么。”满头银发的阳离说道，冲到石昊近前，伸出一只大手向前抓来。

石昊抖手间，一朵火红的莲花娇艳欲滴，从他的袍袖中飞了出去，落在了那只大手当中。

一瞬间而已，火光冲天，一株巨大的莲花绽放，磅礴气息让下方的群峰摇动，山岭将要爆碎。

这依旧是一件大杀器，同样只能动用一次。火莲怒放，熔化一切，无尽的神火冲天而起，仿佛要焚毁世间。

虽然还隔着很远，但是下方的一些山体化成岩浆，倒了下去，显得可怕无比。烈火中的一株赤莲绽开，威能席卷四方，将阳离笼罩，要将他毁掉。

“轰！”烈火中的火红莲花炸开，焚烧天地，地面上岩浆成海。可是，阳离依旧立在空中，并未身死。他的一条手臂漆黑，被烧伤了。

“没用！”阳离摇了摇头，轻轻振臂，上面的黑色灰烬飘落，脱下一层老皮。那条手臂与掌指依旧白皙，富有光泽。

“不为神，即便有大杀器，你也难以掌控。我等可以轻易避开最可怕的冲击，而你永远不懂这个境界。”阳离轻蔑道，一点都不在意手上的伤。

石昊沉默不语，冷冷地看着对面的三位神。此时，他已没有什么大杀器可以使用了。三神并立，向前逼近，神色冷漠，目光深邃。他们一起动手，要将石昊的不灭金身战衣夺下。

“这就是你的实力？还要与我等开战吗？”

“称我等为伪神，扬言让我们领死，就这么一点手段，真是大言不惭。蝼蚁终归是蝼蚁。”三神不屑地看着石昊，根本没有把他放在心上。

石昊一语不发，在身上贴了一张道符，转身就走。这张道符为淡黄色，上面符文古老，繁复莫测。这是他早年得到的缩地符，与鲲鹏身法配合，可以将他的速度提升到极限。

石昊的速度太快了，如一道浮光在移动。三神色变，他们还真怕给跟丢了。

这一逃就是一天一夜。在此期间，石昊以魔葵子补充神能，不断远遁。但是，三神锁定了他，总能在第一时间发现他，然后追上来。

“没用的，你走不了，注定要死。”最后，石昊激活石国一座巨城中的祭坛，开启一条通道，径直到了北海，站在浩瀚汪洋上。

三神是何等厉害的强者。他们站在祭坛上，看着闪灭的符文，很快就推算出了石昊的目的地，跟着追了下去，到了北海。

汪洋上，石昊按照记忆中的路线前进，疯狂运转鲲鹏法。他希望能以此引起共鸣，找到那个鲲鹏巢，以镇压三神。他甚至希望能够引出鲲鹏的那杆兵器——天荒大戟，斩杀三神。只是，这些事并不能以他的意志为转移。在北海，他什么都没有发现，反倒有好几次差点就被击杀。

三神目光灼灼，炽热无比。他们感知到，石昊掌握的鲲鹏法是无缺的，因此更加想要活捉他。

石昊狼狈不堪，再这样下去注定会身死道消，而且会死得非常凄惨。这当真是踏上了末路，没有了希望，看不到曙光。他离开了北海，逃到陆地，不断穿行，寻找巨城。

在此过程中，后面的三大强者继续追击，仅仅是他们发出的宝术余波，就将石昊震得大口咯血，险些死在途中。

“有意思！逃吧，用尽你的力气，我就喜欢这种狩猎游戏。”阳离道。

石昊吐了一口血沫子，眼中闪动坚毅的光，决定前往一地。其实，他真的不愿再去那个地方，当初能活着出来算是侥幸，而现在他实在没有办法了。

“送你们去死。即便是神，也要让你们体会那种绝望、惊恐和无助！”石昊暗自咬牙道。他下定了决心，即便是搭上自己的命，也不能让他们在下界为所欲为。

石昊在陆地上穿行，如一道淡淡的虚影，越过成片的大山，寻找规模宏大的巨城。只有那种地方才可能有祭坛，可以传送己身。

荒域太大了，如果只靠他自己飞行是不可能在数日内赶到目的地的。在此过程中，他因为寻找传送阵而稍有耽搁，险些被后方的三神追上，遭受重创，不断咯血，几乎死去。

终于，石昊在大陆北部发现了一座巨城，并寻到了祭坛。他登上去，没有片刻的停留，开启一条金色通道遁走。

“又被他逃脱了。”阳离脸色阴沉，冷冷地说道。追了这么长时间还没有将他截住，对他们来说，面子上确实过不去。

金色骨架登上祭坛，仔细研究了一番，依据上面留下的符文推测出石昊逃走的方位。

“要赶紧捉住他，免得被其他人得手。”魔魂穿山甲说道。它开启通道，率先冲了进去。

空间扭曲，一阵模糊。他们从通道中走出来，环视四周，再次追了下去。

石昊施展七十二变神通，化成鲲鹏，又因为有缩地符加持，一眨眼就消失在了天际尽头。虽然他此时的速度比三神快，但三神的灵觉十分敏锐，早就锁定了他。

只要他在沿途稍作休息，立刻就会被追上。这样下去，他迟早会被活活累死。

“终于要到了！”还有一段距离时，石昊停了下来，迅速调息，恢复精气神。

短暂的喘息间，他取出一把晶莹的魔葵子，向嘴里塞去。魔葵子如黑珍珠般晶莹，流动霞光，拥有神效。他不再咯血，伤体得到滋润，不断发光，身上符文闪耀，精气神逐渐饱满起来。

即将进入那个地方，他必须将自身调整到最佳状态，否则很可能会因为气血不足而在瞬间殒落。

“竟然是魔葵园的种子，你的胆子真不小！难怪他们非要杀了你不可。”魔魂穿山甲第一个冲到，张嘴吐出一道电芒，轰杀石昊。

三神都很吃惊。要知道，谁要是胆敢将魔葵园的种子像这样当丹药吃，必定会招致疯狂的报复。

面对袭来的电芒，石昊第一时间避退，疾速遁走。

追逐了这么长时间，三神虽然表情淡然，但心中早已不悦。他们没想到眼中的列阵境小角色会让他们如此花费力气，这让他们觉得很丢脸。不过他们也没有办法。石昊鲲鹏法一展，再加上一张缩地符，即便是点燃神火的神灵也不可能追上。三神最后竟然只能靠耐力和强大的神觉锁定对方，否则真要追丢了。

石昊擦净嘴角的血，一跃就飞出去数十里，而后他再一展翅又飞过去了数百里。他来到了一处古地，那里山脉起伏，一眼看不到边。

这个地方的山峰很特别，状若圆丘，犹如大坟，一座又一座，紧紧相邻。

石昊没有停留，一跃而过，直接冲进深处。

三神紧追不舍，第一时间赶到。他们如三道虚影，带起一阵狂风，沿途诸多巨木被大风损毁，可见其速度和神能有多么惊人。

“咦？”来自冥土的金色骨架惊讶不已。这里虽然艳阳高照，阳光充足，但它明显觉察到了一丝旁人无法感知的阴气。或许，这阴气应该被称为大阴。其他生灵无法感知这种寒冷，也只有它这种出自冥土的修士才能觉察。

这里理应是世间阴气最重的地方，只不过物极必反，竟有了阳气。这样的转变，绝对是一个奇迹。不过，它并不担心。这样的地方对它来说，简直就是神圣宝土。它无比渴望，希望立刻冲进去滋补骨架。

眨眼间，他们就冲进去十几里，眼前的景象瞬间大变。成片的圆丘消失，蛮荒大地显现。这里古木参天，大岳巍峨，凶兽无数，神禽满天，景象惊人。

“嗷……”一头黑色的真犼，体形庞大，跟小山似的，一下子吼碎了一颗域外陨星。那颗陨星炸开时爆发五彩神光，无比璀璨，碎块都坠向大地。

“呼……”狂风大作，一头金翅大鹏展翅凌云，傲视人间，若一片金色的云朵压满天穹，散发令人胆寒的气息。

三神刚一进来就被镇住了，全都目瞪口呆，内心恐惧。他们的确很强大，但得看是和谁比。眼前这些绝对算是天阶凶兽与神禽，它们都修行到了最高境界，任何一个出来，都可以轻易灭了他们。

“这是天神？”刚一进来就见到这等场面，他们当即就慌了，全都对着那些天阶凶兽和神禽叩首膜拜。他们本是高高在上地在追杀一个小角色，现在这种转变真是太突兀了。

“嗷……”一头饕餮，身与太古魔山一般高，吞纳万物，从三神旁边路过，震得大地颤抖，群山摇动，隆隆轰鸣。

三神吓得魂魄俱颤，呆若木鸡。

“不对，这并非实体！”他们终究是点燃了神火的，虽然眼睛被欺骗了，在第一时间因先入为主而发蒙，但在一阵惊慌后还是洞悉到了真相。

“这些是不灭的英灵，并非真正的神王、天神。”魔魂穿山甲长出了一口气，心中大定。

金色骨架展动一对洁白的羽翼，表情严肃，道：“它们已经半物质化，不可大意。千万不要与它们接触，不然很有可能会殒命。”

其他两位神立刻色变，立即仔细感应，不禁神色凝重，感叹果然如此。

三神小心翼翼地向前走去，不一会儿便看到了一块石碑，上面刻着三个字：西陵界。

“原来如此。这三个字道尽了此中真意！”阳离点头道，满头银色发丝飘舞，眸子深邃无比。他们都是上界的强者，自然一下子就洞悉了一切。

这样一个初步演化为一界的地方多半有至宝化生出来。这一刻，阳离和魔魂穿山甲觉得体内的血液流速加快，内心深处极度亢奋。而那金色骨架虽然没有血液，但其头骨中的灵魂之光在剧烈闪耀。它显得尤为兴奋，因为它知道的情况最多。

“这里可能会化成冥界，成为永恒的国度，变成冥族的无上宝土！”金色骨架心中自语道，兴奋到战栗。

它是冥族之神，在这里修行将事半功倍。这里的一切对它来说都是大补之物，而且若这里真有至宝的话，它肯定也会最先得到。这样一来，它将来说不定可以迅速崛起，成为冥族新主。

三神早已锁定石昊，自然不会跟丢。他们发现石昊正往此界的最深处冲去，不由得心中一惊。

三神各自在原地留下一道虚影，身形一晃就向里面冲去。他们以强大的神觉避开各种半物质化的饕餮、应龙、凰雀等天阶太古凶兽与神禽。

“在那里！”三人冲到最深处，看到了石昊和一座祭坛。

这是一座诡异的祭坛，通体为黑色，以巨石砌成，其周围巨骨无数，散落一地，散发滔天煞气，让三神都十分惊悚。

这里没有凡骨，都是天神级的。不过，上面的骨文都已经磨灭，不再显化。

“小子你要做什么？”三神发现石昊在觊觎祭坛上的至宝，竟想先他们一步行动，再难保持淡然，大声喝止道。

在这样的地方，要想取如此神圣的祭品，一般来说需要十分小心才行，否则很可能会引发恐怖的变故。他们自然担心。

在他们的眼中，此时的石昊像是在忌惮什么，转身到祭坛的一侧，一边想行动，一边又有些迟疑，看起来十分忐忑。

“都是瑰宝！”三神见识匪浅，一眼看到祭坛上的三样东西，立刻知晓它们都蕴含着无法想象的威能。一块金色的手骨、一颗水晶头骨、一个沾着血的眼球陈列在上，散发神秘气息，流动诡异的力量。

“小子，滚到一边去，等候发落！”三神各怀心思，瞬息到了祭坛近前。对他们来说，这古坛上的祭品比石昊要重要得多。

“不知死活的伪神！”石昊冷笑道。他一开始还怕他们不过来，现在没什么可担心的了。

“你找死，敢对神不敬！”阳离、魔魂穿山甲都神色森冷，眸光如刀子般望向他。他们觉得现在的一切尽在他们的掌控中，生杀予夺皆随他们的心意。

然而，刚说完这句话，他们当即身体发僵，全身冰冷，内心深处生出一种极度的恐惧。而那金色骨架更是差点大叫，金色骨头颤抖，咔咔作响。

他们点燃了神火，第一时间发觉到了不对，比当时的石昊和三黑敏锐多了。

“蝼蚁你知道这里的一切？”魔魂穿山甲惊惧不已，转头看向石昊，庞大的躯体在发颤。

“在这里，你们也只是三只虫子而已。有本事再显化神威，展现出你们的威风，飞扬跋扈试试看啊！”石昊呵斥道。

“闭嘴！”金色骨架低声呵斥道，恨不得立刻灭掉石昊。但是它一动也不敢动，生怕因为动用了神力而触怒了这里的天神。

它感到这里有一种威严，有一股可怕的波动。这祭坛上的东西很可能有不朽的灵念，在这里必须保持安静。

“蝼蚁，想活下去的话，不得开口！”阳离面目狰狞，心中大乱。他的心中有一种难以言喻的恐惧，而这种恐惧只有达到这个境界的修士才能体会到。

在这一刻，三神的感受比石昊强烈数十倍不止。他们都点燃了神火，更加明白自己身在怎样的一种绝境中。

“你们在害怕吗？”石昊很平静，轻蔑地扫视着三神，道，“在这里，你们也不过是蝼蚁，摆什么姿态，想活命就对这祭坛跪下来，叩首！”

阳离满头银发舞动，脸色铁青，若非在这里不敢妄动，他定要将石昊直接烧成灰烬。魔魂穿山甲和金色骨架真有一种跪下去的冲动，但是听到石昊的话，他们又不甘心就这样低头。

“别逼我立刻杀你，献祭给此古坛！”阳离低语道。

“那大家就一起赴死吧！”石昊说道，从容无比。

“不要！”三神的灵魂都在战栗。

石昊一只脚抬起，而后重重踏下，震动了整座祭坛，像是要把它震塌。

阳离汗毛倒竖，头皮发麻，身体因恐惧而紧绷，竭尽所能倒飞。他的脸苍白到没有一点血色。魔魂穿山甲庞大的躯体早已缩小到一丈长，如闪电般远遁而去，想要逃离此地。金色骨架浑身抖动，几乎要散架了，但也在奋力奔逃。

然而，他们所做的这一切都没有用。那颗眼球快速转动，将三神和石昊扫视了一遍，而后将他们锁定，就如同不久前三神锁定石昊那般。

“完了！”

此时，三神吓得簌簌发抖，惊慌失措。他们知道，即便逃到天涯海角也会被镇压，更何况，他们根本就逃不出此地。

到了这个等阶，他们能够深刻地体悟到，自己遭遇的力量是多么诡异恐怖，而接下来发生的事更可能让他们生不如死。

三神的心在抖，胆在颤，一股绝望的情绪在他们心中升腾而起。祭坛摇动，煞气席卷四面八方，飓风般把周围的草木、巨石全都化成齑粉。

三神面色苍白，形神都在战栗。他们竭尽所能向外冲，可是始终难以摆脱煞气的追赶。他们灵觉敏锐，能够真切地感受到那颗眼球锁定了他们。

“不好！”金色骨架大叫道。

在他们的后方，不光有煞气的追赶，还有黑光涟漪。那黑光涟漪看似缥缈，却比仙剑还可怕。它所过之处，巨石、山峰被齐刷刷地切断，凡是被它碰到的东西，全都化成飞灰。

“不要啊！”

魔魂穿山甲大叫道。这等危机恐怖得超出想象，点燃神火的生灵根本没有反抗之力。在此过程中，魔魂穿山甲的银色尾巴被黑光扫中，鳞片脱落，断下一截。那断下的部分瞬间就灰飞烟灭。

魔魂穿山甲施展秘法，口中不断喷吐精光。那是它的心头血在燃烧，透支生命潜能，用以提升逃跑的速度。

“啊！”

阳离也大声惨叫。他的后背被触中，受伤严重。他震惊恐惧到了极点，立即动用禁忌之法远去。他本是阴阳学院的天才，年龄不是很大，称得上后起之强者，而现在却如丧家之犬。

这次比石昊上一次所经历的还要恐怖。祭坛感应到来犯者的强大，动用了更强的威能来袭击他们。

石昊将这一切看在眼中，心头大震。他毫不犹豫地进入世界宝盒中，手持万灵图，决定听天由命。上一次能够活下来纯属侥幸，这一次究竟会怎样他不得而知。现在的一切都只能依靠命运，无法由自己掌控。

这种既无助又被动的感觉很不好，但是，石昊真的没有任何办法了。但凡还有一丝希望，他也不会来这里。毕竟，这等于是把自己送入坟墓。

世界宝盒遭受黑光涟漪的冲击，慢慢变得透明了起来，连外界的景物都清晰可见。石昊手持万灵图，神色平静地等待着。死就死了，跟三大强者一同殒命也算是赚到了。三大强者冲出去很远，但依旧难以摆脱追杀。与此同时，祭坛上飞起一物，划破虚空，镇压而下。

“什么？”石昊吃惊道。这一次竟是那块金色手骨在镇压闯入者。

“不！”魔魂穿山甲惊恐地大叫道，浑身银色鳞片翕张，释放精气，演化神纹，守护己身。但这根本毫无作用，那金色手骨太快了。它疾速而至，从空中拍落，打在魔魂穿山甲的后半截身体上。

“砰！”仅此一击，金色手骨便将魔魂穿山甲打趴在地，几乎动弹不得。

一个点燃神火的生灵，在这金色手骨下弱小得如同一只蚂蚁，毫无还手之力。而且，这金色手骨并没有发出波动，也没有释放符文，它完全是凭借其坚固与巨力将号称防御力惊人的魔魂穿山甲击溃的。

“不要啊！”来自冥土的金色骨架也在惊惧大叫。它奋力扇动着背上的翅膀，恨不得冲上九霄，跨界而去。但是，这依旧无用。那金色手骨轻轻一划，将它的一对神圣羽翼当场斩落。

随着那对羽翼的断裂，金色骨架从高空中跌落下来。金色手骨再一挥动，击在金色骨架的身上，让它重重地摔在地上，受伤极其严重。

“守护！”

另一边，阳离大叫一声，满头银色长发飞舞，祭出一个铜炉。铜炉上面坑坑洼洼的，有很多地方都已经凹瘪了进去，破损不堪。

这是虚空熔炉，跨界时被毁掉了所有符文，不能运用法则之力来进行对抗了，不过它仍旧十分坚固，能够起到一定的保护作用。若非实在逃不了了，阳离怎么会祭出这件残器？他这样做完全是死马当活马医。

魔魂穿山甲和金色骨架见状，动用最后一丝神力，拖着残破的伤体奋力爬到虚空熔炉内，阳离也赶忙躲了进去。

“当！”

炉盖闭合。三神躲在当中，脸色惨白，心头悸动，伤体在簌簌颤抖。点燃神火后，他们身份超然，在各自的学院或族群中高高在上，也不知道有多少年没有这样惶恐了。

“当！”金色手骨拍落，打在虚空熔炉上，响声震天。仅这一击就让虚空熔炉瘪下去一大块，并且出现了裂缝。

“什么？”三神眼前发黑，有气无力地坐在那里，心中充满了恐惧。虚空熔炉坚固不朽，连天神都无法击穿，现在却被击裂了。这让他们如何去抵抗？

“当！”金色手骨第二次落下，五根指骨洞穿虚空熔炉，将之撕裂。那炉壁被彻底破坏掉了。

虚空熔炉像干瘪的橘子皮般被人揭开，散落一地。三神全都瘫软在那里，再也难以抵抗。但是，出乎他们的意料，金色手骨并没有斩杀他们，而是退走了。

三神的眼中出现光彩，生出几许庆幸。他们挣扎着爬起来，以为就此躲过一劫，但是很快他们就从天堂坠落到了地狱。

祭坛上，一个水晶头骨飞到三神近前，下颌张开，猛力一吸，他们面前就出现了一个旋涡。

“啊！”三神大声惨叫。他们的神性精华源源不断地涌入那个旋涡中，任他们如何挣扎都阻止不了。一会儿之后，他们的修为尽废，本源尽失，再也不能回到上界去了。紧接着，金色手骨和那个水晶头骨在世界宝盒上盘桓了片刻，最终皆飞回祭坛，并没有出手。

小世界内，石昊手中的万灵图再一次发光。一时间，万灵浮现，符文密布，混沌气弥漫，神秘无比。也不知道过了多久，这里才寂静下来。石昊神色复杂地看着手中温润的骨块，不禁感叹，这东西居然再次让他逃过一劫。

“我活下来了。”石昊自语道。虽然如此，但他并没有十分欣喜。因为他这是在赌，是把命运交给别人来掌握，他不喜欢这种体验。很快，他摆脱了这种情绪，走出世界宝盒，将躺在地上奄奄一息的三神拎在手中，大步而行，走出了西陵界。

西陵界外，峰青谷翠，阳光充足，充满生机。想到刚才的经历，石昊觉得就像做了一场梦。

“怎么会这样？”阳离双目暗淡，喃喃自语。他实在难以想象自己竟会落得这样一个结局。

“我不甘啊！”魔魂穿山甲想大声咆哮，但因为虚弱无比，发生的声音若蚊虫鸣叫般微不可闻。

冥土的金色骨架悲愤万分，体内残余的灵魂之光似乎随时都会熄灭。

他们经历了恐惧绝望，悔恨不已。为了杀一介小修士，居然把自己的性命都搭进来了，真的不值啊！本该俯视石昊，到头来却匍匐在他的脚下，这种反转，让他们难以接受。

石昊笑了，彻底摆脱了在西陵界时的复杂情绪。他笑得很灿烂，一嘴亮晶晶的牙齿在阳光下更加有光泽。

“你们的自信与底气呢？”

这样短短的一句话，像刀子一般落在三位神者的心头。他们气得怒吼，想冲上去把石昊击杀，但无奈自己已经没了那个能力。

“你们当初欺凌石国，是何等的嚣张跋扈？视下界生灵如蝼蚁，到了如今，你们也该尝尝被人当作蝼蚁的感觉！”石昊摇头道。

而后，石昊的目光冰冷了下来。这些所谓的神下界时血祭天地，导致生灵涂炭，就算是杀了他们，这笔血账也偿还不完。

石昊搜索他们的识海。那里早已十不存一，但是也足够让他了解到一些极为重要的消息了。而后，三神在石昊冷厉的目光中，渐渐没了气息，就此殒命在下界。

# 第326章 大悲大喜

七神下界，其中最强大的是一位老者。他来自仙殿，一个人的战力抵得上当中四位点燃神火的强者的战力之和。

仙殿极其古老，十分可怕，与至尊殿堂有关。可惜三神的识海十不存一，要不然石昊就能够窥尽其中的奥秘。

七神中的第二强者来自西方教，将丈六金身修行到了很高的境界，拥有金刚不坏身，并且掌握几种大神通。其余几神实力相仿，彼此相差不多。

石昊思忖着，剩下的四神更为可怕，难以对付，到底该如何破局呢？

“我就是成为尊者，并且不灭金身战衣再次进化，也只能对付一位神。能否扛过这一劫还是难料啊。”他眉头紧锁，自语道，“西陵界也只能设一次杀局，剩下的四神不可能重蹈覆辙。怎么办，真的没有办法了吗？”

石昊心头沉重，心中有一种不祥之感，暗道：“难道我要发生不测了吗？”

石昊离开西陵兽山，向石国都城飞去。他刚才还得到了更为有价值的信息。上界教主共同推演，预测出了下界的几桩造化在何方。虽然没有准确的地点，但已经划分出了一个大致的范围。

这个信息是很多人都梦寐以求的，但此时对石昊而言没有任何用处。他现在的首要目的是化解危局，活下去。

临近石国都城时，石昊停了下来，落在一个小镇中。他想了解一下目前石都的情况。

一番打听后，石昊从人们口中得知，石都并无风波，也无战端，就像什么都没有发生过一般。越是如此，石昊越是担忧。

“咦？”忽然，石昊看到了一个少女，觉得十分熟悉。她虽然穿着朴素，但身上有种空灵气韵。

那个少女心有所感，回过头来，看到了石昊，顿时露出惊容，以手掩口，道：“是你！”

石昊想起来了。这个少女名为雨紫陌，曾与石昊在百断山见过，为雨族双杰之一，拥有世间罕见的天赋——通灵，能预见未来的一角。雨族覆灭时，石昊把妇幼和老弱都放了。这个少女当日没有在族中，自然也避过一劫。

雨紫陌低头沉思了片刻，霍地抬头，向石昊走来，道："你要杀就杀吧。"

"你走吧。"石昊蹙眉道。他在思忖如何对抗四神，没有心思管其他。

突然，雨紫陌踉跄后退，眉心出现一道裂纹，流出一丝血。显然，她遭遇了反噬。她看着石昊，脸上满是惊容与不解，道："我遥望你的未来一片混沌，再回首，你的身后一片虚无。"

再次相见，她依旧得出这样的预言，与在百断山时的感知无二。

石昊闻言抬头看向她，道："这是何意？"

"我不知道。"雨紫陌擦去眉心的血，道，"你好像并不属于这一整部古史。也许，你要从这个世上消失了。"

对于后者，石昊明白，而今他随时会殒灭。对于前者，他一头雾水。他现在没有心思多想，挥了挥手，直接远去。

石昊往石国都城走去。快到城门口时，他看见守城的侍卫都面无表情，并没有看出有神蛰伏在此的迹象。

"鹏九！"随后，石昊在城外的一处皇家庄园中见到了鹏九。他躲在这里养伤，并没有性命之忧。

"陛下，你还活着！"鹏九睁大眼睛，震惊道。他想不到石昊竟然能活着回来。别说是他，皇宫中的人几乎都觉得石昊肯定已殒命了。

随后，战王、明王等闻讯全都冲来。他们激动万分，兴奋不已。还能见到石昊，这简直就是一个奇迹。

石昊引走三神，竟能活着回来，难道说那三神都死掉了？想到这一可能，众人的心脏都快要跳出了喉咙。

"陛下，你将他们杀了？"众人齐声问道。

"嗯，都死了。"石昊答道。

众人闻言震撼不已，目中神采熠熠，整个人振奋到战栗。

"清风在哪里？"石昊问道。清风并未出现在众人之中。

谈到这个问题，众人神色一暗，告诉了石昊事情的经过。

石昊不顾自身安危将三神引走后，清风怕他殒灭，心急如焚，登上祭坛想去请高手来营救。清风去了石村，请来了毛球和小红。

而也正是在这个时候，发生了两件事。第一件事就是有一个神寻到石都，说要见阳离、魔魂穿山甲和金色骨架这三大强者。他正好与毛球、小红撞在一起，三者直接开战，杀向了大荒中。至于结果如何，至今还不得而知。

另外一件事就是，另一位神出现在补天阁的废墟上，毁掉了正在重建的一切。他在那里寻找着什么，像是要打开上古圣院。

石昊闻言，心头大惊。毛球与小红到底还是出来了，可是它们刚点燃神火，与七神的实力还有一定的差距。它们这样贸然与之对决，很可能会殒命。

但是他也没有怪清风。清风是怕他死掉，才会这样不顾一切地发动所有力量去营救他。

“出现在皇宫中的神是哪一个？”石昊问道，尽量让自己语气平静。

“西方教的强者，修有丈六金身，体外跳动的神火分外炽盛。”鹏九答道。

“什么?!”石昊闻言，通体冰凉，心一下子沉了下去。他从三神那里了解到，西方教这个点燃神火的强者战力排名第二。

半个时辰后，石昊赶到那片山脉深处，见到了倒塌的山峰和化成岩浆的大地。他仔细寻找，染着血的赤红羽毛到处都是。那是小红的。随后，他又见到了折断的铁棍和金色的皮毛。那是毛球的。

石昊目眦欲裂，血气翻涌。所有这一切都预示着毛球和小红殒灭了。

“啊……”石昊像受伤的野兽，眼睛通红，大叫道，“我不要你们死！”

他幼时就将毛球捡了回来，两者相伴长大，感情很好。而小红虽然嘴巴不饶人，但对石村人十分友好，还帮助石昊守护那里。

上次西疆一战后，毛球和小红回到石村，并未带走真神法器。这个西方教的强者号称七神中实力第二的，比阳离、魔魂穿山甲和金色骨架三者联手都要厉害，它们又没有真神法器，怎么可能赢得了？

石昊疯了一般在山脉中寻找，发现了毛球的残骨和小红的断翅。这让他发狂，仰天长啸。

石昊哭了，第一次这般伤心。自他走出石村以来，一路高歌猛进，横推对手，从来没有遇到过这种惨事。

在世人眼中，他是天才，是无敌的少年至尊。在虚神界内，他是人神共愤的熊孩子。没有人看到过他这么脆弱的一面。此时他趴在地上放声大哭，捧着毛球的残骨和小红的翅膀，伤心欲绝。

“我不要你们死，我要你们都活过来！”他悲恸万分，眼泪不断地往下滚。这一刻，他更像是一个十五岁的少年，而非世人眼中的惊世奇才——小石。他有些无助，悲愤无比。

石昊寻遍了这片山脉，最后黯然离去。他回到皇宫，谨慎地开启一条通道，而后抹去所有痕迹，这才冲进去，前往石村。

原本，他说什么也不会回去，怕引去祸端。但现在他心中悲愤，不看个究竟怎么都不会甘心。

刚一回来，他就听到了哭声。许多孩子都在哇哇大哭，一些成年男子也脸色凄凄，整个石村压抑无比。

石昊冲下祭坛，看见清风跪在地上痛哭流涕，他面前还放着一口棺椁。石昊因此确信毛球和小红真的殒命了。

“毛球，小红！”石昊张嘴吐了一口血，眼中带着泪，大叫道，“你们死得好惨啊！”

这一刻，整个石村都安静了下来，所有人都回过头来看着他，而后全都呆住了。一会儿后，清风跳了起来，目不转睛地盯着石昊的脸，一脸的惊喜与震惊。

“谁在咒我死啊？”就在这时，毛球虚弱的声音传来。

而后，小红的鸣叫也响起。

石昊一下子愣住了，不敢相信自己的耳朵。他看到了毛球和小红躺在不远处，瞬间由大悲到大喜，高声大叫了起来。

同一时间，石村众人也都大叫了起来，一起向石昊扑了过来。

“昊儿，我们以为你已经被那三个神杀了。”

“小昊叔你还活着，太好了！”众人将他举起，仔细地摸了又摸，全都眼中带着泪花，咧嘴大笑。

石昊瞬间明白了，他们都以为他死掉了，那棺椁是为他准备的，并不是用来安葬毛球和小红的。

“大家都还活着，这种感觉真好！”石昊擦去脸上的泪水，很不好意思地看着大家。他还是第一次在众人面前这般失态。

他走到毛球和小红身边，这两大强者受伤严重，毛球下半截躯体受伤严重，而小红的一对翅膀也被斩落。不过好在它们是点燃神火的生灵，恢复力极强，早晚都会修复伤体，变回原样。

“我还以为你们死掉了呢！”石昊说道。

“差一点就死掉了。那个丈六金身太强了，根本就打不动。”毛球道。它浑身是伤，痛得龇牙咧嘴，连本源都被震裂了。

小红亦如此。它身上没有一处完好的地方，原始符骨也被震裂了。它们受的伤极其严重，一两年内都很难恢复过来。

“没关系，我这里有太阳神树的黄金液，你们一人一滴，半年内一定可以复原！”石昊说道，取出玉罐，让它们各自服下一滴。

他总共就得到了三滴，其中一滴执意送给了父母，剩下的两滴就送给了这两大强者。

“西方教的那个强者呢？”石昊问道。

“死了，被我们艰难地击杀了。”小红道。

“他死掉了？”石昊不敢相信地问道。毛球和小红与他的实力相差那么大，不说击杀他，就连让他重伤都是很难的。

“动用了石村的祖器。”毛球道。

石村有两件祖器，分别为一块骨和一张兽皮，比石国皇宫的真神法器还厉害。这一次毛球和小红持着这两件古器，开启封印，才能与那西方教的丈六金身抗衡。

石昊有些发怔，道：“即便是这样，也很难杀死那个人吧？”

“没错。我们刚点燃神火，而那个西方教的强者早已点燃了上百年，修为极其强大，远胜其他同阶者。不过，好在我们带了石村的那口药鼎。”小红点头道。

去之前，毛球和小红听从了清风的建议，带上了这口药鼎。关键时刻，它尽显神奇之处。它不仅防御力惊人，让毛球和小红躲在当中，避开了九成以上的攻击，还在它们即将殒灭时，喷出一道丹火，将西方教那名强者烧成灰烬。

“这……”石昊听得目瞪口呆。虽然他一直都觉得这口药鼎十分不凡，却没有想到它不光能炼宝药，还有如此强大的攻击力和防御力。

“鼎呢？让我用它去镇压另一位神！”石昊问道。

现在消息还没有传开，无论是他击败了三神，还是毛球与小红灭掉了西方教点燃神火的强大生灵，外界都还不知道。他想拿着药鼎，去补天阁将那一个落单的神镇压，解决掉一个祸端。

“那药鼎消失不见了。”毛球叹气道。

从大悲到大喜，接连的意外，让石昊都有点麻木了。听到药鼎消失的消息，他倒也没有太震惊，只是感觉很遗憾。

“在它消失的刹那，我隐约间看到那药鼎表面的黑色金属表皮脱落，露出洁白如玉的鼎身，像是一口骨鼎。”小红道。它通晓火道神通，在黑鼎发出丹火时，它自然能敏锐地看见这一幕。

“一座洁白的骨鼎？”石昊愕然道。石族的祖器还真是既神秘又不凡，超出了所有人的预料。可惜现在说什么都晚了，那口鼎已经消失了。

“怎么办，还剩下三位神，我该如何去对抗？”石昊自语道。他现在想不出任何办法，只能靠自己的力量去面对了。

“你去了只能送死。”毛球道，一边说话一边痛得龇牙。它浑身都是伤，金色皮毛暗淡，服下那滴黄金液后，其体内最核心的原始宝骨在愈合，所有精气神都集中在那里，进行治疗。

“不要贸然前往，不能将自己的性命当作儿戏。”族中的几位阿叔也劝道。

如何取舍，怎么去做？石昊思索着，那些神肯定会到处寻他，因为他们答应了冥主和魔葵园的至尊，要将他斩杀。如果他不出现，那些神多半会迁怒他人，到时候他身边的人和石国都会被殃及。

石昊之所以想只身去面对，就是不想让自己身边的人陷入险境，否则谁会不珍惜生命，明知危险还要前去赴死。

“小哥哥，你不能去啊！”清风焦急地劝道。

“小昊叔，你不要去送死。”

“是啊，小昊叔你不能撇下我们啊！刚才叔叔婶婶都伤心欲绝，你不能让他们再这样了。”

“我还是有一线希望的。”石昊安慰众人道，取出不灭金身战衣，用手摩挲着。现在其中一神落单，可能是将其除掉的最佳时机。

“有这件战衣也不行。”小红摇头道。

不灭金身战衣虽是太古年间的瑰宝，但传承到现在已经破损不堪，远不能与其辉煌时期相比，难以对抗上界高手。

阳离、魔魂穿山甲和金色骨架见到不灭金身战衣时也曾说，这件法器的符文与材料珍贵无比，对他们有巨大的参考价值，但用来作战就没有多大的帮助了。

“我有一块材料，也许能让它在瞬间进化。”石昊取出一块石头。这块石头鲜红温润，将他的手掌映衬得红光透亮。

这块石头上面有很多纹络，像凤凰的羽毛，缭绕赤霞，尽显玄妙奥义。不需要多说，这一看便是块“天材”。

“这是什么？”清风问道。

“凰纹石。”石昊答道。这是他之前在南陨神山为补天阁复仇时，那个自称南陨的老人送给他的一块稀世宝料。

这种石头举世难求，数千年都难以见到一块，若是融入宝具中，可能会使宝具提升品阶，发生变化。

石昊一直舍不得用，怕自己因为不会用给浪费了。他观阅了很多骨书，详细了解后发现，需要辅以多种秘料一同使用，才能使这块石头发挥最佳的效用。可惜，他寻遍了石国内库还是差了四种秘料，所以他一直没有动用。

不过，他早已做好了准备，一旦决定拼死一搏，不管成功与否，都要立刻将凰纹石融进不灭金身战衣中。

现在已到了拼死之时，他只能冒险一试，若能成功，不灭金身战衣的品阶提升，便有机会战胜那个落单的神。

“好东西啊，只是这样做有点可惜了，若是失败……”毛球与小红都这样说道。石昊何尝不知，但也只能冒险了。

“轰！”一道火光冲起，凰纹石和其他几种材料熔化成剔透的液体浸入不灭金身战衣。

石村中有凤鸣声传出，有凰鸟腾空而起。烈焰中，不灭金身战衣在其中沉浮，发出咔咔的声响，像是要裂开一般。

“不妙！”不要说是毛球和小红，就是村中的族人也都知道，不灭金身战衣要解体。

“尽力而为吧。”石昊平静地说道。他早就知道材料不齐，也许会白白浪费掉凰纹石，便也没有过分强求。

他催动道火，运转符文，加持在不灭金身战衣上，不让过于刚烈的能量冲击它。但是，即便如此，这黑色的战衣还是在发出响声，慢慢龟裂。

凰纹石属于世间顶级奇珍，融入进去后与不灭金身战衣发生了冲突，才会对战衣造成破坏。

“咔嚓！”一声脆响传来，不灭金身战衣在半空中裂成几块，解体了。在场的人大声惊呼，无比的失落与惋惜。

“太可惜了！”族长石云峰叹道。

就是石昊自己，虽然早有心理准备，此时也叹了口气，觉得非常惋惜。

“咦？”突然，众人一惊，望向空中。只见一只赤红的凤凰浮现，发出凤鸣声。它不过一尺长，身上覆盖着不灭金身战衣的所有碎块，发出炽热的光芒，而后浓缩成一个光团。

“成功了！”清风惊叫道，其他人也都瞠目结舌。

赤红色的羽毛飘落，神禽鸣叫声响起，状如凤凰卵的光团，鲜红透亮，燃烧凰火。这真的如同凤凰涅槃一般。

“轰！”天地间符文交织，霞光万道，一副拳头高的甲胄出现，如同一个黑色的金属小人般。其上不时淌出一些赤霞，显得神秘莫测，奥妙无穷。

这个过程极其短，不灭金身战衣完成了一次涅槃，品阶提升，威力比以前强了一大截。它表面闪动乌金光泽，有秘力流转，一看就是神物。

石昊催动不灭金身战衣，“呼”的一声，它宛若点燃了神火般，表面浮现神焰，如一位拳头高的神，气息强大。

“成了，这甲胄实现了一次超越，可以对抗点燃神火的强者了！”小红惊喜道。这不灭金身战衣果然玄妙。可以想象，当年在太古时期它没有受损时会多么厉害，难怪曾引发血雨腥风，让各大势力觊觎。

“我如果没有受伤，穿上这件战衣去迎敌，一定可以击杀一两位神。”毛球说道，跃跃欲试。

“你还是好好养伤吧。”石昊摇头道。自一开始他就没有打算将毛球和小红牵扯进来。现在它们受了重伤，他心中本来就很愧疚了，更不会让它们再去犯险了。

“这样还是不行。我等若没有受伤，与此战衣融合，也只能杀一位神，而你的境界终究还是低了。”小红说道。

“我还有一颗小涅槃丹，关键时刻服下，可以直接破入尊者境。”石昊道。

如果有另一条路，他不愿意这么做，他想参悟万灵图进阶，依靠这种宝药突破至关重要的大境界，总令他觉得不够扎实。

“来日重修一遍，进行巩固，应该不会留下什么隐患。”他轻声自语。

“你这样只身前往，还是不够稳妥。”毛球与小红推演一番后，这般说道。它们点燃神火后不同以往，实力提升到了极其可怕的境界。

“难得他单独出现在补天阁旧址，错过了这次机会，多半就没有办法斩掉他了。”石昊道。能除掉一个祸患就除掉一个，他不愿错过这个绝佳的机会。

在毛球、小红的指点下，石昊刻了一些特别的符文，隐去不灭金身战衣上的神圣气息，使它看起来十分平凡。

最后，石昊转身离去，毅然踏上征程。

# 第327章 鬼爷再现

补天阁在最近这几个月里发生了翻天覆地的变化。那里本来在进行浩大的工程，各种殿宇等都在旧址上重建，眼看补天阁又要恢复往日的恢宏，可是近日随着一个神的到来，那里又遭受了灭顶之灾。他一脚落下，使得补天阁的主峰摇摇欲坠，上面的巨宫崩碎，在此建造殿宇的许多凡人都因此丧了命。

那位神仿佛融在虚空中一样，只显出一道模糊的身影。但是他的强大让人恐惧，瞬间释放的气息让远处的很多凡人吓得心神皆颤。

“传说中的上古圣院在哪里呢？”模糊的身影自语道，一步迈出，从遗址的这一端走向另一端。

前方有山峰阻挡，有宫阙挡路，那位神一指点出，整座山体炸开，上面的建筑都跟着爆碎。他神色淡漠，无视眼前的一切，只在意那座上古圣院。最后，他盘坐在一座石山上，在其周围祭出一片无形的场域，默默地去感应那片隐在虚空中的古迹。

“轰隆！”周围，方圆万丈内的很多建筑和山石化成齑粉，周围变得一片寂静，没有一点生气。至此，他全身心地投入到探索中，一坐就是几个时辰。

石昊出现，从远处走来，一眼就看到了他。

“唰”的一声，那位神睁开了眼睛，盯着石昊，如巨龙俯视蚁虫般，眼中尽是无情与冷漠。那位神盘坐在石山上，无形场域将各种碎石块引至半空缓缓转动，强大气息弥漫。

石昊止步，心中惊异。这位神似乎比阳离、魔魂穿山甲等要厉害得多，像是融在了虚空中，十分模糊，只有一双眼睛锋芒毕露。

石昊的身上乌光一闪，不灭金身战衣覆盖在其躯体上，将他守护得严严实实，不过并没有发出强大的神能波动。经过特殊的处理，这件战衣看起来与涅槃前一模一样。他要等到关键时刻才爆发这件战衣的威能，给这位神致命的一击。

他的机会不多，需要充分运用各种条件，甚至需要他自己去创造有利因素。

“竟然是不灭金身战衣这种太古时期流传下来的宝具！”那位神冷漠的目光亮了起来，若小太阳般璀璨，十分慑人。

与此同时，那位神的本体显现了出来。可以看到，他是一个神武如天日的男子，身上密布着银色的细鳞片，身后有一对神翅，若白银浇铸而成。

“阳离、魔魂穿山甲和金色骨架一起去石国皇宫，原本是想逼你出来送死，后来竟又追着你出了皇宫，原来为的就是这个宝具。”那位神恍然大悟道。

就算是他，看到这件不灭金身战衣也会立即追过去，想要尽快得到手。因为这件宝具实在是太重要了，若能研究透彻，会是一场大造化。

现在看到石昊穿着不灭金身战衣回来，而那三神却不见了，那位神的眸子冷厉了下来，显然预感到了什么。

这实在让他惊诧。他原以为那三神肯定击杀了石昊，此时正躲在暗中参研他体内的至尊骨，不承想事情竟然不是他想的那样。

他的眸子深邃无比，没有立刻行动，道：“你不过处在列阵境而已，对神来说不过是土鸡瓦狗罢了，不堪一击！”

“唰！”那位神一指点出，虚空扭曲，无形场域扩散，要将石昊笼罩在内。石昊纵身而去，一退就是数万丈远，在远空与那位神对峙，神色凝重，非常谨慎。

呼呼声响起，狂风大作。那位神一展银色羽翅，在原地留下一道残影，拍动神翅，追向石昊。下方的山峰等都被震得龟裂，许多巨石被刮起，卷到了高空中。

可以想象，那位神的这对翅膀有多么可怕。他拥有极速，远超之前那三位神，如飓风一般刮过大地。

石昊色变，施展七十二变神通，化成鲲鹏，并且将缩地符贴在身上，如一道光远去。

“唰”的一声，浑身银白的神停在空中，眸子冰冷，道：“原来如此。你拥有极速，那三神一时间追不上你。”

石昊也停了下来，与那位神保持着一段距离。

“你实力不够，绝对无法斩杀三位神，只能借助外力。你肯定是利用极速将他们引到了一处绝地，故此你活着回来了，而他们消失了。”简单试探一番后，这位神就洞悉了一切，平淡地说道。

石昊神色凝重。这位神的感知力十分敏锐，瞬间就探出了全部，得出了非常准确的结论。看来西陵界是利用不上了。

这位神通体发光，若大日般十分璀璨，道：“一件太古瑰宝成功引起他们的贪欲。他们都想独占，争先追逐你。嘿，真是可悲！”

石昊心中一叹。这位神实在是太可怕了，不仅神觉敏锐，洞悉了一切，还十分冷静，镇定地屹立在那里，没有露出一点破绽。

石昊觉得，就算以不灭金身战衣偷袭他，也不见得能奏效。

“你是谁，有什么来历？”石昊问道。

“天国，银翼。”他的回答很简洁。

“天国血祭！”石昊闻言双眉倒竖，眼中布满血丝。血祭是上界天国的古法，就是天国主导了这次的跨界行动。

“轰！”银翼通体爆发神芒，其光亮比天日还璀璨很多倍，让人眼睛刺痛，无法正视。若是一般的修士在这么近的距离内与他对视，双目一定会被刺瞎。

石昊多少还是受到了一些影响。那璀璨的光灼痛了他的双目，影响了他的灵觉。最为可怕的是，他发现最为炽盛的光芒爆发后，那对银翼从虚空中消失了。

石昊汗毛倒竖，想也没想，振动鲲鹏翅，远遁而去，不在这片区域停留。对方来自天国，精通袭杀，一定是隐在了虚空中，要针对他出手。

果然，他遁走的刹那，一道模糊的影子击在了他的残影上，爆发可怕的能量波动。由此可见，其暗杀手段有多惊人。

银翼显化出真身，并没有追赶，只是冷漠无情地开口道：“别指望我会跟你进绝地。”

石昊自然不指望将他引入西陵界，也停在远空，跟他对峙。

“过来一战。”银翼很平淡地开口道。

“你早已点燃神火多年，也好意思跟我这样一个小修士决战？”石昊讽刺道。

银翼什么话也没有说，一掌拍下，银色的大手瞬间将补天阁的一座山峰震塌，上面才修建好的殿宇顷刻爆碎。

“你……”石昊震怒，额头青筋暴跳。

“你如果敢走的话，我便扫平这里的一切。无论是遗址还是人，全都会化成飞灰。然后我再去石国大开杀戒，把那里夷为平地。”银翼冷静而镇定，站在虚空中，像是在说一件很平常的事情，道，“你若逃，你所在意的，我便全部毁掉。”

石昊很想一剑劈了他。来自天国的人，果然冷血，为了达到目的不择手段。天国就是一个杀手组织，那里的强者没有一个是正常的，无情与残忍是他们的共性。

“阳离、魔魂穿山甲和金色骨架都想独得不灭金身战衣，他们需要互相争夺，而我不用。这里只有我一个狩猎者。我也不想追着你跑，我们就在这里一战吧！”银翼冷声说道。

石昊怒极而笑，道：“你算什么东西，这样逼我？你怎么不说，让我直接自刎，献上宝衣。”

“我只是给你一个公平对决的机会。你如果不愿意，我就先毁了此地，然后去石国大开杀戒，让你在绝望中去懊悔。”银翼冷漠地说道。

石昊目光如电，长发倒竖，心中有一股火焰，几乎要伴着呼吸喷吐而出。他恨不得立刻诛杀此神。这个来自天国的冷血强者，绝不是说说而已，他真会那样做。

“补天阁在上古时也算辉煌，为补天教的一个弃徒开创。我如果没有记错的话，他是被我天国的一位超阶强者所斩杀的。”银翼说道。

“什么？”石昊惊疑道。鬼爷之死一直是个谜，今日终于得知原来是天国所为，怪不得银翼会径直来到此地。

“什么斩杀，一定是你们袭杀的。”石昊说道。他清楚天国的行事风格，他们怎么可能会光明正大地出手。

“死了就是死了，管他何种手段！可惜的是，我天国的那位超级前辈也因此殒灭了。”银翼摇头道。

银翼看向补天阁遗址，道：“我原本想亲手毁灭补天阁，不承想此地早已没落如此。就让我将这里的最后一点残迹抹净吧！”

说罢，银翼抬起手，就要粉碎补天阁旧址。他这样做，一是为了逼石昊跟他一战，二是了结一桩心愿。

石昊长啸一声，“锵”的一声拔出一柄断剑。这柄断剑通体乌黑，正是当年鬼爷所留。不过，他没有立刻动用不灭金身战衣，想等待机会袭杀天国的这个冷血神明，在关键时刻给他发出致命一击。只是，在此之前，他只能不断躲避杀招，不然一不留神就会形神俱灭。

“哧！”石昊劈出一剑，乌光暴涨。

银翼道：“斩了你，这里也就落幕了。可惜啊，斩了你远不如那位超级前辈斩掉补天阁的鼻祖那般辉煌。”

他捏剑诀，向前斩去，尽显天国的杀戮奥义。一时间，符文密布，发出阵阵呜咽声。

“当！”尽管石昊避其锋芒，躲避出去足够远，但一道剑气还是擦中了断剑。那剑气中的符文瞬间裹住了断剑。

石昊心头一惊。点燃神火的强者果然可怕，随手一击就这么厉害，而天国的符文也实在神奇，直接就缠缚其兵器，要将之毁掉。

石昊猛地振臂，进行化解。就在这一刻，断剑忽然自主发光，如一轮太阳般爆发一股磅礴的气息，让十方剧震。自石昊掌控此剑以来，从未有过这样的强大波动，仿佛有一位古神复活了。

“轰！”一道身影从断剑中走出。这是一位老者，满头灰发披散，身穿上古衣衫，目光锐利如剑芒，刺进人的心底深处。

竟然是鬼爷，他再一次显化在了世间。只是这一次不同于以往，他目光如炬，不像之前那样疯疯癫癫的，若天神般的气息强大而恐怖。而且，他头顶上所插的那柄剑，此时正在化成一股可怕的神力，注入其体内，让他愈发强大起来。

“我执念不散，就是想与天国有个了断。可惜啊，最后一次显化，终究也没有等到要等的人。”鬼爷开口道。

“你是那个弃徒？”银翼震惊道，向后倒退了几步。

石昊自然也是张口结舌。他怎么也没有想到，鬼爷会再现，而且其磅礴气息如汪洋般涌动。

“你已经死了，不过是一缕执念而已。当年我天国至强者能下界来杀你，而今我也能灭掉你的执念！”银翼喝道。

“行走在黑暗世界的生物，只懂得暗杀，也配称强者？”鬼爷平静地说道。

“死去便一切成空，今日你还阳一时也无用，待我来斩你。”银翼大吼道，浑身爆发光芒，手中一柄杀剑赤红无比，挥动出最强一击。

鬼爷伸手道：“剑来！”

石昊手中的断剑飞起，落在鬼爷的手中。他没有多余的动作，直接立劈过去，将那冲过来的漫天符文全部击溃。

银翼手中的赤红杀剑当场崩碎，他持剑的那条手臂也被震废。他仰天大叫，疾速倒退。

“区区一个伪神，仅点燃神火而已，也敢妄言抹除这里最后的残迹，你配吗？”鬼爷平静地说道。

这种淡漠与轻视，让银翼目中充血，杀气从他的眼中疯狂涌出。他仰天长啸，发狂大吼，恨不得冲上去与鬼爷拼命。但是，他最终还是做出了逃走的决定。他来自天国，虽残忍冷血，但更加懂得隐忍。

“想逃走，你配吗？”鬼爷依旧话语平静。他手持断剑，在虚空中轻轻一切，“砰”的一声，银翼踉跄而出，显化出真身，跪在地上，痛苦惨叫。

银翼平日行走在黑暗世界中，很少与一个强者正面对抗。他总是以最冷酷与残忍的手段进行袭杀，但现在那些手段根本没有任何作用。

“你分明死了，为什么还有这样的战力？”银翼双足被废，整张脸因痛苦而狰狞扭曲。他想到自己竟然要死在一个死人的手里，十分不甘。

鬼爷神色平静，这样一个强大的杀手，他并不看在眼中。他手中的断剑吞吐黑色剑芒，被他再次举起。

“老鬼，当年我天国能杀你，现在我也能击灭你。”银翼发狠道。他并指如刀，迅速在虚空中划刻，写下一篇经文。那些笔画凝而不散，灿灿发光。而后，他取出一座只有三尺高的祭坛，放在那篇经文的下方。这座祭坛通体血红，上面刻满了符文。

银翼口诵咒语，像是在召唤着什么。眨眼间，天空暗了下来，有咆哮声响起，接着赤色闪电横空。

“杀！”银翼点燃了心头血，在进行一种古怪的仪式。

隐约间，无数身影出现。这些身影全都咆哮着，化作一股无法想象的怨气，凝集在一起，形成一头血色神魔，向鬼爷冲去。

石昊心中一凛。这血煞气息太强烈了，让人神魂不稳。

“这是天国血祭时收集的灵魂？”鬼爷眸光大盛，露出杀机。

“可惜，在洪域的血祭，只收集到部分灵魂，大多数都溃散了。这是我天国前辈所赐下的神坛。”银翼说道。

“呼”的一声，红色旋风刮起，那血色神魔变得更加高大了。血色神魔手持一杆血色战矛，刺向鬼爷，呜呜声震耳。

“铮！”

鬼爷一剑斩下，赤红的战矛断裂。而后他再挥一剑，那高大的血色神魔瞬间丧命。

“神魔无量，无穷无尽，杀！”银翼叫道，状若疯狂。他知道自己逃不掉了，唯有磨灭鬼爷的执念才有可能活命，故此豁出去了。

银翼燃烧心头血，催动那座祭坛，释放出一道又一道神魔虚影。一时间，鬼爷的周围有无数神魔在嘶吼，他陷入了包围中。

“老鬼，烟消云散吧！”银翼大叫道。

鬼爷淡定自若，高高举起断剑，向下挥动。这一次鬼爷挥出的不是剑气，而是一个世界。这个世界由剑气所化，是一个无敌之界。

“轰！”

所有神魔都被这一剑斩了个干干净净。漫天的血色闪电和黑云全部散尽，朗朗乾坤再现。

“血祭天下，天国诸神显现！”银翼大吼道。他依旧在燃烧精血，想让这座祭坛发威。

鬼爷迈步而出，一剑向前点去，那座鲜红的祭坛发出咔嚓声，迅速龟裂，而后爆碎。

银翼不敢相信眼前的一切，呆呆地看着祭坛碎片。如此强大的一件法器，竟然就这样被毁掉了，这让他难以接受。

银翼振动银色神翅，拼命逃遁，但这肯定是徒劳的。乌光一闪，剑气喷薄，他的一对银翅被击中，再也不能扇动。银翼坠落下来，趴在地上疯狂怒吼。

“你为什么会这么强？”他真的不甘心，自己要死在一个死人的手里。他觉得这很荒谬，也很悲哀。

“我被一剑贯穿天灵盖而亡，最强大的一缕执念模仿你天国杀剑，镇封己身残魂，非触碰你天国秘法，不能觉醒。”鬼爷说道，一脸的遗憾之情。此番是他最后一次显化，却没有等到昔日斩他之人，只等来了一个点燃神火的后辈。

石昊闻言，心中一凛。那柄生锈的剑，原来是他自己的最强执念所化。而今他的这缕执念真正复苏，融入其残魂内，他才会强大到了这个地步。由此可见，当年他活着的时候得有多强大。

“真是不甘啊！”银翼嘶吼道，握紧了拳头。

“哧！”

鬼爷也不多说，一剑挥出，就此结果了银翼的性命。点燃神火的强大生灵在鬼爷面前简直不堪一击。石昊敬佩万分，不禁感叹，这才是真正的高手啊！

天地寂静，这里只剩下一老一少两人。石昊心潮起伏，思绪万千。他本料想会有一场苦战，没想到竟会这般落幕。

“我要消散了，永远不可能再出现了。”鬼爷说道。他灰发披散，脸色平静，只是眼神中有一丝遗憾。

“前辈……”石昊不知道说什么好，只得将葫芦神藤发芽再生的消息告诉了他。

“这是我临逝前听到的最好的消息了。它就像我的孩子。”鬼爷脸色柔和，表情中有喜悦也有伤感。

“前辈要去见它吗？”石昊问道。

“不了，这是它的新生，不该再有我的记忆。”鬼爷摇头道。

而后，这里一下子沉静了下来。两人都没有说话，只有风声掠过。

“我这一生啊……”很久后，鬼爷才轻叹一声，看向石昊，道，“你天资不凡，愿意代替我归入补天教吗？”他是补天教的一个弃徒，这是他的一个心结，也是他的一个未了心愿。

石昊张了张嘴，不知道该如何回答。他虽然敬重鬼爷，但是真的没有办法答应这个请求。他同补天教之间的恩怨是不可能那么容易消除的。

“也是啊，你是你，我是我。当年，我一直想回去，也只是觉得愧对师尊，想让他欣慰而已。”鬼爷叹道。

当年，究竟发生了什么？石昊看着他，心中充满了疑问。

“我因天国的一个女子而成为补天教的弃徒，最后却被她与人联手刺杀在下界。以她的天资，她现在肯定还活着。”鬼爷像是知他心中所想，喃喃地说道。

石昊闻言一怔。这短短的几句话说来简单，但是这事情的经过一定相当曲折，充满了恩怨情仇。

“师尊应该已逝，我回补天教也无意义了。只是那个女子还活着，却不能与她有个了断。”鬼爷仰头望天，叹息道。

“我这一生，就这样吧！”鬼爷的身影开始虚淡，即将消散。

“前辈！”石昊叫道。

“上古圣院虽有补天术，不过看你应是与他们不睦，我也不好传你。”鬼爷的身影越发虚淡。

“这柄剑送你。它是以凤喙麟角熬制的神膏接续上的。”鬼爷说道。

黑色断剑飞来，落入石昊手中。他之前一直带着这把断剑，以为它是用一种透明胶物质接在一起的。而今，听鬼爷说是以凤喙麟角熬制的神膏粘起来的，他心头大受震动。那等材料绝对惊世。

“鬼爷，有朝一日我去了上界，会持此断剑去天国帮你了结。”石昊说道。

“上界都快将我遗忘了，不过应该还会有人记得我的名吧。”在说这些话时，鬼爷的眸子很亮，但最终他还是完全消散，永远不见了。

# 第328章 黑衣男子

石昊怅然若失。一代强者就这样逝去，着实让人叹息。

“想不到啊，上古年间最惊艳的人族大能，力压同辈天骄的人杰，竟落得这样一个下场，啧啧……”

突然有人在感叹，远空出现一道身影，在虚空中迈步，一步一步走来。其身后有一轮黑色大日，将其映衬得充满魔性。

石昊心头一凛，竟又出现了一位神。

“银翼真是凄惨，竟然殒灭在一缕执念之下，想必一定死不瞑目吧。”这是一个黑衣男子，背后的大日为一株黑色葵花所化。

“你看着他死，都不施以援手？”石昊道。

“我来晚了，只远远地看到最后一幕。啧啧，要是再早一点，再近一些的话，我也会没命。”黑衣男子笑了笑，有点幸灾乐祸，道，“银翼非常冷血，说不定哪天就会对自己人下手，早点死掉也好。”

“七神死了五个，就剩下两个了，你不担心吗？”石昊冷声道。

“八域只有一两位神岂不是更好。真要寻到了那几种造化，也好分配。说不定有一天我也能成为无上的至尊。”黑衣男子淡笑道。

这一次不同于以往，上界的教主战天意，可以让七神永久地停驻在下界。而在过去，上界的强者都只能利用天地规则有缺的特殊时间段，在下界待几个月，最多的也不会超过二十年。七神如果活着，有的是时间去谋划。

上界各教在八域所布下的棋子和强者，都被击杀或收走了，七神若无意外，绝对可以统御下界。

说话间，一株黑色的葵花在虚空中扎根，黑色的根须快速蔓延，疾速而至，要将石昊束缚。

“胆敢杀我魔葵园的弟子！我族之主特别嘱咐，要我亲手将你击杀，看来今日我就能实现承诺了。”黑衣男子说道，站在黑色葵花上，俯视石昊。

石昊避开那些粗大的根须，悄然将小涅槃丹放进嘴中。

黑衣男子脸上带着冷笑，探出一只大手，直接向下拍去。一时间，黑雾漫天，若一只魔手从域外降落，遮天蔽日。

石昊横移出去，躲避那只大手。

虚空中，一株又一株黑色的葵花出现，将这里淹没，要困住石昊。

石昊浑身发光，灿烂无比，一股至强的生命气息在喷涌。他十分顺利地破进尊者境，瞬间强大了起来。

“你是为我送葵花子来的吗？”石昊揶揄道，身上的每一个毛孔都在喷薄精气。任何丹药的药力都不可能被全部吸收，石昊在突破的刹那，将那部分没有吸收掉的药力转化成神能，杀向黑衣男子。

他化成一只人形鲲鹏，疯狂消耗这股药力，逆冲向天。

“萤火虫之光也敢与皓月争辉，自不量力。”黑衣男子冷笑道，一挥黑色袍袖，一把抓向鲲鹏。

“轰！”

石昊催动不灭金身战衣，神火腾起，无尽神芒冲霄。这是一股磅礴的神力，一下子震碎了黑衣男子的袍袖，让他的手掌受到重创。

魔葵园的黑衣男子心惊不已，他发现石昊的身上竟然出现了神明气息，这实在是太突然了。

这第一击并未结束。石昊化作人形鲲鹏，背负双翅，施展鲲鹏法，祭出无尽的符文，向前冲击。而在其身边，断剑、神灵法剑、镇国神戟等一起浮现，向前攻去，绽放万道神芒。

“轰！”

黑衣男子虽然反应迅速，疾速倒退，但他又怎么会快得过以神境的不灭金身战衣加持的鲲鹏法呢?

“嗷！”黑衣男子大声长啸，在其周围，出现无数的黑色魔葵。这些黑色魔葵疯狂生长，阻挡石昊的攻伐。

石昊眸子发光，从几件法器中抓过来一把，正是镇国神戟。镇国神戟由乌黑变成金黄，散发炽盛光芒，横劈竖斩，摧毁诸多黑色魔葵。

这片天地剧烈震动，各种光芒飞舞。

“杀！”

石昊大喝一声，满头长发倒竖，眸子怒睁，手中的镇国神戟立劈而下，以鲲鹏力催动，爆发了最强的攻击力。

黑衣男子大吼着，也已疯狂。其身前符文无数，身后更是有一轮黑色大日爆发。由黑衣男子的本体炼成的魔葵出现，阻挡镇国神戟的攻击。

“轰！”

两者碰撞，那轮黑色大日摇动，一些叶片化成黑色火焰，熊熊燃烧，欲包裹石昊。

“滚！”

石昊喝道，拍动背后的一对鲲鹏翅，流转阴阳二气，将黑色火焰震散。而后，他杀到黑衣男子近前，雪亮的戟刃瞬间变大，无穷的鲲鹏力化作毁灭雷霆，伴着巨大的闪电，轰向前方。

“砰！”

黑衣男子口中咯血，快速倒退。在这种巨大的力量下，就算他是点燃神火的强者也吃了大亏。

狭路相逢勇者胜，石昊完全豁出去了。他没有后路，唯有奋力一搏，才有可能破解杀局，搏出一条生路。

而魔葵园的黑衣男子原本胜券在握，得意忘形，这种变故让他失了分寸，乱了心绪。他不想负伤，既怕因此被其他神干掉，也担心自己不能在下界争霸，获得最大的好处。

正是这两种不同的心境，才使得石昊更加勇猛，而黑衣男子则屡屡退避。

“砰！”

石昊的身边，那柄金色的神灵法剑飞出，化成一道神虹，刺伤了黑衣男子的肩头，浸染了神灵之血。

“啊！”黑衣男子大叫，露出愤怒之色。他这般强大，居然被他眼中的“萤火虫之光”刺伤，这让他彻底震怒了。他知道自己必须扭转这种局面，不然后果不堪设想。他通体发光，神焰燃烧，爆发最强气息。

一株黑色魔葵浮现，成为黑色大日，包裹着黑衣男子，与石昊决战。仅一瞬间，成百上千道乌光射向石昊，让他遭遇了危机。

这些乌光是由黑色魔葵中的葵花子发出来的。每一粒葵花子都释放一股精气，那股精气在虚空中炸开，化成剑芒，擦过石昊的脸和脖，在上面留下不少伤口。

与此同时，黑衣男子倒退。他要与石昊拉开一段安全距离，调整好后再战。

石昊目光炯炯，如影随形，不让他脱离这个范围。石昊的鲲鹏法施展到了极尽，那对神翅拍动，释放阴阳二气，爆发最强大的攻击力。

“轰！”

鲲鹏双翅一拍，终于将漫天的葵花子粉碎。而后，鲲鹏双翅再拍，若两柄天刀向黑衣男子劈去。

“啊！”

黑衣男子手持一株黑色魔葵，咆哮着，施展大神通，要决一死战。那株黑色魔葵是他的本体。他整个人都燃烧了起来，黑色符文如涟漪飞快扩散，火星四溅。

“去死！”

石昊大喝一声，双翅碰撞在一起，阴阳合一。有些许混沌气从双翅间散出，让石昊的攻击力暴涨。这是此术的最强攻伐。

“轰！”

黑衣男子避无可避，被双翅拍中手臂。他浑身剧震，身前的黑色魔葵枯萎，其双手瞬间被废，上面的伤口在蔓延。紧接着，他小半边身子都被那股巨大的力量击伤，一时动弹不得。

这就是鲲鹏法，攻击力举世无匹。就算石昊不是真正的神，也能通过这种神通造成这样可怕的结果。

点燃神火后的生灵远远超越红尘中的力量，人世间的王者、尊者等都要对其进行膜拜。而也正是因为力量太过悬殊，彼此间差距实在太大，弱一些的修士才会将他们称为神。

石昊虽然借助不灭金身战衣，将力量提升到了神境，但对法则奥义与符文的理解终究还是与真正的神差了不少。他能做到这个地步，已经极其惊人了。

黑衣男子横飞了出去，嘴角不断淌血。他稳住身形，猛地抬头，眼神可怕得吓人，道：“你死定了！”

他抛开了一切，把这次对决当成了生死战，不顾一切代价燃烧神能。一瞬间，天穹上的太阳垂下一道可怕的神光。黑衣男子仿佛与天日交融在一起，每一寸血肉都在喷吐神焰，踏着烈火向石昊走去。

这是魔葵园的禁术，以己身作为代价，沟通天日，借来无上伟力，摧毁敌手。到了这一刻，石昊的鲲鹏法发挥了最大的威势，他化成一道光，围绕着黑衣男子不断攻击。

黑衣男子周身火光腾腾，烈焰焚烧。下方的山峰化成飞灰，大湖被彻底蒸干。

这是一场惊世大战，震动四方，引来了一些大势力的关注。

“石昊在对抗神？”

“他活着回来了。传闻他被三位神追杀，竟然再次露面，与魔神开战！”

这一战十分激烈。石昊自始至终都在动用最强攻击手段，根本就没有使用一般的法术，为的就是击杀此神。

“轰！”

当鲲鹏力有些枯竭时，石昊毫不犹豫地展现了自己的最强神通。在两者冲到最近的刹那，他运转了轮回宝术。他的至尊骨在发光，成片的符文绽放，组合成一篇经文，烙印在虚空中，而后又组成一个熔炉，将黑衣男子包裹在内。

石昊很紧张，怕这骨文奥义失效，毕竟他还没有真正点燃神火，对法则与符文的理解远不及对方。

“啊……”

黑衣男子被至尊符文裹在当中，疾速衰老，精气神流失严重。

石昊大喜。他虽然没有点燃神火，对法则等的理解还差火候，但好在至尊骨已经长成，不用他去运转，只要给予它足够的神力滋养，轮回之力就能发威。看来，他的顾虑是多余的，经过不灭金身战衣的加持，成功重创了敌手。

黑衣男子大声嘶吼着，十分不甘。他没有想到这一战会是这个结果。

石昊自然不会浪费时间。这种点燃神火的生灵恢复力惊人，战机稍纵即逝。他手持镇国神戟上前，猛地挥下，重重地击在了黑衣男子的身上。黑衣男子奄奄一息，再无回天之力。而后，石昊再施展狻猊法，轰向黑衣男子身后的黑色魔葵，要将其本体一并铲除。

“我不甘啊，居然死在一个小小的尊者手中！”这是黑衣男子说的最后一句话。

黑衣男子说罢，将自己的神魂和那株黑色魔葵一同点燃，决定自毁，与石昊同归于尽。说到底，他还是不想彻底死在石昊的手中，觉得那是一种奇耻大辱。一时间，天地通明，璀璨的光照亮了整片山脉，地上的山峰化为飞灰。黑衣男子和黑色魔葵就此消失在了这个世界上，其自毁产生的巨大波动扩散到很远的地方。

“好可怕，一位神自毁了！”

“小石太恐怖了，居然把一位神逼得走投无路，自毁于此！”

所有看到这一幕的人都震惊万分，不敢相信眼前的一切。

石昊口中咯血。他即便拥有鲲鹏身法，在危机来临的刹那疾速远遁，还是被波及到了，差点被震得四分五裂。他纵身而去，远退数百里，一头栽落下去，坠在山地中。

即便是身着不灭金身战衣，他也受伤严重，一张嘴就向外吐血，整个人躺在地上难以动弹。

足足过了一个时辰，石昊才勉强爬起来，抓出一把晶莹如墨玉般的葵花子向嘴里塞去以补充神能。待调整了一会儿后，他盘坐在这里疗伤。

“好险，差一点就死掉。”两个时辰后，石昊站起身来，化成一道光，就此远去。

而此时消息像是长了翅膀一般，传遍天下各地，举世震惊。

“真是出了一口恶气啊！这几位神为了下界，在洪域血祭，不知残害了多少生灵！”

“石昊只有十五岁，竟然击杀了一位神！这是一件惊天壮举，足以载入史册！”

“太好了，小石好样的，斩杀了那个可恨的神灵。这则消息，实在大快人心！”

人们起初还不敢相信，但当消息被证实后，都觉得无比痛快。七神下界，造下了太多的杀孽与血劫，当诛！

石昊回到石村，全村人惊喜万分。他走后，村里的人都心绪不宁，每个人的心都提到了嗓子眼，怕他殒灭在外面。

“太好了，小昊叔平安归来了！”一群孩子高兴地大叫道。

“你的父母刚走。”族长石云峰说道。

自从石昊决定与神开战，石子陵夫妇就十分焦虑不安。他们一直循着他的踪迹在追寻他，结果每次都落后了一步，扑了个空。

就像这一次，他们离开石村后，听到消息，立刻赶往补天阁旧址，结果还是晚了一步。他们站在补天阁的废墟上，亲眼看到那一战的残迹，目瞪口呆。

“这是昊儿做的，他屠神了？”夫妇二人震惊不已。

这一日，天下都在传小石的威名。十五岁斩掉神灵，这种壮举从来都没有过，就跟天方夜谭一般。此外，之前有三位神都是在前去追杀他后就不见了踪影，所有人都对此产生了丰富的联想。

小石阻击七神，几乎赢得了所有人的尊重。不管怎么说，他这是在为下界除害。除了几个大教外，天下人莫不欢呼。一时间，小石之名传遍八域，震动天下，令众人敬佩万分。

石昊吃了几株灵药，又摘下几片银桃树的叶子，盘坐着将伤治好，才长长地出了一口气，叹道：“神果然不是那么好杀的！”

“再也不要去冒险了，活着比什么都重要。”大壮、皮猴等人劝道。他们也都回到了村中。

“孩子不要走了，你这样实在是让我们不安与担心啊！”一些族老拉着石昊的手说道。

看着一起长大的伙伴，再看看各位长者，石昊心中暖洋洋的，笑着点了点头，但没有真正表态。他取出世界宝盒，将月婵次身放出，告知毛球和小红，他这一次若是回不来，就将此女送出石村。

月婵次身见了此番景象十分愕然。随后，她从村中知道了一切，非常吃惊。她看得出来石昊还有最后一战，而且生死难料，他这样说像是在交代后事。

“你真的还要去一战吗？”月婵次身问道。石昊本可以现在就将她杀了，却给了她一条活路，这让她十分惊讶。虽然石昊若是失败了，她就能恢复自由，但她此时的心情很复杂，并不希望石昊战死。

石昊没有理会她，召来清风，告诉他下界的一些地方可能有大造化，是上界的教主推算出来的，日后若是石国国力足够强大，可以去探查。

“小哥哥你不要再走了。”清风忍不住哽咽道，落下泪来。他知道，这最后一位神最强大，石昊这样去迎战，多半会死。

“不要去了。最后一位神来自仙殿，是一个修道多年的老家伙，你不是他的对手。”毛球也叹道。

“如果有选择，我肯定不会去。”石昊道。谁会不珍惜自己的生命，不在乎自己的生死呢？要是有选择，他自然也不愿去赴死。

要是那个老神去走天下，寻造化，不针对他，不伤害他关心的人，他必不会前去决战。但这是不可能的，他让七神只剩下一神，并且还与魔葵园和冥土结怨，那老神怎么可能放过他。

“小昊叔，你不走了吗？跟我们进山吧，去掏凶禽窝，去捉凶兽。”一群孩子嚷道。

“好，我跟你们去。”在接下来的几天里，石昊与他们出入大山间，留下很多欢声笑语，仿佛又回到了童年。他笑得很灿烂，很想让时间停驻在这一瞬间。

## 第329章 仙殿

外界很不平静，天下人都在谈论七神和小石之威，希望他能一鼓作气，斩掉最后一神。然而，第七神始终不见踪影，一直没有出现。石昊曾出去过一次，将打神石和皇蝶寻到，带回石村，并从石国取来一些天材地宝，用以备战。

“这就是以前的石村旧址？”一群孩子皆好奇地看着下方的深坑。

大鹏、小青、紫云载着一群年轻人和孩子来到石村的旧地。而今这里已经长出了草木，不再荒凉孤寂。当年，大荒方圆五万里被血洗，草木枯萎，生灵尽去。石村拔地而去，在原地留下一个巨大的深坑。大壮、二猛、皮猴颇为感慨，自从离开后，他们还是第一次回来。

“咦，下方有东西！”大鹏俯冲了下去，落在谷底。而今它羽翼金黄，如一只真正的鹏鸟，与青鳞鹰的样子截然不同。

小青也落了下去，和大鹏一起用锋利的爪子扒开土层。只见，土层下出现了一具庞大的骸骨，骸骨上闪动紫金光泽，透出一种莫名的威严。

石昊浓密的长发中，一点金光出现。皇蝶飞了下去，没入土层下的骨架间。

“这是一具神骨？”众人吃惊道。

大鹏和小青破开土层，让那具庞大的骨架显露而出。这具骨架长足有百丈，所有骨骼都呈紫金色。

“柳神当年扎根在此，就是借助此神骸恢复了一丝神力，由此才活了下来。”石昊自语道。他倒是知道这段往事。

柳神当年沐浴万丈雷霆，从九天上降落，断绝了所有生机，这具神骨虽然无法与它相比，但对当时已为枯木的柳神来说，还是有一点效果的。

皇蝶抱着一颗紫金晶体飞了上来，落在石昊的肩头，啃咬这颗晶体，“咔哧”有声。

“这是什么？”石昊将皇蝶放在掌心，仔细观察着。

这颗紫金晶体有一个指甲盖那么大，像是紫金，只是有点透明，光泽柔和，上面还有一种奇异的能量波动。

打神石“嗷”的一声挣脱了下来，跟皇蝶争抢，想将那晶体吞食下去。

“别抢！”石昊阻止了它们。

结果，一石一蝶一起冲向巨坑中，没入那庞大的骨架间，进行寻觅。

清风、二猛、皮猴等人都好奇，凑了过来，跟着一起观看。至于一群孩子，都跟猴子似的，看了一眼，就冲下了山谷，跟着去寻找。

“好大的身体啊，简直有上百丈长！它是吃什么长大的？”几岁的幼童话语间充满了童趣。

石昊等人也跳入谷底，围着这一庞大的骨架认真观察。这紫色的骨架十分坚硬，敲击后发出金石之音，居然还有些许能量波动扩散。

“这到底是什么晶石？”石昊问打神石道。他发现神骸中还有十几枚晶体，最大的能有核桃那么大，能量波动十分明显。

“这是神晶，唯有高阶神才能滋长出来。想不到啊，这里居然有这种惊天的东西。”打神石一边说一边啃咬。

“可惜，剩下的这些都是糟粕，神力不够纯净。”打神石遗憾道。它与皇蝶咬了几口后，就不敢下嘴了，因为这晶体中除了神力外还有死气。显然，这是柳神吸收后所残留的东西。

“这东西所蕴含的神能其实非常恐怖，如果能利用起来，倒也不失为一件大杀器。”打神石道。

“能将它炼成杀道武器吗？这样就能交给小哥哥用了。”清风说道，很为石昊担心。

“我正有此打算。这么庞大的一具高阶神骨精气没有散尽，全身都是宝。待我琢磨一番，看该怎么办。”打神石道。

后来，大家都退出了巨坑，不敢打扰打神石。他们都知道这件事关乎甚大。接着，石昊、二猛、皮猴等人重游故地，领着一群孩子走遍了这一区域，见到一些凶禽猛兽又回到了这里，在此栖居。

石昊再回石村旧地，就是怕与最后一位神大战后再也见不到这些了。最后，众人带着那具庞大的紫色骨架回到石村。打神石请毛球和小红帮忙，共同祭炼，不断打磨。

“以神晶为源，以紫色骨架为神料，炼成一次性的大杀器，再构建出一些法阵，威力应该会很恐怖！”打神石信心十足。

数日后，石国都城。

一位老者走得很慢，步伐间有一种特别的韵律与节奏，径直进入石国都城。街道上的人很多，虽然拥挤，但他不曾与任何人相碰。

他身穿古旧道袍，皮肤粗糙，发丝灰白，十分老迈，但双眼炯炯有神，看起来精神矍铄。他不紧不慢地观看着石都中的各处景物。

不久后，他出现在石国皇宫中，惊得一群侍卫骇然失色。他们根本不知道他是如何进来的。

“这些法阵有点门道。”他看着皇宫中的大阵，点头说道，微眯着眼睛，仔细研究了一遍。

他没有杀人，只是说道：“你们人皇呢？我想一见，与他商量一些事情。”

在现在这个敏感时期，这些侍卫就算是知道石村在哪儿也不会说，更何况他们根本不了解。

“这样啊……”他没有出手，在原地转了一圈，一闪而没，半个时辰后出现在皇城外的一处秘密庄园中，找到鹏九。

“别紧张，我不会出手。我怀着诚意而来，想见你们的石皇。”他笑眯眯地说道，一脸的慈祥。

鹏九汗毛倒竖，感觉就算自己拼命，也伤不到此人一根汗毛。在这位老者面前，他感觉自己就像一只羔羊在仰望一只真犼。

“陛下离去了，我也不知他身在何方。”鹏九强作镇定，这般说道。

“这样啊，那我就去石都等他。”老者的身影虚淡了下去，凭空消失。

石村，石昊踏上了祭坛。

到了这一刻，全村人都前来送别。他们都不知道如何挽留，该说的话都说过了。

“孩子，保重身体，留下性命，活着比什么都重要！”一位族老说道。

“小昊叔，我们等你。你说好了要带我们去掏金翅大鹏的巢，去抓真犼，一定要活着回来啊！”一个孩子抹泪道。

石昊不愿看到这种离别的场面，径直开启通道，冲了进去，就此离开石村。

“陛下！”一个侍卫大惊道。

石昊刚从皇宫的祖祭坛上走出来，就感应到了一股强大的气息。石都内有一股力量在弥漫，有一个人如同一轮金色的太阳在燃烧。

凡人看不见，也感觉不到，但是石昊能感知到。他站在皇宫的最高处，一眼望去，发现城中有一间酒楼金光万丈。

那间酒楼里的强者与石昊隔了有二十几里，但是他们都在第一时间感应到了彼此，这就是强者对气息的敏锐把握。

那间酒楼熠熠生辉，里面的情形在石昊的眼中皆清晰可见。一位老者如一轮金色的太阳，身体外有金色神焰跳动。他正在自斟自饮，仿佛能望穿虚空，隔着二十儿里，遥遥举杯，冲石昊颔首致意。

“石皇，久仰了。”老者微笑着传音道，喝下一杯酒。石昊一招手，酒与杯出现在手中。他盘坐宫阙顶上，也举杯示意，饮下一杯酒。

“不如坐在一起共饮，如何？”老者站身起来，带着和煦的笑。

“距离产生好感。”石昊回应道。

“石皇你过于谨慎了。我等相见不一定生死相向。”老者传音道，并自我介绍，他姓黄名羽，来自仙殿。

仙殿，一个绝对神秘与可怕的古老教派，石昊仅从三神的破碎识海中就已知晓了他们的超凡。

“我也希望没有征伐，一切都能和睦。”石昊点头道。

“小友可愿加入我仙殿？”黄羽问道。

石昊闻言一怔，不知他为何这样说。

“小友可能对我仙殿还不了解吧。加入仙殿，绝不会辱没你的天资与身份。”黄羽微笑道，并简单介绍起来。

仙殿，不足五人，而且历代都如此。他们个个都极度可怕，就算是在上界都无人愿意招惹。只要是从仙殿走出来的生灵就代表了不败，难逢对手。

石昊心中一惊。这消息若是真的，简直不可想象。他深知上界种族无数，地域广袤无疆，初代、天骄并起，诸神争霸。在这样的天地中，一个教派，人数从来都不足五人，就能与各大教比肩，号称不败，可以想象它有多么可怕。

“你们与至尊殿堂有什么关系？”石昊问道。

据他所知，至尊殿堂的人数更少，历代都只有一人，极其神秘，而他又从三神那里了解到，仙殿与它有一些关系。

“呵呵……”黄羽笑了笑，只吐出两个字，道，“敌手。”

石昊惊诧不已。这真是出乎意料。他还以为这两个神秘的组织可能是一脉相承呢，不承想竟是敌对关系。

“至尊殿堂也在上界，只是无尽岁月前他们战败，逃到下界。”黄羽微笑道。

石昊又吃了一惊，觉得难以相信。

相传，至尊殿堂有《原始真解》的中篇《超脱》篇，号称不朽，这个传承的人只要出现，就可以在天上地下无敌。如此强大的一个殿堂，号称至尊，竟会败给仙殿。这仙殿到底有什么来历，难道他们有比肩《超脱》篇的经书？

“我曾听闻小友自称至尊殿堂的唯一传人，真的如此吗？”黄羽笑道，眯起了眼睛。

石昊哑然。黄羽说了这么多，难道是在试探他究竟是否为至尊殿堂的弟子？若是的话，自然不会加入仙殿。

“我倒是想得到《超脱》篇，可惜没有那种机缘。”石昊摇了摇头。

“机缘总在不经意间出现，以小友的天资，我不希望你成为至尊殿堂的传人而同我仙殿对立。”黄羽依旧很和蔼。

“老丈说笑了。”石昊看着他，在其身上感觉到了一股蛰伏的凶气。他不像是一个人类，应该是某种猛禽或凶兽。

“他叫黄羽，难道是一头太古凶禽？”石昊暗自思忖道，“可惜看不出其本体，只能感觉到他如一轮金色大日般炽热。”

“老丈来自仙殿，想必修为极深，眼界奇高，而上界奇才辈出，我这点资质算得了什么。”石昊说道。

“仙殿中只有四位大人，我只是一位老仆而已，哪里有资格成为仙殿的成员。”黄羽说道。

“刚才老丈还要将我引进仙殿，怎么现在又这样自谦了？”石昊越发相信黄羽在试探他。

黄羽笑了笑，道：“我身为仙殿的老仆，虽然修为不行，但看人还是很准的。若有极其惊艳的初代、天骄，我可以举荐，增加他们加入仙殿的机会。”

“我这人散漫惯了，若加入仙殿，多半会屡犯门规。”石昊摇头道。

“这可是一次机会，我禀报上去，虽不见得能成功，但也有那么一丝希望，小友真的就这样放弃了？”黄羽问道。

“算了吧，我只想在下界平静地生活。”石昊说道。

一时间，两人都不说话了。黄羽在酒楼上自斟自饮，倒也自在从容。

石昊坐在皇宫房脊上，两者虽然相距二十几里，但以神念传音，跟近在咫尺没什么区别，并未惊动其他人。

“老丈寻来，到底想怎样？”石昊问道。他觉得多半免不了一战。

“自然是和平相处，我也不愿意大动干戈。”黄羽点头道，喝下一杯酒。他似乎很久没有行走于红尘中了，对这寻常的酒菜很感兴趣。

“我有三个条件，只要你答应，你做你的人皇，我寻我的造化，我们互不打扰。”黄羽说道。

“你说！”石昊就知道不可能没事，肯定会有些问题，就看他的条件如何了。

“第一，我的本体是一头神禽，想借你鲲鹏法一观，提升我的道行。”黄羽脸上带着笑，提出第一个条件。

“继续说。”石昊不动声色。

“第二，我想一观你的至尊骨。放心，我不会让它折断，只借肉身一观。”黄羽笑得很温和。

石昊没有说话，平静地看着他。

“第三，我要封印你百年，使你的修为保持在尊者境，不能进一步突破。”黄羽说道，而后敛去笑容，进一步解释道，“你成长得太快了，我就算有心与你和平相处，可过上几十年，你就要超越我了，无法相安无事。”

“为什么不直接除掉我呢？解决后，一了百了，何必这么麻烦？”石昊冷声道。这些条件太苛刻了。

“小友，这样我们才能真正地和平相处啊！相信我，我言而有信。”黄羽微笑道，脸上的皱纹都随笑容散开了。

“这样做，我还有什么自由可言。被你得宝术，还镇压真身，无法修行，生死皆由人操控，这算什么和平共处？”石昊斥问道。

“这是避免激战的唯一办法，相信我，这样做对你我都有好处。”黄羽说道。

“我没看到对我的好处。”石昊沉下脸，冷声道。

“我助你一统八域，让你成为下界人皇，亿万河山尽在你的掌控中。”黄羽笑道，身上有金色火焰跳动。

“然后呢？”石昊冷声问道。

“然后你我联手，一同寻找下界的大造化。比如你在意的至尊殿堂，你我可以共同入内。”黄羽说道。

“你是想要我的血吧？”石昊脸色越发阴沉了。他从三神的识海中发现，想进至尊殿堂，需要一些特别的至尊血催动才行。

黄羽满脸的褶皱都散开了，像是一下子年轻了十几岁，带着温和的笑容，道：“这是共赢。”

“你这是在逼我一战。”石昊叹了一口气，提高声音，道，“你认为我会坐以待毙，任你拿捏吗？”

“年轻人，做事要三思而后行。世间没有后悔药，有些事一旦做了就回不了头了。”黄羽平和地说道。

“你都拎着我的脖子要开宰了，还跟我说思量。你我处境互换，你会怎么选择？”石昊反问道。

“这个世界终究是要凭实力说话的，没有那么多假设。我奉劝你一句，不要开战，不然你没有半点机会。”黄羽脸上的笑意不减，但语气重了很多。

“你就这么确定你会赢？”石昊站起身来，看向黄羽，战意高昂。

“人老了，胆子总会变小。我去过补天阁，也到过北海，更去西陵界外面转了一圈，了解了一番后，觉得应该能拿下你。”黄羽说道。

石昊怔了一怔。黄羽还真是小心，为了对付他这样一个小修士居然这么谨慎。

“你是跨界而来的最强者？”石昊问道。

“有些人比我强，但都在跨界的过程中死掉。就算是上界教主战天意成功，也是有力量极限的。”黄羽道。

不管怎么说，他是下界来的七神中的最强者。

石昊腾空而起，离开石都，冲向远方的山脉。他不愿让可能发生的激斗波及这座巨城。

“小友，我劝你还是认真考虑，不为你，也要为石国的百姓考虑一番。”黄羽平和地说道，在后面不急不缓地追了上去。

“你是在威胁我吗？”石昊双目射出神芒，站在一片山脉上方。

“谈不上威胁，老朽的本体是头凶禽，早些年也曾为了满足口腹之欲而开过杀戒，吞食了不少生灵。这么多年来，我一直在克制，特别是成为仙殿的老仆后，更加注意。如今跨界而来，我觉得可以适当地释放一下本能。”

黄羽说完，张开嘴，一个金色的旋涡立即出现，吞噬八方精气。数十里外的一座巨山中，传出惊恐的吼叫声，可以看到，山中的凶禽和巨兽被卷上高天，快速向这里飞来。眨眼之间，那些凶禽和巨兽落入那金色旋涡中，没入黄羽的嘴里，就此消失不见。

“你！”石昊震怒。黄羽看起来客客气气的，其实是一个狠角色，一旦有所决定，就会无所顾忌。

“下界生灵的味道真是不错啊！”黄羽擦了擦嘴，笑着说道，显得妖异无比。他分明身穿道袍，笑容和蔼慈祥，刚才却吃掉了数百个生灵。

“你这头凶禽，穷凶极恶，今日即便我除不掉你，他日也会有人斩你三魂七魄！”石昊说道，沉下脸来。

“这么说，你执意要与我一战？”黄羽带着淡笑，脸色也有点冷了，道，“年轻人，这么冲动，多半活不长久。”

“过来一战！”石昊持镇国神戟点指了他一下，而后向着更远的山脉飞去，避开有人烟的地方，免得殃及无辜。

“既然你这么迫不及待，老朽就勉为其难，陪你战上一场。不过，你不要妄想带我去西陵界，也别光顾着逃，不然老朽说不定会直接掉头回到石国，先把石国弄得生灵涂炭，再去不老山，看一看你的父母和弟弟。嗯，顺便也要将什么战王、鹏九等请出来聊一聊。”黄羽说得很平静，就像在说一件微不足道的事，但是隐约间，有一股血腥气扑面而来。

“你这个妖魔！”石昊纵身而上，疾驰数千里，来到一片大荒中，停下。

这片山地很浩大，山岭成片，高峰耸立，古木丛丛。

黄羽不紧不慢地跟到这里，道：“既然愿意一战，那我也正好完成上界一位大人的心愿，将你斩掉。”

“是冥土的那个老匹夫吗？”石昊冷笑道。

黄羽摇头道：“不，我仙殿从来不在意别人的想法，是殿中一位很年轻的大人交代的。他比你大不了多少岁。”

“我不记得得罪过仙殿的人。”石昊冷声说道，心中的确有些不解。

“这位大人少年时在外游历，曾应邀访过补天教，在一位大能的恳求下，将一卷古经传给了他们。后来，那卷经文被秘密送到下界，被月婵仙子所得。她想修出主次分身，从此不死不灭，不知道成功了没有。最近，一些消息传到上界，说是你与月婵仙子有过节，殿中那位年轻的大人听了很不高兴。”黄羽说道。

“关他屁事！”石昊斥道。

“补天教有意结交我仙殿，而月婵仙子来历不凡，是一个出生时就具有异象必有大气运的生灵，将来可能会成为我家大人的道侣。他听到了一些传闻，自然很不高兴，让我下来后顺便解决你。”黄羽说道，笑意渐冷。

“好一个不高兴，好一个顺便解决，那个所谓的年轻大人说得真是漫不经心啊！这般自负到了极致，还真当仙殿是世间的主宰吗？”石昊寒声道。

# 第330章 最后一战

“最起码对很多人来说，仙殿称得上主宰之地。”黄羽依旧说得慢吞吞的，脸上带着慈笑。到了这片大荒中，石昊不再退，也不可能逃了，至此唯有一战，决出个你死我活。

“我还真希望自己是至尊殿堂的唯一传人，有朝一日打到上界去，掀翻那所谓的主宰仙殿！”石昊说道。

上界的生灵欺人太甚，尤其是这仙殿更是自负，随意命一个老仆下界，就说要顺手解决掉他，这态度未免也太横了。

“好了，就在这里一战吧，再走的话，我就回头去石国都城了。”黄羽说道。他负手而立，一身古旧道袍，随风猎猎而响，灰白的发丝披散，脸上的笑意转冷，想在此解决掉石昊。

“纳命来！”石昊大喝道。他必须要战胜这个老仆人，不然他的父母、亲人、朋友，还有整个石国都会很危险。仙殿的人太强了，从不惧怕别人的报复，因此行事向来肆无忌惮。

石昊手中的镇国神戟发光，由乌黑转为金黄，戟刃雪亮，流转杀气。这是真神法器，神能波动剧烈。

“唰！”

石昊挥动镇国神戟，劈出一道可怕的光芒。这是真神法器在复苏，强大的神芒闪耀，如一挂星河般落下。

然而，黄羽只探出一只手掌，在虚空中轻轻一碾，那冲击而来的神光瞬间就被磨灭了。

那只手掌很粗糙，手上有淡黄色光泽流转，宛若一个磨盘，将镇国神戟那么强大的攻击力全部击散。

石昊心中一凛。这黄羽比阳离、魔魂穿山甲、金色骨架和银翼等强大多了。他一人果然足以抵得上数位神联手。

“来吧，让我看一看你的不灭金身战衣还有你的至尊骨究竟有多强。”黄羽淡淡地说道。

石昊心中一叹。连这种撒手锏都被对方知道了，真让人无奈，看来不灭金身战衣难以用来突袭了。在他的身上，不灭金身战衣浮现，一层黑色的神焰跳动，不灭金身战衣全面复苏。

既然敌人已经知道，再藏着只能是自取灭亡，唯有放手一战，动用最强大的力量与黄羽交锋，才有可能抢得一线生机。

石昊目光坚毅，浑身符文密布，这是宝术在积淀。他的精气神在燃烧，准备发动最强大的潜能，决一死战。

“有意思！这个年龄，有这样的成就的确不简单。可惜啊，年轻人太冲动，注定活不长久了。”黄羽不慌不忙地说道，慢慢向前踱步。

“杀！”

石昊大喝一声，其音如剑鸣，让虚空跟着共振。他催动全身的精气，真神法器横空挥出，发动最恐怖的一击。

这杆镇国神戟活了过来，如一头凶兽般，竟浮现出庞大的金色躯体。这头金色凶兽鳞片闪耀，面目狰狞，仰头嘶吼。

“嗷……”

镇国神戟向前立劈而去，而那头金色凶兽则咆哮着，跟着镇国神戟向前扑去。它有山岳般高大的身体，一对犄角雪亮无比，与戟刃重合，撞向黄羽。

“好一头凶兽，好一杆凶戟！”黄羽点头道，身影横移，避过镇国神戟的正面冲撞，侧身而过，一只手拂来。

“当！”

黄羽击中戟刃的侧面，金石颤音震耳，各种符文汹涌呈现，几乎粉碎长空。

石昊如遭雷击，倒退了出去，虎口裂开了，手掌上满是鲜血。对方有一种秘术，隔着镇国神戟穿透了过来，伤及他的肉身。

若非不灭金身战衣发光，挡住了九成的力量，石昊的性命可能危矣。

石昊心惊。这黄羽与其他几位神果真不是一个层次的，他高出太多了，居然可以徒手抵挡真神法器。石昊一时不知道该怎么打下去。

“嗯？”

蓦地，石昊发现黄羽的拇指上带着一个扳指儿，刚才与镇国神戟接触时上面光芒四射。

“难道是借助了法器的力量？”石昊长出了一口气。若对方真的可以徒手抵挡真神法器，那么他们根本就不用继续打了，差距实在太大。

“人老了，胆子就小，就算能够用肉身来对抗真神法器，我也不会那样做。”黄羽微笑道，满脸的皱褶松弛了下来。

下一刻，他眼中杀气如海，化成一道光冲过来，开始全力出手。真正的生死战，容不得一丝喘息。

石昊长啸。其身边断剑悬空、金色法剑腾起，全都围绕着他旋转，他自身更是释放出最强威势。

一株又一株草扎根虚空中，绿莹莹的，这一刻全都发出能冲上云霄的光芒。一株草就是一柄神剑，横断长空。

“哧！”

所有剑气都逆冲向天，异常绚烂，可以看到石昊的周围，有无数剑气冲着云霄而起。他如同一只涅槃的神凰，张开了所有翎羽，显得艳丽而又神圣！

黄羽杀来，刚一踏足此地，就被无穷剑气淹没。

然而，出人意料的是，黄羽快得不可思议，如同幽灵一般，数十次闪灭间，不断变换方位，避开了诸多剑芒，杀到石昊近前。

毫无疑问，黄羽的本体是一头凶禽，拥有极限速度，故此能这么快。

“灭！”

黄羽一声断喝，抬手向前击来，化出一只金色的大爪子，抓向石昊的真身，要将他擒杀。黄羽的战力无比凌厉，超乎想象。

“剑斩星辰！”

石昊大吼一声，发挥出自身所掌握的最高剑意。在其身前，碧草横空，符文密布，释放不朽的光辉，让天日都失色。

鲲鹏振翅，狻猊喷吐电芒，草剑横空，几大威能交融在一起，浓缩成一株草的形状，显化为一枚符文，全面爆发，尽显极境威能。

“咦？”黄羽吃了一惊，锋利的金色爪子拍落，与草剑碰撞。两者间符光无数，炽盛无比。

石昊咯了一口血，倒退了出去，身体剧震不已。双方实力差距太大了，任他发威，还是不能伤到黄羽。

黄羽如鬼魅一般冲来，神色凝重，喝道：“说，你是不是得到过一块兽皮从而修成了半部草字剑意？”

“关你屁事！”石昊冷冷地说道，心头却是一动。

“你是否开启了那六道……秘篇？”黄羽盯着他道。

当年，石昊的确在虚神界得到一块兽皮，但几次开启内蕴的小世界都没有成功，只见到里面的“六道”二字。

“六道什么，怎么不将后面的话说完？”石昊道。

“草字剑意你不过得到半篇，料想你还没有开启那兽皮内界。没关系，今日毙掉你，我自己探索。”黄羽说道。他身形一闪，冲到近前。“轰”的一声，他浑身金色神羽爆发，如万箭般射出。

石昊手中的镇国神戟旋转，化成一片金色的风浪，阻挡这片金色的神羽。与此同时，石昊以鲲鹏法纵身而去，进行躲避。

不过，黄羽的速度实在是太迅疾了。他若一道神虹冲来，踏着能量波浪而行，并且眉心一闪，飞出一道赤霞，攻向石昊。这是精神攻击。

石昊化成一头狻猊，口中喷吐符光，进行对抗。一时间，满天都是闪电，滚滚雷霆沸腾，灭杀黄羽的那道神念。

“年轻人，注定要为自己草率的决定付出代价！”黄羽冷声道。他的双臂一振，竟化成了一对金色的翅膀，若两柄神剑般，切开闪电，向着石昊斩去。他是一头凶禽，此时露出部分本体，威势绝伦，刚猛无比。

石昊祭出的雷霆十分强大，足以将同阶的生灵电成焦炭，但是黄羽比他高了一个层次，根本不可能被这些雷霆伤到。

神翅斩来，剑气临体，石昊当即就有种被割裂的感觉。他一展鲲鹏翅，冲霄直上数十里，这才避过那一击。

蓦地回头，石昊发现黄羽太快了，竟紧随其后又杀到了。黄羽真不愧为一头太古凶禽，远超同境界的生灵。

石昊眸中寒光闪动，快速掉转身躯，朝下迎着黄羽撞了过去。这一刻也许唯有动用至尊骨了。

黄羽眸子射出冷芒，迅速转身。在与石昊还有一段距离时，他就施展宝术，张口一啸，祭出漫天符文，使这些符文全部冲向石昊。他很谨慎，唯一忌惮的就是石昊的至尊骨，不想轻易去与之对抗。

“不对！”黄羽眉头一跳，感觉一阵危险的气息临近。他凝神远看，发现虚空中浮现几块紫色的符骨。这些符骨刚才就隐于虚空中，他冲过去时没有注意，现在才觉察到。

“高阶神灵的结晶与神骨凝结在一起被炼制成了大杀器！”黄羽心头剧跳，冲向一旁。但是，这显然晚了。这是石昊逃脱时所布下的，此时全面开启。

“轰！”

虚空扭曲，整片天穹都模糊了。黄羽身处当中，遭受了最为恐怖的冲击。

石昊取出那颗重瞳，看穿虚空，见到了风暴中的黄羽道袍破碎、浑身是伤的狼狈画面。不过，黄羽并没有死，甚至有可能都没有受重伤。

“区区一次性杀道武器就想斩杀我，真是太幼稚了！这种东西，连重伤我都做不到！”黄羽语气冰冷。

石昊倒吸了一口凉气，片刻也不停留，倚仗那颗重瞳，看穿能量风暴，从边缘冲了进去，迎击黄羽。

这一刻，他胸口发光，动用了至尊骨。此时趁乱出手也许是他唯一的机会了。

能量风暴形成一个十分强大的场域，使这里一片模糊。

石昊眸若金灯，胸部发光，里面骨文浮现，伴着经文声，显化出来。他动用了自己最强大的宝术，要击杀黄羽。

黄羽身上血迹斑斑，一张脸阴沉无比。不过，他神魂稳固，伤势并不算很严重。由此可见，他确实在点燃神火的生灵中算是很可怕的存在了。他冲出旋涡，带着强大的杀意向外飞来。

场域扭曲了虚空，迷惑了人的感知。黄羽虽然神识强大，但也难以望穿场域。

“咦，不对！”黄羽感觉到一种危机正在向自己逼近。他浑身汗毛竖立，迅速横移，从原地消失。

石昊冲来，至尊骨发光，一层神圣符文透体而出。他大喝道：“纳命来！”

前方，一个披头散发的生灵向石昊疾速扑来。这个生灵体表光泽流转，周围伴着无尽的金色羽毛。

“咦？”石昊一惊，觉得情况不对。可此时至尊骨发光，符文凝聚成形，已经祭出，无法收回了。

“轰！”

这是一次能量大碰撞。那个伴着神羽冲来的生灵发出最强一击，与轮回之力相遇。两者间若惊涛拍岸，能量大爆发。

那个生灵被轮回之力击中，其身上的战衣灰飞烟灭，而其自身也在解体。可是，那个生灵并不是黄羽。

“你居然有一颗神眼，连场域都能穿透。”黄羽声音冰寒。

石昊色变。至尊骨发威，威能浩大，可是并没有击中黄羽，毁掉的只是一个人形傀儡。

黄羽说话间，早已无声无息地冲到石昊近前，对其展开了反袭，要将这个下界的奇才彻底扼杀，以绝后患。他以傀儡身挡住至尊骨一击，显然早就为了应付这种突发的局面做了准备。

石昊毕竟还没有悟尽轮回之力的终极奥秘，只是借助至尊骨在施展，因此暂时不能继续施展了。

“轰！”

黄羽的手掌拍落，重逾万钧，足以将山峰击成飞灰。最为可怕的是这一掌还伴着成片的符文，这是一击绝杀，立刻袭到了石昊的胸前。

石昊也许能避过肉掌，但是那些符文落在了他的身上，他根本躲避不及。

“可以结束了。”黄羽冷笑道。

“轰……”

突然，石昊的胸部发光，骨文再现。一股炽盛的光伴着骨文冲起，爆发极其恐怖的力量。

“什么？”黄羽吃了一惊。他早已详细地了解过，至尊骨不能连续动用，需要一定的时间准备，现在怎么会如此？

“砰！”

至强的力量波动传来，黄羽的这一掌被化解，各种符文溃灭。两者间发生大爆炸，无尽神光冲霄而起。

“原来如此，你竟还有一块真神兽皮？”黄羽惊讶道。

这是一块兽皮，与石昊的胸部融合，此时发出本源力量，气息磅礴强大，化解了这一掌之威。这是石村的两件祖器之一，开启封印后，神能惊人，比石国皇宫的法器还厉害几分。

“杀！”

两人催动各种宝术，施展诸多秘法，战斗得十分激烈。

石昊不仅有不灭金身战衣，还与一块兽皮结合，防御力高得惊人，短时间内竟能与黄羽力拼。

黄羽脸色阴沉。之前他被炸伤了，现在又这般对决，始终无法拿下一个后辈小子。

石昊长啸，与黄羽交手，耗费了大量的神力。两者间各种光不断冲起。

“轰！”突然，黄羽显化出本体，疾速冲到了石昊近前。一时间，黄金光滔天，与石昊碰撞。黄羽竟然是一只黄金鹤。黄金鹤是赫赫有名的太古凶禽，天赋强大，生性好战，最是难惹。

此时黄羽展开一对翅膀，劈出一道又一道神光。每一道神光飞出，都将下方的一些山峰震碎。这是该族的大神通，名副其实的仙鹤亮翅。

石昊感到十分惊悚，快速躲避。

“砰！”

突然，黄羽猛地挥出一翅，突破镇国神戟和兽皮的符文封锁，震得石昊大口咯血。双方的真正实力终究是差得太多。

然而，石昊没有退缩。“轰！”他抬起双手，逆着仙鹤翅，向前冲去，主动迎战。

黄羽冷哼一声，眼神十分不屑。一个尊者而已，居然一而再再而三地让其攻击无果，心中自然有一团怒火。

“什么？”突然，黄羽吃了一惊。只见石昊的那只手一下子爆发妖艳的光，并且发出咆哮声，摄人心魄。

黄羽疾速倒退，并且运转最强大的符文，匆忙迎击。一个在黄羽眼中微不足道的尊者居然让其感到危险，真是讽刺。

黄羽再次化成人身，掌指变成了金黄色，掌心道则流转，“轰”的一声与石昊对了一掌。一时间，金色光芒沸腾。

石昊踉跄倒退，受到了极大的压力，而黄羽则闷哼了一声，虎口破裂，手骨差点折断。自己居然又受伤了，这让他震怒万分。

“又一件真神法器，你到底有几件？”黄羽冷冷地说道。若非他拇指上的扳指发光，挡住了那一掌，他刚才就要吃大亏了。

石昊的右臂上，有一块骨若隐若现，跟他的臂膀融在一起，释放不朽的神力。这又是一件真神法器。

当年，石林虎与石飞蛟曾动用过这块骨与兽皮，只是当时他们实力不够，无法开启祖器上的封印，不能使其显出真正的神威。而今，石昊的修为足够强大，能够开启封印，催动祖器施展威力。

这两件祖器很原始，也很实用，能与执掌者的血肉融合在一起，发挥出极其可怕的威力。

“年轻人，你让我动怒了，这次我看你能支撑到几时！”黄羽冷声道，脸上的笑意再也见不到了。

大战爆发，石昊消耗了无尽神力，催动几件神器，自身被累到大口吐血，难以支撑，就快坚持不住了。毕竟，无论是镇国神戟，还是兽皮，抑或是那块骨，都需要海量的精气来滋养，才能祭出神威。

“嗯，机会到了！”

忽然，石昊心中大喜。成为尊者后，他的至尊骨恢复力惊人，才这么短的时间竟又可以动用了。

道音震天，他胸部发光，一个金色的小人儿盘坐在一块骨上，若隐若现，爆发滔天威能。

黄羽冷笑一声，背后出现一对金色的仙鹤翅，让他的速度飙升。他果断倒退，避其锋芒，道：“难道我会老实地站着让你打吗？”

石昊一语不发，背后鲲鹏翅出现，疾速追了下去。黄羽并没有径直逃遁，而是在虚空中走之字路线，不断变换方位，以此来避退，同时让石昊的至尊符文散掉。

“年轻人，你还不行。我说过，你这样冲动地与我为敌，是活不长的。”黄羽淡然地说道。

“轰！”

突然，石昊的胸部出现密集的骨文，随后这些骨文如洪水滔天，全部涌了出来。当中还有一个人跟着冲出，瞬息跃出去十几里，到了黄羽近前。

“什么？”黄羽大惊道。对方的速度太快了，而且浑身散发着一种极其危险的气息。这是至尊骨上盘坐的金色小人。他离体而出，此刻变大，并与石昊长得一模一样。

此前，石昊只在跟月婵主身决战时施展过一次，一击奏效，擒下月婵仙子。而今，这是他第二次施展，希望能再一次成功。

盘坐在至尊骨上的金色小人冲出后，带着无尽的符文，显化出无与伦比的威能，让神都要战栗。即便黄羽的本体是一头凶禽，拥有极速，生性好战，此时也有些忌惮，不断变换方位，想避过这一劫。

可他还是快不过金色小人，转眼就被至尊符文淹没了。

“啊……”

下一刻，黄羽大叫。他的身体在迅速老化，整个人瞬间变得头发雪白，皮肤松弛，老眼昏花，有老皮龟裂并脱落。

这种变老的速度极其恐怖，令人惊悚。他像是随时会咽下最后一口气，生命就要走向终点一般。

至尊符文化成的石昊，此时是一副神体，除却以符文镇压对手外，自己更是以最暴烈的手段出击，手捏刀印，立劈黄羽。

“砰！”

至尊符文化成的石昊攻击力惊人，一记手刀擦着黄羽的头发，劈在其肩上，重伤了其手臂。

“砰！”

至尊符文化成的石昊，猛地踢出一脚，击在黄羽的头上。石昊希望这一击可以让其毙命，除掉这个最大的祸患。

然而，让他吃惊的是，黄羽虽然老迈不堪，但这一击并未让他丧命。他头破血流，脑中发出金石之音。

“有点不太对！”石昊心中一惊，暗道，“刚才他还遭了一记手刀的重创，怎么现在还能承受住这等攻击？”

黄羽看似风烛残年，但其体内还有寿元，并未走到生命的尽头。故此，他还有部分神力可动用。刚才他那么被动，是因为至尊符文化成的石昊来得太突然了，再加上轮回之力使其变老，他一时没反应过来。

“呼！”

石昊冲向黄羽，手持镇国神戟划出可怕的轨迹，戟刃雪亮刺目，斩向黄羽。与此同时，至尊符文化成的石昊也出手了，一掌挥出，将黄羽震得大口咯血，横飞而起，撞向石昊手中的雪亮戟刃。

# 第331章 绝境

“当！”

让人吃惊的事情发生了。黄羽伸手抵挡，手指敲在镇国神戟上，发出金石之音。接着，他借力旋转，腾上了高天。

石昊手臂微麻，暗叹，对方的手力真是大得出奇。

黄羽的气息变得更强了。至尊骨分明压制了他，且至尊符文还没有失效，为何他现在越来越厉害了？

黄羽身上的伤口在快速愈合，气息越发强盛，虽然容貌依旧老迈，皮肤松弛，但是整个人变得极其可怕了。

“嘿嘿……”黄羽冷笑道，“你以为我年岁很大，寿元无多了吗？错！我仙鹤一族寿元很长，并且在跨界时，仙殿赐予我一粒神丹，让我增加生命力。说来还得谢谢你，你的至尊符文帮我化开了那粒神丹最后的药力，使其与我彻底融合了。”

石昊皱眉，疾速倒退，与黄羽保持在安全距离内。他心中暗叹，这等强者果然难对付。

“你在借我之手炼化神丹？”

“人老了，胆子就变小了，我可不想那样犯险。那只是最坏的打算，没想到居然发生了。”黄羽冷声说道，目光幽幽。

石昊默然。说到底还是他和黄羽的实力相差太大，要是他也点燃了神火，绝对可以用至尊骨将黄羽镇压。

正在这个时候，至尊符文消散，至尊符文化成的石昊消失。石昊转身就走，黄羽自然追了上来，眸子开阖间，精光毕露。

“哪里走！”

黄羽双臂一振，一对黄金翅膀出现，施展真正的仙鹤亮翅。这次比不久前那次更加凌厉。一时间，无尽金色羽毛飞舞，伴着一对翅膀，扫出成片的光。

“轰！”

石昊躲避时，下方诸多山峰中但凡被金光扫中的，必然崩碎。这个时候，黄羽恢复到了巅峰状态，身上的伤口消失，浑身上下都在闪耀黄金光。

“年轻人，不知天高地厚，就让你也来试试老朽的法器吧。”黄羽张嘴吐出一柄黄金小锤，电射而去，击向石昊。

“嗯？”石昊一惊。小锤发出了雷霆之音，有闪电以极速劈过来。这不是一般的攻击。

“碰！”黄羽大喝一声，闪电锤发光，伴着雷鸣声，与石昊手中的真神法器碰撞，震得石昊浑身剧颤，口中咯血。

这金色的小锤不简单！

“大海无量！”石昊大吼一声，在其背后黑色的汪洋起伏。一条鲲鱼巨大无比，挟无尽黑色太阴之气冲起，对抗黄羽。

黑色的汪洋释放太阴之力，阴冷气息扑面而来，至柔的力量汹涌而出，斩向前方的黄羽。

刺目的闪电与黑色的汪洋遭遇，两者间爆发刺目的光。这个地方像是星域炸开般，光芒无际。石昊当场被掀飞了。

双方实力差距过大，石昊有性命之忧，再这样下去他必死无疑。

“还不束手就擒！”黄羽冷笑道，探出一只大手，向前抓来。他施展的是掌中世界神通，一只大手笼罩天地，无处不在。

若是同阶人施展这一神通石昊自然不会惧怕，可是黄羽的境界过高，石昊很难逃脱这方小世界。他全力以赴才有可能拼得一线生机。

“开！”

石昊大喝一声，背后浮现一对鲲鹏翅。这对鲲鹏翅一只漆黑如墨，一只金光炽盛，两者碰撞在一起，阴阳二气相互交融，散发几丝混沌气。

“嗯？”黄羽惊讶不已。他的掌中世界出现一道缝隙，石昊从中挣脱了出去。

“好厉害的神通！如果我能修行，战力必将倍增！”黄羽也是禽类，自然对这种宝术渴望无比。

两人边飞边战，在山脉上方飞快移动，从一个地方杀到另一个地方，战况激烈无比。

石昊不断向嘴里塞魔葵子，以迅速补充精力。这黑亮的种子里面蕴含着强大的神能，若非如此，他早就支撑不住了。

这是石昊经历过的最艰难的一战。到了后来，他浑身都是暗伤，经络、骨头等都受损了。他的肉身十分强悍，下界几乎没有什么人可以伤到。今日，他碰到了至强的敌手，随时都可能会死掉。

“轰！”黄羽以闪电锤击来，并且辅以一种大神通，将石昊轰进了一座巨城。石昊被击落在传送阵上后，不动声色地开启通道就走。片刻后，他冲出传送阵，降临在火国。

黄羽追了下去，希望将石昊逼至石村，这样他就能有更大的收获。

“杀！”石昊眸子发光，再次动用至尊骨。他爆发神威，胸口飞出的金色小人依旧直接扑到了黄羽面前。

这一次，金色小人全面爆发，追上黄羽后，第一时间解体，将所有至尊符文都作用在黄羽的身上，想一击绝杀。

黄羽快不过这个由符文化成的身影，再次被击中。只是，这一次与之前相反，他由老迈开始向年轻转变，白发变黑，皮肤不再松弛，眼睛也越发锐利了起来。

“年轻的感觉真好啊！”黄羽叹道。

石昊一时傻了眼，诅咒连连。黄羽没有如石昊所愿的那样变成垂髫小儿，而是化成了一个青年。此时他血气鼎盛，身体机能好得让人难以置信。

不过，石昊注意到黄羽虽然变年轻了，但是神力减弱，不如老年时的状态。

石昊觉得这是他唯一可以反败为胜的机会，便动用全力，果断向前扑击。可惜他失算了。黄羽此时的道行虽然不如年老时，但也不会差得太离谱，依旧比石昊高了一截。

石昊真的无可奈何了。想把他变老，他寿元充沛。想把他变小，他因为本就是老年，竟靠着轮回之力回到了年轻状态。即便至尊符文再强大，但是面对一个比他强太多的人，他真是有心无力了。

“如果我点燃神火，神力足够多的话，可以让他一击毙命，可惜啊……”石昊真的没有办法了。

“黄金法则，镇压！”黄羽轻喝道。他不想再有意外发生，果断施展最强大的神通。

成片的金色柱子出现，高耸入天，撑开云朵，宛若擎天之柱。每一根都粗大无比，上面镌刻着符文。石昊被困在当中，遭遇危机。他左冲右突，被那些黄金柱子击得浑身剧颤，口中咯血。

“破！”

最后，石昊咬牙以血祭数件真神法器，终于轰出一个缺口，逃了出去。

“你看到了吗，这就是实力差距。无论你如何反抗，最终都会落个败亡的下场。”黄羽冷幽幽地说道。

“老东西……”石昊刚一张嘴，嘴就不断咯血，他赶紧闭上嘴，向一个方向逃去。

黄羽跟了过去，看到眼前的这片地方岩浆汩汩，天地精华充沛，并且在那赤红的液体中还有一群鱼在游动，他惊讶不已，道：“这是火炎鱼，不对，是火炎鱼的变种——阳鱼，号称可以栖居在太阳中，蕴含惊人的神性物质。”

这里是火国的祖地，而今，火国内斗还没有彻底平息，还顾不上这里。

石昊原本就想将黄羽引至此处，只是感觉很困难，后来他被轰上祭坛，巧妙地调节了一下，便把自己传送到了这片区域。

以他目前的境界再加上穿了不灭金身战衣，自然可以开启那座地下古殿。他进入了火族的上古圣皇宫。

不一会儿后，黄羽跟了下来。他神情异样，随着石昊渡过岩浆海，冲至一座巨宫中。巨宫的大门处道火燃烧，但对点燃神火的生灵来说根本算不得什么。黄羽径直闯入，一眼就看到了那涅槃池。

“神池，可惜被人用过了。”黄羽只在池中发现了少许浆液，浆液鲜红中带着点点金黄色。

“这是朱雀涅槃时所留的神液？”黄羽震惊了，小心翼翼地将那少许神液收了起来。

石昊边退边战，逃到一面墙壁前，推开一扇石门冲了进去。黄羽脸色阴沉，跟了下去。

石昊讶异，暗道：“这老家伙的胆子也太大了，居然真的跟了过来？”他没有想到这么顺利，加速向里面的演武场逃去。

神魔之墙，有很多门，这便是其中一道，当中有角斗场，可以激战。石昊很希望黄羽跟进来，这样他便能借助此地，将其绝杀。

“咦，不对，这里压制境界！”黄羽跟了进去，当即色变。

突然，那面墙壁里冲出各种生灵，一起扑杀他们。石昊早已不动声色地堵住了后路，面无表情地看着黄羽，要进行绝杀。

这些生灵自然伤不了黄羽，几乎都被他击溃。最后跳出一只朱厌，恐怖无比，杀向石昊与黄羽两人。

“我们三个的境界怎么一样了？”黄羽脸色阴沉，激烈冲击，想杀出去。

那只朱厌威势滔天，可怕无比，一爪子拍来，重重地拍在了黄羽身上，使其遭受重创。石昊如真龙出世，变得狂暴无比。他疯狂出手，攻向黄羽，每一击都惊人至极。

黄羽有些招架不住，与石昊对决时身体连连颤抖，大口咯血，整个人几乎要散架了。

“杀！”

石昊一声断喝，避过朱厌的攻击，冲到黄羽的近前，跟他接连碰撞，最后手持断剑刺中其眉心。

黄羽愤怒无比，大声嘶吼。他怎能容忍自己死在这样一个小辈手中？他咆哮着，以神火点燃自己，在这里迅速化成了灰烬。

“嗯？”石昊蹙眉。他暗暗觉得有些不对劲，但他还得大战朱厌，来不及细想，继续搏杀。一番激战后，石昊终于将朱厌斩灭了。他想先离开这里，回到地面去调息，然后再下来仔细查看。

连番大战，他损耗得太厉害了，差点油尽灯枯，不想再在此地空耗神力。他回到地面，几乎一瞬间而已，就汗毛竖立，疾速冲了出去，躲避过必杀一击。

黄羽再现，站在那里冷笑。

“你……”石昊色变。他刚才就觉得不对劲，但因为当时的情形太危急了，在地宫中时竟没顾得上仔细辨别。

“那是我的一道灵身。”黄羽淡淡地说道。他很谨慎，自然不会轻易跟随，但又觉得此地有大机缘，不想错过，便让一道灵身去探一下虚实。

石昊暗叹，这老东西果然谨慎，根本就不会涉险。

“你还想逃吗？如果再继续这样的话，我立刻回石国去找战王、鹏九等，再去不老山看看你的父母，然后回石国大开杀戒！”黄羽冷笑道，不想再耽搁下去了。

石昊沉默不语，眸子越发深邃，平静地看着黄羽。

“想杀我而无力，是不是感觉很憋屈啊？”黄羽笑道，“想活下来吗？我给你一个机会，让我封印，任我驱使百年。”

“我竟被逼到了这一步，陷入了绝境。”石昊轻叹道。

“不臣服，那便死！”黄羽沉下脸说道。

“是你死！”石昊猛然抬头，做了一个决定，目光坚毅，以剑指向他。

“孩子，你这是在说气话吗？”黄羽淡淡地笑道，手中拎着一个金色小锤，闪电噼啪作响。

石昊一叹，看向天际，那是石村的方向。这一战过后还能回去吗？还能见到那些人吗？而后，他又望向虚空，想要看穿天地，见到身处不老山的父母，跟他们说上几句话。

他有点失落，心中有许多不舍，心情十分复杂，不知道这一战过后，世间还有小石吗？

“你这般年轻，天资非凡，死掉太可惜了。我真的可以做主让你活下来，只要让我驱使百年即可。”黄羽嘴角露出一丝淡淡的冷笑，这般说道。

“今天，不是你死，就是我亡！”石昊声音铿锵，目光炽盛。

“执迷不悟！可悲啊，既然你想死，我就成全你！”黄羽揶揄道。下一刻，他冲了过来，各种手段齐出。他虽然看上去很平静，但也极为小心，怕石昊真有什么特别的手段。

他为人非常谨慎，虽然修为很高，实力强大，但对石昊这样的小辈人物却不肯有任何放松与大意。无穷电芒横空，笼罩了整片山脉。黄金小锤闪耀无尽电芒，向石昊冲去。

“轰！”仅一瞬间，下方也不知道有多少山峰被轰塌，化成飞灰与齑粉。无穷的闪电交织成一片闪电汪洋，雷声震动火国，场面惊人。

黄羽动用了各种大神通，化出本体，金色仙鹤振翅，漫天的金羽化作神箭，射向石昊的肉身。

“轰！”

与此同时，天地间有一条又一条黄金柱冲天而上。这是黄金法则的显化，每一根柱子上都神火腾腾，符文无数。石昊高声长啸，祭出所有真神武器，与黄羽对抗。这个地方顿时沸腾。

两人大决战，天地失色，异象惊人，隔着数百里都可以见到这方天空炽盛无比，将天日都压盖了下去。

“砰！”

一只金色的鸟爪抓来，扭曲虚空，在石昊的颈部留下几道可怕的伤口。不灭金身战衣没有防护靠近脸部的位置，就这么一小块区域，都被黄羽捉到了机会，险些将石昊击杀。

石昊怒睁双目，催动法剑，与他的金色爪子接连碰撞，响声如雷。

远方，很多强者被惊动，赶到附近，看到那可怕的神能波动和沸腾的天穹，全都惊恐万分。

“小石到了我火国，在大战最后一位神，真希望他能赢啊！”

“情况不妙，他十分被动，危矣！”

众人色变。那位老神太强了，点燃神火后，通体璀璨，挥手间整片天地都随着他共鸣。这种手段石昊怎能抗衡？

“砰！”

黄羽挥翅与石昊撞在一起，震得石昊口鼻溢血。石昊竭尽所能对抗，但终究还是没有办法与之抗衡。

“纳命来吧！”黄羽喝道。他手中竟又出现了一个法器——黄金扇。这把黄金扇以羽毛编织而成，猛力一扇，便能产生飓风。

这飓风很可怕，呈金黄色，一下子吹倒了下方的数十座山峰。

石昊虽然有真神法器守护，但是依旧横飞了出去。他肉身颤抖，大口咯血，被飓风卷着，不知道飞出去多少里。

“咦，你还想逃？就死在这里吧！”黄羽叫道，目光森冷，杀气冲霄。

石昊的确在逃，他想离石国更近一些，甚至想能再看石村一眼。那里有着太多美好的回忆，他每每想起都觉得无比温暖。

但是，他知道自己不能再往前进了。一旦被黄羽发现石村，石村必然危矣。即便那里有柳神的大阵守护，但黄羽若是知道了那里，一定会在外困死村中的人。

“你想死在石国？”黄羽冷笑道，见石昊一边咯血一边飞逃，想进入石国境内，看出了他的一些心思。

石昊没有理会他，寻了一座巨城，踏上祭坛，开启通道，从火国消失。

“小石在大战，已经到了最关键的时刻，谁能助他一臂之力？”消息从火国发出，引起轩然大波。人们知道，等再次寻到那两人时，大战多半已经落幕了。

“轰！”

石昊出现在石国境内，沿途洒血，边战边退。

黄羽冷笑不止。他倒是希望石昊能继续逃下去，直到力竭身死，这样就免得他多费手脚。他生性多疑，怕石昊有什么特别手段。

“我到了三生山了。”石昊轻语道。他曾在此地闭关了一段时间。他遥望石村，默默出神，口中自语道：“父亲，母亲，不知道还能不能再见到你们。”

最后，他望向天穹，道：“我还没有打到上界去，没有跟那些初代、天骄对决，同他们比个高下，真是不甘啊！”

这个时候，黄羽追至，杀到了近前，冷笑道：“你可以上路了。”

“你先上路！”石昊说道，语气冷硬。就在此时，他身上冲起无边的火光，像是一下子点燃了苍穹，璀璨到让天日都显得暗淡了。一股神秘而强大的能量波动在扩散，席卷八方。

在石昊的周围，十口洞天在燃烧，连成一片，有一股妖异的波动在弥漫。

“祭！”他冲向黄羽，大喝一声，如惊雷在响。他没有任何办法了，只得以命相搏。在这一路逃亡的过程中，他不断蓄势，就是为了这一刻的爆发。

在石昊当年开启十大洞天时，他曾经研究过这一制敌之法。这种方法能彻底吸收修士的神性精华，致其形神俱灭。

只是，用这种方法对付一个神，尤其是像黄羽这种强大的老神，成功的可能性也不是很大。所以，石昊决定将己身当作引子，以此再来加持这种方法的效力。

石昊冲向黄羽，背后一对鲲鹏翅扇动，将速度提升到了有生以来的极限。

“你……”黄羽惊恐。那十大洞天像是可以点燃一切，引得他的洞天共鸣。他顿感不妙，立即倒退。

十大洞天连成一片，化作一个场域牢笼，与黄羽凝结在一起，使他像是陷入沼泽中，难以挣脱。

“嗷！”黄羽长啸，剧烈挣扎，灰白发丝乱舞。他可不想被人拉着一同赴死。

十大洞天连在一起，熊熊燃烧，这是生命之元在沸腾。经过不灭金身战衣加持，这种方法的力量恐怖到了极致，绝对可以点燃神的洞天。

“给我镇压！”

黄羽大叫道。他真的急眼了，因为此时他的一些洞天被逼得显化了出来，将被活活燃烧掉。

在其周围，金色小锤和黄金扇，还有他手上的扳指儿一同浮现，并且发光，镇压石昊。

“起！”石昊大喝一声，断剑、镇国神戟、兽皮等真神法器也都浮现，与那些兵器对抗。黄羽焦急万分，口中念念有词，在吟诵一段咒语，最后他大喝道：“仙殿降临！”

一道朦胧的虚影显化，从他的身体中浮现，带着磅礴的气息向石昊镇压而去，让石昊心神欲裂，洞天火焰将熄。

这种威能恐怖得吓人！“这是什么？”石昊震惊道。

那道虚影渐渐凝实，可以看出那是一座青铜仙殿，庞大无边，巍峨宏伟，带着可怕的威压，淌落仙道之力。

“这是我仙殿的一道虚影，一位大人将之注入我的体内，助我危难之时逃脱。”黄羽脸色发白，阴沉地说道。

石昊惊异不已。这就是仙殿？原来仙殿并非仅仅是一个组织的名号，它还是一座殿宇的名字。它以青铜铸成，虽然是朦胧的虚影，但让人感受到了一股无边的宏大奥义。在其周围还有很多虚影，都是青铜殿堂，彼此连在一起，只不过没有仙殿那么宏大，也不够清晰。

石昊嘴里向外咯血，浑身伤痕累累，站立不稳。

“原本是九死一生，还有一成活的希望，现在看来，连这一线生机也要被扼杀掉了。”石昊自语道。

“你安心地上路吧，死在仙殿的一道虚影下也不算冤枉，这可是仙道至宝！”黄羽冷笑道，镇静了下来。

“区区一道虚影而已，就想将我镇压，太看不起我了吧。我若是能活着，有朝一日，必去上界击穿这青铜仙殿！”石昊说道。

黄羽嘴角带着揶揄的冷笑，道：“就凭你，笑话！你永远都没有这个机会了，你的一生就要结束了。”

“那就十死无生吧……”石昊提高声音，喝道，“但是，要拉上你！”

“你在做梦！”黄羽心头一跳。他在戒备，在倒退。

“至尊骨，给我开！”石昊大吼一声，这一刻，他通体发光，无尽的光从胸口涌出，将这里淹没。

在这毁灭的最后一瞬间，石昊神色平静，轻声自语道：“石村，我很想回去，再去看一看你们，可是做不到了。还有父亲母亲，刚与你们团圆，就又要离开了，我很不舍。”

# 第332章 小石受伤

石昊的至尊骨炸开了，血像眼泪一滴滴往外淌。他带着笑，看起来很平静，也很伤感。“就这样结束了吗？石村再见，父母再见……”他轻语道。

无穷的符文自炸开的至尊骨中冲出，化成仙刃般的光，无坚不摧，击穿了那青铜仙殿的虚影。那道虚影慢慢变得模糊了起来。

“不！”黄羽惊叫道，脸色苍白如雪。他害怕了，感觉末日就要来临，心都在颤抖。他拼命催动法力，一身的精气神燃烧，化成最本源的力量，加持在青铜仙殿上，希冀它再次凝实显化。这是他唯一的救命符，如果仙殿破了，他将永远地死在下界。

“仙殿降临！”黄羽嘶吼道。

经过他的灌注，无尽的本源力量涌入那道即将消失的虚影中。那青铜仙殿的虚影果然又清晰了不少，再一次显露在这下界的虚空中。

石昊平静地看着黄羽，又看了看自己胸中正在爆发的至尊骨。他的至尊骨十分强大，早已成形，外力难以毁灭，唯有他自斩，才能使之解体。

“轰！”

石昊身体剧震，脸上没有一点血色，神魂都在摇动。至尊骨被他猛地一催动，全面炸开向外飞去。

这是一股磅礴的能量，压制一切，让天地失色，日月无光。那碎裂的至尊骨上盘坐着一个模糊的小人儿，小人儿回头看了石昊一眼，而后冲向前去。

那是石昊的道，是他体内天生自蕴出的法则，而今全面炸开，成为毁灭之光，可斩万物。

“咔嚓！”

青铜仙殿被击穿，发出阵阵颤音，迅速在虚空中解体。它快速暗淡，而后溃散，最后消失不见了。

“啊……”黄羽大叫不已，脸上满是惊恐。死到临头，谁能从容面对？到了最后，很多人都会心生恐惧与不舍。

黄羽怀着雄心壮志下界，就是想一统八域，寻到传说中的各种造化，在下界有一番大作为。他跨界而来，不仅是为了仙殿，还是为了他自己。他想要真正突破人生的桎梏，踏出一条属于自己的路。

只是，这一刻，他所有的抱负都显得苍白无比。在至尊骨炸开的刹那，他的路到了尽头。

“我不甘啊！”黄羽愤怒、恐惧、彷徨、无助，但没有任何办法抵挡攻击。

“哧！”

至尊骨飞来，击中黄羽的胸部，将他重重地击倒在地。他受到了重创，口中咯血，倒在地上难以爬起来。

黄羽现在十分懊悔。正是他将石昊逼上了绝路，才把自己也搭了进去。他感受到了穷途末路的绝望悲凉，觉得自己像是要坠入深渊，再也难以重见天日。

“不，我真的不想死啊！”黄羽大叫着，面色苍白，身体奋力挣扎，却难以挣脱。

至尊骨炸开，无穷无尽的能量如一片汪洋砸来，将黄羽拍翻在地，抹杀了他的生命气机。他惨叫连连，带着惶恐，带着惧意，伸出双手使劲地抓向虚空，希望可以让时间倒流，扭转这种恐怖的局面。

“砰！”

至尊骨的一块碎片飞来，击中他的眉心，把他的元神逼了出来。至此，他的肉身已死，只剩下元神在做最后的挣扎。

“我竟然死了！仙殿赐予我的诸般法器和手段，竟然全都无法帮我挽回局面……”他的元神在虚空中挣扎，即将溃散。

“七神下界，全部殒灭，真是可悲可叹啊。”他低吼道。而后他将元神中的一块绿铜锈祭出，寒声道，“以青铜殿脱落的锈块炼制成的诅咒之花，给我绽放！”

他怨毒无比，虽然只剩下了残碎的神识，但依旧祭出了这种杀生大术，要置石昊于死地。

“噗！”

最后几块至尊骨的碎片飞来，击中黄羽的元神，至此，黄羽形神俱灭，再也不能在下界为所欲为了。

石昊自毁至尊骨，情况糟糕到了极点。而后，在黄羽最后祭出的诅咒之花的作用下，他筋骨尽断，肉身尽毁，剧痛灼烧全身，已经到了垂死的边缘。

最后的一瞬间，石昊闭上了眼睛，诸多往事浮上心头，一幕幕恍若就在昨日，感动的、悲伤的、无助的、喜悦的……很多很多，让他充满不舍。

幼时被亲人挖去至尊骨，小小的身体独自蜷缩在冰冷的床上，苦苦哀求大娘，问这是为什么。之后，他被送往石村，从天真无邪，到慢慢强大起来，最后只身走出大荒，开始自己的人生路。百断山、北海鲲鹏巢、石都大战、双石争雄，他一步一步走来，最终崛起。

小石之名，威震天下，到了现在谁人不知，谁人不晓？

他靠着自己一步一个脚印走到今天，镇压七神，可惜，现在就要落幕了。

石昊眉心渗血，心神恍惚，看着这个世界，充满不舍，轻语道："我从石村走出，与父母团聚不久，很想再去看一看他们……"只是，他知道，自己没有这个能力了，他将从世间消失了。

时间仿佛凝固了，石昊在等待，等着自己走向死亡，坠入永远的黑暗。在这与世间永别的刹那，他孤独一人。就像小时候，他一个人躺在冰冷的小床上，没有温暖，没有亲人守护，孤零零地一个人等死。

他独自凋零，黯然神伤，像昔日那样无助，感受到了一种冰冷与迷茫，还有更多的感伤。

"为何还没有死？"石昊轻语道。他要送自己最后一程，看着自己离开这个世界，陷入永远的沉眠中。只是不知道为何，时间仿若真的停滞了，他的神志依旧清醒，依旧能思能想，并没有长眠。

"这是什么？"石昊在黑暗中见到了些许绿光。只见，他的周围漾起点点绿辉，如涟漪般，扩撒到他的眉心，修复他的神识。

接着，一根绿色的枝条带着一粒粒晶莹的嫩芽，散发柔和光辉，缠绕在石昊的全身，为他修复断裂的关节和裂开的肉身。那些因破碎而四散的至尊骨碎片也被这根枝条牵引到他的胸前，进行重组。

"柳神！"

石昊轻声呼唤着，在这最后的时刻，他又感受到了熟悉的气息。他看到那根枝条，欣喜而又感动，心情一下子好了许多。

这不是真正的柳神，只是它留下的一根嫩枝。当年，石昊去北海鲲鹏巢时，柳神曾给送他一截枝条，让他保存，并告诉他若遇到危险，可以用这截枝条呼唤它。

但是，随着柳神踏进原始之门，征战未知世界，这根枝条就失去了作用，不能用来呼唤柳神了。而且，随着时间的推移，这根枝条慢慢变得暗淡，甚至要干枯了。因为柳神离开了这个世界，斩断了所有联系。

石昊一直将它带在身上，没想到在这最后关头，这根枝条竟然自主复苏，散发着绿光，帮他修复伤体。

枝条发光，一粒又一粒嫩芽从干枯状态变得生机盎然，脱落下来，带着点点涟漪，没入石昊伤痕累累的躯体中，使他破碎的肉身合在一起，帮助他复原，让他恢复活力。

至尊骨也基本上重新组合了起来，不过它不完整了，消失了三分之一。在之前那恐怖的能量风暴中，被燃烧掉了。石昊的至尊骨变成了一块残骨。

“咔嚓！”

突然，他被修复好的肉身和骨骼上面又出现了裂痕，鲜血从裂痕中渗出，十分恐怖。

石昊内视，看到自己的骨上和血肉中有一种奇异的符文，与柳枝的生气相冲。这是一种规则，在破坏其身体。最为可怕的是，这种规则的破坏力强大无比，比嫩芽的恢复力更强。他的肉身看起来又要遭到毁灭性的伤害。

“仙殿的规则融入了我的躯体中？”石昊仔细内视，看明白了状况，神情黯然，轻轻地叹了一口气。他还是要死的。

柳神留下的枝条虽又焕发了活力，但也只有生命之能，当中似乎没有蕴含强大的法则。而仙殿的规则与他的血肉凝结为一体，由里到外地破坏，要彻底毁掉他。

“终究还是难逃一死。柳枝修复我的残体，难道只是为了满足我的心愿，让我去看一看想见的人吗？”他喃喃自语道。

石昊深吸了一口气，他知道自己命不久矣，还剩下短暂的时光可以停留在世间，需要抓紧时间去完成自己的心愿。

石昊站起身来，刚走出去几步身上就出现了很多裂痕，就像是精美的瓷器破碎了，虽然又拼接在了一起，但只要稍微一震动，马上又会碎裂。

石昊神色灰暗，缺少精气神。他现在的状态十分不好，可能会死在半路上。他盘坐在地，手持那根柳枝，全力吸收与炼化。所有嫩芽都脱落了，没入其体内。

与此同时，那根枝条也在变短，化作绿光，滋润其血肉与骨骼。不久后，整根柳条消失，石昊的面色稍微红润了一些。

“里面有生命规则？”石昊有些惊讶。他在柳条中感受到了一些伟力，里面存有生命规则。只是，这些残余的法则有限，难以与他体内仙殿的规则相抗。

不过，即便是如此，石昊也好受了一些。他身体上的不少伤口愈合，所有骨头都对接在一起，缓慢生长，像是要重新长好一般。

他又一次内视，沉默了好长时间，轻轻叹了一口气。仙殿的规则依旧在，破坏无时无刻不在进行。照这样下去，他终究还是要殒灭的。

而且，他发现自己的肉身骨骼上出现了一种特别的符文，仔细观察，像是青铜锈一般，粗糙而绿意斑驳。

这是仙殿的一位大人炼化青铜仙殿脱落下来的锈块制成的诅咒之符，诡异莫名，一旦触及，必要殒灭。若非柳神留下的这根充满生命气息的枝条，他早就死了。不过，这根枝条并不能根治他，长此以往，他注定要死在折磨中。

“整根柳枝都被炼化了，我的气息暂时强盛了一些，但时间不多，必须抓紧了。”石昊踉跄而行，在附近寻到了青铜宝盒，以及一些破损的兵器。

这一次，损失惨重。征战与厮杀到了这个地步，他连自己都废掉了，更别说是兵器了。

石昊每走一步，胸部就剧痛不已，冷汗如雨而下。至尊骨是他的根基，是其道的根本，当年他就失去过一次至尊骨，差点死掉，这若再次失去，等于斩了本源。

好在，唯一值得庆幸的是，这一次滋养至尊骨的神血还在，要是连这也失去了，即使有柳枝的帮助，石昊也会立刻坠入最可怕的境地。

石昊一边走一边思忖，自语道：“柳神说过我体内多了一块骨，如果到了一定境界，终究会成为桎梏。”他在考虑，是否直接将那至尊血引至全身各处，不再滋润这块骨，而是用以灌注到每一块骨中。

这是一个大胆的想法，这样做等于放弃了这块至尊骨，最后会发生什么，谁也不知道。石昊很快又摇了摇头，他时间没剩多少了，经不起这样的折腾。如果这样做，说不定他会立刻死去。

石昊踉跄前行，而后飞上高天，冲向远方。只要动用神力，他浑身各处就剧痛。这种情况很不妙，他很担心自己会在没有寻到亲人前就死掉。

“咦，刚才离去的那个人是谁？很像石国人皇！”

“有消息传来，他与七神中的最后一神大战，从火国杀到了境外，而今不知身在何方，难道他赢了？”有几位修士路过这里，非常震惊。

他们降落在三生山，进入山脉中，立刻呆住了。大战后的残迹太可怕了，诸多山峰化成飞灰，很多高岭倒塌。这里显然发生过神战。

“天啊，难道石昊斩杀了最后也是最强大的那位神？”几人震撼不已，都露出不可思议的神情。

石昊一路疾驰，想去见自己的父母。他不久前刚从石村出来，见过了那里的亲人，此时他很想再看父母最后一面。

此时，他无比渴望能在父母的身边待上片刻，然后再寻一个地方，将自己埋葬。他一路飞驰，准备先去石国皇宫，利用那里的祭坛，将自己传送走。不然那么远的距离，他拖着伤体怎么可能到达？

“陛下，你……”

当看到石昊从天而降，满身是血时，侍卫们惊呆了。所有人都围了上来，呼唤药师，要为他诊治。一国人皇竟伤到了这个程度，实在是可怕与惊人。

“陛下，最后一位神……”一位侍卫忐忑地问道。

“被我杀了。”石昊回应道，将折断的镇国神戟和破损的神灵法剑交给侍卫。要不是没有时间了，他一定要去西方教等地为石国讨来几件神灵法器，用以弥补损失。毕竟是这些大教从上界遣下来的强者要杀他，他自要讨个说法。

“陛下，你这是要去哪里？”侍卫们见他要离去，都是一惊。

“我要远行。”石昊说道。

当他站到祭坛上，又犹豫了，甚至有点彷徨，不知该怎么办，他眼中暗淡，自语道：“我如果去见父母，虽然满足了心愿，可是他们一定会很伤心，会很难过……”

石昊心中难过，分明很想见父母，可是又觉得，这样去相见，只会徒增他们的伤痛。想到这里，他一下子止住了脚步，心情无比晦暗。

“我只在远处悄悄地看他们一眼，不让他们发觉，然后去找个幽静的地方，将自己葬掉，不让人知道我死去了。”石昊伤感地说道。他真的很渴望去见父母最后一面，哪怕只看一眼也行。

石昊静立片刻，想到父母时，也想到了秦昊这个自己唯一的弟弟，自语道：“要去见见他。”

有些话不能对父母讲，不能让他们伤心，却可以告诉秦昊，嘱托他今后要照顾好父亲母亲。

“即使不能见父母，也该去不老山见他！”石昊做了决定。他知道父母此时还在荒域寻觅他，肯定还没有回不老山。他开启祭坛，闯进一条通道中，就此离开了石国皇宫。

“你们可知小石斩掉了最后一位神灵？”

“石皇不过十五六岁，竟然屠神了，击杀了最强大的黄羽，解决了所有后患！”消息分别从三生山和石国皇宫中传出，震动天下。荒域中的所有修士都目瞪口呆，不敢相信一个少年竟能连续灭掉七神，铲除了这些点燃神火的强大生灵。这是何等的战绩？简直辉煌到让人战栗。

小石之威能，让人咋舌，自古至今能有几人可以比肩？

一时间，天下震动，消息传向四面八方，所有修士都在热议，其他大域中也有部分人知晓了此事。

不老山依旧巍峨，紫气蒸腾，是一处腾龙之地。虽然没有了那座五行山，但这里依旧是一处神土，号称世间最顶级的修行之地。

石昊忍着剧痛，出现在不老山的山门前。

“你是什么人？”守护山门的强者喝道，而后他睁大眼睛，惊道，“小石！”

这群人一下子呆住了，而后连连向后倒退。石昊当初一怒推翻五行山，震惊八域，给不老山留下了太深刻的印象。仅片刻间，消息就传到了神土深处，所有强者都被惊动了。

“是你，小石！你还敢来我不老山大闹？”一位强者阴沉着脸喝道。

其他人纷纷附和，眼中透出杀气，对他怀有极大的敌意。石昊擦去嘴角的血，道：“我并非来开战。请将我弟弟喊出来，我有话对他讲。”

“咦，不对，他似乎负伤了，而且极其严重！”有人低语道。

不少强者露出异色。他们都听说石昊在与神开战，纷纷猜测他是在大战中遭受了重创，伤了本源。他们可以明显地感觉到石昊的气息衰弱，似乎随时都会倒下去。

一些人彼此看了一眼，而后一起向前迈步，散发强大威压。

“轰！”当中有一股气息最为可怕，如潮水般冲击而来，令石昊喉咙中有血上涌。不老山虽然遭劫，但还有隐藏的尊者活着。此时这位尊者威势极盛，以强大的气息向山门这边压来。

“他负伤了，我们也许能除掉他！”有人低语道，露出兴奋之色。

与此同时，那位尊者已经出现在了山门这里，冷漠地看着石昊。

“我说过，我不是来与你们开战的，不要逼我！”石昊沉声说道。

此时的气氛有些微妙。不老山有一些人想趁此机会将石昊镇压，他们脸上露出异色，心头在颤动，不少人跃跃欲试。

“小石，你的情况不妙啊，难道要殒灭了吗？”有人冷笑道。

“到了这一步，还想来我不老山作威作福？”那位尊者脸上挂着冷意，一步一步逼近，散发强大的威压，似乎随时要出手。

“虎落平阳被犬欺。”石昊轻语道。若是在平日，这群人根本不敢妄动。他双眉倒竖，道：“我说了，我来此见我弟弟，别逼我！”

“哼！”那位尊者冷哼了一声，冷冷地看向石昊。他想到石昊掀翻不老山的作为，面孔更加阴沉了。他身后还跟着一群人，他们散发威压，向石昊涌去，巨大的压力令他的嘴角再次溢血。

“他真的不行了，也许就要殒命了。”有人低语道，十分振奋。

“我就算是负伤了，也不是你们可以欺辱的。我连神都杀了数位，岂容你们放肆！”石昊喝道。他强忍着剧痛，催动至尊骨，“轰”的一声，成片的符文飞出，将这群人淹没。

与此同时，他的胸口有血淌出，并且发出轻微的一声脆响，至尊骨开裂下来一小块。

“啊……”这群人瞬间变得老迈不堪，全都惊叫不已。石昊一闪身到了近前，一把拎起那位尊者，五指用力，几乎让那位尊者昏死过去。

“神都被我杀了，你一个尊者也敢欺我体弱？”石昊说到这里，深吸了一口气，用力向里传音道，“弟弟，出来一见！”

## 第333章 **艰难抉择**

山势起伏，紫气氤氲，不老山巍峨而雄伟。一座又一座山峰间缭绕着雾霭，隐约间可以见到一些流动霞光的古木，宛若仙境。

石昊的声音传得很远，在山谷中回响，如雷声在轰鸣，可是并未得到秦昊的回应。他嘴角有血淌出，想咽下去都不行。周围的人见状再次露出异色，他们能够感知到，石昊与神大战，付出了惨重的代价，今日可能会殒灭。

“有传闻称他去与最强的一位神对决了，难道他成功斩杀了那最后一位神？”

想到这一可能，不老山众人心头悸动，感觉魂魄都跟着一阵战栗。这是何其可怕的战果，让人震惊!

这件事若被证实为真，绝对是一个奇迹！也正是因为如此，他们才更加确信，石昊命不久矣，也许只要他们稍微加一把力，就能让他饮恨而终。

一群人互相示意，暗自积蓄力量，准备在关键时刻联手发出致命一击。

石昊冷漠地看着他们，手指稍微用力，那尊者的脖子咔咔作响，额头青筋暴突。这让众人大惊，全都吓得色变。

不老山经不起折腾了，若剩下的尊者再死掉的话，他们在下界就真的没有什么威慑力了。

“石国的皇，不要妄动，有话好说。”一位老者慌忙上前，拱手请罪，让他不要出手。

其他人也都收敛气息，向后退去。他们知道石昊虽受重伤，但如果发狠，击杀手中的那个尊者，不成问题。石昊用手一点，神力澎湃，将这位尊者封住，使其一身的力量都暂时化为虚无。

“弟弟，你在吗？出来一见。”石昊动用本源神力，再次传音。可以听到他体内有骨裂的声音传出。

“哧！”

破空声传来。一个身穿银色神灵法衣的少年凌空而至。那银白战衣发光，使他显得神圣而超然。他只有十二三岁，年纪不大，但是冷静无比，双目开阖间，神芒毕露，黑发披散，英俊威武，正是秦昊。

秦昊蹙眉道："你这是怎么了？"

石昊压制伤势，道："让他们都退走，我有话对你说。"

秦昊点了点头，道："跟我进不老山。"

一群人虽有敌意，但此时也都克制了，没有去阻拦。

一座山峰上，清泉潺潺，松涛阵阵。兄弟两人盘坐对视，石昊并无隐瞒，告知秦昊自己命不久矣。

秦昊看着他，道："不能医治吗？"

"我的情况我自己清楚，就是采摘来一株圣药也无用。"石昊摇头道。

秦昊一阵沉默，道："你想让我做什么？"

"照顾好父母，我别无所求。"石昊说完这句话便站身起来，准备离开。他与这个弟弟才相认没多久，对方一直不爱说话，他也不想多停留。

"天地这么大，说不定能寻出一些古法救治你。"秦昊开口道。

"我知道。"石昊点头道，再次叮嘱他一定要照顾好父母。这是石昊心中的牵挂，也是他最不放心的事。

"你放心，他们一定会过得很好。就是到了上界，也无人敢惹。"秦昊道。

石昊轻轻一叹，眼中有些不舍，道："既然如此我就放心了，不要告诉他们我的事，就说我去闭关了。不久后你们便去上界吧。"

他知道，秦昊移植仙骨成功，注定要离开，而他不愿让父母知道他目前的状况。他想一个人远去，独自找个幽静的地方，将自己埋葬。

与其生离死别，让父母悲怆，不如留下一个谎言，让他们以为他在修行，只是暂时离开了。

秦昊看着他，没有说话。两人间一阵寂静。

"好吧！"秦昊点了点头道。

石昊沿着青石路走出不老山，没有回头。他在想去哪里找一个宁静的地方，等待最后时刻的到来。

路上，没有人阻止他，任他离去。

山门外，天地开阔，四野茫茫，石昊站在这里，看着山地，看着奔腾而过的大河，一时间竟彷徨了，不知该去何方。

"回石村也不好。"石昊轻轻一叹。

"他们会很伤心的。"秦昊终究还是跟了出来，站在他身后说道，显然他说的是石子陵夫妇。

“你不说出来就好，反正你要去上界了，让他们一起上去。”石昊没有回头。他站立很久，回想往事，最后还是决定回石村所在的大荒，亡在石村数十里外，不让石村的亲人看到。

“再见，我走了。”石昊腾空而起，决定先到离这儿最近的一座巨城寻找祭坛，借以远行。

黑石城是一座规模很大的城池，因为是以黑色的岩石筑成的，通体乌黑一片，所以就有了这样一个名字。

“祭坛坏掉了？”石昊蹙眉道。这些祭坛年久失修，常出现一些问题。他开始摆弄，想尝试修复，开启通道。这几年有打神石在身边，他也懂得了一些法阵。

半个时辰后，他修复成功。此时的他面色苍白如雪，越发虚弱了，再也不能停留，需要马上赶回荒域去。

“孩子！”

“昊儿！”

后方，传来喊声，语气中充满了焦虑。只见两道身影从半空中冲来，正是石子陵夫妇。

这些日子以来，他们寝食难安，一直在荒域追寻石昊。他们心中承受了巨大的压力，怕他出现意外，更怕他殒灭。

连日来，他们心力交瘁，生怕再也见不到自己的长子，就此天人永隔。因为，他是在对付神，而且是要面对七位神。这等于是必死的局面，难有活路。

他们在焦躁与忧虑中度过，直到今日听闻他击杀了最后一位神，长出了一口气的同时，也将心提了起来，不知道他怎样了。

石子陵夫妇十分担心，而后从石国皇宫侍卫的口中了解到他的一些情况，并从那座祖祭坛上的残留坐标中推测出了他的去向。庆幸的是，他们第一时间赶回不死山，在了解到石昊刚离去后，急忙追了下来。

石昊有心开启通道，想转身逃走，可见到父母焦急的面庞，他的腿迟迟都迈不出去。

“昊儿，你这是怎么了？”秦怡宁惊叫道，拉住他的手，看着他满身都是裂痕，吓得手脚冰凉。秦昊也跟来了，正是他带的路。

“父亲，母亲。”石昊张嘴笑了笑，心中平和，但还没来得及解释，就一阵头晕目眩，栽倒在了祭坛上。

“快，快！带回不老山，想尽办法，动用所有能动用的灵药圣丹，一定要救活昊儿！”石子陵大吼道，一把抱住了石昊。

“我们已经失去了一次昊儿，这一次绝不能再失去他了。我们一定要把他救活！”秦怡宁哭道。他们抱着石昊，快速冲向不老山。

这一日，天下震动，消息也传遍了其他大城。石昊与神对抗，成功斩杀七神中最后一神，完成了一次惊天壮举。毫无疑问，在这个年龄有如此辉煌的战绩，足以算得上震古烁今。

所有人都难以置信，石昊竟然屠神成功，让七神覆灭。这比神话还要离奇，实在是让人难以想象。

“小石真的做到了，真是不可思议！这注定将成为修炼史上的一桩盛事，要被永远铭记。”

“这是一个奇迹，无人能够复制。小石太惊艳了，注定会成为无上至尊。他的未来看不到尽头，成就不可限量！”

八域沸腾，所有人都在谈论。小石之名震撼天下，其声威达到了一个难以想象的高度。随着人们的谈论，石昊身负重创的消息也传开了，这让很多人都吃了一惊。

“什么，小石将死？”

“不会吧，他只有数日的生命了？”

这样的消息一出，举世震惊。小石这般辉煌，竟然命不久矣，这让人发怔，说不出话来。

“太可惜了，这么多年来才出现如此一个小石，却这么快就要死去了，天道不公啊！”

石昊这一次是为了迎战上界七神而负重伤，许多道统都对他心有敬意。若他就这么死去了，他们自然会觉得惋惜。

“天妒英才！他还年少，怎能就这样殒灭了呢？”

“这是真的吗？”许多人都不愿意相信。

石昊如彗星般崛起，照亮大地，可是时间太短暂了，众人无不扼腕长叹。

“消息不会有误，小石的确要死了，太可惜了！”

“现在石国的几位老王正在发动一切力量，向全天下征集各种宝药和救治手段。只要能救活他，他们愿意付出任何代价。”

小石征战四方，灭掉七位神，解除了下界的隐患，自己却将殒命。全天下都沸腾了，人人都在议论。

一天两夜后，石昊才从昏沉中醒来。他很快明白了，父母将他送给他们的那滴太阳神树的黄金液喂他服食了下去，如此才暂时保住了命，不过，他还是很快就要死了。

“昊儿！”秦怡宁大哭道，抱着石昊的头，不断落泪。

按照一些强者共同推演的结果，石昊的状况很糟糕，最多还有几天的生命，即便是真神来了也救不了他。

这两日来，也不知有多少药师赶来替他医治。有的是石国请来的神医，更多的则是敬重石昊的所为，自己赶来的名医，希望将他救活。只可惜，他们全都束手无策。

“也不是没有办法，但是代价太大了。”一位名叫张仲的老药师等所有人都退下去后，对石子陵夫妇这般说道。

“老先生请你救救昊儿，无论什么代价，我们都愿意接受！”秦怡宁哭泣道，不再像一个聪敏的圣女，而只是一个普通的母亲。

“我不好说啊！”张仲叹气道，一阵摇头。

“还请神医指点，不要顾忌，我等一定会竭尽所能配合！”石子陵说道。

“我已经了解到，二公子体内有一块移植进去的仙骨，也许能救得了石皇。”张仲说道。

“什么！”秦怡宁脸色苍白，手中的药碗一下子坠落在地，药汤洒了一地，碎裂的声音清脆刺耳。

药汤和碗的碎片落了一地，一片狼藉。

秦怡宁脸上毫无血色。要以次子体内的骨去救长子，这个救治之法让她的心都在颤抖。

石子陵也呆住了，慢慢平复心绪，问道：“神医，除此之外还有其他办法吗？”

张仲摇了摇头。他虽然医术高超，也懂得高深的符文秘法，但是这些都不能治疗好石昊的伤势。

“那样做是否会对另一个孩子有很大的伤害？”秦怡宁颤声问道。

张仲没有说话。想治疗石昊也许只有一个办法了，那就是将仙骨植入其体内。

“神医，真的没有其他办法了吗？”石子陵蹙眉道。他自然明白对方的意思，所谓借助仙骨，肯定是要移植。

这样做风险太大了，对次子来说非常危险，若是有意外的话，将会留下一生的遗憾。

“老朽技穷了，只是随口一提罢了。”张仲说道。这种事他也不好多说，因为关乎两个少年的未来。

“怎会如此，为什么这样残忍？昊儿……”秦怡宁抱着病床上的石昊，痛哭流涕，大声呼喊道。

石昊的状态很糟糕，时而清醒，时而昏厥，体内有很多青铜锈迹般的符文，让他剧痛，吞噬他的生命。此时，他的意识又与外界隔绝了，陷入昏厥中。

“若是石皇体内的原始真骨无损，也可以自行治疗，可惜他的骨出了大问题。”张仲道。

石昊体内最大的问题是多了一种符文，这种符文强大到让人惊惧，与他的血肉还有骨骼凝结在一起，根本消除不掉。

不仅张仲等名医知道，石子陵夫妇也明白，在下界没有人能除掉那些规则纹络。那可是禁忌骨文。

“石皇体内的那块骨千疮百孔，就算是拼接在一起，也已经破烂。那块骨不足原来的三分之二，威势锐减，发出的符文无法抹除那种诅咒。”张仲摇头道。

下界中连神灵都没有了，还有什么力量可以对抗仙殿那位大人的诅咒呢？况且，那种符文密布在石昊的每一寸血肉与骨骼中，外人若是轻举妄动，一旦引爆，可能会让他跟着一同毁掉。

现在，也许只有将那块仙骨移植在石昊的体内，让两者融为一体，才可以磨灭诅咒印记。

“太残酷了……”秦怡宁的心都在抖。挖出次子的骨去救长子，这样对两个孩子来说都有很大的风险。一时间，她痛苦无比，不知道该如何抉择。

石子陵深吸了一口气，尽量让自己平静下来，道：“神医，请你告诉我，这样做的可行性有多高，到底有多大的风险？”

“如果将仙骨植入石皇的体内，有六七成的把握可以让他复原，并且日后他将天赋盖世，修为惊天。”张仲认真地说道。

“只有六七成的把握吗？”石子陵皱眉道，心中难以平静下来。

“六七成的成功率已经算是很高了。”张仲如实说道。

秦怡宁闭上眼睛，让自己平静下来，而后仔细想了又想，道：“神医，我想知道，对第二个孩子来说，有多危险？”

听到这个问题，张仲也是一叹，道：“如果这块骨是二公子自己的，那么我有把握采摘下来，而不伤其命。”

张仲的师兄与不老山有些渊源，秦昊植骨时曾被请来守护。他已经从其师兄那里了解到，这块骨来自上界，才植入秦昊体内，因此，采骨对秦昊有些危险。

张仲认真思忖，告诉夫妇二人，如果在这种情况下救助石昊，那么秦昊很可能会有性命之忧。

“三成会殒灭，七成应无恙。”这是他仔细考虑后得出的结论。

这个成功率也算是很高了。主要是秦昊已经长大，自身血气充足，加之他天资过人，故此有一定的可控性。

不过还是有风险，这让石子陵夫妻二人心神不宁。

“父亲，母亲，我不需要你们这样救我！”石昊清醒过来，听到了他们的谈话，心头震动。以他的心性来说，他怎么可能会让人如此来救助。他不想这样，即便是强来，他宁愿去死，也绝不会答应。

秦怡宁抱着他的一条手臂，无声地落泪，失散多年的长子回来了，可才没有团圆多久，就发生了这样的厄难。她一时间难以抉择，因为手心手背都是肉。

不久后，石昊再次昏厥。他实在是太虚弱了，服下各种宝药，又以各种灵液浸泡，也只能暂时保住性命。

石子陵与秦怡宁互相看了一眼，难以做出最终的决断。他们又请来其他名医，一同探讨与议论。他们心头不安，想确定移植仙骨到底有几成把握，是否可以提高成功率，结果其他神医得出的结论大同小异。

他们犹豫不决，难以决断。他们曾经失去过石昊一次，因此更加想牢牢抓住他，不想放弃他。可是若真的换骨，就等于拿秦昊的命在赌。这样做对秦昊很不公平，他不仅要失去仙骨的威能，还有可能会殒命。

一群医师陆续离开，他们不能帮石子陵夫妇做决定，究竟如何取舍，只能靠他们夫妇二人自己决定。

秦昊悄无声息地出现，推开房门走了进来，道：“父亲，母亲，我知道了，如果你们觉得我能救哥哥，我已经准备好了。”

秦怡宁听闻，立刻将他拉到身边，眼中满是泪水，道：“娘不会让你发生危险，绝不会牺牲你！”

石子陵也是一叹。这些年来秦昊一直有心结，觉得他的出生就是为了救那个素未谋面的哥哥。而今发生了这种事，他们若草率地决定移植仙骨，秦昊很可能这辈子都不会原谅他们了。此刻，石子陵也沉默了。他只是一个普通的父亲，不想让任何一个孩子发生危险。

“父亲，母亲，我一切都听你们的，要我做什么我都不会拒绝，我随时都可以救哥哥。”秦昊说完，转身离去。看着昏迷的长子，再看看走出去的次子，夫妻两人心中难受，不知道该如何是好。

“用那块仙骨，有六七成的把握可以救活昊儿，而且老二也有七成的概率无恙。”沉默了很久，石子陵这样说道。

“可是，还有三成的危险，我们可能会失去第二个孩子。”秦怡宁低语道。

怎么会有这么艰难的选择？他们心乱如麻，哪一个都难以舍下。长子越来越虚弱，如果再不决定，他就要死了。可是，用次子的仙骨去换长子的命，这样做也有危险，而且秦昊心中会怎样想？

“上天为什么这么残忍！”石子陵嘶吼道。

秦怡宁无声地落泪，用手抚摸昏迷中的石昊的脸颊，喃喃地说道：“娘想救你，可是又不想伤害你弟弟。”

红日西沉。这一整天他们都没有做出决定，这显然对石昊不利。石昊越发地虚弱了。

夜里，石昊一阵心悸，从昏睡中惊醒，猛地睁开了眼睛。他看到一个女子一指点向他的眉心，要将他除掉。

他心头一颤，虽然知道自己注定要死了，但不想就这样不明不白地被人杀死。他一声轻喝，嘴里吐出一口血，击向来人。与此同时，他强忍着伤痛，胸部发光，至尊骨又裂下一小块，爆发神威。

“轰！”

强大的气息冲起，那个女子惊叫一声，被至尊符文扫中，轮回为一个老妇，难以动弹。

石昊强打精神，浑身是血，一把拎起了她，喝道：“你为什么要这样做？”

“发生了什么？”

“昊儿！”

破空声响起，有人疾速赶来，石子陵夫妇也被惊动了。他们才离开没多久，竟发生了惊变。

“砰！”女子的眉心淌出血来，头一歪，闭了眼。她不知道用了什么手段，自绝于此。

石昊松开手，道：“我虽然要死了，但是灵觉和本能还对得起我小石之威名。”

房间内一下子多了很多人，石子陵夫妇也来了，并且有人惊呼。

“这不是秦兰吗？她是我秦族的核心子弟，好心来为你送药，你怎么能将她杀死？”一位老者喝道。

石昊擦去嘴角的血，一句话也没有说，躺在床上。

“孩子，发生了什么？”秦怡宁冲了过来，挡住了那位老者。

“发生了什么，他为何杀了秦兰？他就算是对我秦族不满，也不能这样凶戾吧？”一位老妪手拄青木杖，恨声说道。

“屡次犯我秦族，真当我们不敢动你吗？”另一人寒声道。

“父亲，母亲，送我回石国吧，让我可以从容体面地死去，而不是不明不白。”石昊平静地说道。

石子陵夫妇闻言，当即色变。

“孩子，让你受委屈了，你怪我们吗？”秦怡宁站起身来，眼睛发红，而后怒视秦族那些人。

“你们都给我滚出去！”石子陵更是暴怒，一脚把那女子踢了出去。

石子陵夫妇明白了，这些人一定听到了消息，怕他们将秦昊的仙骨真的植入石昊的体内，想先一步将他杀掉。

# 第334章 诸王

“石子陵你什么意思？”一位老者面露不愉之色，道，“你长子失手杀了我秦族一个核心弟子，你还仇视我等？”

“都给我出去！”石子陵吼道。他完全清楚发生了什么，若非石昊灵觉还在，被惊醒了，就被人不明不白地害死在这里了。

“石子陵，你别太过分了，你的长子杀了我族的嫡系弟子，你不惩罚也就罢了，还这样说话，太过分了！”那个手拄青木杖的老妪阴沉着脸说道。

“滚！”石子陵怒发冲冠，瞪着众人。石昊生命垂危，还这样被人算计，最后还被这些人反咬一口，他怎能不怒火中烧？“锵”的一声，他手中出现一杆黄金战矛。现在不需要解释什么了，他不惜一战。

“你还想动武？”几位老者沉下脸来，喝道。有两人更是逼向石子陵，与他针锋相对。

“你们都给我消失！”秦怡宁蛾眉倒竖，杏眼圆睁，点指所有人，呵斥道，“昊儿如果损伤了一根头发，这下界不老山就不要留了！”

这些人神色一冷，心中虽然有怒，但都忍了下来。秦怡宁本就是上界不老山的圣女，而今她那一脉在上界胜出，掌控了一切。此外，植入仙骨的秦昊毕竟是她的孩子，将来要登临至尊位。他们不敢得罪了秦怡宁。

屋中安静了下来，那些人都退走了。一盏青铜烛台悬挂床边，烛火摇曳，照亮了床上的石昊。石昊又昏迷了过去。他每次都只能清醒片刻，身体越发虚弱了。

石子陵坐在床边，沉默不语，显得很压抑。随着时间的推移，石昊的身体越来越虚弱，每时每刻生命都在流逝，若是再拖下去，即使可以移植仙骨，估计都回天乏力了。石子陵声音嘶哑，痛苦无比，眼睛带着血丝，霍地站了起来。

“你要去做什么，去挖我们另一个孩子的骨吗？他很可能会死掉。”秦怡宁带着泪问道。

“难道眼睁睁地看着昊儿死掉吗？时间每过去一分，他都会虚弱不少，已经拖了一整天了！”石子陵喃喃地说道，苦闷地望着窗外。此时，夜色迷蒙，星光暗淡，一片乌云飘过，让石子陵感到更加压抑。

烛火暗淡，床上的石昊脸色苍白，闭着双目，身体越来越不行了。

石子陵握紧拳头，道："不行，一定要救活昊儿，当年我们就负了他！他幼时独自在武王府经历了那么血淋淋的事，衰弱险死。他小小年纪，一个人从石村中走出，在大荒中面对凶禽猛兽与各种强敌，一步步征战，最后崛起。这些年来，他所取得的成就都是他自己努力获得的。"

石子陵深吸了一口气，又道："他看似辉煌，威震天下，但当中经历的苦难我们知道多少？我们从来没有守护过他，没有尽到父母应尽的责任，什么也没有为他做过！"

秦怡宁坐在床前，拉着石昊的一只手，轻轻摩挲，看着他气若游丝，越发衰弱，眼泪止不住地往下流。长子从没有恨过他们，为了救他们脱困，一个人杀到秦族，不惜血战大教之一不老山。

秦怡宁颤声道："到底该怎么做？昊儿命途多舛，这一次难道真的没有其他办法了吗？移骨，也会让老二承担死去的风险，这何其残忍啊！"

"我们已经失去昊儿一次了，这一次难道还要眼睁睁地看着他离去吗？要是那样，我一生都会愧疚难安！"石子陵眼中的血丝更多了。

"可是，你考虑过老二吗？这对他又是何等的不公与残忍。"秦怡宁说道。

"不管了，老二有心结就有心结吧，救昊儿要紧，不然他马上就要死去了！"石子陵何尝不知这样做的后果。

"父亲，你要挖我的骨吗？"房门被推开了，秦昊出现，脸色平静，双眸幽深，站在那里，不再迈步。石子陵张了张嘴，什么话也说不出了。

"可以。父亲，母亲，你们如果觉得这样能救哥哥，就来取我的骨吧。"秦昊说道。

"孩子，你不要多想。在我们心中，你与哥哥同样重要，我们不会牺牲你的。"秦怡宁垂泪说道，非常痛苦。

"荒域石国的战王、明王、鹏王前来拜访，请开山门！"就在这时，长音破空，传到不老山深处，显然来人是尊者境的高手。

"报，石国的人来了，竟有三位尊者！"有人禀告道。

不老山内许多人都色变。在这没有神的时代，尊者也很难见到了，石国竟然一下子出现了三大尊者，让人震颤。

"石国诸王驾到，这是要针对我们吗？"一个老妪手拄青木杖，脸色阴沉沉的，忧心忡忡地说道。山门处，明王、战王和鹏王并肩而立，在他们的身后还有很多强者，全都是王侯。他们身着战甲，每一个人都抱着一些木盒，里面装着宝药。

所谓鹏王就是指鹏九，这是石昊亲封的。

“诸王请进。”秦族强者猜想他们是为石昊而来，不是来开战的，便开启山门，将他们迎了进去。

不过，不老山的人着实很惊讶。三大尊者领军，皆背负神灵法器，这可是强大的震慑啊，若是闹僵，后果难料。而且，他们的身后没有一个兵丁，所有人都是王侯，这么一批强者一起出现，绝对可以灭掉一个大教。

在石昊出事后，战王、鹏王等发动一切的力量，收集各种古丹方，向各大教求取圣药，不惜一切代价，都要把石昊治好。

而今，他们带来了大量的丹药，甚至求取来一株圣药，就是要保住石昊的命。要知道，天下圣药太稀少了，只有一两座太古神山和像西方教这样的不朽传承才能拥有一株。可以想象，鹏王他们到底花费了多么大的代价，才取来一株。至于其他各种灵丹，数不胜数，都积成了一大堆，看起来不像是药，倒像是成袋的粮食。

“陛下！”几位老王看到石昊惨白的脸时，声音全都颤抖了，老泪都快落下来了，这还是威震天下的小石吗？此时的石昊如龟裂的瓷器般浑身都是伤，脸上没有一点血色，与昔日他英姿勃发、指点江山的神武姿态相比，差得太远了。

当日，石昊不顾性命之危，只身进入石国皇宫，解救清风与几位老王，让他们活了下来，而他却以自身为诱饵，不断与神开战，最后落到这一步。

“陛下你一定要挺住！”一位老王说道。

“拿碗来，化开这半枚圣丹！”战王开口道。

除了一株圣药外，他们还得到半枚圣丹。这是圣级宝药，拥有神效。过了一会儿，秦族的人送来一个玉碗，碗内散发灵气，有霞光闪动。

战王向碗里注入一些灵液，想化开这半枚圣丹，让石昊服下去，这样可以延缓衰竭，增加他的生命力。

“不对，这碗内有些许灵气在躁动！”战王本身对医道研究甚深，不然也不会由他化开圣丹。他迅速将灵液倒出，定在虚空中，皱着眉头仔细研究，而后勃然大怒道：“谁送的碗，找死吗？”他双眉倒竖，眼中射出两道神辉。

这碗内的问题即便是尊者都看不出来，要不是战王心细且昔日曾经见到过一个，多半也发觉不出当中的异常。这碗看似是一个灵碗，但其实是噩运之碗，里面刻有诅咒之纹，对使用此碗的人有极大的伤害。当战王道出真相后，石国诸王全都暴怒。

“你给我过来！”鹏王探出一只大手，一把将送碗的人的脖子抓住，拎了过来。这个人当即翻白眼，眼看就要昏死过去。几位老王也不多说，径直探其识海，但这只是一个下人并不知情，不过他们却意外发现了另一桩事。

“什么，此前有人要杀陛下，被陛下自行化解了？”明王勃然大怒道。

“秦族，你们想被灭族吗？”战王更是大喝，声音传出去，震得成片的宫阙都摇动了起来。

“是谁这么张狂，来到我不老山，还敢这样放肆？”远方传来回应声，一群老者出现。

“你们害我石国之皇，还这般傲慢蛮横，想找死吗？”一位相对来说还算年轻的王侯喝道。

“我族好心救助小石，尔等不思报答，还这般污蔑，是何道理？”手持青木杖的老妪阴沉着脸说道。

“狗屁的救助！”鹏王断喝道，“就冲你大模大样喊我石国人皇为小石，就知道你们居心叵测。”他化出一只金黄锋锐的鹏爪，一下子就笼罩了那里。

“你敢！”老妪的身份显然不一般，她挥动青木杖，想要对抗。

“我有何不敢！”鹏王喝道，金色鹏爪落下，将那青木杖击断，而后一把将她抓了起来，让她差点断气。

“放肆！”一股庞大的威压涌来，秦族的尊者出手。

“是你放肆！”明王出手，将他震退。

“不老山，你们竟敢这样加害我们石皇，而且不止一次，你们想被灭族吗？”战王更是强势，大声吼道，震动整片不老山。

石子陵夫妇守护在石昊的床前，并不阻止。他们也怒了，没有想到这些人竟然敢如此。

“好嚣张，你竟敢扬言灭我不老山？”秦族的那位尊者怒声道。

“灭了你们又如何，我石国还怕你们吗？害我族人皇，扫平这里也没什么！”战王寒声道。

与此同时，明王、鹏王全都上前，什么话也不说，各自从背后取出神灵法器，随时要发出最强一击。不老山众人心中一凛。这可是三大尊者，是当世目前的最顶级战力，可以铲除一个大教。

# 第335章 万教皆至

与此同时，在三大尊者后方，那些王侯全部拔出兵器，一个个甲胄发光，宝具冷厉，散发强大杀意。

这是一群何其可怕的强者，任何一个都能在一方封王。他们全为顶级战力，合在一起，不老山根本就抵挡不了。

“你们这样欺我石国，辱我石皇，当真该杀！”一位中年王侯寒声说道，手持一杆方天画戟，“轰”的一声，率先出手，向前劈去。

真到了这份儿上，不老山的几位老者反而发怵了，快速躲避。主要是对方太强横了，三大尊者率领一群王侯，估计真能灭掉他们。

“轰！”

方天画戟锋芒扫出，那些人躲避了出去，一座巨宫轰然爆碎，化成齑粉。

“你们过分了！”秦族的一位老者吼道，但是气势明显不如之前了。他心中没底，真要开战，不老山占不到便宜。他们只有一个尊者，虽然说有法阵可以利用，但是对面那几人手中持的可是神级法器呀。

三大尊者手中的宝具如烈日般发光，散发神灵的气息，有一股恐怖的波动在荡漾。虽然说镇国神戟和神灵法剑在石昊与最后一神的大战中损坏了，但石国还有其他神级法器，这次被带来了。

秦族的尊者脸色一沉。虽然不老山也有这等法器，但是只有一个尊者可以催动，这样自然没办法和对方相比。此外，这里的法阵在上次的大战中被毁了个七零八落，即便全面发动，也不见得能阻住手持神级法器的三大尊者。

“欺辱我石族，今天你们没有个交代，灭了你们的道统又有何妨！”战王冰冷地说道。

“石皇若是无伤，你们敢这样做吗？忘记当年是谁掀翻了你们不老山吧！”鹏王冷漠地说道，说话间，他手里用力一攥，将那个老妪扔在了地上。

“你们……”老妪修为半废，面色发黄，直接昏了过去。

“不给我们一个满意的交代，那就战吧，我石国怕谁！”明王开口道。他虽然上百岁了，但依旧精神矍铄，霸气无比。

“你们……”秦族几位老者气结，有点后悔。

那么隐秘的诅咒之碗，就连尊者都看不出来，居然被他们给识破了，这让秦族的人很无奈。他们之所以屡次加害石昊，是因为怕石子陵夫妇将秦昊体内的仙骨植入石昊的体内。最后，他们咬着牙，推出去一个修为不凡的老仆，称一切都是他擅作主张，私下为之。

这显然是替罪羊，谁都不会相信，但是这也足以让秦族人脸色难看了。他们何曾被逼到过这一步？今日，他们要理没理，而战力又比不上，只得这般隐忍。

秦族的每个人都像是挨了一耳光，脸上火辣辣的。他们不老山，过去一向睥睨八域，俯视各大王朝，今日却被逼迫至此，他们怎能不羞恼万分。

就在这时，脚步声响起，一团银光浮现在通道上，散发强大的神圣气息，不急不缓地接近石昊所在的殿宇。

这是一个少年，身穿银色甲胄，英气逼人，神辉洒落，宛若一位少年天神下界而来，说不出的神武。

此人正是秦昊，他手持一杆银色战戟，遥指前方，神威凛凛，目光深邃，道：“想要一战，还怕你们吗？我看谁会灭这里的道统！”

“哼！”

石国的王侯冷哼，他们还怕他一个少年不成。

秦昊身穿神灵法衣，胸部发光，符文成片。那些符文也是银白色的，看起来圣洁无比，散发的波动可怕得惊人。

战王、鹏王等自然无惧，但是他们已经知道，这一次可能需要这个少年来救助石昊，故此没有接话与发作。

石子陵夫妇一叹，次子来了，他们不得不站起身来，进行调和，以免矛盾激化。

“啪！”

鹏九出手，一巴掌将那个替罪羊结果了。这一刻，秦昊神色一僵。而对面，秦族的人都面色发黑，额头青筋暴跳，但终究还是忍了下来。

就在这时，石昊醒转，睁开眼睛，看着众人，虚弱地开口道：“父亲，母亲，我不要仙骨，若是这样，我宁愿立刻去死！”

而后，他看向战王、鹏王等，道：“护送我……回石国。”

“昊儿！”秦怡宁一把拉住了石昊的手，不肯让他离去。

石昊虚弱地安慰道：“母亲，不要哭，谢谢你们的养育之恩，可是我不能报答了。我真的不要弟弟的骨，我……经历过这些，怎能让他也经历！”

秦怡宁大哭，难过无比。石子陵握紧了拳头，低声嘶吼。这是人生中的一次艰难抉择，放在任何人身上都难以取舍。

“战王、鹏王，扶我起来。”石昊说道。他的伤势很严重，双目缺少昔日的光彩，不再英气逼人。

几位老王将他扶起，守护在旁。

“我已经见到了父亲母亲，在这里感觉很温暖，没有遗憾了。”石昊对父母轻声说道，嘴角还挂着血丝，而后，他转头看向几位老王，道，“我还有两个心愿，一是想回石国去看一看，二是请将我葬在石村不远处，我想待在那里。”

“陛下！”战王等伤悲不已。石昊是天下最惊人的一个少年，本应光辉万丈，冲到九天上，如今竟落到这般境地，这真让人心酸。

“陛下，你一定可以好起来。”

“我们不知道石村在何方，那里与外界隔绝，但想来，清风很快就会到了。”他们不知道如何安慰，而那些王侯也都上前，看着他，非常伤感。

“原本注定会称尊世间，为什么会这样？”他们都很不甘，为石昊感到遗憾。

“我们走吧，回石国。”石昊轻声说道，很快他就又昏迷了过去。

“不能动，他这个状态承受不了那种折腾，根本无法横渡虚空。”石子陵开口道，阻止了众人。

战王、明王先后点头。石昊这个状态太差了，根本无法带走，很可能会直接死在路上。

那半枚圣丹被化开，成为芬芳的液体，被灌进石昊的嘴里。而后，尊者出手，帮他炼化药力，治疗伤体。

清晨，阳光洒落，朝气蓬勃。

石昊醒来，看着满院的朝霞，轻轻一叹，静静不语。

他的状态似乎好了一些，这让神医张仲惊疑不定。

“报，有客来访！”

就在这时，不老山众人再次接到禀告，有人来拜访，要进山门。

“什么人？”秦族的尊者皱眉，深感无奈。

“还是荒域的人！”

“算了，让他们进来吧。”

这次是夏幽雨、萧天、周宇豪、彦心等众多补天阁的弟子一同前来。虽说这一传承被打散了，但还是活下来不少人。补天阁能够重建，全靠石昊强势崛起，横扫四方，灭掉了西陵兽山、拓跋世家等几股大敌。他们听闻石昊遭遇大难，既震撼又担心。数十人横渡而来，想见见他。

“你们来了……”石昊微笑道，可是脸色极差。曾经意气风发的少年，竟到了这一步，真是让人叹息啊！

“会好起来的！”众人低语道。他们真的不忍心看着石昊死去，都很伤感。

“报，山门外有客来访。”不老山高层再次接到禀告。

很快，九头狮子、火鸦、五色鸾鸟等石昊在百断山结识的一些生灵也赶来了，此外九头狮子的祖父九灵王也到了。他们相顾黯然，全都无能为力。

“能见你们一面，我就已经很开心了。”石昊说道。他虽然缺少血色，但是笑容在朝霞中显得很灿烂。

“火国亲王来访！”

“太玄教教主驾到！”

“青羽族老族长驾到！”

“灵族王者拜访！”

“海族青蛟尊者驾到！”

……

在接下来的半日里，不老山的山门几乎被踏破了，各大势力不断有人前来，要看石昊最后一面，为他送行。

到底有多少个传承前来呢？恐怕数以千计甚至过万吧！当中不仅有各大王侯，还有一些尊者。他们当初逃过大劫，感念石昊斩神之功。除却陆地上的强者外，连海族的修士都到了。

这一日，访客不绝，来的人实在太多了，不老山的那些房舍都快住不下了。这简直是一场盛况，世间没有几人可以享受到这种尊崇。

众人震撼，小石的影响力之大超乎想象，就算是秦族的人都一阵发怵。

这一次，石昊灭掉七神，让很多大势力十分感激。所有人都明白，若无他，不久后下界必有大祸，各教都要听从神灵的调遣。可惜，今日虽然是一场盛况，但并非一件喜事。石昊这般超凡，却要英年早逝，让很多人叹息不已。

来的人实在太多了，最后石子陵、战王和鹏王等不得不阻拦。不能再让人来探望了，否则会严重影响石昊的身体状况。

傍晚的时候，石昊的小院清净了，一般的人根本不能接近，全都被挡住了。

不老山的几位主事者毕竟是此地人，可以过来探视，不过都被战王、石子陵严密注视。

“石皇，你身体有恙，最终会怎样谁也说不好，为何不趁现在将鲲鹏宝术刻下来，以免它失传呢？”秦族的一位老者这样说道。

“你什么意思?!”鹏王立刻就站了起来，怒目而视。

明王也大怒道：“石皇大半时间都在昏迷中，只有少许时间清醒，都这个状态了，你还敢打主意，想让他耗费心力刻写那么复杂繁奥的符文，你这不是逼他立刻死去吗？”

“你秦族真是打得好主意！”战王也沉下脸，怒火填膺。他知道秦族是想让石昊将那无上宝术传给秦昊。

几位老王想借那块仙骨治好石昊，因此一直在隐忍，不然早就发作了。

石昊闻言，微微一怔，摆手示意，让他们不要发火，叹道：“是我疏忽了。”他微微一顿，接着道，“去取宝骨来，我要刻写鲲鹏法。”

“陛下！”战王、鹏王大急。鲲鹏法是何等的繁奥莫测，怎能随意刻成？

石昊当年在北海鲲鹏巢观看此法时，足足花费数日工夫，才记下那如诸天星辰般繁复的印记。而今，他都这样了，若是强行刻下此法，一定会将自己活活累死。

“昊儿不可！”石子陵夫妇阻止道，坚决不让他这样做。

“我意已决。”石昊摇头道。他想留下这门法术给石国，也要送回石村一部。

虽然柳神也修成了此法，但是它而今不知身在何方，是否还活着都是一个未知数了。他不想让鲲鹏法失传。

骨已取来，谁都阻止不了石昊。在这个黄昏，他逼退所有人，用心刻写。石子陵走进来时，发现他胸前满是血迹，立刻大叫，强行阻止了他。

“陛下！”几位老王心颤，全都极力反对，不让他再继续。

“我的状态不好，总会昏迷过去，看来即便竭尽所能，最后也只能刻出一半真义了。”石昊轻叹道。

# 第336章 石村众人

天色初黑的时候，不老山一阵骚乱。这一次又来了一批人，足有上百位，吵吵嚷嚷的，大喊着，冲向石昊的小院。

“族长爷爷！”石昊扔下手中的骨块，眼睛模糊了，鼻子发酸。石村的人到了，全村大半人都赶来了。

老族长石云峰领头，后方跟着的是石飞蛟、石林虎、清风、皮猴、虎子他们，还有很多叔伯以及一些婶子。这样一群人，吵吵嚷嚷的，全都红着眼睛，挤满院子，只有部分人能进入屋中。

“孩子，让你受委屈了，我们回家！”族长石云峰颤颤巍巍地抚摸石昊的头，就像小时候那样。

“在这里不治疗只能等死。我们回村，一定可以治好你！”二猛气愤地说道。

“族长说了，我们村中还有很多祖器，将各家各户那些老物件都放在鼎中炖了，说不定就能熬出仙丹液来。我们回去，不留在这里！”大壮也吼道。

石昊听到这些话想笑，眼睛却模糊了，有温热的液体流下。显然，二猛、大壮他们来到不老山后，从那些王侯嘴里听到了一些风声。

“回家，孩子，我们回家！”石林虎眼中含着泪说道。

石昊在笑，眼中却有泪滑落，心中很温暖，也充满了不舍，道：“好，我们回去，回到石村，我想你们所有人。”

“孩子别哭，让你受委屈了，阿叔带你回家。”石林虎颤声说道。他是大荒中走出的汉子，虎背熊腰，粗犷无比，可这个时候眼睛都红了，声音略微有些哽咽。

“走，我们回去！”石飞蛟上前，准备抱起石昊，看着他胸襟上尽是血，瞪圆了眼睛，心疼无比。

“孩子，你会好起来的。回到石村，我们再也不出来了，永远过宁静的日子，与世无争！”族长石云峰颤声说道。他用粗糙的手掌，摩挲着石昊的头与脸。

石昊用力点头，鼻子发酸，眼中滚热。朴实的话语，简单的动作，让他觉得有一股热流在心中淌过。石村的人朴实敦厚，没有那么多的心思，心疼与悲伤都写在脸上，发自真心的话语，道出了他们的心情。

大壮、二猛、皮猴等如今都已成年，这么一群自幼一起长大的伙伴呼啦一下全都围了上来，眼中蕴着泪花，就要动手将他背回石村。

“慢一点。”战王上前，脸上带着忧色。他也很想带着石昊回荒域，但是石昊的身体状况太糟了，经不起折腾。而且，他一直抱着那么一丝希望，希望能用仙骨治好石昊。接着，他对石村的人小声解释着。

石云峰头发花白，闻言后身体微颤，小心地从怀中取出一个小玉罐，道：“我这里还有不老泉，先用上，会有效果的。”

这种东西一拿出来，立刻引起人们的震惊，但凡站在这里的人都目瞪口呆。连这种神物都能有，这石村到底是什么来头？而不老山的人更是呆若木鸡，不敢相信这一切。石村的人看起来很简朴，居然连这种惊世神液都能拿出。

“这是昊儿拼死从外面带回来的东西，我们都留着呢，今日终于能派上用场了。”石云峰唏嘘道。当年，石昊在百断山一共得到五滴不老泉液，里面蕴含着长生物质。他把这几滴泉液带回石村，想留给自己与石村用。

“昊儿很小的时候就不断从外面往村里带遗种宝血和各种灵药宝具，就像个顾家的小大人……”

石云峰说到这些，满是皱纹的脸上有笑也有泪，触动人心。

数年前，石昊小小年纪就独自一人走出大荒，进百断山、去鲲鹏巢，跟各路高手遭遇，将外界的各种珍宝拖回村中。人们都能够体会到，一个少年单纯的心思，他是想让贫瘠的石村变得更好。

众人看到的都是石昊威震天下的强势，却不知道他还有这样一面。

细细想来，那些灵药、不老泉等，都是他拿命赢回来的。在那个年龄，其他孩子还在被父母宠着，被族人看着呢。

不老泉每一滴都有极强的灵性，在小玉罐中游动。这是世间稀有的神液，可延缓衰老，让人焕发青春，价值无量。当一滴被灌进石昊的嘴里时，石昊通体发光，面色立时好了一些，竟有了一点红润的血气，身体比刚才强了不少。

“起效果了！”人们惊叹道，“这不老泉不愧为长生宝液。”

“暂时不要离开。我们建好了涅槃池，已经将各种灵丹溶解，化成了液体，为陛下洗礼，搏上一搏。”明王开口道。

这一次，石国诸王带来了太多的药草，更有成袋的灵丹，跟粮食似的，积成了一大堆。三大尊者与石子陵还有秦怡宁请教几位神医后，又仔细研究，决定造出一个涅槃池，进行一试。

不老山有一种涅槃法，号称五行涅槃。现在药丹足够，秦怡宁亲自布置，绝对可以造出最完美的涅槃池，洗礼石昊的肉身，恢复他的生机，尝试让他涅槃。

“现在状态好转了，也许真能成功，如果再加上几滴不老泉，效果更佳。”战王也开口道。事实上，三大尊者终究还是抱着一丝念头，如果没有办法了，希望在最后关头可以用仙骨救石昊。故此，他们不愿意离去。

石村的人不满秦族，但是听闻这样做对石昊有好处，也同意这样试试看，不过他们都强烈要求秦族的人不得接近。

在不老山提这样的要求，对秦族来说也算是一种折辱，但是石村的人就是这么朴实，对他们没有任何好感就直接表现出来。

“孩子，我们在这里住一晚，明天就走，试试这涅槃池到底有没有效果。”族长石云峰说道。

石林虎、石飞蛟、二猛、皮猴、清风也都上前，将石昊围住，亲自看护，不让更多的人接近。

天下各大势力不断来访，不老山热闹非凡，但所有教主和强者都被挡在了外面。这一夜无比关键，谁都不能接近。

灵池内，瑞气腾腾，霞光流转，里面的灵液先是乳白色的，而后又变成草木色，随后呈土黄色，颜色不断地变化。

“族长爷爷，我想将不老泉的神液留给石村，不用浪费在我身上了。”石昊知道自己的状况，真的不想这样消耗掉神液。可是这种请求众人怎么可能会答应？他们让他含着一滴神液进入涅槃池，开始为他治疗。

他满身是伤，骨头上尽是裂痕，刚一进此池就被雾霭淹没，很多精气冲进他的体内，滋养其破损的躯体。

“有效果！”众人看着石昊肌体发光，骨头发出碰撞声，都觉得涅槃法起作用了。

神医张仲蹙眉，仔细地看着，没有说话。

石昊闭着眼睛，盘坐在那里，任由三大尊者一同化解药力，洗礼他的肉身。这样一池药液，也不知道溶化了多少灵丹，代价极大。秦怡宁和石子陵亲自主导，在一旁护法。他们知道涅槃池的构造与功效，神情紧张无比。

石昊心中一叹，默默运转一种功法。当初他为救父母、寻找祖父，曾大闹此地，得到了《五行涅槃》这一秘篇。他明白，在此疗伤有一定的作用，但终究还是改变不了什么。别人不知，他自己却能洞悉，那绿锈般的诅咒符文越发密集了，已经融入到了他的骨头深处，难以根除。

石昊几次昏迷，几次清醒，迎来了一个朝霞灿烂的清晨。很多人站在远处，看着涅槃池，等待结果。

“怎么样了？”最后，听到池水发出声响，石村众人还有石国的王侯等一起冲来，纷纷询问道。

战王脸色沉重，摇了摇头。五行涅槃池虽然让石昊的状态好了一些，但还是无法除掉那些诅咒符文。

三大尊者仔细探视，发现随着时间的推移，那些绿锈更多更密实了。

“我们立刻走！”石林虎说道，不想耽搁下去了。

“再等一等，几位神医在讨论，想以神针刺激他体内的生机。我们听一下他们最后的意见吧。”鹏九说道，脸色很不好。

小院中，石昊迎着朝霞，躺在一张软椅上，低着头，正在用心刻一块骨，那是鲲鹏法。他知道所有的一切努力都是徒劳的，没有任何办法能磨灭仙殿那位大人的诅咒之力。

“咔嚓！”老族长石云峰听得分明，石昊胸部有骨裂的声响，并且他嘴角跟着溢出血来。“孩子！”他大叫道，“你这是在拿命刻写鲲鹏法啊！”

其他人也冲了过来，纷纷阻止。

“秦族，你们怎么能如此无耻，提出这样的建议？昊儿都快死了，还提什么刻写鲲鹏法，这是造孽啊！”一位阿叔吼道。

“这不是要逼死昊儿吗？”石飞蛟怒斥道。

大壮、二猛等更是握紧了拳头，恨不得拆了此地。

石昊擦去血迹，轻轻摆手，让他们不要着急与发怒，道：“这也是我自己的选择，我想给石国、给石村留下这种法。”

“我们不要，你好好养伤！”石林虎道。

“如果不是秦族心存想法，打这种宝术的主意，怎会如此？”石村人脸色难看，非常担忧。

石昊摇了摇头，再次开始认真刻写鲲鹏法，将所有心神都投入到了上面。

“秦族就是为了让秦昊来继承此法才那样说的，可是这样会把昊儿逼死的。”

“秦昊体内有仙骨，为什么就不能主动表示一下呢？当然，昊儿是我们石村出来的人，跟我们的秉性都一样，肯定会拒绝弟弟的骨。可是，如果身为弟弟有所表示，即便昊儿不要，我们也会觉得欣慰啊！”石林虎低语道。

“他说了，一切都听从父母的决定，如果需要，就挖出骨救哥哥。”大壮眼睛发红道，“如果是小昊一定会主动救弟弟的。我们不是争那块骨，我们只是觉得……”他说不下去了。

石昊摇了摇头，不让他们说了，道：“我真的不需要。”

几位神医共议，结果出来了，每一个人都表示最后一搏的希望也不大。

“还等什么？在这里只能等死，我们走！”二猛说道。

清风落泪，扶着石昊的一条手臂，不让他再刻写，要带他立刻离开。战王、明王、鹏王也是脸色难看，来回踱步，终究是没有任何办法了。

“我们不用那块骨。回去，不在这里等死！”石林虎吼道，声音低沉。

石子陵、秦怡宁闻言，心如刀绞。这是他们的孩子，他们怎能眼睁睁地看着他去死。

“神医，如果换骨，有没有办法提高成功率？”两人颤声问道。

张仲这两日一直在观察石昊，轻轻一叹，道：“石皇看似有所好转，其实一直在损耗体内的至尊血，自己为自己延长性命。他有心愿未了，想回去看一眼。”

“什么？”很多人惊叫道，脸色煞白。

“现在再移植仙骨已经有些晚了。石皇体内的至尊血损耗太严重了，难以滋养那块骨。”这是张仲得出的结论。

“什么?!”所有人都颤抖，手脚冰凉。这等于绝了他们最后一丝念想。

“我们走！”石林虎大吼道，再也不管不顾了。

“走，离开这里，回荒域，回石国，回到我们的村子！”族长石云峰也大喊道，老泪纵横，难以自抑。

“神医，真的不行了吗？”秦怡宁感觉灵魂像是抽离了躯体，几乎昏死过去，脸色苍白，没有一点血色。

张仲摇头道：“有些晚了，耽搁的时间太长了。”

“啊！”石子陵大吼，跟入了魔一般，眼睛通红，乱发飞扬，手持金色战矛，不知要杀向何方。他拄着战矛，单膝跪在地上，满头浓密发丝披散遮住面孔，一股强大的场域散发。他嘴角淌血，手指抓着战矛，也在滴血。他要疯狂了。

“走，回石国。”战王轻语道，跟石村的人一起抱着已经陷入昏厥中的石昊，沉默地离开这里。

最近的一座巨城内，祭坛被开启，一条通道已经打开，他们踏上了回程。

## 第337章 绝路斩骨

石昊从不老山归来，昏迷着，浑身是伤，回到石国皇宫。这意味着，石昊彻底失去了活下去的可能，命不久矣。

天下喧沸，荒域震动。虽然一直有传言他会死去，但毕竟还没到那一步，众人都以为可能会发生奇迹，小石或许可以挺过来。

可是现在看来，这位迅速崛起震惊天下的少年至尊已经走到了人生路的尽头，再也没有办法救治了。

“石皇，何其优异，就这样死去，太可惜了。”

“与神开战，解除了大患，最终却落得个身死道消的下场，何其不公，何其悲凉啊！”

各地都在热议，天下各大教皆知，众人无不扼腕叹息。

“小石其实很可怜，自幼就被人挖走了至尊骨，衰弱不堪，几乎死在襁褓中。后来他被放在一个偏远的山村，自幼没有父母相伴，靠自己顽强地活了下来，最后只身一人走出大荒，一路凭自己崛起，可惜啊，到头来却落得这样一个下场。”

许多人知道了石昊的身世，了解到他的经历后，都唏嘘不已。这还真是一个命运多舛的少年至尊啊！

天下皆叹，也不知道有多少年没有发生过八域共同谈论一个人的事情了。众人都一阵摇头，为他感到遗憾。而也正是在这一日，更多的大教强者跨域而来，想见上石昊最后一面，算是为他送行。

一时间，石都人满为患，来的大多都是修士，要为小石送行，静等一个令人黯然的结局。

石国，皇宫。

三大尊者与石国的诸多王侯以及石村的人并没有放弃，依旧在想办法。

为了救石昊，战王、鹏王等恳请石村的人，先将石昊留在宫中。他们张贴榜文，告知天下，只要能救活石昊，石国愿意付出任何代价。

消息传出，各大道统、众多大教纷纷送来一些药草，以及古老的丹方。

石村的人也在行动。他们通过祖祭坛回到石村，去搬各种所谓的祖器送到石国来，进行所有的尝试。

可以看到，他们搬来古老的鼎、黝黑的古木和莫名的怪石，但凡是老物件，全都被带来了。没有人笑他们，所有人都知道，这些朴实的人在尽最后的努力，希望有奇迹发生。

“这块木可能是血龙木，本身就是宝树，并且浸染过龙血，价值连城！”战王吃惊道。他精研医道，对草木、灵药等知之甚深，意外发现石村的人带来的老物件中的一块暗红色的木块，竟然是一块珍贵的神木。

用这种东西熬煮出来的药液，有龙血精华，也许能有一定的奇效。

“这个铁疙瘩，不，这不是铁块，这是一只神虫的躯体！”神医张仲也跟来了，翻看那些老物件，拿起一块状若铁块的黑色物体敲了敲，黑色物体被敲得铿锵作响。

他相当吃惊，仔细辨认，发现这是一种名为黑金虫的神虫，可以入药，是一种可遇不可求的神虫。这条虫子已经成年了，虽然只有一尺长，但药性十足。它蜷缩着，跟铁块似的。

人们不得不惊讶。这种成年的神虫有神级的战力，居然被击杀丢在石村。

“了不起，了不得啊！”所有人都惊叹。

“想炼制九转神丹的话，这黑金虫是一味必不可少的主药，可惜，材料差了很多，不然我们可以尝试炼制。”战王叹道。

相传，九转神丹一旦炼成，只要服下去就可以立地成神。这是世间最稀珍的神圣古药，自古至今，在下界只有几人炼成过。

可惜，想要炼成此丹，需要多种神级药草，不然根本想都不用想。

“这丹数十万年都难以见到一炉，在这世间根本就找不到。”张仲摇头道。

众人一叹，不再想九转神丹的事情。

所有人都在翻看这些老物件，可惜再也没有寻到其他特别的药草了。不过众人在里面发现了一件强大的祖器，但那只是兵器，不能救人性命。

石村的人很失落，想不到任何办法了。

祖祭坛发光，毛球和小红出现。它们在上一次与神对战时受伤严重，现在还没有恢复过来，都有些行动不便。

“我们也没有办法啊！”两大强者苦苦思索，也都无奈地摇头道。

“这件东西也许有点用。”毛球拿出一个蒲团。

这个蒲团是石昊临去大战之前放在石村的，出自鲲鹏巢，由昆木编织而成。

“可惜了，经历了太漫长的岁月，上面的精气都散失得差不多了，不然的确有大用。”张仲叹道。

“这是银桃树的果子，我们都采摘来了。”石飞蛟道，小心地递过来一个玉盒，当中有银光闪耀的桃子。

这是石昊从百断山挖回来的准圣药，栽在石村，而今早已成熟，一直不曾采摘，直到今日才派上用场。

“还有一滴神酒，也是得自鲲鹏巢。”毛球道。它当年跟石昊一起去北海，自然知道这些。

“不用了，不要再浪费任何东西了。”石昊摇头道。他很清楚自己的情况，此时依旧在刻鲲鹏法，任谁阻拦都无用。偶尔人们会听到他胸部传出一声轻响，那是他的至尊骨在裂开。他将世界宝盒内的各种东西，都留给了石村，还想将这种法传下来。

“孩子，娘求你了，不要再刻了！”秦怡宁抱着他的手臂，哀求道。她凄伤无比，眼中有失落，有迷茫，有痛苦，还有懊悔。她想救石昊，可是也怕秦昊死掉，因为短暂的迟疑，导致石昊错过了植骨的最佳时间。

身为一个母亲，她舍不得任何一个孩子。这是人之常情，无论是谁，都没有办法。如果可以，她愿意用自己的命去换长子的命。

石子陵则是怒目圆瞪，痛苦地握紧拳头，深深地自责。

“父亲，母亲，你们不要自责，这样我心里会很难过。人都有一死，我现在感觉很满足。”石昊安慰道，不想让他们难过。

这一日，不断有人进石国都城，要为石昊送行。众人都知道，石昊就要殒灭了。只是，石昊需要静养，太多的人来探访对他无益。所以，虽然他们是好意来见，但来的人中九成以上都被阻在了宫外。

宫中，只有萧天、九头狮子、战王、石村的人在，其他人都被拦阻了。

后来，有侍卫来禀报：“上界的贵女蓝雨、红凰、水月等，以及上界其他的一些奇才来求见。”

秦怡宁一怔，道：“请他们进来。”她想到了红凰族中的宝术，还有涅槃法也与凤凰有关。这些宝术威力奇强，她想不惜一切代价换取过来尝试。

宣明、碧古、蓝雨、水月等人见到石昊后，都不敢相信，昔日让他们倍感惊艳、强大无比的小石竟衰弱成了这个样子。

“可惜啊，可惜。”他们暗自摇头。

小石从九天上跌落下来，这些天才中有些人的心思立刻就变了。小石注定要沉寂，就算是真发生奇迹活了下来，也难有作为了，因为至尊骨已经毁掉了。

“唉，仙殿的青铜锈迹诅咒，只要是沾惹上了的，没有一个人能活下来。”宣明摇头道。

秦怡宁将红凰拉到一边，同她相商，表示愿意付出任何代价，换取他们那一族的涅槃法。

鹏九也是心头一动，道：“火国有朱雀法，他们的浴火重生涅槃法惊艳世间，如果也能寻来，未尝不可一试。”

火国的一位老王爷想送石昊一程，只是被阻在了宫外，此时被立刻请入宫中。

最后的关头，无论行与不行，他们都想结合五行涅槃法、朱雀涅槃法和神凰涅槃法，做最后一搏。

火国的老王爷很痛快，当即答应将涅槃法教给石昊。

神凰涅槃法是红凰她那一族的不传之秘，不能泄露，红凰虽然有些犹豫，但在秦怡宁一再恳求下，并许以五行涅槃法交换，她也答应了下来。

石昊很平静，也不想扫了众人的心绪，默默记下来，用以配合疗伤。可惜，一切又都失败了。这宣告了石昊的生命将走到终点，再也没有任何办法了。

石子陵站起身来，向外走去。秦怡宁回头看向他，道：“你要去哪里？”

“神炉谷。”石子陵答道。

众人闻言，仔细思索，不知这是什么地方。唯有张仲色变，他知道那是一处诡异之地。那座山谷状若一个神炉，妖异无比，里面有很多古怪。

一般的人进去后，常会碰到灵异之事，丢掉性命。可是，一些古代大能去探索，遍寻神炉谷，并没有发现其中有异常之处。不过，最为离奇的，也是让它得以被一些人知晓的是曾有强者以自身之血献祭，以最虔诚的心祈祷，为同伴求到过一颗九转神丹。

但这只是一个传说，并没有被证实。因为，后世一些人被逼上绝路也曾前往那里，可是他们全都白白献祭，什么都没有得到。

之前，石子陵听众人提到九转神丹，想起了这些事，此刻决定前去冒险一搏。张仲劝他不要去，并且当众说出了这些秘闻，所有人闻言都立刻色变。

“我与你同去！”秦怡宁坚定无比地说道。

两人疾速冲了出去，并不作停留。他们联手施展了一种宝术，离开石都。

“一定要追上他们，我不想留下遗憾。”石昊请战王出手。

“好！”战王点头道，追了下去。

石昊相信，以战王的速度追上他们不成问题，毕竟他已是尊者。

“如果改变不了什么，就准备为石皇送行吧。”一位老王爷叹道。

这一日，石国知道石昊命不久矣，允许各教强者前来送他最后一程。这则消息一出，天下震惊，这预示着小石随时会离世。八域皆震，海族亦知，很多强者赶到石都为石昊送行。

战王截住了石子陵夫妇，将他们带回了石都。若非被逼到这一步，实在没有办法了，他们又怎会相信那等离奇的传说。

“父亲，母亲，能够在最后的时刻与你们在一起，我就很开心了。”石昊道。

这个夜晚，张仲蹙眉，预言石昊最多还能活一天多，没有任何希望了。族长石云峰声音发颤，要带着石昊立刻回去，满足他最后一个心愿，安葬在石村。

“再等一等，我跟他们告个别，回到石村便再也回不来了。”石昊轻语道。

石昊见到了很多人，包括各教的教主，谢过他们前来送上最后一程。难得的是，石昊一直很清醒，用张仲的话来说，这是回光返照。在最后的时光里，他或许不会昏迷了。

夜深人静时，石昊与秦昊相见。偌大的宫殿很空旷，没有外人在场，只有他们两人。

该说的话都已说过，石昊对这个弟弟只有一个要求，那就是照顾好父母，此时两人显得有些沉默。

“哥哥，你恨我吗？”秦昊问道。

“我为什么要恨你，我们是兄弟。”石昊平静地说道。

“我想变得更强，成为天上地下第一强者。我会守护好父母的，而这一次没有能救下你……”秦昊轻语道。

“是我自己命不久矣，这怎么能怪你。”石昊摇头道。

“如果时间还来得及，我将仙骨给你，就不会这样了。你拥有两块骨，未来注定会成为世间第一强者，谁也不是你的对手。”秦昊轻声说道。

石昊闻言若有所思，他没有接这个话题，道：“我虽尽力了，但只将鲲鹏法刻写出一半，将留给石族。”

秦昊没有说话，只是点了点头。

很长时间，空旷的大殿中都没有声音，非常的寂静，两人陷入沉默中。

又过了很久，石昊才开口道：“你觉得，一个人如果拥有两块至尊骨，将来就可以成为天下第一吗？”

“还有谁可敌？”秦昊反问道。

“你提到这个问题，让我想到了上界。上界既然不止一个初代，其中就很可能也有人得到了第二块骨。”石昊道。

秦昊一怔，觉得要果真如此那绝对很惊人。

石昊表情很严肃，道：“我觉得有几块骨不重要，那并不是世间第一人的路。如果有一天，你有自信，觉得可以舍弃身上的至尊骨，那时你才算真正开始踏上了无敌之路。”

秦昊并不认同，道：“如果有一个高起点，为什么要舍弃呢？我相信，拥有两块骨的人会更强，会成为第一至尊。”

“这样的人上界或许早就有了吧。”石昊轻语道。而后他盯着自己的弟弟，道，“如果你觉得这样可以成为最强者，那我给你机会，让你飞得更高，可是你自己要想好！”

石昊不知道自己的弟弟是有意还是无心提到了这些，不过这已经不重要了，他对至尊骨不在意了。他将死去，留下至尊骨也无用，既然这个弟弟觉得拥有两块骨可以在上界成为最强的人，那就给他。

石昊觉得，不管秦昊是怎么想的，他都是父母生的，将来还要靠他照料父母。

“战王、鹏王、张仲神医……”石昊召唤这些人。

“陛下！”几位老王都看着他。

“我要将至尊骨送给我弟弟，请你们护法。”石昊说道，他怕几人生出误会，把他们喊到这里解释。

“什么？陛下不可！”几人大吃一惊。

“哥哥……”秦昊也张嘴，不知道该怎么说。

“不用多说！”石昊向来是一个果决的人，就算在这种虚弱的情况下也是如此。他眸子中有神辉射出，让所有人都难以开口阻止。

他的躯体本来就满是裂痕，此时用力一挣，胸部直接裂开了。石昊镇定而果断地将那不足原来三分之二的残骨取出。

这块骨依旧莹白，绽放瑞霞，即便是离开身体，依旧像有仙光在喷吐，但因为这块骨是硬拼接在一起的，上面布满了裂痕。

“陛下！”

战王、鹏王心都在颤，石昊临终前的这等举动，让他们老泪纵横。

“张仲神医，请帮我弟弟接骨！”石昊说道，平静地坐在那里，自己用力闭合胸部。

“石皇！”张仲震惊不已。他没有想到最后竟会是这样一个结果，石昊反倒将至尊骨给了自己的弟弟。

明王、鹏九、战王一起冲了上去，帮石昊止血，为他疗伤。他们心中发堵，却又不知道该说些什么。

很快，石村的人知道了，石子陵与秦怡宁也得悉。他们全都冲进殿中，颤抖地看着满身是血的石昊。

“不要过分依赖这两块骨，如果有朝一日你能化去它们，以至尊血滋养全身，让所有骨皆蜕变，那也许才是另一条无敌路。”石昊说道。

冲进来的人全都脸色苍白，难以相信这一切。秦怡宁大叫着，扑到近前，抱住石昊，大声哭喊，差点昏死过去。

“昊儿，我的昊儿，怎么会这样？娘对不起你啊！”她抱着石昊，难以站立。想到这么多年来石昊经历的一切，她心中满是伤痛，无比悔恨。这么多年她一直不在长子的身边，最后又要这样死别。

石昊虚弱不堪，即将死去。他也很伤感，舍不得这一切，但仍旧在安慰自己的母亲，叫她不要难过。

“昊儿，你不要离开娘，不要死啊，真的不要……”秦怡宁满脸泪水，大声呼唤道。

“至尊骨呢，还回来，快啊！帮昊儿接上，不要让他死啊。”秦怡宁撕心裂肺地哭喊着。长子没有要求移植仙骨，反倒将自己的骨送出，何其凄凉啊！

“已经晚了，石皇体内的至尊血不够多了，难以滋养此骨。而今至尊骨离体后，就算是再送回去重新接上也无用了。”张仲说道。

“不……”秦怡宁双目无神，痛苦万分。

“母亲，你不要伤心，那块骨对我来说已经没有任何效果了。既然救不了我，不如送给弟弟。”石昊安慰道。

“是娘的错，害你错过了植骨的时间。”秦怡宁抱着他放声大哭，眼神中充满了悔恨。她舍不得长子，也怕次子因此而殇，一直犹豫，结果错过了移植仙骨的最佳时间。

“母亲，你不要自责，这怎么能怪你呢？我怎么能拿他的命去赌，我自己经历过这些，不会让他经历我所受过的苦痛。”石昊轻语道，脸色越发苍白。

石子陵站在旁边，近乎木然，虎目中不断有泪滚落，口中喃喃道："是我们的错啊！这将成为我一生的痛与遗憾！"

"父亲，不要说了，你们这样只会让我难受，真的与你们无关。"石昊鼻子发酸。他并不怪父母，一是他绝不会要那块骨，二是他也曾想过，如果自己有两个孩子，面对这样的选择也会犹豫不决。

他知道这几日父母度日如年，饱受折磨，虽然是他们的迟疑才错过了移骨的时间，但这不应算他们的错。

"我的昊儿，娘对不起你。这将是我一生的痛，我这辈子都不会原谅自己。"秦怡宁悲痛欲绝，指节发白，浑身颤抖。

石子陵双目带着血丝，低沉地咆哮着，眼中充满了自责和无尽的悔恨。他与秦怡宁觉得愧对长子，怎么都不肯原谅自己。

"我们没有为昊儿植入仙骨，他反倒将至尊骨给了弟弟……"石子陵与秦怡宁情难自抑，悲痛万分。

"父亲，母亲，这一切真的都不怪你们。那块骨给了弟弟，也等于延续了我的生命，就让那块骨替我伴在你们身边吧。"

听闻此话，夫妻两人心中更伤感，泪水止不住地往下流。

石子陵嘶吼，如同入魔了一般，满头黑发疯长，发丝垂到地面。他眼中神辉爆射，道："想我石子陵，前二十年，快意恩仇，纵横天下，无所忌惮。这十几年被困在不老山，竟斩掉了桀骜，磨掉了锐气，葬掉了本心。此生有憾，自这一日后我要癫狂，此生定要覆灭仙殿，扫掉七神所在的传承，在此立下血誓！"

他咆哮着，握紧了拳头，背后一杆金色的战矛浮现，直指长空。然而无论他如何愤怒，都改变不了这一切。石昊生命无多，谁都没有办法挽留。

石村的人眼睛早已红了。他们围在石昊近前，全都胸膛起伏，呼吸急促，握紧了拳头，恨不得仰天大吼。

"孩子……"

石昊将至尊骨都取了出来，失去了最后的希望，他们知道再也没有办法了。

"啊！"石林虎咆哮。石昊没有得到仙骨治疗己身，反倒失去了自己的骨，这让这位大荒中走出的汉子悲痛不已。

其他人也如此。二猛、大壮等差点发狂，若非石昊呼唤，不让他们乱来，必要出乱子。

"孩子！"族长石云峰拉着石昊的手，想说什么却难过得说不出口。他那满是皱纹的眼角，只有老泪滚落。

“哥哥……”秦昊站在一旁，轻唤了一句。

“好好地活着，珍惜所有，照顾好父亲母亲。”石昊点了点头，平静地说道。

“我会成为最强的一列人中的一个，保护好他们。”秦昊说道。

石昊看向张仲，道：“神医，有把握可以平安地接骨吗？”

张仲点头道：“若是旁人肯定不行，但二公子应该没有问题。他体内早已蕴生出至尊血，在滋养仙骨，而今自然也可以滋养这块骨。”

体内有神血，自然可以接骨。石昊是因为体内多了那些绿铜锈般的符文，而且至尊血耗损严重，所以接骨有危险。

石昊蹙眉道：“虽然至尊骨远胜其他骨骼与血肉，但上面还是沾上了少许诅咒，一定要小心。”

“这不是问题，二公子体内有完好的仙骨，可以磨灭那少许诅咒符文。”张仲说道。

“那快去进行吧。”石昊说道。

那块骨莹白透亮，虽然缺损严重布满裂痕，但依旧熠熠生辉，绽放仙光。但它上面还带着血丝，看在石村众人的眼中，是那么的刺目。

“何其不公，何其悲凉！”石子陵和秦怡宁全都难以接受，抱住石昊，哽咽着，说不出话来了。

张仲带着秦昊还有那块骨离去。大殿中的众人都神情惨淡，不能平静。战王、鹏王、明王等人上前，默默为石昊检查身体，注入神力，延长其生命。

“怎么会这样？”萧天、九头狮子和夏幽雨等全部冲来了。他们听到了消息，倍感震惊。

殿中挤满了人，这些熟悉的面孔全都带着伤感。他们虽然猜到石昊难以活命了，但是没有料到会这样凄惨。

“孩子，我们回去吧。”老族长石云峰说道。

“等一等。”石昊摇头道，他想看一看那块骨能否顺利重生。

“小哥哥……”清风哭泣着，双眼通红。当年是石昊将他带回石村，而今却要这样分别，他怎能不难过。

石昊也想过将那块骨给清风，但因为他体内没有至尊血，若是贸然植骨，可能会死掉，而且还可能会染上诅咒。

“成了！”

也不知道过了多久，有消息传来——秦昊接骨成功。这绝对是一件大事，两块至尊骨的少年，何其恐怖，注定要震动天上地下。可是，没有人出言恭喜，所有人都毫无喜色。

“石毅当年不也是有重瞳，还有一块至尊骨吗？最后不还是败了，小昊才是无敌的！”二猛气愤不过。

“上界肯定还会有这样的人，究竟是否为无敌路，现在谈还太早。”有人小声附和了一句。

“走了。”石昊轻语道。

祖祭坛发光，开启了一条通道，石村的人带着石昊，踏上了归程。

消息传出，石国都城大震。

“送石皇！”

声音如雷鸣。许多强者一起喊出，震得天宇摇颤，整座都城晃动。

小石离开石都就意味着，他就此告别尘世。

“送石皇！”声音冲上了霄汉，响彻夜空。众人一起大喊，天摇地动，所有人都在为他送行。

各教的教主、一方的巨头、诸多强大的人物出现，这算是多年来罕有的事情，只是石国皇宫内人人愁云密布，难有欢语。

清晨，旭日东升，金灿灿的朝霞洒落，照在人身上暖洋洋的。

“我还活着，这种感觉真好。”石昊面色带着些许红润，迎着朝霞，躺在软椅上，看着熟悉的石村，心与身体都暖洋洋的。

回来后，所有人都很紧张，心中难受无比，怕他熬不到天亮。还好，他还活着，众人松了一口气，露出笑意，鼻子却有些发酸。

“真的很想永远留下来啊。”石昊轻语道。此时此刻，他鼻子发酸，看着每一个人，不想离开。

众人落泪，全都伤感无比。

“趁现在，我们去选一个地方吧。”石昊说道，让自己平静下来。

“好，选一个地方。”石飞蛟说道。

十里外，有一座矮山，山上长有几株古松，清泉汩汩，是一个非常宁静的地方。

这不是灵土，只是一块很普通的山地，但在这里可以遥遥地看到石村。石昊在这里为自己选了一个墓地。

“就是这里吧。”石昊轻声说道。与此同时，他脸上的血色消失了，眸光渐渐暗淡，强提着的那口精气神渐衰，生命终于要到了尽头。

“不！”

“昊儿，不要离开啊！”人们大叫，扑向前去。

（本册完）

一粒尘可填海，
一根草斩尽日月星辰，
弹指间天翻地覆。